그 바람둥이의 첫 번째 부인

프랑수아즈 샹데르나고르 지음

윤미연 옮김

小花

그 바람둥이의 첫 번째 부인

La première épouse

Françoise CHANDERNAGOR

첫 번째 부인
LA PREMIÈRE ÉPOUSE

차례

나는 상복을 입고 있다

나는 상복을 입고 있다, 살아 있는 내 남편을 위한 상복을. 나는 오래 전부터 검은 옷을 입기 시작했다. 그러니까, 우리의 은혼식이 있기 두 해 전부터였다. 9월, 10월… 상복을 입기에는 좋은 계절이다. 옷가게에서 옷을 고르면서 자신도 느끼지 못하는 사이에 미망인 생활로 접어들 수 있는 그런 계절. 초미니 스커트나 투피스, 혹은 유행에 따라 이런저런 디자인의 치마와 투피스를 입으면서 말이다.

몇 달 전부터 우울한 빛깔의 옷이 내게 잘 어울린다. 왜일까? 글쎄, 나도 잘 모르겠다. 그냥 그게 잘 어울릴 뿐이다. 보석 역시 단 한 가지만을 단다. 나의 마흔 살 생일에 남편이 선물한 검은 진주. 언젠가 내가 최근에 산 검정색 외투를 꺼내는데, 아들 녀석들이 말했다. "이 옷에는 밝은 색깔의 뭔가를 두르는 게 좋겠어요!" 그래서 나는 '밝게 보이기 위해' 모슬린 스카프를 둘렀다. 짙은 보라색으로…

나는 검은 색과 보라색으로 이번 겨울을 보냈다. 남편은 그것에 대해 전혀 신경 쓰지 않았다. 나 역시 마찬가지였다. 그를 위한 상복을 입은 셈이지만 우리들은 그 사실을 인식하지 못했다. 그는 다른 곳을 바라보았고, 나는 내 자신을 주시하지 않았으니까.

날이 따뜻해지면서 더 이상 어두운 빛깔의 옷들을 찾기가 어렵게 되었다. 그 때 알아차렸어야 했으리라, 내가 찾고 있는 것이 검은 상복이었다는 것을… 온통 검은 색… 반바지, 멜빵 달린 짧은 치마, 심지어는 비키니조차… 여점원은 수녀들이나 입음직한 치마와 노인네풍의 카디건을 내게 내밀면서 장담하듯 말했다. "햇볕에 태운 피부에는 까만 색만큼 잘 어울리는 색이 없어요! 장식 없는 단순한 디자인으로 말이죠. 그러면 아주 섹시해 보일거예요!" 그녀는 내가 속아 넘어가리라고 믿었을까? 하긴, 나 스스로 나 자신을 기만하기 위해 노력하지 않았던가?

해변은 태양 가득한 넓은 공동묘지와도 같다. 그 곳에서 사랑하는 사람들은 몸을 나란히하고 누워 있다. 하지만 남편의 몸은 내 옆에 없다. 그는 다른 곳에서 바캉스를 보내고 있으리라. 그는 죽음 또한 다른 곳에서 맞이할 것이다.

옛날 과부들은 단추 구멍에 상장을 꽂고 다녔다. 검은 수영복을 입고 모래사장에 혼자 누운 나는 여름 내내 내 살갗에 불행의 표지를 달고 있었다. 노출되어 있는 동시에 근신해야 하는, 상중의 피서객인 나는 사람들의 눈에 띄기를 거부하고 있었다.

다시 가을이 왔다. 우리의 마지막 가을, 그렇다. '우리의'라는 말을 쓸 수 있는 마지막 가을이었다. 더 이상 상점을 돌아다닐 여력이 없었다. 나는 계속 같은 옷을 입었다. 매일 똑같은 옷, 전날 밤 의자 위에 벗어 놓았던 그 옷들을. 더 이상 옷장 문을 열고 옷을 고를 용기가 나지 않았다.

어느 날 아침, 스웨터를 입으면서 머리를 헝클어뜨리지 않으려고 모슬린 스카프를 머리에 썼다. 위로부터 입는 스웨터에서 목을 빼냈을 때, 나는 거울 속에서 내가 알지 못하는 한 여자를 보았다. 생전 처음 보는 낯선 얼굴. 검은 스타킹, 검은 치마, 검은 스웨터, 그리고 베일처럼 얼굴에 드리워진 스카프… 거울 속 깊은 곳에서 울고 있는 그 여자가 이미 오래 전에 일어난 파탄의 소식을 나에게 알려 주었다. "나는 잃어버렸다, 내 젊음도, 내 남편도."라는 전언을.

아, 물론 그는 아직 이 곳에 있긴 했다. 우리는 집안에서 서로 마주치기도 했고, 같은 침대를 쓰고, 손가락으로 그를 건드릴 수도 있었다. 하지만 그는 내게로 돌아오지 않을 것이다…

내 고통을 자각하면서 나는 내 옷에 수치심을 느꼈다. 진정한 고통은 내부에 있는 것이다. 내 상복은 이치에 맞지 않는 말처럼 나의 의도를 벗어나 있었다. 모순되게도 나는 죽은 자가 아니라 살아 있는 사람을 애도했던 것이다. 나는 위안도 동정도 받지 못하리라. '남편이 살아 있는 아내의 과부 생활'을 위로할 사람이 어디 있겠는가? 게다가 기고만장하게 연애에 빠져 있는, 확실하게 살아 있는 사람의 아내를 말이다. 나는 내 자신을 위해 눈물을 흘렸다. 하지만 그래서는 안되는 일이었다. 이성을 차려야 했다. 아이들이나 가정부의 눈이 있으니까.

나는 마지막 힘을 다해서 흰색 점퍼를 구입했다. '약식 상복' 차림으로 이혼하기를 원했던 것일까? 한 가닥 빛줄기, 그 후 나는 한 가닥 빛줄기가 내 가슴속에서, 내 육체 속에서 솟아나게 하기 위해 몸부림쳤다. 하지만 아무리 노력해도 결국에는 검은 색이 그 빛을 앗아가곤 했다.

나는 내 남편을 위한 상복을 입고 있다. 그리고 그 죽은 자가 살아 있기 때문에, 내가 그의 가족들과 친구들의 몫까지 대신해서 그를 애도한다.

내가 만일 '정식으로' 남편과 사별했다면, 그의 가족들이 내 주위에 둘러서서 나를 감싸며 따뜻하게 위로해 주었으리라. 만일 내가 남편을 관에 넣어 진혼곡과 함께 땅에 묻었더라면, 그의 친구들이 나를 안아 부축해 주었으리라…

하지만 그가 살아 있는 이상, 그것도 아주 행복하게 살아 있는 이상, 둘로 동강이 난 건 바로 나 자신이다. 학교 친구들, 주치의, 바캉스를 보내는 시골집, 그러한 그의 유년 시절로부터 멀어진 건 바로 나 자신이다. 그의 목마와 할아버지의 의자들, 그의 어머니의 요리법, 그의 집안 대대로 내려오는 독특한 표현들("혀로 막내 밑이나 닦아 주지"라든가, "손가락이 벌어지는 지랄병"이라든가, "뭔 일 났어?" 따위의), 나와 결혼하면서 그가 나에게 가져다 주었던 그 모든 기억들로부터 멀어진 건 바로 나 자신이다. 잊혀진 경구들, 짝이 맞지 않는 물건들이 우리가 함께 나누지 않았던 시간들 사이로 스며들어와 나의 공범이 되었다.

　바로 그 과거들이 나를 부인한다. 현재, 그의 집안에서는 나를 거부한다. 그의 부모, 형제 자매, 친척들은 그 '새 여자'의 존재를 당연하게 여긴다. 그 여자는 모든 축제와 행사에 꼬박꼬박 참석한다. 그녀는 아마 무덤에도 찾아갈 것이다…그의 네 명의 조부들과 두 명의 삼촌, 그리고 그의 큰누나, 내가 알았던, 사랑했던, 그리고 내가 함께 장례를 치렀던 주검들과, 가족들의 대화를 통해 내 머리속으로 상상할 수 있었던 프로방스계와 아일랜드계의 그의 조상들의 혼령, 반란자였던 로데릭, 브리앙과 마갈리, 모래와 뱅상, 벙어리 줄리, 그들도 역시 무덤 속에서 그 '새 여자'를 마음에 들어 할까? 이 가족들은 나라는 존재를 남편의 아내가 아닌 다른 누구로 인식할까? 시골 사람들이 말하듯 '지겹게 들러붙는 거머리'로? 남편이 나를 떼어놓았으므로, 나는 그의 가족들로부터 떨어져 나와야 한다.

　어떤 식으로 그 일을 해야 할까? 어린아이의 젖니가 빠져나가듯? 아니면 좀더 부드럽게, 바람에 나뭇잎이 떨어지듯이? 같은 성, 같은 식탁, 같은 조상을 25년 동안 함께 공유했지만, 하룻밤 사이에 더 이상 공통되는 것이 없어져 버렸다. '시누이', '시아버지', '시어머니', 이제는 내가 부를 권리가 없는, 다른 여자가 사용하게 될 그 호칭들. 우리가 엮어 왔던 관계, 내가 그들에게 품어 왔던 사랑, 그걸 지칭하기 위한 단어들은 사전에 없다. '혼인으로 맺어진 인척'의 호칭을 대체할 수 있는 단어는 없다. 그 모든 것들을 새로운 언어로 다시 만들어 내야 한다. 동서였던 여자를 지칭하려면, '내 전남편의 동생의 아내'라고 말을 해야 하나? 하지만 일반 통용어로 쓰기에는 너무 길다…

　　나는 친구들을 장사지냈다. 나에게 전화하지 않는 친구들을 원망하고 전화하는 친구들 역시 원망한다. 그들이 '그것'에 관해 말하기를 강요하기 때문에, 그리고 내가 상처받지 않고는 '그것'에 관해 말을 할 수가 없기 때문에. 나는 침묵을, 도피를 원한다. 나는 도망치고 싶다. 숨고 싶다. 그러나 그들은 내가 설명하기를 바라고 기분 전환을 위한 오락거리를 제안한다!

　상황을 '알지 못한 채' 우리 부부를 저녁 식사에 초대하기 위해 명랑한 목소리로 전화를 하는 불쌍한 친구들이 있다… 나는 그들에게 더 이상 '우리'라는 건 없으며, '우리'는 죽었노라고 알려 준다. 그러나 곧 '모욕감'을 느끼면서 상황을 설명해야 한다. 그들은 '난처해' 한다. 그리하여 결국엔 내가 그들을 위로한다…

　르 몽드나 르 피가로지는 왜 아직까지 이혼 알림란 같은 건 생각해 내지 못했을까? 한 부부의 탄생(약혼, 결혼)과 출산(첫째, 둘째, 셋째, 넷째…) 소식은 활자를 통해 널리 알리면서, 그 부부의 결별을 알리는 난은 왜 만들지 않았을까? 빠리에서는 결혼한 두 쌍 중 한 쌍이 허공으로 날아가 버리는데도 말이다. 광고주들이 없어서 고심하는 신문사들로서는 '미개척 분야'를 잡을 좋은 기회가 아닌가?

　친구들은 끊임없이 내게 전화한다. 그건 하찮은 불행일 뿐이며, 비극으로 여길 일이 전혀 아니라고 나를 설득하기 위해서…

　용서하기를. 매년 일 억의 사람들이 죽지만 만일 내가 죽는다면, 그건 내게 처음 일어나는 일일 것이다. 나 역시 통계에 포함되는 별

볼일 없는 한 명이 되겠지만, 그 통계는 이미 죽어 버린 나하고는 상관없는 것이다. 용서하기를.

나는 열 여덟에 그 사람을 알게 되었다. 지금으로부터 30년 전인 그 때, 우리는 아직 어린아이들이었다. 그를 다시 보리라는 기대 없이 잠이 들고, 그의 목소리를 들으리라는 기대 없이 잠에서 깨어나고. 그에게 무슨 이야기를 해줄지, 그가 어떻게 응답할지를 그려보지 않고 이렇듯 새로운 얼굴들, 새로운 지방들을 찾아가는 일은 그 30년 전부터 지금까지 나에게 처음 있는 일이다. 그가 내 육체와 내 목소리로부터 멀리 떨어져 있었을 때조차도, 나는 그에게 말하기를 결코 멈추지 않았었다. 언제고 어디서고 나는 그와 동행했다. 그를 내 속에 품고 다니며 내가 겪는 기쁨과 고통을 그가 맛볼 수 있도록 나눠 주었다.

30년, 그 30년의 지나간 모든 일들, 모든 시간들을 동시에 둘로 나눈다면, 그건 너무 짧은 시간이다. 그러나 인간의 삶이 일회적인 것이라면, 그 세월은 돌연 한 세기의 삼분의 일에 해당하는 긴 시간이 된다… 그런데도 당신들은 내가 세월에 '길들여져서' 몇 년 후쯤이면 이 파탄에서 우아하게 벗어나오기를 기대하는가? 나 자신을 회복한 그 삶의 역사를 통해 다음번에는 더 잘해 낼 수 있을 것이라고 확언할 수 있을까? 하지만 그만큼 긴 결혼 생활을 다시 시작해서 그럴 듯한 이혼으로 끝을 맺을 또 다른 30년 세월은 이제 내 앞에 없다…

알림란과 광고주가 없는 까닭에, 나는 나의 이 새로운 상태를 광고하는 일을 나 스스로 떠맡는다. '이혼이 아닌 별거', '이혼 소송중' … 뜻밖이라는 듯 놀라는, 그 참기 어려운 반응을 피하기 위해, 사람들이 걸고 넘어지거나 빗나간 추측을 하기 전에 선수를 치기 위해 나는 질문을 유도하고 은밀한 분위기를 끌어내어 거기에 내 고백을 슬쩍 흘려 넣는다.

칵테일 파티, 공개 시사회, 미술 전람회 파티, 그건 내가 불행에 빠진 여자라는 걸 공표하기에 아주 좋은 기회다. 술렁이는 군중이 모인 이런 장소들보다 더 편리한 장소가 어디 있겠는가? 비록 창피를 무릅써야겠지만 그 순간적인 창피함에서 재빨리 빠져 나올 수 있는 장소, 나는 항상 그런 곳에서 기회를 찾으며, 거기서 가끔은 생각지도 않았던 기회를 얻기도 한다. 가령 누군가가 내게 시사 문제에 관해 말을 걸면, 나는 슬그머니 그 기회를 이용한다. "보름 전부터 신문을 읽지 않았어, 전에는 남편이 집으로 신문을 가져왔었거든…."

"가져왔었다고? 그럼 요즘은 그렇게 하지 않는단 말야?" 상대방은 놀란다.

"아니…." 샴페인 잔에서 용기를 길어 올린다. 그리고 충동적으로 말한다. "이제 더 이상 집에 오지 않아, 머지않아 내 남편이 아니게 될 걸."

침묵이 흐른다… 그러나 빠리에서의 침묵은 웅변의 신, 메르쿠리우스다. 발에 날개를 단 그가 이 새로운 뉴스를 재빨리 먼 곳으로 실어나를 것이다.

애석하게도 메르쿠리우스가 아직 지방에까지 도달하지 않았을 즈음, 그러니까 그런 대화가 있고 난 그 다음 주에 나는 지방의 어느 개회식에서 남편과 내가 아주 젊었던 시절, 그리고 서로 사랑했던 그 시절에 알고 지냈던 대학 동창을 우연히 만났다. 세월은 지난 20여 년 동안 만난 적이 없는 그 청년, 오월 혁명의 영웅이고 소문난 무정부주의자였던 그 청년을 배가 나온 중년의 존경받는 대학총장으로, 그리고 너스레를 떠는 익살꾼으로 만들어 놓았다. 그는 나를 끌어안고 나서 한 발짝 물러서며 말했다. "어디 보자, 정말 아름다워!(지금 그걸 말이라고 하다니! 나는 온통 검은 색과 짙은 보라색에 묻혀 있는데…) "정말이야, 넌 아직도 완벽하게 섹시해!"

"섹시하다구요, 총장님? 그것 참 다행이네! 지금 막 남편에게 버림받은 여자가 그렇게 보인다니."

그가 당황하는 기색에 나는 주책없는 말을 했다는 것을 깨닫는다. 그를 다음에 다시 만날 때까지, 그러니까 한 이십 년 후까지 그 말을 미뤄둘 수도 있었는데, 내 호적이 바뀌었다는 걸 그에게 알리는 게 뭐가 그리 급하다고… 그럼에도 나는 조심성없이 그에게 내 실패를 내보임으로써 일격을 가했고, 샴페인의 힘을 빌려 내 상처를 거침없이 드러냈던 것이다!

행사가 끝난 후, 그는 나를 배웅했다. 그의 호의적인 태도에 나는 그가 내게 밤을 함께 보내자고 해야 할지 말아야 할지 망설이고 있음을 느꼈다… 하지만 나는 아직 '대학 동창의 육체'를 구걸할 지경에까지 이르지는 않았다! 그 즈음 나에게는 가볍게 즐길 수 있는 기분 전환 거리, 내 주변 사람들이 벌써부터 내가 선택하기를 바라마지 않던 그 '자유로운 이혼녀' 스타일보다 더 견디기 힘든 건 아무것도 없었다.

"껍질 속으로 움츠려 들지 마, 목을 내밀어." 일단 말문을 연 친구는 계속해서 지껄여 댄다. "너를 위해 멋진 저녁 파티를 열거야.

홀아비와 이혼남도 올거고, 막 여자한테 채인 매력적인 남자도 올 거야…" 그래, 그녀라면 분명 앉은뱅이들의 저녁 파티라도 열 수 있을거다.

좀더 노련한 친구들(이미 이혼 경험이 있는 친구들)은 나의 혼란과 수치심을 배려하면서 말한다. "그래, 우리랑 유람선 여행을 하지 않겠다구? 할 수 없지 뭐! 널 탓하진 않겠어. 물론 한동안은 숨어 지내고 싶을거야, 그게 정상이지 뭐…." 그러나 전화를 끊기 전에 그녀는 현재 나를 짓누르고 있는 이 엄청난 고통이 일이 년 후면 별것 아닌 것처럼 느껴질거라고 장담한다. "얘, 길어야 삼 년이야, 어떤 이혼이라도 삼 년이면 다 끝나." 마치 임산부가 달 수를 세는 것처럼 햇수를 센다. 그런 다음 그녀는 또 단언한다. 나는 더 이상 고통스러워하지 않게 될 것이고, 세월은 지나갈 것이며, 모든 것을 잊게 될 것이라고…

잊는다고? 하지만 난 결코 잊고 싶지 않다! 내가 사랑하는 사람을 더 이상 사랑하지 않게 되리라는 걸 생각하기만 해도 공포를 느낀다. 나는 나의 고통이 두렵다. 하지만 치유는 더더욱 두렵다. 나는 그로부터 치유되고 싶지 않다. 사랑은 질병이 아니다!
전화가 올 때마다 나에게 닥친 불행을 알리는 것이 고통스럽다고 말했던가? 그래, 그건 거짓이었다! 나는 오히려 날마다, 하루 종일 나를 버리고 간 남자에 대해 이야기하고 그에 관해서 글을 쓰고, 그를 생각하며 울고 싶다. 내 슬픔은 나에게 소중한 것이다. 슬픔, 그것이야말로 그가 나에게 남기고 간 모든 것이기 때문에.

물론 나는 이성을 되찾았으므로, 지금 내 슬픔은 절제된 슬픔이다. 우울증 치료제, 신경 안정제, 수면제… 나는 의사들에게 슬픔을 견뎌 낼 수 있게 해달라고 요구하긴 하지만 슬픔을 없애 달라고 요구하지는 않는다. 슬픔, 그것이 내 30년 결혼 생활에서 남은 모든 것이므로.

만일 다른 세상에서 다시 태어난다면, 나는 과거 없이 태어날 것이다… 그러니 내가 아직도 그와 연관된 회한을 가지고 있더라도, 날 그대로 내버려두기를. 연결된 채로, 묶인 채로. "나는 그에게 결속되어 있다… 우리는 과거에 서로 결속되어 있었다." 언제나 부부 관계에 묶여 있도록 날 내버려두기를. 과부, 머리 끝에서 발 끝까지 철저히 과부인 채로 틀어박혀 있도록 날 그냥 내버려두기를.

나는 결코 고통과 협상할 줄 모른다. 독약을 조금씩 마신다? 고통을 할부로 나누어 겪는다? 아니. 슬픔, 나는 그것을 현금으로 치른다.

내가 칩거하도록 내버려두기를, 내 고통은 당신들의 위안보다 더 감미롭다. 나는 삼백 일을 고통과 함께 갇혀 있기를 원한다. 그 삼백 일 동안 바깥 출입도 하지 않고 옷을 제대로 차려 입지도 않은 채.

열 달이 지나기 전에는 재혼할 수 없던 그 옛날, 사람들이 과부들의 문을 닫아 걸었던 것처럼 내 문을 닫아 주기를. 임신 기간과 같은 탈상 기간… 왜 사람들은 이혼의 경우에도 똑같은 기간을 부과하지 않는걸까? 쌍방이 지켜야 할 협정 기간, 독신으로 지내며 근신해야 하는 기간을 말이다.

어느 일요일, 남편은 짐을 쌌다. 그리고 그날 저녁 그는 다른 여자의 아파트에 짐을 풀었다(사실, 그는 몇 달 전부터 그 곳에서 몸과 시간의 절반을 살고 있었다.). 그리고 월요일, 그는 우체국에 '무기한으로' 자신의 우편물에 대한 반송을 신청했고, 화요일에는 우리 아이들에게 새로운 형제들을 소개할 의사를 밝혔으며, 금요일에는 그의 새로운 동반자와 함께 바캉스를 보내기 위해 그의 부모님의 별장이 있는 '액스'로 떠났다.

그 여자는 지난해 내가 여름 옷가지를 남겨 두었던 옷장에 자신의 옷들을 걸어 놓았다. 내가 하트 모양의 무늬를 그려 넣고 아이들의 이름을 장식해 놓은 옷장에 그녀는 자신의 잠옷을 넣었다. 그녀는 내 아이들이 사용했던 침대에 자신의 '첫 결혼'에서 태어난 아이들을 뉘었다.

남편에게 아이들이 아버지를 만나려면 어떻게 해야 하느냐고 물었을 때, 그는 무뚝뚝하게 말했다. "그녀는 우리 집에서 편하게 지내고 있어. 그러니 간단하지 뭘 그래? 애들이 집에 들르면 그녀가 내게 전해 주겠지, 당신이 우리 어머니 집에 빨리 적응했듯이 그녀도 스스럼없이 아주 잘 지내고 있으니까."

나는 연인에게 마지막 애원을 하는 디동(Dido : 카르타고의 전설적인 여왕. 남편 아네아스에게 버림받자 자살함—옮긴이)처럼 그에게 애원하고 싶었다. 속도를 좀 늦춰 달라고, 내가 품위있게 적응할 수 있도록 5, 6주 정도 시간을 달라고.

"나는 더 이상 그에게 그가 이미 배신한 우리의 옛 결혼을 되돌릴 것을 요구하지 않으며, 그에게 기약된 행복을 포기하라고 요구하지도 않는다. 나는 단지 한순간을, 약간의 평온을, 내 흥분을 가라앉히기 위한 몇 날을, 내 운명이 파탄 한가운데 있는 나에게 고통 속에서 사는 법을 가르쳐 줄 수 있을 만큼의 시간을 원할 뿐이다. 그것뿐이다…" 시인은 덧붙여 말한다. "그러나 그 어떤 애원도 그를 움직일 수 없다, 그 어떤 말로도 그를 굽힐 수 없다. 신은 그의 귀를 막아 버렸다."

그의 귀도, 눈도, 가슴도. 그는 가난했던 신혼 시절 내가 우리 아이들을 위해 어렵게 모아 들였던 장난감들을 그 여자가 내다버리는 것조차 보지 못할 것이다. 두꺼운 상자에 비닐을 씌워 만든 탁자와 장난감 통들, 낡은 천을 잘라 만든 쿠션들, 빈 병과 휴대용 촛대로 만든 램프들, 그리고 20년 전 아이들의 우윳병을 데우는 데 사용했던 칠이 벗겨진 붉은 주전자… 가치도 없고 멋도 없는, 내다버리는 게 좋을 듯싶은 그 모든 것들. 그녀는… 그래, "그녀는 스스럼없이 지내고 있으니까."

아, 나는 그가 죽기를 원하지 않는다, 그러나 때때로 그가 죽었으면 한다! 그가 죽는다면, 나는 단지 그만을 잃을 것이다…

만일 내 상복이 진정한 의미의 상복이라면, 수치심없이 그를 위해 통곡할 수 있고, 파티와 약속들을 거절하고, 합법적인 슬픔의 감미로운 고통에 내 자신을 내맡길 수 있으련만. 사람들은 내 고통을 위로하기 위해 앞을 다투어 고인의 장점들을 열거하며 찬양할 것이다. 여기저기서 그에 대한 찬사를 늘어놓을 것이고, 나는 그 찬사들에 동감을 표시할 것이다. 그리고 남편은 나의 것이 될 것이다, 오직 나만이 그를 만질 수 있을 뿐, 누구도 감히 그를 건드리지 못할 것이다…

누군가가 말할 것이다. "네 남편, 로버트 레드포드를 약간 닮았었지?" 그러면 나는 대답할 것이다. "그래 맞아, 아니, 그 사람보다 훨씬 더 멋있었지!" 내 고통을 덜어 주기 위해서라면 남편을 '망루 위의 아폴론'으로까지 한껏 추켜세울 준비가 되어 있는 상대편 여자는 내 말에 동의할 것이다. "그래, 정말 훨씬 더 멋있었어." … 그러면 나는 말할 것이다. "그의 그 신비한 눈, 기억나니? 푸른 색도 아니고 초록 색도 아닌, 마치 브르타뉴의 바닷물 같은, 캉칼 해협의 물빛 같은 그 눈빛 말이야… 그 눈에 입맞춤할 때면, 난 그 눈을 삼켜 버리고 싶었지, 들이마시고 싶었어… 절대로 눈물을 흘리지 않는 그의 눈을 말이야." 나는 또 말할 것이다. "내가 그에게서 가장 감탄하는 부분은 바로 그의 느긋함이야. 늘 한결같이 낙관적이고 관대하고… 어떤 시련에도 그는 동요하지 않았어. 나는 그가 불평하거나 고통스러워하는 모습을 단 한 번도 본 적이 없어." 그러면 또 다른 여자(아마도 그의 옛 정부들 중의 하나였을)가 신경질적으로 내 말을 가로막으면서 말할 것이다. "느긋하다고? 쳇, 누가 그보다 못할까! 네 남편이 가는 곳에는 항상 여자가 들끓었지. 그가 가는 길의 바위며 하찮은 돌멩이를 치워 주는 하녀에다, 길을 평탄하게 닦아 주는 하녀에다, 그 위에 비질을 해 주는 또 다른 하녀, 그리고 그를 시중들기 위해 대기하고 있는 세 번째 하녀까지!" 그러면 나는 관대한 미소를 지으며 말할 것이다. "그럴지도 모르지. 하지만 기억해 봐, 그가 길 잃은 아이 같은 눈빛을 우리에게 돌릴 때면 그 모든 것을 용서할 수밖에 없었지… 그에게는 정말로 사람 마음을 누그러뜨리는 매력이 있었어!" 그러면 그녀는 흰 머리를 저으면서 체념 어린 우울한 목소리로 말할 것이다. "아, 진절머리나는 남자였어! 그는 내 삶에서 가장 잔인한 시간을 안겨 준 남자야! 하지만 이제는 다 지나간 얘기지… 그래, 넌 그 사람을 위해 눈물을 흘릴 만도 해. 세상에 그런 남자는 또 없을 테니까! 나도 그 사람이 그리워…" 그리고 우리는 똑같이 한숨을 지으며 그가 나팔 바지와 차이나 칼라 옷을 입었던 시절에 찍었던 낡은 비디오를 볼 것이다. 나는 우리의 결혼식 장면과 우리 첫아이의 세례식 장면을 보자고 말할 것이다. 우리 아이들이 자신들의 유년 시절을 궁금해 하면서 화면 앞으로 몰려올 것이다. 화면에는 영원히 젊은 모습을 한 그들의 아버지가 화면 가득히 우리들을 향해 마지막 미소를 지을 것이다.

나는 그가 죽었으면 한다. 죽어서 땅에 묻혔으면… 진짜 죽음의 슬픔을 달래주는 것, 그건 고인의 덕행을 듣는 것이다. 반면에 거짓 죽음을 정말 쓰라리게 하는 것, 그건 사라진 자의 악행을 듣는 일이다. 사람들이 들춰내는 과오, 파렴치한 행위들, 배신 행위, 온갖 증오들, 갑작스레 드러나는 그 증오들…

우연히 소식을 듣고 온 남편의 사촌 누나(나는 그녀의 '기분을 풀어주기' 위해 커피를 대접한다)에게 나는 말한다. 남편이 최근에 거짓말을 했다, 그렇지만 거짓말에 서툴러서 금방 탄로가 났기 때문에 그의 과오를 덮어 주기 위해 이번에는 내가 거짓말을 하지 않을 수 없었다, 아이들에게, 친구들에게… 나마저 공모자가 된 것이다, 우리는 코미디 같은 거짓으로 겉모습뿐인 거짓 삶을 살아왔을 뿐이다라고. 갑자기 사촌 누나가 빈정거리는 투로 나를 훑어본다. "최근에 거짓말을 했다고? '최근'이라고 했어? 이봐, 까트린느, 걔는 입만 열면 거짓말을 했어! 타고난 거짓말쟁이라구! 그걸 여태 몰랐어? 열 살 때는… 열 두 살 때는… 열 다섯 살 때는…" 그녀가 기억 속의 일화들을 속속들이 까발리는 동안 내 발 밑의 지면이 꺼져 내리고 있다. "그가 거짓말쟁이었다면… 난 그를 사랑하지 않았을 걸요! 30년 동안 거짓말쟁이를 사랑해 왔다니!" 내가 소리를 지르자, 그녀는 겁을 집어 먹고는 입을 다문다. 거기서 끝낼 수도 있었으리라…

그런데 나는 왜 한사코 그녀를 계속해서 설복시키려 드는 것일까, 왜? 나 자신을 설득하기 위해서? 나는 그녀에게 말한다. "이전에는 그가 나에게 거짓말하지 않았다는 걸 증명해 보일 수도 있어요. 처음에 그는 자신의 '충동적인 기분'이나 '일시적인 바람기'를 내게 숨기려 하지 않았어요. 나 역시도 그가 이 여자 저 여자 만나고 다닌다는 걸 알고 있었구요. 그 여자들을 언제 만났는지, 어느 레스토랑에 데려 갔는지, 어떤 선물을 줬는지까지도요. 나는 모든 걸 알고 있었다구요, 선물 가격까지도!"

"선물 가격? 잠깐, 그 다음은 내가 알아맞춰 볼까?…" 그녀는 경멸 어린 시선으로 다시 기선을 제압한다. "걔가 선물을 사러 갈 때 올케를 데려갔겠지, 응? 다른 여자들에게 줄 선물을 고르기 위해 말이지? 아니, 아니야, 그것보다는 올케에게 줄 선물을 고르기 위해 그 년들을 데려갔다는 게 더 낫겠군. 어때, 딱 맞췄지? 야비한 녀석! 한 여자를 만족시키기 위해서 다른 여자를 괴롭히다니, 정말 야비한 놈이야…" 나는 다시 한 번 그를 변호한다, 아니 나 자신을 변호한다. "틀렸어요! 그 사람처럼 다정다감한 남자는 이제까지 본 적이 없어요! 그는 항상 나를 '내 사랑', '나의 천사'라고 불렀죠. 매일 아침 눈을 뜰 때면(새벽에 일어나 날 깨울 때조차도) '잘 잤어, 내 귀여운 까띠, 내 사랑 까뚜.' 라고 말하곤 했죠. 그리고 꽃다발, 보석, 촛불을 밝힌 저녁 식사, 부드러운 입맞춤… 그런 건 늘 있는 일이구요… 가끔씩 못된 짓을 할 때도 있지만, 절대로 나쁜 인간은 아니에요. 야비하다고, 그건 아니에요, 야비한 건 분명히 아냐!" 그녀는 여유있는 웃음을 짧게 웃는다. "눈앞에 있는 현실을 똑바로 봐. 나는 올케보다 훨씬 더 오래 전부터 걔를 알아 왔어, 올케의 남편이라는 작자는 비열하고 타락한 미숙아일 뿐이야! 걔가 올케와 결혼했을 때, 그래도 희망을 가졌었는데… 하지만 얼룩말의 줄무늬가 어디 가겠어? 제 버릇 개 못 주는 법이라구! 올케가 적어도 완전한 매저키스트가 아니라면 말이야, 걔가 떠났다고 해서 올케가 잃을 건 아무것도 없어. 붙잡기 위해 애쓸 필요가 전혀 없다구!"

맙소사, 그녀가 그를 증오하고 있다니! 왠지 모르겠지만, 그녀는 그를 증오한다… 그건 내가 전혀 알지 못하고 이해하지 못하는 그의 삶의 또 다른 한 부분이리라! 모든 것이 와해되어 무너져 내린다. 이 심술궂은 여자가 제대로 본 것일까? 남편은 언제나 내게 거짓말을 했단 말인가? 도대체 언제부터 그는 자신이 사랑하는 사람을 괴롭히기 시작한 것일까? 거짓말쟁이? 패륜아? 그렇다면 나는 도대체 누구를 사랑했던 것일까? 나에게 더 이상 미래가 없다는 것으로 충분하지 않단 말인가? 내가 가진 과거마저도 헛것이란 말인가? 나는 미끄러진다, 떠내려 간다, 가라앉는다…

그의 결점을 듣는 일이 내게 약이 되지는 않는다. 그런 말을 듣는다는 건 오히려 나를 무너뜨리는 것이다. 한 커플이 깨지면, 왜 주변 사람들은 한쪽을 짓밟는 것이 다른 한쪽을 돕는 일이라고 생각하는 것일까? 그들은 내가 무엇을 인정하기를 원한단 말인가? 무가치한 인간에게 30년이라는 세월을 걸 정도로 사랑이라는 도박판에서 나는 그렇게 어리석었던 것일까? 과연 그 남자는 내가 30년의 세월을 걸 만큼의 가치가 없었단 말인가? 마치 그를 축소시킴으로써 내가 커질 수 있다는 논리 같다!

나는 내가 무엇을 잃어버렸는지 안다. 나는 다른 사람들이 내 앞에서 그를 폄하하는 걸 보면서 위안받을 생각은 없다··· 화창한 날 느긋하게 야외 식사를 즐기기 위해 말벌 덫을 놓는 것처럼, 나는 방해받지 않고 울기 위해 집안 도처에 자동 응답기를 설치했다. 여름과 마찬가지로 겨울에도.

목소리들이, 친구, 적, 혹은 정말 위험한 인물들이, 꿀이 발린 장치에 걸려 들어 버둥대다가 죽어 간다. 나는 잠시 그들이 붕붕대는 소리를 듣는다. 곧 그 소리들은 사라진다. 이따금 나는 그들의 임종을 더 가까이에서 지켜보기 위해 덫으로 다가가기도 한다. "지금은 부재중이니 메시지를 남겨 주세요. 돌아와서 연락드리겠습니다···" 그게 미끼다, 꿀이다. 몇몇 끈덕진 이들은 거기서 버틴다. 그들은 내려앉는다, 달라붙는다, 희미하게 파닥거린다, 그리고 숨을 거둔다. 어떤 이들은 우선 머뭇거리며 날다가 멀어진다. 그러다가 되돌아와서는 다시 멀어져 간다. 그러나 결국에는 나는 그들 모두를 포획하며, 그들은 끝내 죽고 만다. 나는 그들이 죽어 가는 소리를 듣는다. 그런 다음 손가락 하나로 가볍게 그들의 흔적을 지운다. 나는 지운다, 그리고 결코 되살리지 않는다.

　　남편, 나, 우리 둘, '그 시절', 그리고 '그 후의 시간들'을 생
각하기 위해 나는 시골로 피신했다. 그 곳의 겨울은 길었고, 그 기
나긴 겨울이 나를 마비시켰다. 서리꽃처럼 하얀 눈을 머금은 태양
이 잿빛 하늘에 펼쳐진다. 얼어붙은 숲이 물 그림자도 비치지 않는
호수를 둘러싸고 있다. 오늘 아침, 나는 덧문 발치에서 얼어 있는
울새를 발견했다… 안개가 드리운다, 눈이 내린다, 우리의 추억의
발자국들이 지워져 간다… 나는 내 남편을 장사지낸다. 나는 혼자
그의 무덤을 파야 한다, 그리고 혼자서 내 슬픔을 묻어야 한다.

나는 잃어버렸다

나는 잃어버렸다, 낮을, 그리고 밤을.

그는 나에게 말했다. "선택해. 어느 게 더 낫겠어, 이혼? 별거?"

나는 밤낮으로 길을 잃고 거리를 헤맨다.

밤이면 낯설고 차가운 도시를 배회한다. 미로를 헤매고 다니다 문득 정신을 차리면 막다른 골목 어딘가에 서 있는 나를 발견한다. 나는 행인도 표지판도 하나 없는 텅 빈 교차로를 건넌다. 어디로 가야 하나? 이따금 텅 빈 거리를 따라 걷다 보면 눈으로 뒤덮인 역에 다다르기도 한다. 나는 기찻길을 따라 걷는다. 남편이 기차를 잘못 탔다. 그를 붙잡아서 기차를 바꿔 타라고 알려야 한다. 나는 여행 가방을 든 채 기찻길을 가로질러 그 위의 자갈길을 달린다, 나는 달린다, 내 치마에 매달려 있는, 아직 너무 가벼운 내 아이들, 바람이 불면 날아가 버릴 것 같은 내 아이들과 함께… 열차 궤도가 교차된다, 분기점, 전철기. 나는 머뭇거린다, 기차들이 서로 엇갈리며 지나간다, 시간이 없다. 열차가 교체되고 있다, 화물칸, 객차 연결. 분명히 나는 곧 무언가를, 혹은 누군가를 곧 잃어버리게 될 것이다.

내 아이들이나 여행 가방들을… 남편은 우리를 잊었다. 시간이 없다, 위험이 점점 가까워진다, 기차가 울부짖는다. 어디로 가야 하나?

낮이면 전철역 안에서 헤맨다. '오페라' 역에서 내리려고 '모뜨-피께' 역에서 전철을 탔던 나는 '봉세르장' 역에서 정신을 차린다, 그리고 깜짝 놀라 그 곳에서 내린다. 빠리에서 30년 간이나 전철을 타고 다녔지만 이 역에서 내린 적은 단 한 번도 없었다. 어쩌면 이 곳을 지나간 적조차 없으리라… 나는 지하철 벽에 붙은 '지도'를 찾는다. 나는 내가 계획한 목적지에서 두 배나 멀리 떨어진 곳에 와 있다는 것을 확인한다. '오스떼를리츠' 역에서 내려 그 곳에서 갈아 탔어야 했다. 신혼 때, 우리가 살았던 그 곳… 나는 계속 방향을 잃는다. 남편은 내게 말했다. "이혼을 원해, 별거를 원해?"

나는 '경계심과 신중함'을 배워야 한다, 나의 자동조절 장치와 나침반은 매순간 고장을 일으키므로. "이혼을 원해, 별거를 원해?" 나는 내가 은신하고 있는 '꽁브레이유'에서도 궤도를 이탈한 채 헤맨다. 얼마 전, 전혀 익숙하지 않은 길을 따라 마을 골짜기로 되돌아왔던 그날, 나는 내가 낯선 지방에 와 있다고 생각했다. 그 때 내 앞에는 미지의 언덕들과, 눈과 전나무로 뒤덮인 광활한 들판이 까마득히 펼쳐져 있었다.

내 유년 시절의 마을을 눈으로 헛되이 찾으며 길을 나섰을 때, 울타리 안쪽에서 나뭇가지를 자르고 있는 사람을 발견했다. 나는 그를 알아보았다. 나에게 남편도, 직업도, 얼굴의 주름도, '명성'도 없던 시절, 내가 아직 '소작인의 손녀'였던 그 시절, 나는 그와 함께 소를 몰러 나가곤 했었다. 나는 수줍게 그의 앞으로 다가가 용기를 내어 방향을 물었다. 그는 어리둥절한 표정으로 "바로 여기잖아!"라고 말하더니, 손으로 우리 집 쪽을 가리켜 보였다. 우리 집! 그렇다, 바로 거기였다. 그러나 지면의 굴곡들이 얼어붙은 호수와 연못과 흰 눈 덮인 풀밭을 숨기고 있었다. 내가 까치발을 딛고 서서 보니, 골짜기를 굽어 보고 있는 집은 엉클어진 덤불숲과 바윗덩어리들에 가려 오그라든 것처럼 보였다. 내가 길을 잃게 만들기에는 그것으로 충분했다. 그날 나는 길을 잘못 들고 방향을 잃은 값을 톡톡히 치르고 난 후, 간신히 집에 도달할 수 있었다. 내 인생을 다른 각도에서 봤을 때 내 자신이 전혀 알아볼 수 없다는 사실은 얼마나 놀라운 일인가?

익숙했던 장소와 익숙했던 존재들을 전혀 알아보지 못한 채 나는 낮에는 길을 잘못 찾아들고 밤에는 길을 잃어버린다. "꿈속을 방황하는 디동은 언제나 자신이 혼자인 채, 친구와 형제들을 찾아 인적 없는 사막을 헤매는 것 같은 느낌을 받는다."…

나의 사막은 겨울 저녁의 기차역의 플랫폼이다. 매일 밤 나는 플랫폼 위에 혼자 서 있다, 발치에 여행 가방을 내려놓은 채. 나는 곧 출발할 기차 앞에 혼자 서 있다. 나는 기차에 올라탈 수 없다. 남편을 기다려야 한다. 그는 아직 오지 않았다, 하지만 반드시 올 것이다. 그는 나와의 약속을 절대로 잊지 않을 것이다! 나는 어슴프레한 지하도의 빛 속에서 그의 긴 실루엣이, 불꽃 같은 그의 머리카락이 나타나기를 기다리고 있다… 그러나 그는 오지 않는다, 시간은 흐르고 있다. 대형 벽시계의 바늘이 이상한 딸꾹질을 해대며 분에서 분으로 뛰어넘고 있다. 나는 이미 여행 가방을 손에 들었다, 그가 반대편 플랫폼에서 머리카락을 휘날리며 나를 향해 환한 웃음을 짓고 달려올 것을 상상하며. 우리가 이 기차에 올라탈 시간적 여유가 아직 있을까? 그래, 그는 아주 젊고 민첩하니까!… 안내 방송에서 다음 기차의 출발과 승강구의 폐쇄를 알린다. 나는 가방을 들어올린다. 이제 마지막 기차다, 이 기차를 놓쳐서는 안 된다! 하지만 내가 탄 기차를 그가 놓친다면, 우리는 앞으로 어디서 만나야 할지 모를 것이다. 그를 단념하고 싶지 않다! 그러나 내가 이대로 머물러 있는다면, 이대로 이 삭막하고 차가운 역에 끈질기게 남아 그를 기다린다면, 그럼에도 그가 영영 오지 않는다면, 그 때는 누가 나를 구제해 줄 것인가? 플랫폼들은 이제 모두 텅 비었다. 나는 발판 끝에 발을 올려놓으면서, 기차칸 쪽과 그가 나타날지도 모를 지하 계단 쪽을 번갈아 돌아본다. "이혼을 원해, 별거를 원해?" 5초밖에 남지 않았다. 문이 닫히기 전, 짧은 벨 소리가 울린다. 나는 여전히 한 발은 플랫폼에, 다른 한 발은 발판 위에 올려 놓은 채, 기차의 진동을 느낀다. 탈까? 뛰어오를까? 떠날까? 머물까? 나는 곧 갈갈이 찢긴 채 죽어 갈 것이다…

나는 있는 힘껏 잠으로부터 내 몸을 빼낸다. 몸은 땀으로 흠뻑 젖고, 공포로 졸아 들어 잔뜩 경직되어 있다. 그러나 나는 곧 진정하고 눈을 뜬다. 더 이상 두렵지 않다, 더 이상 선택의 여지가 없기 때문에. 이혼이냐, 별거냐. 남편은 돌아오지 않을 것이고, 나는 마지막 기차를 놓쳤다. 그리하여 내 운명, 그것은 언제나 폐쇄된 기차역 안의 텅 빈 플랫폼이다.

그토록 오랫동안 두려워해 온 명백한 실패, 확실한 실연, 그것이 한 순간 신기하게도 기대하지 않았던 어떤 평화를 내게 돌려준다. 나는 깃털 이불 속에서 몸을 웅크린 채 해방감에 젖어 다시 잠에 빠져든다. 두려워하는 동시에 의지하면서 지내 온 많은 세월, 행복 속에서도 불안감을 떨칠 수 없었던 그 세월을 흘려 보낸 후, 지금 나는 고독이 감미롭다고, 불행이 포근하다고 느낀다.

　　　　그러나 그건 짧디 짧은 휴식기일 뿐이다. 익숙한 악몽 속으로 다시 빠져들기도 전에 나는 입술이 바싹 마른 채 놀라서 다시 눈을 뜬다. 지금 나는 어디에 있는가? 여기가 어디지? 빠리? 바다? 산? 그의 집? 내 집? 병원? 호텔? 도대체 내가 어디에 있는걸까? 그리고 지금은 언제일까? 여름일까? 봄일까? 나는 몇 살일까? 스무 살? 서른 살? 쉰 살? 내가 어떤 곳에서 잠이 들었으며, 그 곳에는 어떤 일, 어떤 사랑들이 나를 기다리는지를 언제나 눈을 뜨기도 전에 알았던 내가 이제는 밤마다 내 집의 윤곽을 알아내기 위해 탁자용 램프의 스위치를 열 번도 더 더듬거린다. 나는 전깃줄 쪽으로 손을 뻗는다, 그러나 내 손은 알 수 없는 가구 위에서 미끄러지면서 나에게서 달아나려는 벽을 짚는다. 손끝으로 불확실한 방의 허공을 더듬는 동안, 내 기억 속에서 다른 방들, 옛날의 방들이 차례차례 떠오른다. 오래 전에 사라진 집들의 아이들 방, 우리가 첫 키스를 나누었던 지붕 밑 다락방, 우리가 처음 장만한 아파트의 초록색 방, 두 번째로 살았던 아파트의 장밋빛 방, 로마식 호텔의 알코브(벽면을 움푹하게 만들어서 침대를 들여놓은 곳—옮긴이), 배의 선실… 나는 공간과 시간 속에서 길을 잃는다.

수면제를 남용한 탓일까? 어쩌면 그럴지도 모른다. 아니 침대가 너무 커서 그런지도 모른다. 우리가 함께 쓸 때만 해도 너무 작은 게 아닌가 싶었던 이 '부부용 침대'가 이제는 거추장스러울 정도로 크다… 우리가 침대에서 함께 잠을 잘 때(그 곳이 어떤 곳이건) 나는 2,001일 밤(이건 정확한 계산이다, 날짜를 세었으니까) 동안 늘 오른쪽에서만 잠을 잤다. 그러나 이제 나는 두 개의 강 기슭을 나 혼자 마음대로 쓸 수 있다. 나는 섬 전체를 차지하고 있다. 나는 이 기슭에서 저 기슭으로 몸을 굴린다. 베개를 놓치고는 왼편에서 찾는다. 이전에는 오른쪽에서만 찾을 수 있었던 그것을… 그러니까 나는 내가 주었던 것을 되받은 셈이다. 나는 내가 조절하기를 포기하고 사용하기를 단념했었던 나 자신의 절반을 더러운 빨래감 꾸러미마냥 되돌려 받았다. 온통 어지럽게 쌓여 있는 빨래 더미…

그리하여 두 다리, 두 팔의 자유를 되찾고 두 개의 베개를 차지한 나는 매일 밤 광활한 침대 속에서 길을 잃고 헤맨다. 뿐만 아니라 매일 낮 나는 집 안에서 어리둥절한 혼란을 겪는다. 그의 물건들, 나의 물건들, 우리의 것이 된 물건들… 나는 주소와 이름에서도 혼돈을 느낀다. 그의 것, 나의 것, 나의 것이 된 그의 것, 그 여자의 것이 될 그의 것…

그는 내게 말했다. "그녀는 '프로방스'에서 아주 편안하게 잘 지내고 있어." 그녀는 내 벽장, 내 아이들의 침대를 아무 불만없이 사용하고 있을까? 내 가구들, 내 이불보에 대해서도 그녀는 전혀 불편해 하지 않을까? 어쨌거나 상관없다. 그는 내게 말했다. "당분간 아이들과 함께 여기 '네일리'에 머물러도 좋아. 그녀가 '샹 드 마르스'에 아파트를 마련했거든. 나는 거기서 지낼거고, 내 우편물도 그 곳으로 배달될거야." 그래, 상관없다. 그러나 그로부터 몇 주일 후 나는 우리가 헤어지기 열 달 전에 이미, 그가 바로 그 아파트를 임대해 놓았다는 사실을 친구들을 통해 알게 되었다(그가 떠난 이후 소문이 꼬리를 잇고 있다). 그가 나를 절대로 버리지 않을거라고 맹세했던 바로 그 때⋯ 상관없다. 그는 삼 년 전에도 이미 '생끌로드'의 '아틀리에'를 사서 그의 마음을 사로잡은 말괄량이에게 즉시 빌려주었던 적도 있지 않았던가?

거기까지는 그들을 추적할 수 있었다. 그러나 그 이후 그들의 행로는 복잡해져 갔다. 내 남편과 '그 부인'과 그녀의 어린 두 딸이 '샹 드 마르스'의 커다란 아파트로 주거를 옮겼노라고, 그리고 지금의 그 여자는 임대차 계약서에 서명을 했던 그 여자가 아니지만 그는 분명히 그 남자가 맞다고. 부동산 소유주와 수위가 본 바에 의하면 임대인 명의는 언제나 그였노라고 내 친구들이 내게 알려 주었다.

그는 내게 말했었다. "나는 그녀 집으로 갈거야." 하지만 '그녀의 집', 그건 바로 그의 집이었다⋯ 나는 혼란에 빠지기 시작한다. 그런데 그는 일을 더 복잡하게 만들기 위해 덧붙여 말한다. "당신이 아이들과 함께 살고 있는 이 집의 소유주는 당신과 나야. 하지만 우리가 이 집을 팔지 않는 한, 나도 열쇠를 가지고 있겠어. 오고 싶을 땐 언제고 들를 수 있도록 말이야." 그리고 실제로도 내가 '네일리'에 있을 때면, 그는 욕실, 침실, 심지어 내 방까지도 마음대로 들락거린다. 내 집 역시 사실상 자기 집이니까. 요컨대 그는 도처에 자기 집을 가지고 있다. 그는 도처에서 스스럼없이 자기 집처럼 지낼 수 있다, 내 집에서도, 그 여자의 집에서도. 게다가 그 여자는 내 집에서도 마치 '자기 집'처럼 편하게 지내고 있다지 않은가! 나는 내 몸을 어디다 두어야 할까? 갈피를 잡기가 어렵다!

우편물 역시 마찬가지다. 편지들은 이 우편함에서 저 우편함으로, 이 주소에서 저 주소로 공놀이를 하듯 굴러다닌다. 특히 '부부' 앞으로 된 편지들의 경우에는 더욱 심하다. 우체부는 '부부'라는 글자 앞에서 혼란스러워한다. 그는 판단력을 상실해 버린다. 그리하여 그 '부부' 명의의 편지들은 빨리 시내를 떠돌아다니게 된다. 그것들은 '꽁브레이유'에서 '프로방스'로, '프로방스'에서 '꽁브레이유'로 떠돌다가, 마침내 어디론가 증발하고 만다. 그리하여 '부부'는 사라진 실체가 된다. 어린 조카가 내게 말해 준 적이 있다. 이같은 우편물의 행로에 대해 알고 있는 그 아이의 엄마가 "그들이 자기 부모의 부고만큼은 제대로 받아야 할 텐데!"라고 말했다던가! 가족으로서도 우리는 사실상 죽은 것이나 마찬가지다. 그러므로 떠도는 편지들을 '사망했음', '켈리 부부 사망'이라고 적어 발신인들에게로 돌려보내야 할 것이다.

"디동은 아무도 없이 혼자 길을 걸으며 사막을 헤매는 듯한 느낌에 사로잡힌다…" 나, 나는 온통 잿빛인 어떤 나라에서 비 내리는 길을 따라 걷는다. 나는 때이른 겨울에 두터운 눈으로 뒤덮인 길을 나아간다. 내가 내 주소를 더 이상 확신할 수 없으므로, 내 이름조차도 알지 못하므로, 아무도 나를 집으로 데려다 주지 않을 것이다.

나는 25년이 넘게 그의 이름을 사용해 왔다. 직업상에서뿐만 아니라 일상 생활에서도. 역사('현대 프랑스 사회에서의 대중 문화와 정신')를 가르치던 대학에서 나는 켈리 부인이었으며, 현재에도 켈리 부인으로 통하고 있다. 지난 시대의 몽상, 옛날 이야기, 전설, 구전 문학, 에피날(로렌 지방 보쥬의 수도로 10세기에 수도원을 중심으로 발달한 도시. 채색 판화로 유명함—옮긴이)의 회화, 목가의 전문가인 켈리 부인… 고대 몽상학 교수, 프랑시스 켈리 부인.

내 처녀 시절의 이름은 단지 내 비밀의 정원에서만 열릴 것이다. 그 곳은 내가 언어를 공부한 곳이다. 진지하고 심각한 역사 언어가 아니라 나만의 언어들, 허구의 언어, 환상의 언어들을. '까트린느 라랑드'라는 내 '옛날' 이름은 시나리오나 소설, 역사학과 동료들이 경멸하는 어투로 말하는, '문학적인' 것들, 그런 비밀스런 거래에서만 필명으로 쓰이고 있다. 다시 말해서 내 진짜 이름은 필명으로 쓰이고 있을 뿐이다… 공인된 삶, 공식적인 삶, '교수'라는 직업, 납세자, 집의 여주인, 학부모, 전화 가입자로서의 삶에서, 나는 오래 전부터 그 소작인의 이름을, 선박의 뱃머리에서 오브라이언, 오말리, 플라허티, 코넬리 등을 호위하는 아일랜드의 반역자인 한 선원의 이름과 맞바꾸었다. 사랑하는 남자가 나에게 준 안개와 해초의 이름, 내가 5년 동안이나 갈망했던 그 이름! 나는 결혼 전에 이미 그 이름에 길들여져 있었다. 까트린느 켈리, 그 이름을 사인하는 법을 몰래 연습하고 온갖 억양으로 그 이름을 반복하여 불러 보면서. 그리고 마침내 트위드 투피스나 올이 굵은 스웨터 위에, 혹은 '스포틱'한 옷이건 정장류의 옷이건 간에, 옷들 위에 그 이름을 새겨넣을 수 있는 날이 왔다. 명확하고 부드럽고 자랑스러운 그 이름,

누구라도 자기 아이들과 그 아이들의 아이들에게 물려주고 싶어할 그 이름을… 그가 나에게 그 이름을 주지 않았던가? 나는 면사포를 쓰고 결혼 서약을 하면서 그 이름을 받았고, 동시에 내 이름을 그에게 바쳤다. 상류 계층 여자들(그리고 남자들, 반은 더블린계이고 반은 마르세이유계인 뱃사람의 후예들, 그들이 어떤 사람들이었는지는 신만이 알리라)의 관습에 따라, 내 시어머니의 하녀들은 나를 '프랑시스 부인'이라고 불렀고, 시부모님들은 '프랑시스 댁'이라고 불렀으며, 그 집을 드나드는 지체 높은 영국계 미망인들은 '작은 프랑시스 부인'이라고 소곤거렸다. 세례명 이외에는 어떤 이름도 인정하지 않았던 수녀들처럼, 나는 내 옛 이름과의 인연을 끊었다.

이제 나는 또다시 순종해야 할 시기에 처해 있다. 모든 서류들을 서둘러 바꾸고, 전화 번호부와 수표책에 사용하는 이름을 변경해야 하며, 공식 문서들을 수정해야 한다. 남편은 떠날 때, 나에게 준 이름을 함께 가지고 갔다. 결국 그 이름은 잠시 빌린 이름일 뿐이다. 이제 그는 그 이름을 다시 적절하게 사용할 것이다. '프랑시스 부인', '퀠리 부인', 그것은 이제 다른 여자의 이름이 될 것이다.

다행한 일이다. 남편 앞에서 그의 새로운 정열의 대상에 관해 말할 때 그녀를 어떻게 불러야 할지 몰랐던 것을 생각하면! 이제는 애매함(모호한 제스처와 함께 '그 사람'이라고 부르거나), 실수(그 여자가 지속적인 관계를 유지하는 경우 '그의 정부'라고 한다거나), 혹은 저속함('그 여편네', '그의 첩', '갈보', '그의 깔치')을 감수할 필요가 없으므로. 그러나 그중에서도 내가 여전히 가장 부르고 싶은 호칭은 '다른 여자'다, 다른 여자. 마치 수도승들이 악마를 지칭할 때처럼… 하지만 마귀 쫓는 주문이 다 무슨 소용이랴, 때는 이미 지나간 것을! 그러니 그냥 그 호칭, '켈리 부인'으로 해두자. 그 이름은 그녀에게 완벽하게 어울릴 것이다, 그의 멋진 의상들에 새겨진 것만큼이나. 그 이름, 나는 25년 동안 그 이름을 사용해 왔다. 영국의 하인들이 주인이 새로 맞춘 의복을 먼저 입어 어색한 느낌이 들지 않도록 길들여 놓는 것처럼. 하지만 이제 나는 쓸모없는 한 짝의 새 구두를 꺾어 버리듯 그 이름을 꺾어 버렸다. 다른 여자의 편의를 위해. "마님, 식사 준비가 다 되었습니다!"…

그들에 대해 말하면서, 나는 인상을 찌푸리고 나도 모르게 괜히 비아냥거리게 된다. 사람들이 불행한 사람들에게서 혐오하는 그 특징들. 베레니스(라신느 비극의 여주인공. 연인 티투스와 생이별을 한 후 동방의 사막으로 보내짐—옮긴이)의 고귀함, 아리아드네(그리스 신화에 나오는 인물. 연인 테세우스에게 버림받아 무인도에 버려짐—옮긴이)의 품위 그래, 내가 본받아야 할 것은 바로 그런 것들이리라! 아니면 심연 속으로 단번에 몸을 던지든가, 디동처럼 자살하든가, 메데(그리스 신화에 나오는 인물. 야손에게 버림받은 후, 그녀의 연적 크뤼즈와 그 자식들을 불에 태워 죽임—옮긴이)처럼 살인하든가. 이 상황은 나에게 부부 싸움이라기보다는 차라리 비극 무대다. 내가 있는 이 곳은 '동방의 사막'이며 '버림받은 여인'이 살해당했던 그 해안이다! 나에게서 이 상황은 "이제 끝장이다!"나 "기억해 줘!"와 같은 대사들, 그 왕관들, 통곡하는 여인들, 화형 장면이 나오는 비극이다…
　　하지만 연극 무대에서만 볼 수 있는 그러한 장치가 없으니, 나는 최소한 현대 여성답게 처신해야 하리라. 책임감있게, 예의바르게. 그야말로 '얌전하게' ("얌전히 있어!"… 어린 소녀 시절, 미사 시간에 기도대 아래로 떨어뜨린 성화들을 줍기 위해 내가 엎드려 기고 있을 때 할머니는 "얌전히 있어!"라고 소리치셨다) 그래, 얌전히 있어야 한다. 하지만 무엇에 대해 얌전해야 한단 말인가? 나에게는 더 이상 미래도 과거도 없다. 나는 내일 당장 나에게 무슨 일이 일어날지 모르며, 어제 무슨 일이 일어났는지조차도 모른다. 그가 떠난 이후로 사람들이 너무도 많은 것들을 내게 알려 주었음에도 불구하고! 지난 시간들을 재정돈할 수가 없다. 나는 그것들을 정돈하려고 노력하지만, 그것들은 요동을 치며 나에게서 빠져 달아난다. 내 과거는 전면적으로 와해된다.

이 붕괴 과정 속에서 나는 내 호적에조차 매달릴 수 없다. 그건 이제 매달리기에는 너무 유약하고 흐릿하다…

어떤 조카가 그들이 서로 다정하게 껴안고 있는 모습을 목격했다고 알려 주었을 때, 착란 상태에 빠진 나는 '내 남편의 아내'가 어떻게 생겼더냐고 물었다. 그리고 곧 내 귀에 할머니의 목소리가 들려왔다. "제발 얌전히 굴어, 응? 도대체 그게 무슨 말이니? 네 남편의 아내라니? 그가 네 남편이라면, 그 여자는 그의 아내가 아니잖아, 그리고 그 여자가 그의 아내라면, 그는 더 이상 네 남편이 아니고!" 논리적으로는 그렇다… 지금으로서는 법이 아직 그 사실을 인정하지 않았고, 내 심정이 아직 그 법에 동의하기가 어려운 단계니까. 그래서 나는 혼란스럽다.

그리고 법관들이 최종 판결을 내리게 될 때, '그의 아내'가 정식으로 '켈리'로 불리게 될 때, 그 때 나는 그를 뭐라고 불러야 하나? 꿈속에서 나는 아직도 그를 '프랑시스'라고 부른다. 하지만 내 꿈속에서 그는 늘 젊다, 아니면 늘 부재한다. 꿈속에서 나는 그를 기다리고 기다린다… 하지만 실제 삶에서는 더 이상 그를 기다려서는 안 된다, 그는 돌아오지 않을 것이므로. 하지만 아직까지는 그에게 전화를 걸 수는 있다. 당분간은 내가 그의 비서(그녀는 25년 동안 그 자리를 지키고 있다)에게 전화를 걸어 "제 남편 좀 바꿔 주시겠어요?"라고 말할 수 있다(25년 동안 매번 같은 식이었다). 하지만 '한 달 후, 일 년 후'에는 그녀에게 뭐라고 말해야 할까? "제 전남편 좀 바꿔 주세요."라고? 하지만 그건 가족적인 호칭이 아니다! 그렇다면 "켈리 씨 좀 바꿔 주시겠어요?"라고? 그러면 그녀는 나를 낯선 여자로 여기고 가차없이 나를 '걸러 내' 버릴 것이다. 그러면 뭐라고 해야 할까? "제 아이들의 아버지와 통화하고 싶습니다"라고? 하지만 나는 그 말을 다 끝맺기도 전에 웃음을 터뜨리고 말 것이다. 나는 '내 딸의 엄마'인 얼간이와, '내 첫 번째 아들의 아빠'인 괴물에 대해 익히 들어 왔다! 아, 이 산산이 부서진 가정의 혈족 관계를 나타내는 그 유일한 표현에 나는 편두통을 일으킨다!

그러므로 나는 앞으로 그에게 전화하지 않겠다. 하긴, 이미 그의 집에도 더 이상 전화를 할 수 없었다(그 곳은 '그의 집'인 동시에 그녀의 집이기 때문에). 이제 그의 사무실에도 전화하지 않겠다, '내 남편'이라고 부르는 실수를 저지르지 않기 위해.

그가 나에게 단순히 친구, 대학 동창, 여행의 동반자였을 뿐이었던 그 과거를 어떻게 되살려 내야 할지 모르겠다. 그는 내 남편이기 때문에. 그는 내 남편이고, 내 기억의 절반이며, 내 삶의 3분의 2이고, 나의 10,000일 밤이었다. 그는 내 남편이며, 나를 배반했고, 그리고 떠났다. 그러므로 그는 이제 더 이상 나에게 거짓말을 하지 않을 것이고, 나는 그 사실이 기쁘다. 나는 길을 잃었다.

공간, 그리고 시간 속에서 길을 잃은 나는 동사 변화조차 정확하게 알지 못한다! 어떤 동사들을 어떤 시제로 써야 하나? 그의 취향에 대해 말할 때(나는 대화 도중에 전보다 더 자주 그를 인용하는 나를 발견한다), 그를 인용할 때, 어쩔 도리 없이 그를 인용할 때, 나는 "내 남편은 이걸 좋아했어, 그는 저걸 좋아했지."라고 말한다… 왜 '좋아했다'고 말하는가? 그는 지금도 좋아하고 있지 않은가! 그는 모든 걸 좋아하지 않는가! 나만 빼고!

그가 '정말로' 죽지 않았기 때문에, '나와는 아무런 관계' 조차도 없기 때문에, 그가 그 곳('샹 드 마르스'의 어느 조용한 구역)에서 계속 나에게 편지를 보내 오기 때문에, 나는 내 문장들을 어떤 식으로 표현해야 할지 알 수 없다. 게다가 그에 대해 내가 이런 식으로 말하는 걸 누가 용납하겠는가? 그는 이제 더 이상 나에게 속해 있지 않는 데 말이다…

내 왕국은 축소되었다. 나는 그의 새로운 영역을 알지 못한다. 나는 빛을 찾기 위해 더듬거린다. 내 오른편에 미래가 있다―길이 없는 넓은 대양. 내 왼편에는 과거가 있다―광활한 폐허. 나는 안개와 허무 사이에서, 현재의 파도 한가운데에서, 텅 빈 대지와도 같은 '물결'을 바라본다.

우리의 30년 파편을 치우는 데 6개월 정도면 충분하다. 우리가 함께 나누었던 추억마저도 더 이상 존재하지 않는다. 그저 그의 추억이 있고, 나의 추억이 있을 뿐이다. 그 추억들이 일치하는 경우는 대단히 희박하다. 우리가 공동으로 사용하던 방을 치워 버렸던 것처럼, 과거는 '각자의 것'으로 떨어져 나온다…

우리의 기억들, 어제까지만 해도 내가 조화롭다고 생각했던 그 기억들은 이제 뿔뿔이 흩어졌다. 거짓말 때문에 결렬되고, 의혹 때문에 분리되었다. 나는 어리석게 굴지도 않고 숙녀인 척 새침을 떨지도 않으면서, 내 아일랜드 남자의 밀회 행각들을 내가 알 만큼 안다고 오랫동안 믿어 왔다. 훌륭한 혈통은 거짓말을 할 줄 모른다. 그는 그의 선조들처럼 방랑자이며 정복자이고 호색한이다… 나는 여자 뒤를 쫓아다니는 그의 취향을 피할 수 없는 것으로 받아들였다. 우리는 친구들 앞에서, 혹은 가족이 모였을 때조차도 그걸 농담 삼아 말하곤 했었다. 우리는 '해방된 세대'가 아니었던가? 그의 바람기를 관대하게 봐 넘기라는 명령을 받은 나는 그 명령을 그대로 따랐고, 그래서 그가 나를 속인다는 생각을 한 번도 해 본 적이 없었다. 일시적인 연애 사건들을 내게 고백하고 잡다한 연애 이야기들을 되풀이해 들려 준 그의 행동이, 관계를 숨기고 연애 감정을 감추기 위한 것이었다고는 상상조차 하지 못했다. 내 혈관을 흐르는 피는 곧이곧대로 믿고, 말한 대로 처신하며, 결혼 서약을 평생 지켜야 한다고 생각하는 우직한 농부의 피다. 그러한 피를 타고난 나는, 그 세월 동안 남편이 폭풍우를 무릅쓰고 어린 계집애를 '아스테릭스' 공원에 데려 갈 때마다 진심으로 염려하곤 했다… 그가 출장 때문에 낯선 곳에서 주말을 보낼 때면, 그에게 아낌없는 찬사를 보내기까지 했다…

　내 우둔한 행동들의 기록으로 여러 권의 책을 만들고도 남으리라! 그러나 먼 곳에서, 그 이중의 배신 행위 사이에서, 이국적인 선물들과 애정어린 문구들을('당신은 나의 진정한 아내, 진정한 동반자, 나의 까뚜샤, 내가 선택한 여자, 언제나, 매일 아침, 매일 밤, 내가 선택할 수밖에 없는 사랑스러운 여자') 내게로 보내는 한 남자를 내가 어떻게 의심할 수 있었겠는가. 나는 그 말들을 믿었다. 다른 여자들의 존재에도 불구하고. 심지어는 현재 내가 그 존재를 알고 있는 바로 그 다른 여자의 존재에도 불구하고, 그랬다. 그 여자의 '아틀리에', 그 여자의 기약된 날들, 그리고 '공동 소유화'된 우리의 바캉스에도 불구하고, 나는 그 말들을 믿었었다. 아니면 내가 그것을 여전히 믿고 있다고 믿었었다. 머리 끝부터 발 끝까지 검은 색으로 차려입은 채…

　그가 떠난 이후, 사람들이 내 우둔한 눈을 뜨게 해 주었다. "리오? 93년도? 아, 불쌍한 까뚜, 정말 답답하군, 그는 리오에서 혼자 있었던 게 아니야!" 상관없다. "지난해 '도빌'에서 열린 미국 영화제 말인데… 그가 혹시 너한테 이렇게 말하지 않았니? '난 그런 덴 얼씬 거려 본 적이 없어.'라고 말이야? 하지만 얘, 십 오 년 전부터 그는 단 한 번도 그 영화제에 빠진 적이 없어! 영화제가 처음 생겼을 때부터 줄곧 이 여자 저 여자를 달고 왔었어, 최근 몇 년 동안은 늘 그 여자와 함께 왔지만…"

　나는 내 뒤에서 충격적인 광경들을 끊임없이 발견한다. 한 발 한 발 내디딜 때마다 내 기분은 변한다. 어제는 슬펐고, 오늘은 열정에 빠지고, 내일은 분노로 미쳐 버린다. 더 이상 나 자신을 예측할 수 없다. 그리고 감히 추억할 수도 없다. 그럼에도 나는 새로운 사실들을 탐욕스럽게 듣고 배운다. 금발의 여자, 갈색 머리의 여자, 다갈색 머리의 여자, 도시 여자, 시골 여자… 자, 이제부터는 '언제'와 '어디서'를 알아야 할 것이다. 긴 여행을 하는 나의 항해자가 어느 항구에 들렀는지, 우리의 부부 관계가 어떤 모래톱에 부딪혀 좌초했는지, 어떤 암초에 부딪혀 산산조각 났는지를. 비록 배가 완전히 부서져 버린 지금 그러한 수고가 더 이상 아무런 의미도 없겠지만, 그러나 나는 내 불행의 해도(海圖)를 똑바로 알고 싶다. 내 과거를 정확하게 알고 싶다. 지금 나에게는 명확함이 필요하다. 특히 이름들, 남편이 나에게 누설한 이름들이 아닌, 그 이름들 뒤에 숨겨 놓았던 이름들이 필요하다. 가령 '마리솔'과 같은 명확한 이름이… '플라밍고'를 추듯 걷는 그 타나그라 인형(그리스의 고도 타나그라에서 발굴된 작은 조상—옮긴이), 그의 주위를 게걸스럽게 맴돌던 그 바람둥이 마리솔, 그녀는 그의 정부였을까? 그녀는 아주 선정적이었고, 행동도 조신하지 않았다. 그래, 그들은 서로 안성맞춤인 짝이다! 어떤 친구에게 이러한 내 의혹을 털어놓았을 때, 그 친구는 웃음을 터뜨리며 말했다. "마리솔? 그 감초 뿌리같이 생긴 계집애 말이야? 생강 빵같이 생긴 그 애? 말도 안돼, 네 남편은 금발의 글래머들만 좋아한다구!"

그것은 나에게 광활한 새 지평을 열어 주었다. 금발의 글래머… 그러고 보니 그의 '새 여자'(용서하기를, 하지만 그녀는 합법적으로는 아직 '켈리'라는 이름으로 불리지 않는다), 그의 '새 여자'도 역시 글래머인 데다 금발이다. 사람들이 그녀의 머리에 대해 뭐라고 수군댄 게 있긴 하지만, 여하튼 그녀는 금발이다… 그녀처럼 나도 내 머리를 그렇게 만들 수 있다! 물론 내 경우에는 피부 색 때문에 사람들 눈을 속이기가 그녀보다 좀 어렵긴 하겠지만. 내 피부 색은 너무 어둡다. 나는 거무스름한 편이다. 나는 몸집이 작고 까무잡잡하다. 너무 까무잡잡하다. 집시처럼 햇볕에 그을린 피부.

프랑시스는 스무 살 시절부터 농담삼아 우리가 어떤 점에서는 서로 다른 부류에 속한다는 사실을 지적하곤 했다. "이봐, 난 말이야, 우리가 어떤 아이를 낳게 될지 정말 궁금해. 우리의 혈통, 게다가 우리 피부 색 좀 봐! 우윳빛과 사프란 색(아침놀의 빛깔—옮긴이)의 혼합물이라니… 하하하! 그 녀석은 장점이라고는 하나도 없이 태어날거야!" 또 언젠가 그는 내 손, 조그맣고 거무스름한 내 조막손을 크고 뽀얀 자신의 손 위에 올려 놓고는 말했다. "보여?" 물론 나는 보았다. 우리의 손은 따로 떼어놓으면 흉하지 않다. 하지만 한데 붙여 놓았을 때 그 피부 색의 대비는 정말 눈에 거슬린다…

그러나 나는 그 모든 것들에 대해 그다지 불안해 하지 않았다. 나는 그의 말을 농담으로 치부했다. 아직 어린애티를 못 벗은 유치함이라고, 그 나이의 청년이라면 누구라도 결혼을 앞두고 그렇게 뒷걸음질치고 싶은 불안한 심리를 가지는 것이라고. 더 나아가 우리에게서 다른 점들을 발견하면 할수록, 나는 우리가 서로 사랑하고 있다는 사실을 더 한층 확신할 수 있었다. 그러나 지금 나는 정말 모르겠다… 그의 정부들, 최소한 그가 나에게 고백한 정부들은 모두 금발이었다. 그것은 부인할 수 없는 사실이다. 그녀들은 소설이

나 노래에 등장하는 여주인공들처럼 하나같이 금발이다. 금발 옆에서 '달콤한 잠을 자는 건 기분 좋은 일이다.' 목가와 자연주의 회화와 사진의 전문가인 내가 어떻게 그걸 모르겠는가? 금발… 남편은 나에게서 자신의 취향에 맞는 구석을 한 번도 발견한 적이 없었을까? 마음에 들었던 부분이 정말 한 군데도 없었을까?

나는 시간 속을 헤맨다. 앞으로 나아가기를 멈추고 근원으로 역류하는 시간. 모든 것이 전복된다. 내 미래를 지휘하는 것은 더 이상 내 과거가 아니다. 내 과거를 지배하고, 그것을 되돌려 놓고, 이미 분류된 것을 수정하는 것은 나의 미래(내일 내가 알게 될 것들)다. 내 삶의 필름, 나는 그럴 듯한 연속성을 되찾기 위해 내 삶의 필름을 '뒤로 되감아' 비추어야 한다. 사과는 나무 위로 되올라가고, 화살은 활 시위로 되돌아온다…

사람들은 내게 말했다. "기분 전환을 위해 여행이라도 해! 더 이상 과거사를 되씹지 마, 끝난 건 끝난 거야… 여행을 하라구!" 그래서 나는 여행을 했다. 그렇게 해서 나는 시간 속을 헤매던 것처럼 공간 속을 헤맸다.

'폼페이'의 '신비의 사원'에서 나는 그의 안내를 받으며 처음 그곳을 방문했을 때를 회상했다. 그는 나를 위해 상형문자들과 비문들을 해독해 주었다. 당신이 떠나 버린 지금, 난 더 이상 그것들을 읽을 수 없다… '튀니지'에서는 우리가 '메디나'의 상인들에게서 샀던 잎차를 떠올렸다. 장터에서 그는 그 투명한 피부와 푸른 눈에 어울리지 않게 아주 능숙한 솜씨로 가격을 흥정했었다. 이제 당신이 떠나고 없는 지금, 나는 더 이상 셈을 치를 줄 모른다… 그가 6개월 간 머물렀던 '알제리'에서는 그의 흔적을 찾기 위해 그가 살았던 아파트까지 걸었다. 그러나 거리는 너무 변해 있었다. 남편도 없고 차도르도 쓰지 않은 나는 감히 길을 물어 볼 엄두도 내지 못했다. 당신이 떠나 버린 지금, 나는 더 이상 말을 할 줄 모른다… '시테라', 내가 한 번도 가 본 적이 없고 그가 발을 디딘 적이 없는 '시테라'(그리스 남쪽 해의 작은 섬. 사랑의 여신 아프로디테가 이 섬의 바다에서 태어났다는 전설이 있음—옮긴이), '시테라'에서조차 나는 오직 그만을 보았다! 동반자도 없이 '사랑의 섬'으로 떠나는 배를 타는가? 나는 단지 반쪽짜리 서문과 4분의 1의 시나리오만을 가지고 그곳으로 갔다. 그러나 항구와 바위에서 그 남자의 환영을 좇는 데 열중해 있던 나는 종이 위에 단 세 마디의 문장도 이어갈 수 없었다. 당신이 떠나고 없는 지금, 나는 더 이상 글을 쓸 줄 모른다…

나는 도처에서 그의 부재와 맞닥뜨리곤 했다. 우리가 함께 지냈던 곳, 그가 나 없이 갔던 곳, 내가 그 없이 갔던 곳, 하지만 언제나 그랬듯이 내가 그에게 그 곳에 대해 말해 주었기 때문에, 나의 가슴속에 언제나 그가 함께하기 때문에, 우리가 함께 갔던 것이나 마찬가지인 그 곳들. 그에 대한 추억이 없는 곳을 찾기 위해서는 '스피츠베르겐'(북극해에 있는 노르웨이 군도—옮긴이)이나 '떼르 아델리'(인도양에 있는 눈으로 뒤덮인 고원—옮긴이)를 탐험해야 하리라! 하지만 그게 무슨 소용이랴! 그 곳에서 그를 '다시 보지' 않더라도, 거기서 그를 보고 싶어할 것이 분명한데!

내가 있는 그 곳에 그가 없다면, 텅 빈 공허감이 나를 가득 채울 것이다. 그를 잊기 위해서는 나 자신을 잊어야 할 것이다. 그는 30 년 동안 나의 모항(母港)이었고, 나의 유일한 풍경이었다. 어떤 새로운 장소를 찾아가도 그 곳에서 새로움을 전혀 느끼지 못하고, 나는 이미 다만 사방 벽 속에 스스로 유형당한 느낌에 사로잡히지 않았던가? 내 침대, 내 침대만으로도 나는 지금 충분히 낯설다. 그리고 내 방, 그가 떠난 이후로 내 방은 '캄차카' 반도보다 더 멀게 느껴진다… 나는 여행 가방을 치워버렸다.

"그건 빗나간 사랑이 아니야." 샹송에서는 그렇게 말한다. 아마도 내가 옛날에 "17세기 프랑스에서의 대중 가요와 여성의 이미지"라는 제목의, 1,200쪽 분량의 국가 박사 논문을 쓰고 있을 때 들었던 민요풍의 옛 가요들 중 하나였던 것 같다… 내 기억 속에 매몰되어 있는 그 수천 가지의 멜로디와 가사들 중에서 가끔씩 단편적인 구절들이나 불완전하게 잘려져 나온 후렴구들이 떠오르곤 한다. "내 연인이 돌아오지 않는다면, 오, 나와 결혼할 사람은 아무도 없을거야, 나는 고독하게 혼자 살겠지, 사랑, 사랑, 내 사랑, 변덕스러운 내 사랑."이라든가, 아니면 좀더 쾌활한 분위기에 거의 무도곡 템포로 "난 당신을 정말 사랑했어, 정말, 정말, 정말, 여보, 난 당신을 너무 사랑했어요."라든가… 어쨌든, 빗나간 사랑이 아니란다. 정말일까? 나는 그 사랑의 근거를 찾고 싶다. 하지만 그게 무슨 소용인가? "그는 당신 아이들의 아버지야." 사람들은 내게 그렇게 말한다. 하지만 그건 그리 대단한 일이 아니다! 내가 스무 살이었을 때, 내 아이들의 '아버지가 될 후보자들'은 많았다! 나는 내 아이들이 음유 시인의 후손과 농부의 딸의 비현실적 결합으로 태어났기 때문이 아니라, 내 아이들이기 때문에 있는 그대로의 그들을 사랑하듯, 그이기 때문에 있는 그대로의 그를 사랑했다…

그럼에도 불구하고 나는 아이들과 그들의 아버지 사이에서 혼란을 느낀다. 시간, 존재, 감정들이 낯설게 겹쳐진다. 어느 날 밤, 나는 꿈을 꾸었다. 눈으로 뒤덮인 어떤 마을을 찾아간 나는 남편과 방금 막 마주쳐 지나온 행인들을 만났다. "그 켈리, 프랑시스 켈리, 그 사람 당신 가족 맞죠? 당신 맏아들, 맞죠?" 나는 그들이 착각한 것에 기분이 상했다. 그러나 그들은 푸르스름한 배경 저 끝으로 머리 위에 붉은 후광을 드리운 한 젊은 남자를 가리킨다. 세월이 남편의 머리카락을 오늘날 사람들이 찬탄해마지 않는 흐릿해진 아름다운 금빛으로 만들기 전에, 그의 머리카락은 사실상 붉은 색, 핏빛처럼 붉은 색이었다. 나는 그의 곱슬거리는 머리카락을 내 손가락으로 쓸어 넘기곤 했는데, 그럴 때마다 내 손가락들은 루비 반지를 낀 것 같아 보였다… 그러니까, 그날 밤, 내 꿈속의 남편은 스무 살이었던 것이다! 나는 나에게 질문을 한 사람들에게 이렇게 말했다. "아뇨, 저 젊은이는 내 아들이 아니에요… 그는 내 남편이에요." 그러고는 이내 기분이 언짢고 두려워졌다. 저 남자는 내 나이에 비해 너무 젊지 않은가! 그 상황의 오류를 정정하기 위해서는 이보다 더 명확한 것이 없다는 듯이, 나는 내가 한 말을 다시 고쳐 말했다. "내 남편이 아니라, 나의 전남편이에요, 전남편." 잠에서 깨어나면 나는 그가 내 삶에서 어떤 존재인지를 알 수 있을까?

나는 내 첫 번째 중편 소설 속에서는 그를 여주인공의 오빠로 만들었고, 첫 번째 장편 소설에서는 그를 여주인공의 연인으로 만들었다. 그 시절 그는 곧잘 나를 자신의 '영혼의 누이'라고 말하곤 했었다. 그 후 그는 성장했고, 더 이상 누이 같은 건 필요없게 되었다. 영혼 역시 더 이상 필요없었다. 육체만으로도 충분했으니까…

그러나 나는 내 꿈속의 젊은 남자를 품에 안아 재웠고, 그와의 추억을 소중하게 간직하려 했다. 내게도 냉소와 무관심의 시간이 곧 다가올 것이다. 하지만 지금으로서는 감정의 혼돈 속에 내 몸을 담근다. 내가 지금 뭐라고 말했는가? 몸을 담근다고? 아니, 나는 거기에 빠져 뒹굴고 있다. 내가 느닷없이 그가 과거에 저질렀던 어떤 배반의 사실을 알게 될 때, 그에게서 모욕을 당하고 상처를 입게 될 때, 사람들이 그가 젊은 여자의 품에 안겨 있는 모습을 내게 묘사해 줄 때, 그 때 내가 하게 될 최초의 행동은 그에게 전화를 하고, 그에게로 달려가 내 고통을 털어놓고 위로받기 위해 그의 품속으로 피신하는 것이리라. 나는 그의 가슴에 얼굴을 파묻고 울고 싶다. "자, 내 품에 안겨, 내 사랑, 내 까띠, 내 까뚜샤, 자, 내 품에 안겨!" 예기하던 것과는 아주 딴판으로, 그가 야기시킨 상처를 그가 낫게 해 주리라 기대하면서. 나는 그를 통해서만 구원을 찾을 수 있다, 그는 나의 연인이었고 친구였으므로…

다행스럽게도 그 반대의 경우도 마찬가지이다! 완강하게 되밀고 올라오는 그에 대한 사랑의 감정을 마음으로부터 뿌리뽑기 위해서도 변함없이 나는 그의 도움을 기대한다! 거짓말, 모욕. 그는 나에게 남은 마지막 환상들을 무너뜨리는 일에 재빠르게 협력한다, 그리고 마침내 그의 배반 잘하는 성향이 늘 쉽게 용서해 버리는 내 성향을 누르고 승리한다. 내가 그에게 대항하기 위해 의지할 수 있는 최상의 대상, 그것은 바로 그이다.

　　추억하는 것만으로도 족하다. 이를테면 우리의 25주년 결혼 기념일을 자축하기 위해 그가 나를 저녁 만찬에 초대했던 그날을… 그 당시 나는 아직 '샹 드 마르스'에 있는 아파트의 존재를 알지 못했다. 그러나 나는 그 사실을 알지 못했음에도 알고 있었던 것이나 다름 없었다. 그가 더 이상 집에서 저녁 시간을 보내지 않게 된 이후로 '사업상의 일', '저녁 만찬', 그리고 거짓말이 더욱 빈번한 리듬을 타고 이어졌으므로. 하긴 그 결혼 기념일이 있기 석 달 전, 역 플랫폼에서 내가 탄 기차가 출발하려 할 때 그는 나에게 마지막 키스를 한 후 말했다. "해결책을 생각해야 할거야… 어떤 게 더 낫겠어? 이혼? 아니면 별거?" 승강구의 문이 닫히고 있었다. 내가 잘못 들었던 것일까? 아니, 분명하게 들었다… 나는 역에서, 거리에서, 전철 역의 통로 안에서 방향을 잘못 찾곤 했다. 심지어 시골에 있을 때는 집에서 몇 걸음 떨어진 들판에서조차 길을 잃곤 했다.

　이혼? 아니면 별거? 그가 그 말을 다시 꺼내는 일 없이 여러 주일이 흘렀다. 사람들 앞에서 우리는 여전히 부부 행세를 하고 있었다. 함께 외출을 했고, 나는 그의 성을 그대로 가지고 있었다. 하지만 우리는 이미 '각방'을 쓰고 있었다. 그럼에도 나는 그걸 간과하고 있었다…

　우리는 은혼식을 치르러 갔다. 은… 마치 장례용의 검은 장막에서 흘러내리는 눈물 같은… 나는 검은 옷을 차려입고 있었다. 죽음의 무도회, 죽음의 결혼식. 까닭모를 눈물이 흘러 내렸다.

그가 멋진 레스토랑에서 저녁 식사를 하자고 제안해 왔을 때, 나는 놀라움을 숨길 수 없었다. 그즈음 들어 우리가 서로 마주보고 있는 경우는 아주 드물었다! 관객도 없이 연극 공연을 하는 우리는 서로를 속이지 않을 것이다. 그랬으므로 역 플랫폼에서 다시 말문을 연 것은 바로 나였다. 나는 그에게 왜 버리기로 마음먹은 여자와의 은혼을 기념하려느냐고 물었다(그 때 나는 불안한 모습을 보이지 말았어야 했다. 하지만 이미 불안을 드러내고 난 후였다!). 그는 자신의 주장을 굽히지 않았고, 나는 그런 그의 행동이 정직한 것이라고 믿었다. 나는 받아들였다.

테이블에 앉아 주문을 하자마자 그는 공격을 시작했다. 그는 전채요리도 기다리지 않았다. 저녁 식탁에서 때와 장소를 가리지 않고 업무 이야기를 꺼내는 사람들처럼. 그는 조급했다. 그날 저녁, 그는 나를 죽음의 상태에 빠뜨릴 결심을 했던 것이다. 그 레스토랑 입구에서부터.

웨이터가 멀어지자마자 그는 어렴풋한 미소를 지으면서 내 쪽으로 몸을 기울였다. 날고 있는 자고새를 숨 죽이며 겨냥하고 있는 사냥꾼의 은밀한 미소. 초라한 수험생을 궁지에 몰아넣기 위해 '보충 질문'을 하는 시험관의 미소. "까트린느, 당신은 이제 더 이상 나에게 관심이 없어, 당신은 일 년 전부터 나에게서 뭔가가 없어졌다는 걸 전혀 눈치채지 못했어… 내가 어디가 달라졌는지 말해 봐, 자, 어서."
그리고 또다시 그 미소, 부드럽지도 잔인하지도 않으나 호의라고는 조금도 없는 거만한 미소, 냉소적인 예의. 나를 전복시킨 것은 그 질문이 아니라 바로 그 미소였다. 나는 공포에 사로잡혔다. 입술은 바싹 타 들어갔고, 심장은 미친 듯이 쿵쾅거렸다. 나는 눈살을 찌푸려 모으고 그를 뚫어지게 바라보았다(나는 상당한 근시다!). 그는 더 이상 움직이지 않았다. 마치 증명 사진을 찍기 위해 내 앞에 앉아 있는 것처럼. 나는 그가 자신의 눈동자와 같은 푸른색 셔츠를 입은 것을 보았다. 나는 그가 잘생겼다고 생각했다. 사실 나는 늘 그가 잘생겼다고 생각하고 있다. 우리가 함께 칵테일 파티나 야회에 갈 때면, 나는 옛 동료들이나 그 나이 또래의 다른 남자들과 그를 비교해 보곤 했다. 그러고는 그래, 확실히 그는 누구보다도 멋있어라고 혼자 중얼거리곤 했다. 나는 나의 혜안에 만족스러워했다. 사춘기 소녀 시절에 그 미완의 소년을 알아본 덕분에, 지금 나는 청년 같은 걸음걸이와 멋진 외모와 자신만만한 여유로움으로 여성들을 뇌쇄시키는 남자의 아내가 되어 있지 않은가. 그는 멋있게 늙어갔다. 아니, 그보다는 거의 늙지 않았다고 하는 편이 나으리라.

그날 저녁 레스토랑에서 그에게서 달라진 점을 찾아내는 일에 골똘해 있을 때, 나는 다시 한 번 인정했어야 했다. 그가 변했더라면, 약간, 아주 약간만이라도 변했더라면 더 나았으리라는 것을.

백인 남자 아이들이 합석한 이후로 귀가 멍멍할 정도로 떠들어대는 저기 저 베네치아 남자의 금발보다 조금 옅은, 그의 달라진 머리 색이 마음에 들었다. 하지만 내가 있는 지점(레스토랑의 테이블이 그와 나 사이를 갈라놓고 있는 거리)에서는 아주 짧은 순간 반사되는 섬세한 은빛을 더 이상 알아볼 수 없었다. 그러나 그 즈음만

하더라도 그를 포옹하고 내 품에 끌어안을 기회가 아직 충분히 있었다. 그러므로 그의 어린애 같은 머리결 속에서 길을 잃어버린 그의 죽음의 사자들이 거기 있다는 걸 확인해 볼 수도 있었다. 주름살도 있었다. 내 근시가 그것을 지워 버리긴 했지만, 나는 그의 눈가와 입가에 있던 보일 듯 말 듯한 거미줄들을 기억한다. 모든 금발의 남자, 모든 다갈색 머리칼의 남자들이 그러하듯 그는 금이 가고 있었다. 그의 피부, 너무도 섬세해서 그 검붉은 보랏빛 눈꺼풀과 푸른 정맥이 투명하게 내비치던 그 보드라운 피부는 이제 양피지처럼 구겨져 있다. 그가 베개 위에 머리를 베고 누워 있을 때면, 나는 세월이 파 놓은 그 미약한 흔적들을 손가락으로 가볍게 지우는 걸 좋아했었다…

주름살, 흰 머리칼, 그의 달라진 점은 바로 그것이었다. 그러나 그것은 부수적인 변화, 시간이 그에게 가져다 준 변화였다. 하지만 그 때 그는 그것이 아니라 이별에 대해 말하고 있었다.

그는 테이블 너머에서 조금도 움직이지 않고 침묵한 채 계속 미소를 짓고 있었다. 사형 집행인의 굳은 미소, 시간이 흐름에 따라 점점 굳어지는 미소. 어쨌든 나는 그 미소를 통해서 그의 이가 아직 하나도 빠진 게 없다는 것을 확인했다! 그리고 그는 여전히 두 눈, 아름다운 두 눈을 가지고 있었다… 어쨌든 나는 너무 멀리 떨어져 있어서 아무것도 볼 수 없었다. 아니 그렇다기보다는 거기서 불그스름한 불꽃만을 보았다고 해야 하리라. 그의 머리카락이 빚어 내는 보기 좋은 불꽃을. 거기서 푸른 색만을 보았다고 해야 하리라. 그의 셔츠와 정맥과 눈동자의 푸른 색을. 나는 목이 잠긴 목소리로 나지막하게 말했다. "프랑시스, 당신에게서 뭐가 없어졌는지 정말 알 수가 없어요, 안경을 쓰지 않아서…"

나의 방어는 무참하게 짓밟혔고, 그의 미소는 노골적으로 일그러졌다. "내게서 없어진 게 뭔지는 장님이라도 알 수 있어! 손가락 끝으로 더듬어서라도 찾아낼 수 있어! 그건 사랑할 줄 아는 여자라면 제일 먼저 관심을 기울이는 거니까!" 가학적인 시험관은 질문의 폭을 넓히는 여유를 부렸다. "이봐, 아가씨, 사랑에 빠진 여자가 자신이 사랑하는 남자에게서 우선적으로 주목하는 게 뭔지 아십니까? 당신이 그 여자라면 뭘 주시하겠습니까?"

내 불안은 점점 커져 갔다. 내가 그를 사랑한다는 것을 그에게 증명할 방법이 없었으므로, 나는 낙제였다. 사냥꾼은 여전히 미소지으면서 단말마의 고통에 빠져 헐떡이는 노획물의 숨통을 완전히 끊어 주었다. 사냥꾼이 보여 줄 수 있는 마지막 배려로… 남편은 테이블 위에 팔을 올려놓으며 내 쪽으로 상체를 굽히고는 내 눈 높이에, 아니 거의 내 눈에 갖다댈 듯이 자신의 두 손을 들어 올렸다. 그러고는 누군가의 시선이 자신을 따라다닌다는 걸 확신하려 할 때 흔히들 그러는 것처럼, 그는 두 손을 천천히, 아주 천천히 교차시켰다. 그의 손에는… 결혼 반지가 없었다…

나에게 치명상을 입힌 그 남자는 나를 보호하겠다고 맹세했던 바로 그 남자였다! 그는 침착하게 행동했다. 그의 범죄, 그것이 그를 침착하게 만들었다. 그는 우연히 그렇게 한 것이 아니라 계획적으로 그 장면을 연출했다. 상징적 표현, 날짜, 장소., 그 모든 것을.

그날이 우리의 마지막 결혼 기념일이었고, 그것도 그 레스토랑에서 내가 한 마지막 식사가 될 것이었다. 우리는 25년 동안 그 레스토랑에서 수많은 성공과 애정을 기념해 왔다. 그러나 지금의 나는 웨이터들이 이 '중년'의 여자, 야회복 차림(검은 벨벳, 보라색 새틴)의 이 여편네가 한 시간 동안이나 수치심도 없이 우는 것을 보고 내릴 판결에 맞설 힘이 없다. 이 여자가 주위 사람들의 시선에도 아랑곳하지 않고 식탁보 위로, 의자 위로 피를 흘리듯 눈물을 쏟아내며 딸꾹질을 하고 코를 훌쩍이고 오열하는 동안, 역시 25년 전부터 그들이 계속 보아 온 그녀의 동반자가 그녀의 눈물을 진정시키기 위한 어떤 제스처도 취하지 않고 냉소적인 시선으로 그녀를 응시하고만 있는 이 광경에 대해 웨이터들이 내릴 판단에 항소할 용기가 내게는 없다…

그러나 당신은 침착하게 구형을 내리는 어조로 대단히 멋지게 시작된 그 재판을 계속 진행하고 있었다. 당신은 패소한 내가 '울고 있을 때 괴로워하지' 않았다. 당신은 '내가 쏟아내는 눈물에 당신의 눈물을 보태주지'도, 내 눈물을 동정하지도 않았다. 오히려 당신은 아주 탐욕스럽게 식사를 했다. 나는 당신이 주문한 축제의 음식들을 단 한 조각도 삼킬 수 없었다. 그러나 당신은… 나는 당신이 하나도 남김없이, 후식의 마지막 부스러기까지 깨끗이 먹어 치우는 것을 보았다… 당신은 낙제생을 대하는 선생처럼 나를 꾸짖고 야단치기 위해서만 음식 씹는 일을 멈추었다. 하긴 다른 때에도 당신은 내가 당신 말을 전혀 알아듣지 못한다고 야단치지 않았던가? 하지만 이번만큼은 당신 말을 반박할 수 없었다. 나는 정확히 발음할 수조차 없었다. 내 입 역시 한 가득이었으니까. 하지만 내 입을 가득 채운 것은 내 눈과 코에서 흘러내린 눈물과 콧물이었다. 나는 손수건이 없어 휴지를 구걸해야 했다. 당신은 우리가 사랑한 30년 세월에서 마지막 남은 자비를 베풀 듯이 손가락 끝으로 그 종이 수건을 내밀었다. 그날 저녁, 그것이 당신이 나에게 보여 준 인간적인 마지막 몸짓이었다.

당신은 이제 더 이상 다정한 목소리로, 달콤한 눈빛으로, 그리고 부드러운 애무로 나를 '까뚜샤'나 '내 사랑'으로 부르지 않았다. 당신은 재판관으로서 구형을 내리고 있었으니까… 당신은 상황을 잘도 이용했다. 당신이 말할 때, 당신의 못된 아내가 당신의 말에 끼여들 엄두도 내지 못하게 하기 위해서, 당신은 그 레스토랑으로 나를 데려간 것이다! 나는 당신에게 전혀 대항할 수 없었다. 슬픔이 나를 짓누르고 있었기 때문에. 배신당하고 모욕당한 슬픔과 동시에 죄책감에서 오는 슬픔, 특히 죄책감.

나는 죄를 지었다, 그렇지 않은가? 당신이 나를 질책하는 동안, 나는 그토록 오랫동안 사랑해 온 남자가 끼고 있던 반지를 빼버렸다는 사실을 어떻게 모르고 지낼 수 있었는가에 대해 자문하고 있었다. 나는 근시다, 그렇지만 가까이 있는 것은 볼 수 있다. 내가 당신의 손을 잡고 어루만지지 못한 지가 벌써 여러 달 되지 않았던가? 그러면 당신은? 당신 역시 더 이상 내 얼굴에 손을 갖다대거나 내 손 위에 당신의 손을 올려놓는 일이 없지 않았던가? 우리는 이미 오래 전부터 아주 먼 사이가 아니었던가?

당신은 오리 고기를 입 안 가득히 한 채 심각한 어조로 말했다. "눈앞에 있는 걸 제대로 보라구(나에게 그건 어려운 일이다, 당신도 그걸 알지 않는가!) … 눈앞에 있는 걸 제대로 보라구, 내가 당신을 버리기 전에, 이미 오래 전에 당신이 날 버렸단 말이야." 나는 당신을 '전에' 버린 적이 없다, 절대로. 하지만 '차츰차츰' 버려져 간 건 사실이다. 당신의 '새 여자'가 우리의 삶 속에 자리잡기 시작하면서 나는 마음의 문을 닫았다. 그러므로 사실상 나는 죄를 지었다. 적 앞에서 후퇴한 죄. 당신이 '다른 여자'를 사랑하면 할수록, 나는 점점 더 멀리 도망갔다. 그리고 내가 멀어지면 멀어질수록, 당신은 더욱더 그 여자를 사랑했다. 당신의 정부는 몸을 바쳤고, 당신의 아내는 몸을 숨겼다. 나는 요새 속에 틀어박혀 있었고, 당신은 더 이상 그 요새에 접근하지 않았다. 나는 내 속에서 살고 있었다. 무감각하게 굳어 버린 영혼으로. 마침내 당신은 노예에서 사무라이로 변해 갔다. 얼굴에 칼자국과 흉터를 가진 사무라이로.

하지만 여기, 아직 아물지 않은 상처가 있다. 기억하는가, 당신이 그 여자와 함께 '결혼 여행'을 떠났을 때, 당신은 긴급한 경우에 내가 당신에게 연락할 수 있는 방법을 전혀 남기지 않았었다. 여행중에 한 번만, 딱 한 번만 전화를 해달라고, 나는 당신에게 간청했었다. 아이들을 위해서, 그리고 당신 집 식구들이 모두 잘 지내고 있으니 걱정하지 말라고 당신에게 알려 주기 위해서. 그런데 그 때 당신이 어떻게 했는지 기억하는가? 당신은 어느 토요일 점심 식사 후에 내게 전화를 했다. 하지만 당신이 우리 아이들의 안부를 묻는 동안, 나는 당신 뒤쪽에서 누군가가 이탈리아어로 말하는 소리를 들었다. 당신은 그 사람에게 대답하기 위해(당신은 그 때 공중 전화로 전화하는 것이 아니었다) 수화기를 손으로 잠시 막았다. 그러고 나서 당신은 웃음의 여운을 그대로 가진 채 수화기로 되돌아왔다. "미안해, 까띠. 룸 서비스가 청소를 한다고 해서 말이야. 지금이… 오후 세 시로군. 그런데 우린 여태까지 침대 속에 있었거든!" …

당신 생각에는 그런 말을 듣고 있는 여자가 어떤 기분이었을 것 같은가? 만일 그 여자가 당신 어머니라면, 당신의 누이라면, 그녀는 어떻게 할 것 같은가? 고함을 칠까? 자기 집에 불을 지를까? 자살을 할까?

아니면 그냥 조용히 침묵하고 있을까? 나는 조용히 있었다. 평소와 마찬가지로. 하지만 나는 내 요새 안에 틀어박혔다. 내 요새 안에서만큼은 다시는 그 어떤 일도 일어나도록 내버려두지 않았다. 매 순간 고통이 귀와 눈과 코를 통해 내 영혼 속으로 엄습해 왔으므로 나는 완전히 빗장을 질러 버렸다. 나는 당신에게 열쇠를 주었었던 '아홉 개의 내 육체의 문들'을 하나씩 하나씩 닫아 걸었다. 나는 더 이상 당신의 소식을 알려고조차 하지 않았다. 당신의 소식은 조만간에 당신들의 소식이 되었으므로…

내가 겪고 보고 들었던 그 모든 것들에도 불구하고, 나는 그 결혼 기념일의 저녁까지 당신이 이제 더 이상 나를 사랑하지 않는다는 사실을 납득할 수 없었다. 왜냐하면 나는 여전히 당신을 사랑하고 있었고, 나 자신이 사랑받고 있다고 믿었기 때문에… 지금까지도 나는 당신이 나에게 상처를 입혔다면 그건 나에게 고통을 주기 위해서가 아니라 나를 소유하기 위해서였다고 생각하고 있다. 내 삶 속에 당신이 그려 놓은 발자국을 지워지지 않은 흔적으로 간직하기를, 내가 그대로 '자국이 찍힌 채' 마지막 날까지 당신의 여자로 남기를 당신은 원했다… 당신이 이겼다. 내 눈앞에서 천천히 교차시키던 당신의 손동작을 잊을 수 없다. 내가 나의 사랑에서 벗어날 수 있다면, 그건 바로 그 터진 상처부위를 통해서일 것이다. 만일 내가 언젠가 그 사랑에서 벗어나게 된다면 말이다.

그날 저녁 내가 우는 동안, 남편이 미소짓고 있는 동안, 나는 이해했다, 우리가 막바지에 도달했다는 것을, 우리는 이제 더 멀리 갈 수 없으리라는 것을. 하지만 우리는 집으로 돌아왔다, 현명하게도. 그는 문턱에서 돌아서지 않았고, 나는 그의 면전에서 문을 잠그지 않았다. 나는 항의할 수조차 없었다. 나는 서재의 소파로 잠을 자러 갔다. 그게 전부다. 전쟁의 매트리스. 그에게는 푹신한 침대, 나에게는 징벌.

고통에 짓눌린 나는 또한 죄의 무게에 짓눌렸다. '사랑할 줄 아는 여자', 사랑할 줄 아는 여자는 내가 보지 못했던 걸 볼 수 있었을까? 사랑할 줄 아는 여자는 정말로 남자의 옷깃에서 금빛 머리카락을 찾아내고 휴지통에서 콘돔을 찾아낼까? 그런 여자는 자신과 결혼 서약을 한 남자가 늘 결혼 반지를 끼고 있는지를 확인하기 위해 보초를 세울까? 어느 날 적이 되어 버린 남편과 함께 계속 살아야 하는 걸까? 알 수 없었다, 더 이상 알 수 없었다, 나는 상복을 입고 있었다, 나는 길을 잃었다…

끊임없이 자신의 과오를 전가시키는 찬탄할 만한 요술! 내 죄를 인정하기 위해서는 나의 사형 집행인이 자신의 무죄를, 고통을 항소하는 것만으로도 충분했다("당신은 더 이상 나에게 관심이 없어, 까뜨린느"). 나는 그의 배신에 대해 그에게 막 용서를 구하려던 참이었다! 나는 은신처를 찾기 위해 에펠 탑을 훔친 죄를 참회할 참이었다! 그 곳 이외에는 달리 피신할 곳을 생각조차 할 수 없었으므로… 서로 사랑했던 시절에 나는 하루의 자잘한 근심거리를 털어놓기 위해 그의 사무실로 종종 전화를 걸곤 했다. "부탁인데, 프랑시스, 내 기분 좀 풀어 줘요!" 그만이 거기에 필요한 말들을 찾아낼 수 있었다.

하지만 그 레스토랑에서 다시 한 번 측은하게 동정을 구하며 그런 식으로 애원하면서 나는 갑자기 만일 그가 나를 껴안아 주었다면(좀더 가까이에 있었더라면!) 아무것도 끼지 않은 그의 손을 볼 수 있었으리라는 생각이 들었다. 아니, 그랬다면 나는 단지 그것만을 보았으리라. 오랫동안 끼었던 그 반지가 그의 손가락에 남겨 놓았을 하얀 반지 자국을… 결혼 반지가 없는 이상하고 불길한 그 손이 나를 건드릴 수도 있다는 생각이 문득 내 뇌리를 스쳤다. 그건 마치 이빨이 하나도 없는 남자와 입을 맞추라고 강요당하는 것과도 같았다! 눈물의 안개 너머로 나는 그 희고 외설스러운, 벌거벗은 손에서 살인자를 떠올렸다. 기어오르는 유충, 구더기, 낙지, 촌충… 구역질이 났다.

그러면서 동시에 나는 그를 원했다. 그의 눈동자와 셔츠의 짙은 푸른 색을, 상황을 뒤집는 그의 능란한 솜씨를, 내가 그에게서 빼앗왔던 것, 그 자신이 견뎌 온 고난에 대해서 이야기할 때 너무도 잔인하고 너무도 감동적이던 그의 어투를. 나는 그의 말을 모두 다 파악하지는 못했다(너무 울고 있었기 때문에). 하지만 나는 부드럽고 고통스러운 그의 눈에서, 그리고 내가 사랑했던 그 섬세한 주름이 있는 그의 눈꺼풀 위에서 나에게 눈물을 공급하는 급류가 계속 흐르고 있다는 것을 알 수 있었다. 내 유일한 풍경, 내 마지막 여행…… "나는 바람기 많은 당신을 사랑했어요, 나 어떻게 하면 좋겠어요, 여보? 당신이 잔인한 말을 내뱉는 이 순간에도, 그처럼 조용하게 내 최후의 운명을 알려 주러 온 이 순간에도 나는 배은망덕하게도 내가 당신을 사랑하지 않는지 어떤지 아직도 잘 모르겠어요……" 하지만 나는 모르지 않았다! 남편이 나를 배신하는 그 순간에도 나는 그를 사랑하고 있었다. "새디스트를 사랑하는 여자를 뭐라고 하는지 알아?" 언젠가 그의 '심술궂은 사촌 누나'가 아직도 내가 그를 정당화시키려 한다는 데 넌더리를 치면서 그런 말을 던진 적이 있다.

'새디스트를 사랑하는 여자', 그건 사랑에 빠진 여자라고 부를 수도 있다. 게다가 그는 늘 '가학적'이지는 않았다. 나는 나를 구하러 달려오기 위해 벽을 무너뜨릴 수 있었던 한 남자를 기억한다. 그를 막을 것은 아무것도 없었다. 법도 자물쇠도. 수천 킬로미터 떨어진 곳에서도 내가 그를 필요로 한다면, 그는 즉시 내 앞에 나타나곤 했었다! 그가 한밤중에 병원에 있는 내 머리맡에 나타났던 적도 있었다. 내가 꽁브레이유의 깊은 계곡에서 뱀에게 물렸던 그 당시, 그는 남불(南佛)에 있었다. 새벽 4시 끌레르몽 병원의 응급실에 선물을 한아름 안고 '나타난' 그를 보면서 나는 행복을 느꼈었다! 나는 또

한 내가 첫애를 낳았던 때를 기억한다. 병원 면회 시간이 끝난 시각에 찾아온 그는 기진맥진해 있는 나를 보고는 아파트로 되돌아가 꿀 넣은 우유를 만들어 보온병에 담아들고 빨리 시내를 가로질러 병원을 지키는 수위와 병원의 규칙에도 불구하고 그 밤에 병실로 몰래 그것을 가지고 들어왔었다! 같은 병실에 있는 산모들도 그걸 보고 놀랬었다. "알센 루팡이 따로 없군요." 한 산모는 이렇게 말했었다. 그리고 그 말은 사실이었다. 루팡이나 마술사의 분위기를 완벽하게 재현하기 위해 그에게 부족했던 건 망또와 모자뿐이었다! "당신을 정말 사랑하나 봐!" 깜짝 놀라 잠에서 깨어난 또 다른 산모가 화도 내지 않고 감탄했었다.

사실 그는 나를 얼마나 사랑했던가! 평상시에는 훌륭한 남편이 아니었지만, 가끔씩은 더할 수 없는 애처가였다…

내 눈물은 술처럼 흘러내린다. 나는 슬픔에 취한다. 슬픔은 남용해서는 안 될 악습이다. 하지만 나는 어떤 것으로도 나 자신을 통제하고 싶지 않다. 가령 전화 벨이 울릴 때마다 나는 그 전화를 건 이가 남편이기를, 그가 나에게 용서를 구하기를, '까띠, 까뚜, 까뚜샤', 오해가 있었다고, 다른 여자라는 건, 그의 '미래의 여자'라는 건 존재하지 않는다고, 더 이상 존재하지 않는다고 말해 주기를 고대하곤 한다…

하지만 그가 만일 전화를 걸더라도, 그는 나를 찾지 않을 것이다. 나는 재결합될 수 없다. 나는 그의 애무의 범주 바깥에 있으면서 그가 발길질을 할 수 있는 범위 바깥에 있다. 그의 목소리가 들리는 사정 거리 바깥에. 게다가 나는 자동 응답기를 여러 대 설치했고, 또 그것에 만족해 했다. 사적인 전화와 업무용 전화를 더욱 분명히 구분하기 위해서라는 핑계 아래, 장차 내가 무덤처럼 갇힐 그의 옛 서재 안에다 또 다른 전화를 설치하기까지 했다. 자동 응답기들은 성가신 목소리들에게 대단히 상냥하게 그 헛된 번호를 알려 주었다.

불청객은 함정에 걸려든다. 아래층에 있는 나는 텅 비고 차가운 방안에서 잔뜩 골이 난 채 길게 울리는 전화벨 소리를 듣는다. 그야말로 완전한 속임수가 아닌가? 함정에 걸려든 짐승이 자신이 도망칠 수 있다고 믿도록 내버려두자. 상대방을 건드리고 상처를 입힐 수도 있다고 기대하도록 내버려두자… 몇몇 훼방꾼들은(내 남편도 거기에 포함될까?) 어둠 속에서 헛되이 발버둥치고 난 후 다시 자동 응답기로 되돌아온다. 잘 이해하지 못한 것일까? 내가 알려준 그 번호를 잘못 받아 적은 걸까? 자존심이 센 그들은 나의 조언과 약속을 다시 듣는다. 그런 다음 다시 낮게 부른다. 그러나 '그 누군가' 는 여전히 그들에게 대답하지 않는다. 영원히 응답하지 않을 것이다. 전화벨은 고집스럽게 울린다, 그러다 점점 기진맥진해진다, 점점 소멸해 간다. 그리고 마침내… 죽는다…

내 아이들만이 그 고통을 면할 수 있다. 내 자동 응답기에는 특별한 호출 신호가 있다. 내 아이들에게만 알려 준 비밀 번호. 그들만이 언제나 내 마음을 열리게 할 네 자리 숫자를 알고 있다. 그 번호는 물론 날짜다. 명확히 역사책 속에 들어 있는 날짜들. 나는 공교롭게도 죽음, 기아, 패전의 날짜들만을 기억한다… 만능 열쇠 같은 죽음. 내 겨울의 기나긴 복도를 눈 멀고 귀 먹은 채 더듬거리며 망각 속으로 들어가기 위한 죽음.

주변 들판을 삼켜 버린 눈의 흰 빛이 내 삶을 지배한다. 이른 아침부터 한낮까지 이어지는 섬광… 창백한 하늘, 얼어붙은 대지, 얼음같이 차가운 바람. 나는 안개 낀 두 벽 사이에 난 나의 길을 가려 한다. 오솔길들과 계단의 층들을 지우고, 산과 호수의 제방과 숲속의 작은 다리를 지우면서… 더 이상 형태를 알아볼 수 없다. 수증기가 온 사위를 덮고 있다…

나는 길을 헤맨다. 내 영역, 내 소유였던 그 모든 것들에서 이제 나에게 남은 것은 소멸을 향해 난 긴 길뿐이다… 이 세상에 아직도 볼 만한 가치가 있는 게 남아 있을까?

나는 눈이 멀었다

    나는 눈이 멀었다. 흰 눈, 순진함, 근시, 나를 방황하게 하는 공통점을 가진 그것들. 나는 아무것도 볼 수 없다.

    그들이 처음 만난 날 저녁(친구 집에서의 저녁 식사 때), 나는 그곳에 있었다. 하지만 나는 내 삶을 전복시킬 만한 낯설고 아름다운 여자를 보지 못했다. 내 남편이 그녀를 쳐다보는 것도 보지 못했다. 나는 말없이 진행되는 일들을 전혀 알아차리지 못했다. 다른 사람들은 '단 한 번의 눈길만으로도 짐작할 수 있는 그 여자'의 존재를 나는 전혀 짐작할 수 없었다. 나는 책에서 말하는, '깜박거리는 속눈썹 사이로 번득이는 사랑의 번민에 이글거리는 섬광'을 간파하지 못했다. 그런 일은 상상조차 할 수 없었다.

    "그러니 네가 눈뜬 장님이 아니고 뭐겠니?" 내가 코앞에 있는 물건을 찾고 있을 때나, 세상 사람들이 모두 당연하게 여기는 것을 부인하려할 때, 사람들은 얼마나 수없이 그런 말로 나를 비난했던가? "그들은 서로 사랑에 빠졌어, 분명해, 명백한 사실이라구! 그러니 네가 눈뜬 장님이 아니고 뭐겠어?" 그렇다, 나는 눈뜬 장님이다. 내가 어느 정도까지 근시인지는 나와 가장 가까운 사람들만이 알고 있다. 일 미터 앞에 있는 내 아이들조차 알아보지 못하는 근시, 가로수와 전신주도 구분하지 못하고 남자와 여자도 구분하지 못하는 근시. 방에 들어설 때 사람과 사물을 구별하지 못하는 근시, 잘생긴 사람이건 못생긴 사람이건, 친구건 적이건, 살아 있는 사람이건 죽은 사람이건 내 주변의 모든 것들을 형체없이 흐늘거리는 회색 덩어리로 만들어 버리는 근시…

그러므로 나는 그들이 첫눈에 반하는 것도, 그들의 사랑도 아무 것도 보지 못한다. 내 것조차도 겨우 구분할 지경이니까!

프랑시스를 처음 만났을 때(학생 단체로 타게 된 오스트레일리아 행의 파나마식 돛단배 '빅토리'호의 선상에서), 그 때 나는 안경을 잃어버린 상태였다. 그랬으므로 나는 사랑의 눈으로 그를 본 것이 아니라 근시의 눈으로 그를 보았다. 그러나 결과는 다를 것이 없었다, 나는 그를 더욱 미화시켰으니까. 나는 이제 겨우 씨앗이 올라온 보잘것없는 청년기의 그를 보지 못했다. 너무 야윈 얼굴에 비해 너무 큰 그의 입술을 보지 못했다. 나는 오직 그의 큰 키와 투명한 우윳빛 피부, 불꽃 같은 그의 머리칼만을 보았다. 근시들은 언제나 가슴으로 가까워지기 위해 멀리 떨어져서 보는 법이다!

나는 나 자신이 사랑에 빠지는 것조차도 보지 못했다. 겨우 시드니에 도착해서야 그걸 알아차렸다. 버스 속이나 바나 계단 강의실에서 우연히 그의 옆자리에 앉게 되었을 때, 나는 왜 그토록 나 자신을 발견하기가 어려웠을까? 하지만 나는 내 자신이 그를 사랑한다는 대답을 더 이상 미루지 않으려고 용기를 내었다. 그리하여 나는 아주 빠르게 '먼 사랑'에서 가까운 사랑으로 옮겨 갔다. 그러나 가까이 있음에도 내 연인은 사랑받기에 충분할 만큼 내게서 멀리 떨어져 있었다. 아니면 우리가 오십 센티미터 정도 떨어져 있었고, 그래서 내가 그를 볼 수 없었다고 해야 할까. 아니면 우리들이 너무 가까이 있었으므로 나는 그의 단편적인 부분들만을 볼 수 있었을 뿐, 더 이상의 그를 볼 수 없었다고 해야 할까. 나는 그를 한 번도 명확하게, 전체적으로 주시하지 못했다. 프랑스로 돌아왔을 때 나는 다시 안경을 맞추었다. 하지만 때는 너무 늦었다…

나는 그가 나의 첫 번째 남자라는 사실 때문에 더욱 그의 존재에 집착했다. 나는 안경을 쓰지 않고서도 멀리서 그를 알아볼 수 있었다. 혼잡한 군중들 가운데에서도 그를 알아볼 수 있었다… 그의 붉은 불꽃 같은 머리를. 마치 길 잃은 여행자가 태양에 의지하여 길을 찾듯이, 나는 30년 동안 구릿빛과 금빛이 섞인 그의 머리카락에 의지하여 길을 나아갔다. 언제 어디서고 나는 나를 둘러싼 안개를 헤치고 나아가 그에게로 이르러 그에게 내 몸을 실었다.

그가 떠난 이후로, 나는 칵테일 파티장과 야회장의 입구에서 넋을 잃고 멈추어 서곤 한다. 불투명한 사람들의 무리, 흐릿한 무리가 나를 두렵게 했다. 나는 나의 밤을 밝혀 주는 등대를 잃어 버렸다. "하지만… 안경이 있잖아?" 그렇다면, 고백하는 김에 밑바닥까지 해 보이겠다. 나는 단지 근시로만 고통받는 것이 아니라, '사시의 결함'도 가지고 있다. 사팔뜨기를 다른 말로, "한쪽 눈에게 '빌어먹을' 하고 욕하는 다른 한쪽 눈", 혹은 "자기 짝이 점수를 계산하는 동안 당구를 치는 다른 짝"이라고 한다던가… 여하튼 나는 부피도 거리도 인지하지 못할 뿐 아니라, 정확하게 대상에 시선을 맞추지도 못한다. 나는 두 눈을 뜨고서도 마음대로 벽에 그림을 걸지도 못하고, 탁자 위에 책을 올려 놓지도, 계단을 오르내리지도 못한다. 그 모든 걸 한쪽 눈에만 의지한다. 그래서 길을 가는 도중에 차들이 나 때문에 갑자기 브레이크를 밟는 일이 종종 일어나기도 한다…

열 한두 살 때까지, 나는 '쉬는' 시간이면 고통을 겪었다. 이 '사팔뜨기'가 '시력이 분명하지 않다'는 이유로 모두들 신이 나서 그들의 비밀과 놀이에서 나를 거부하고 따돌렸다… 나는 정면으로 쳐다볼 수 없다. 그건 사실이다. 나는 누구도 똑바로 쳐다보지 못하며, 아무것도 바라보지 못한다. "수술이 불가능합니다." 내 어머니가 나를 데려간 병원에서는 그렇게 말했다. 그 후 단번에 기적이 일어났다. 근시, 세상과 나 사이에 드리워진 그 경이로운 베일은, 나쁜 사람이건 좋은 사람이건 사람들을, 사물들을 지워 버렸다. 그리고 내 눈은 외관상으로는 평형을 되찾았으므로 내 결함을 숨길 수 있게 되었다. 하지만 단지 외관상으로일 뿐이다. 나는 나의 각각의 눈이 나에게 보내는 이미지들을 제대로 배열하지 못한다. 부피, 길이, 경계선, 가장자리, 도로와 웅덩이, 못과 액자, 나에게로 날아오는 공, 내가 조준하는 바구니의 정확한 위치 앞에서, 나는 앞으로 나아가는 것밖에 달리 방법을 알지 못한다. 그러나 갑작스레 렌즈의 축이 변화하게 되면, 외부 세계는 더 이상 아무것도 보이지 않는다…

어쨌든 내 근시는 교정되지 않았기 때문에! 그리하여 나는 의사의 처방에 따라 손안경 쓰는 법과 안경 쓰는 법을 동시에 배웠다. 거리 이름을 읽는 데는 몇 초, 텔레비전 광고를 보는 데는 몇 분하는 식으로. 함장이 잠깐잠깐 망원경을 사용하는 것처럼, 나도 내 안경을 그런 식으로 사용한다. 하지만 어떤 얼굴, 어떤 윤곽을 단 한 번만에 명확히 정하여 시선을 집중시켜야 할 때나 멀리 있는 풍경이나 섬을 가늠하려 할 때에는, 옛날 이야기에서처럼(다시 물고기가 되어 버린 사이렌이나 다시 하녀가 되어 버린 신델레라처럼) 원래의 상황으로 되돌아가는 고통이 있을 뿐이다.

나 자신을 드러내지 않고 보도록 만들어진, 혹은 보지는 못하고 보여지도록 만들어진 나는 두 번째 결정을 내렸다. 타인들에게 무방비 상태로 나를 맡겨 버리기로. 하지만 나는 내 약점을 감추기 위해 온갖 노력을 다했다. 나는 거짓된 확신을 가지고, 불확실하고 유동적이고 분열된 세상을 건너간다. 짙디 짙은 안개 속을 헤쳐 나가는 나에게는 인상파 화가들의 그림이 극사실주의 그림처럼 보인다. 안개와 빛에 대한 그들의 노력, 흐릿함, 떨림, 점묘화법, '떨리는 듯한 채색화법', 인상파 화가들은 나를 조금도 놀라게 하지 않는다. 나는 늘 그들의 방식으로 자연을 보아 왔으니까! 극사실주의자들만이 나를 몽상에 빠지게 할 수 있다. 그들의 분명한 선, 명확한 세부, 세밀한 원근법, 꼼꼼한 세부 묘사, 그런 것들은 내가 상상할 수 없는 환상의 세계를 내게 보여 준다. 윤곽이 뚜렷한 사물들, 얼굴을 가진 사람들.

"그러면, 당신 소설 속의 묘사는…?" 내 소설 속의 묘사? 나는 그것들을 만들어 낸다.

장님인 나는 남편이 나보다 더 좋아했던 여자의 육체와 윤곽들을 만들어 내고, 그녀의 매력과 마력, 신비를 상상해 내야 했다. 사실 나는 한 번도 그 여자를 본 적이 없다. 그녀를 보려고 애쓴 적조차 없다. 그럼에도 나는 항상 알고 있었다, 중년의 나이에 접어든 남자들이 정부와 '안식처'를 마련한다는 사실을. 눈앞에 있는 길에서 코에 안경을 걸치고 그들을 훔쳐 보는 건 간단한 일이다. 그들이 점점 더 자주 떠났던 그들의 여행에서 돌아오는 어느 날, 기둥 뒤나 기차역이나 공항 구석에 숨어서 그들을 기다릴 수도 있었으리라…

본의 아닌 근시(어느 야회에서 내가 그 여자와 마주쳤다고 사람들이 내게 말했을 정도의 근시)에서 최근 몇 년 간의 고의적인 실명에 이르기까지 그 장님 상태는 종이 한 장 차이일 뿐이었고, 그래서 견디기 어렵지 않았다, 나는 눈을 감는 데 익숙해 있었으니까! 나는 남편이 설득시킨 대로 부부 생활에서는 모든 걸 다 보지 않는 게 현명하다는 말을 믿고 있었다… 게다가 우리 아이들이 너무 어렸으므로 법석을 떨며 문제를 일으켜서는 안 되었다. 그래서 침묵했고, 스스로 장님이 되었고, 잊고 인내했다.

그 후 우리의 은혼식 날 저녁, 그는 몇 년 전부터 내가 더 이상 그에게 관심을 두지 않았다고 비난했다. 내가 그의 금발 여자들에게서 시선을 돌리면서 마침내 그에게서마저도 시선을 거두어버렸던 건 사실이다. 그는 내가 질투하지 못하게 했다. 그래서 나는 그가 다른 여자와 함께 있는 것을, 그들의 입맞춤을, 그들의 밤을 상상하지 않으려 했다… 마침내 그 미지의 여자가 그의 삶에서 가장 커다란 부분을 차지하게 되었을 때, 그리하여 내가 분노와 감정의 폭발을 억누르고 내 상상들을 억제해야 했다면, 나에게 상상하기를 금지시키고 그에 대해 생각하기를 멈추게 한 것은 바로 그였다.

그가, 굴종하는 만큼 또한 자존심이 강한 이 장님에게로 돌아오는 건 가능한 일이었다. 어쨌든 그는 그러한 나의 오만과 사랑, 그리고 나의 관용심을 충분히 믿고 있었으므로. 모든 일이 그대로 진행될 수 있었다. 사진, 호텔 영수증, 보석상의 계산서, 그 모든 것들. 그는 자신의 외도의 증거물들을 서재 서랍 안에 뒤죽박죽 쌓아놓았다. 자물쇠를 채우는 수고조차 하지 않은 채. 그는 내가 그것들을 뒤지는 비열한 행동을 하지 않으리라는 것을 알고 있었다. 나는 그의 '주머니를 뒤진' 적이 한 번도 없었고, 그를 미행한 적도 없었으며, 그에게 계산서나 영수증에 대해 따지고 물은 적도 없고, 그를 정탐한 적도 없었다. 그런데도 그의 가슴속에 유일한 여자로 존재하지 않는다는 이유만으로 내가 그의 첫 번째 아내라고 자부할 수 없단 말인가?

아무것도 손대지 않는다는 과도한 신뢰. 어느 날 맏이가 분개하면서 내게 들고 왔던 몇 장의 편지들조차도. 그 때 그 아이는 잃어버린 지우개를 찾느라 자기 아버지의 서랍과 편지 더미를 뒤지다가…
'푸른 수염'이 자신이 무참하게 살해한 아내들의 시체를 묻지 못하게 했듯이, 내 남편은 자신이 정복한 여자들의 편지들을 모두 그대로 보관하고 있었다. 프로방스에 있는 그의 할머니의 옷장 안에는 그의 가장 오래 된 애인들에 대한 추억들이 소중하게 이름표를 붙인 채 커다란 카드 함 안에 들어 있다. A(아들린느)에서 Y(욜랜느)까지. Z는 없다. 그가 Z로 시작되는 이름을 가진 여자, 가령 '조에'라는 이름을 가진 여자를 만난 적이 없기 때문에.

내가 그의 총애를 받았던 당시에도 그는 이따금 나보다 먼저이거나 나와 동시에 그의 '애인'이었던 여자들 중 하나를 내게 소개하기 위해 그 옷장 문을 열곤 했다. 하지만 나에게 보여 줄 여자를 선택하는 건 그, 단지 그였다… 그럼에도 불구하고 호기심에 이끌린 나는 그것을 받아들였다. 더 어처구니없었던 건, 온갖 여자들이 그에 대해 말하는 그 편지들을 훑어 보는 일에 내가 즐거움을 느꼈다는 것이다. 나는 그 편지의 서명자들 역시 나의 부정한 남자에게서 내가 좋아했던 것과 같은 결점, 같은 제스처, 같은 단어들을 소중하게 생각한다는 사실을 알게 되었다. 그리고 한편으로는 세월에 의해 누렇게 변색된, 이제는 말라 버린 애정을 담은 그 종이들이 나를 안심시키기도 했다. 그 여자들은 내게, 언젠가 나 역시 그에게 시들어 버린 사랑으로 남게 되리라는 생각을, 부드러운 비단 손수건으로 눈물을 닦게 되리라는 생각을 심어 주지 않았던가?

그의 옛 정부들이 '남불의 작은 별장'의 장롱 속에 추방당해 있었다면, 요컨대 고문서로 보관되어 있었다면, 가장 최근의 여자들은 빠리의 작은 별관(그의 서재)을 무질서하게 차지하고 있었다. 몇 달 전부터(아니, 몇 년 전부터인가?) 그의 사무용 책상은 넘치기 시작했다. 비행기표, 우편 엽서, 관광 안내 팜플렛, 시든 꽃들이 책상으로 다가서기만 해도 서랍에서 후두둑 떨어져 내리곤 했다… 내 아이가 나에게 가져온, 최고급 편지지(청보랏빛 줄무늬가 비치는)에 씌어진 편지들은 '로르'에게서 온 것임에 틀림없었다. 그러나 나는 이 '편지들'은 별것 아니라고 아이를 안심시켰다. 나는 완벽하게 태연을 가장하며 말했다. 이건 그저 심각하지 않은 단순한 장난에 불과하다고. "너도 아빠를 잘 알잖니!… 불안해 할 필요 없어, 네 아빠는 나만을 사랑하고, 나도 네 아빠만을 사랑한다." 그날 아침에도 나는 탁자 위에서 작은 쪽지를 발견하지 않았던가? 신혼 시절, 그가 나에게 즐겨 남기곤 했던 것과 같은 이합체의 시(각 줄의 첫 글자를 붙이면 그 시의 제목이 되는 시—옮긴이)를 적은 쪽지. "까띠 (Cathie), 말괄량이(Coquine), 강렬한(Ardente), 부드러운(Tendre), 빈틈없는(Habile), 저항할 수 없는(Irresistible), 매력적인 여자 (Enjoleuse)…"

하지만 그 푸른 편지 꾸러미를 제자리에 갖다놓기 전에 나는 어쩔 수 없이 몇 줄 읽어 보고 싶은 유혹에 굴복하고 말았다. 문체는 그 종이의 질만큼 화려하지 못했다. 여기저기 찍어 놓은 붉은 입술 자국들이 문장의 불충분함을 채우긴 했지만. 게다가 그 여자는 내가 그런 여자로부터 위협당하고 있다는 사실을 믿을 수 없을 만큼 수없이 철자에서 틀렸다… 작가의 허영, 어리석은 자만! 하지만 저속한 생각들을 저속하게 표현하는 여자가 내가 사랑하는 남자를 유혹할 수 있다는 사실을 어떻게 받아들일 수 있겠는가?

그랬다, 장님, 나는 장님이었다! 그랬다, 나는 더 이상 그를 주시하지 않았다, 그건 사실이다. 하지만 내가 그를 보지 않았던 건 그를 본다면, 곧 그가 그녀를 사랑하는 걸 보게 되겠기 때문이었다. 그 여자, '철자법도 모르는 그 여자'를. 나는 나의 근시를 소중하게 생각했다, 그것이 나의 평정을 유지시켜 주기 때문에. 나는 명확한 이미지들을 피해 달아났다, 그것들이 나를 벼락으로 내리치기 때문에. 둘이 나란히 있는 그들, 얼싸안고 있는 그들, 나는 그들의 길목에 매복하고 싶지 않았고, 그들의 몸짓, 그들의 일상을 현장에서 목격하고 싶지 않았으며, 그들의 '아틀리에' 유리창의 불빛이 하나씩 하나씩 꺼져 가는 것을 보고 싶지 않았다.

　　그 사실을 시인하기보다는 차라리 고통받는 것이 더 좋았다. 나는 비명도 지르지 않고 시들어 갔다(야단법석을 떨지도 않았고, 특히 요란한 언쟁도 하지 않았다. 남편에겐 소리에 대한 공포가 있었다. 게다가 그는 아주 점잖다. 그리고 아이들이 있지 않은가? "조용히 해!"). 그가 천천히, 그리고 은밀하게 저항할 수 없이 규칙적인 리듬으로 내게서 멀어져 가는 동안 나는 싸우지 않고 굴복했다. 조금씩 공중 분해되어 가는 '체스터의 고양이'처럼 남편은 내 삶에서 한 조각씩 한 조각씩 지워져 나갔다. 무엇보다도 먼저 눈이… 그의 눈, 나는 지금에 와서야 그의 푸른 눈이 벌써부터 나를 떠나 있었다는 것을 깨닫는다. 그가 아직 나를 바라보던 그 때, 그 때부터 그는 이미 빛이 바래서 거의 투명하게 보이는 눈으로 나를 보았다. 그리고 그의 팔… 그가 더 이상 팔을 사용하지 않으므로, 그의 팔은 사라지고 없는 것이나 마찬가지다. 그의 육체는 풍화되어 버렸다. 그는 더 이상 표피도, 형태도 없다. 그의 윤곽은 뿌옇다. 그의 냄새는 김이 빠져 버렸다. 빈 봉투, 꿈, 녹아 내리는 눈송이… 그리고 마지막으로 영혼, 이번에는 그의 영혼이 달아난다. 그는 더 이상 들을 수 없었다, '다른 곳'에 가 있었으므로, 언제나 그 여자와 함께, 끊임없이 그녀와 함께 있었으므로. 그는 조금씩 조금씩 사라져 간다, 완전히 그 여자에게 흠뻑 스며들어서 그 여자의 낙인이 선명하게 찍힌 채로. 만일 내 스스로 장님이 되지 않았더라면, 그의 몸에 새겨진 그 여자를 볼 수 있었으리라…

아직도 가끔씩 그는 우리와 함께 저녁을 먹곤 했다. 하지만 그는 그녀에게만 말을 했다. 요리가 나오는 중간에 지하 창고 계단에서 휴대폰을 귀에 바싹 갖다 붙이고 그 여자에게 전화를 하는 그를 발견하곤 했다. 그는 그림자처럼, 유령처럼, 입술 위에 떠도는 희미한 미소처럼 집을 통과해 나가곤 했다. 그 미소, '체스터의 고양이'의 육체가 하나씩 지워져 나갈 때, 맨 마지막에 남아 최후의 예의로 공중에 매달려 있는 그 미소, 나를 속아 넘긴 건 바로 그 예의 바른 미소일 것이다. 그리고 그의 머리칼, 사라진 육체, 침수된 육체 위에서 마치 갈대 덤불처럼 펄럭이는 그 붉은 머리칼, 내가 매달려 있던 그 머리칼, 아직도 나를 맡기고 싶고, 아직도 내 몸을 데우고 싶은 포옹처럼 뜨겁게 달아오른 밤의 머리칼, 마침내 꺼져 버린 그의 머리칼…

나는 장님이다. 그가 없는 군중 속에서, 그가 떠난 집에서, 나는 단지 그만을 본다.

그러나 그 여자는? 아니, 나는 그 여자를 한 번도 본 적이 없다. 그녀는 어떻게 생겼을까? '금발의 글래머', 나는 그것만을 알고 있다. 나머지는 내가 상상해 내야 한다… 그들이 관계를 맺은 초기에 극장에서 그들을 목격했다는 한 친구가 나에게 농담조로 말했었다. "그 여자 정말 'CPCH'야!" 그건 '진주 목걸이에 에르메스 상표 스카프를 두른 여자(Collier de Perles, Carré Hermès)'의 줄임말이었다.

스카프라면 놀랄 것도 없었다. 그 대단한 상표의 명성을 해칠 의도는 아니지만, 우리의 역사에는 에르메스 부티끄가 상당한 역할을 차지하기 때문이다. 우선 넥타이가 있었다. 나는 거의 장님이었지만, 그렇다고 내 코 아래 걸린 넥타이들을 보지 못할 정도는 아니었다. 그는 넥타이들을 옷장 문에 걸어 두었다. 그 문이 열려 있어서 책상에 앉아 있는 나는 온종일 그 넥타이들을 쳐다볼 수 있었다. 온통 에르메스 상표뿐이었다. 그 여자가 그에게 조금씩 조금씩 이뤄 놓은 수집품. 넥타이들에는 작은 동물들(만화 주인공처럼 채색이 된 두꺼비, 토끼, 망아지)이 날염(捺染)되어 있었다. 모든 게 정말 우스꽝스러웠다. 하지만 그는 다른 걸 매려고 하지 않았다. 그는 다시 젊어지고 있었다… 그리고 시간이 흘러감에 따라, 나는 나를 경멸하는 그 넥타이들을 가위로 잘라 버리고 싶은 충동을 느꼈다! 단 하나의 넥타이, 그것도 나비 넥타이를 만들 수 있을 만큼의 길이만을 남겨두고 모조리 잘라 버리고 싶었다!

그의 옷장 전체를 망가뜨리고 싶은 욕구를 얼마나 여러 번 억눌러야 했던가? 가령 그가 그 여자와 함께 여러 날 동안 떠나 있었을 때, 수영복을 쑤셔넣은 그의 여행 가방… 나는 그가 월요일 아침까지는 들르지 않으리란 걸 알고 있었다. 월요일 아침이 되어서야 사무실에 나가기 전에 옷을 갈아입으러 바람같이 다녀갈 것이었다. 그 주말, 아이들이 잠이 들고 나면, 나는 가위를 들고 잘라 대고 싶은 도발적인 충동을 억누르기 위해 있는 힘을 다해 주의를 딴 데로 돌려야 했다. 그의 양복들을 조직적으로 공격하고 그의 바지들을 무릎까지 싹둑 잘라 내어 칠부 바지로 만들어 놓지 않기 위해. 플란넬 칠부 바지, 가는 줄무늬의 모직 칠부 바지, 두 가지 색상으로 짠 두꺼운 모직 칠부 바지, 여름용 칠부 바지, 겨울용 칠부 바지, 출근용 칠부 바지, 의례용 칠부 바지, 일상의 각 상황에 맞는 온갖 종류의 '남성용 칠부 바지'! 그에게 다시 반바지를 입혀 그를 더 이상 호적상의 나이로 보이지 않게 한다는 생각에 나는 몹시 흥분했다! 나는 그러한 약탈 행위와 그 후에 닥칠 결과를 미리 예견하면서 즐거움에 빠져들었다. 웃음이 터져 나오기까지 했다. 방탕한 남편이 귀가했을 때 어떤 일이 벌어질지를 훤히 알 수 있었기 때문에. 그는 들어오면서 그의 '합법적인 아내'의 머리카락에 건성으로 입을 맞출 것이다("잘 지냈어, 우리 고양이?"). 그러고는 두세 가지의 여행 기념물들, 조개껍질이나 그림 엽서, 아프리카산 직물을 테이블 위에 훌쩍 던져 놓고는 옷장 쪽으로 급히 발을 옮길 것이다… 아, 옷장 문을 연다! 기대하시라, 개봉 박두! 우선 오랜 침묵이 흐를 것이다(그 바람둥이는 놀라서 숨이 멎을 것이므로). 그런 다음 돼지 멱따는 소리를 질러 댈 것이고, 마침내는 욕설과 저주를 퍼부어 댈 것이다. "이 여자 미쳤군, 미쳤어, 미쳐도 단단히 미쳤어! 도대체 뭘 입으란 말야? 오늘 재무장관과 아침 약속이 있는데! 15분밖에 안 남았어! 뭘 입어야 하지, 세상에, 도대체 뭘 입어?" 그러면 나는 멀리 떨어져 아주 느긋한 목소리로 말할 것이다. "간단하지 뭘 그래요, 여보? 당신이 새로운 유행을 창조하면 돼, '사장님의 칠부 바지'…"

하지만 그건 몽상일 뿐이었다! 그러한 격한 욕망을 실현하기에는 나는 너무 이성적이었다. 그러므로 지금 내가 눈물을 흘린다면, 그건 내가 파괴하지 못했던 그 모든 것들 때문일 것이다! 나의 원칙은 (지금도 여전히 그렇지만) '어수선함 사절'이었다. 그리고 내가 1월 1일부터 12월 31일까지 했던 일은 결국 에르메스 상표의 넥타이들을 두 줄로 가지런히 정돈해 놓는 것이었다…

점퍼들도 있었다. 같은 상표의 점퍼들, 같은 상표의 숄, 같은 상표의 목욕 가운, 내가 크리스마스 때나 생일 때 선물로 받은 그 모든 것들. 부유층 관광객들을 위한 이 최고급 상표는 애석하게도 소박하지가 않았다. 말굽쇠, 말등자, 승마용 채찍, 말갈기(가끔씩은 말 한 마리를 통째로), 꽃장식, 얼룩말 무늬, 무지개, 바둑판 무늬, 화려한 문장들은 고객이 돈을 쓴 보람이 있게 했다… 하지만 애석하게도 몸집이 작고 까무잡잡한 내가 그런 에르메스 점퍼를 입으면 설탕에 절인 과일을 넣은 바바(럼주에 적신 건포도를 넣은 카스텔라— 옮긴이) 같아 보였다!

그러나 나는 그 옷들로 내 몸을 장식하지 않았던가? 나는 그들의 사랑의 회로 속에 갇혀 있었다. 그 여자는 그에게 에르메스 상표의 옷들을 선물했고, 그 역시 그 여자에게 에르메스 상표의 옷을 선물했다. 그들은 서로 에르메스 상표를 주고받았다. 그리고 그 순환 고리의 끝에서 나 역시 에르메스 상표의 옷을 물려받게 된 것이다… 그 점퍼들, 숄들, 나에게는 별로 어울리지 않는 그것들을 입지 않으면, 남편은 놀라서 따지기까지 했다.

'엘로디의 밤'에서 산 하얀 새틴 실내 가운, 단추가 백 개 정도 달려 그걸 다 채우려면 옷 입혀 주는 하녀의 도움을 받아야 할 것 같은 그 실내 가운, 결국에는 옷장 구석에 처박혀 버린 그 가운, 그 건 다른 여자를 위해, 혹은 다른 여자에 의해 선택된 선물이었다. 그걸 받고는 옷을 벗는 부드러운 새틴 같은 피부를 지닌 여자, 꿀과 비단으로 만들어진 여자, 침대에 누워 연인이 돌아오기를 기다리는, 진주로 만들어진 여자. 그 여자의 연인은 그녀에게 휴지통을 비우게 하지 않을 것이다. 그녀 대신 수도꼭지를 고치고, 전구를 갈아 끼우거나 커튼을 달기 위해 사다리 위에 올라가고, 프라이팬을 문 질러 닦고 걸레질을 할 것이다… 그 벌거벗은 스타는 단추 두 개조 차도 혼자서 끄르지 않아도 될 것이다.

나에게 결혼에 대한 희망이 남아 있다면, 초야를 위해 그 옷을 간 직해 두리라… 지금까지도 나는 그 옷을 한구석에 넣어 두었다. 아 직 기대할 수 있는 단 하룻밤, 내 죽음의 밤을 위해. 내가 베개 위에 다시 누울 때, 내 손이 더 이상 이불잇을 잡고 늘어지지 않을 때, 그 백 개의 단추들을 단단히 채워 내가 추위에 떨지 않고 잠들 수 있게 해 주기를, 나를 인형처럼 상자 안에 넣어 잠재워 주기를. 그가 그 토록 나에게 원했던 그 인형처럼, 그가 쳐다보지 않을 그 인형처럼. 그는 내가 '베개 위에 쓰러지는' 것을 보지 않을 것이므로, 그날 밤 그는 다른 여자와 함께 먼 곳에, 어쩌면 내가 날짜도 시간도 알 수 없는 다른 나라에 가 있을 것이므로, 내 마지막 밤은 그가 있을 이 국의 하늘 아래에서는 아름다운 아침일 것이므로… 그는 내가, 그 런 그임에도 불구하고 그에 대한 추억을 내 무덤 속으로 데려갔다는 사실조차 모르리라. 그가 다른 여자 곁에서 영원히 잠들게 될 때, 나, 그의 유일한 아내인 나는 그가 준 흰 옷을 입고 잠들리라, 그가 그 사실을 알지 못하더라도.

나는 또한 내 목에는 그가 선물한 검은 진주를, 내 손가락에는 그가 준 에메랄드 반지를, 내 팔목에는 어머니날에 아이들 이름으로 그가 나에게 선물했던 도금 시계를 걸어 주기를 원한다. 바로 그날, 탁자 위에서 그가 그 여자에게 사 준 금시계의 계산서를 발견하긴 했지만. 부정한 연인들의 선물은 그런 식으로 오간다, '둘씩 둘씩, 절뚝거리면서…' 나는 어린 시절부터 기분을 밝게 하기 위해 그 노래를 흥얼거리곤 하지 않았던가? 그건 자신의 애인들을 같은 진도로 이끌어 갈 수 없는 바람기 많고 인심 좋은 한 남자의 이야기이다. "쉰느에게 꽃, 딘느에게 꽃, 끌로딘느와 마리틴느에게 꽃, 쉬잔느와 쉬종에게 꽃, 몽바종 백작 부인에게 꽃, 하지만 뒤멘느에겐 꽃다발.…쉰느에게 반지, 딘느에게 반지, 끌로딘느와 마리틴느에게 반지, 하지만 뒤멘느에겐 다이아몬드." 결혼 초기에 우리는 이 후렴구를 즐겨 흥얼거리곤 했다. 그건 내가 그에게 가르쳐 주고 헌정했던 노래였다, 내가 가장 사랑받는 여자라고 굳게 믿었으므로… 그의 '뒤멘느', 그 새 여자, 진짜로 사랑받는 그 여자는 끝까지 이 노래를 부를 수 있을까?

그 여자가 보이지 않는 존재이기 때문에, 나는 다시 한 번 그 불행한 선물들 뒤에서 그 여자를 상상해 보려 애를 썼다. 나는 나에게 없는 온갖 매력으로 그녀를 치장했다. 금발의, 아름다운, 우아한,

발랄한, 환상적인, 사교적인, 경쾌한, 낙천적인, 사랑할 줄 아는, … 특히 사랑할 줄 아는. 남편이 내가 사랑하는 법을 모른다고 말했으므로. 그는 그 사실을 인정하며 말했다. "그래, 당신은 아이들을 사랑하지, 가끔은 로르가 자기 두 아이들을 사랑하는 것보다 훨씬 더… 그녀는 좋은 엄마는 못 되거든. 하지만 남자에 관해서는, 아냐, 당신은 남자를 사랑하는 법을 몰라. 그녀는 날 찬미하지, 이해하겠어? 그녀는 날 떠받든다구! 내 앞에서는 늘… 그러니까 거의 숭배하는 태도를 보인다구! 그래, 그녀는… 바로 그거야, 숭배자라구!"

그 단어는 너무 강렬해서 나를 충격에 빠뜨렸다, 숭배자! 그녀는 제단 앞의 성녀 떼레즈, 십자가에 엎드린 마리아였다, 두 손을 모으고, 무릎을 꿇고, 몸과 영혼을 다 바쳐 꿇어 엎드린… 내가 어떻게 그 '숭배자', 나보다 더 나은 그 젊은 숭배자만큼 될 수 있겠는가? 어떻게 캐러멜과 초콜릿을 먹던 소년 시절부터 알았던 한 남자 앞에 엎드려 숭배하며 살아갈 수 있단 말인가? '학급 친구'였고, 인기 있는 락 댄서였던 남자, 결국에는 '영계'를 사랑하는 남자 앞에서 말이다. 30년 전부터 일상 생활을 공유해 온 남자, 그의 더러운 양말을 빨고 요통을 돌봐 주고 온갖 괴벽과 온갖 추한 꼴(차려 놓은 음식을 손가락으로 집어먹고, 붉은 루즈에 후끈 달아 정신을 못 차리고, 기차를 놓치는)을 눈앞에서 보며 함께 살아온 남자 앞에 어떻게 무릎을 꿇을 수 있단 말인가? 내가 그가 꿈꾸어 온 지복한 여자가 아니었다면, 그건 아마도 그가 매혹적인 왕자가 아니었기 때문이리라…

어쨌든 '그 숭배자'는 나를 감동시켰다. 그 보이지 않는 여자는 금발이었으므로. 나는 즉시 그녀에게 긴 머리카락, 멜리장드(메테를 링크의 상징주의극 『펠레아스와 멜리장드』에 나오는 아름답고 신비로운 여주인공. 그녀는 펠레아스의 형, 골로의 질투 때문에 상처를 입고 죽어 간다—옮긴이)의 머리카락을 부여했다. 그녀가 벌거벗은 채 그 앞에 무릎을 꿇고 있을 때, 그녀의 금빛 머리카락은 그들이 깔아 놓은 양탄자 바닥까지 흘러내리리라… 그렇지만 그 전설의 머리카락과는 달리, 나는 그녀의 몸도 윤곽도 분명하게 보지 못했다. 내가 갖지 못한 모든 것들을 가지고 있을 그 매혹적인 여자는 나에게 빈 껍질로만 나타나곤 했다. 흐릿한 흔적으로. 점묘화처럼.

그러한 흐릿함은 우리가 결별할 때까지 계속되었다. 우리가 헤어진 그 순간부터 나는 도리어 정보의 물결 속에서 제방을 쌓아야 했으니까. "아주 멍청한 여자야. 게다가 내가 본 여자들 중에서 가장 '늙은 소녀'야!" 그 새 커플이 초대한 점심 식사에 다녀온 한 친구가 내게 그렇게 말했다. 나는 좀더 자세히 말해 달라고 간청했다. 나는 시야를 다시 덮어 버리고 싶었지만, 순식간이 아니라 서서히 덮어 버리고 싶었다. 어쨌든 나는 그 '늙은 소녀'에 대해 내가 쌓아 놓았던 이미지들을 가루로 만들어 버려야 했다. 나는 서둘러 멜리장드의 머리카락을 잘라 버린 다음, 짧은 꼬리 머리로 만들고, 주름 치마를 입혔다. 여름용으로는 짧은 반바지에 배꼽이 보이는 어린아이용 조끼를 입히려고까지 했다… 그들의 저녁 식사에 초대받았던 또 다른 친구는 내게 이렇게 말했다. "설명하기가 어려워, 하지만 그 여자는 뭐랄까, 진짜 같지가 않아. 그 여자는 진짜 여자가 아니라구, 무슨 말인지 알겠니? 꼭 변장을 하고 있는 것 같단 말이야. 그러니까 일종의… 착시 현상 같은 거 있지?! 무슨 말인지 알겠어?' 아니, 나는 모른다, 그러나 나는 상상한다. 이제 그녀에게 필요한 것은 머리 리본도, 짧은 양말도 아니다. 가죽 미니스커트, 스타킹을 고정시키는 벨트에다 검은 스타킹, 풍만한 가슴을 노골적으로 드러낸 넓게 패인 야회복에다 부풀린 사자머리. '그리고 또?' 그리고 또 당신들은 그 숭배자의 입술 위에 버터처럼 두껍게 끈적거리고 번들거리는 루즈를 그려 넣을 수 있을 것이다. 치아와 손수건과 그녀의 고급 편지지에까지 묻어 있을 그 붉은 루즈. 보라색 매니큐어를 칠한 손톱을 마구 그려 넣을 수도 있을 것이다. 그런 다음 당신들은 내 몸에 은방울꽃으로 만든 독한 인도산 향수를 통째로 들이부어야 할 것이다. 인색하게 굴지 말기를, 이건 나의 무대니까!

아, 나는 그 여자를 요정이라고 믿고 있었다. 나는 그녀에게 구름과 금빛 머리와 한들거리는 모슬린을 입혔다! 나는 그녀를 멜뤼진느(토요일마다 다리가 뱀으로 변했다는 선녀—옮긴이)라고 믿었다, 나는 아낌없이 그녀에게 우아함과 관능미와 섬세함과 순결함을 부여하고 있었다! 그런데 나는 결국 누구에게 그런 미덕을 부여했던 것인가? 한 저속한 창녀에게! 그러한 상상은 나에게 효과가 있었다, 이틀 동안.

그 후 나는 검은 가죽이 진주 목걸이와 잘 어울리지 않는다는 사실을, 그리고 'CPCH'와 보라색 매니큐어 둘 중에서 양자택일을 해야 한다는 걸 깨달았다… 어쩌면 나의 호의적인 정보 제공자들이 각기 다른 인물을 만났던 게 아닐까? 어떤 세부적 사실들이 명확해질수록("그 여자는 염색을 잘못 했어, 머리 밑이 흰히 보이던걸!" "다리는 정말 잘 빠졌더군.") 나는 그녀의 전체적인 모습을 볼 수 없었다. 나는 서둘러 그녀의 반들거리는 생머리를 곱슬거리는 머리로, 푸른 눈을 검은 눈으로 바꾸면서 다시 손질해 나갔다. 하지만 그녀는 언제나 내게서 달아나곤 했다.

그렇지만 나는 이쪽저쪽에서 귀동냥을 하면서 그녀에 대한 판단과 묘사를 계속해 나갔다. 그녀와 싸우기 위해서가 아니라(그 일은 이미 여러 해 전부터 너무 늦은 일이었다!) 남편이 좋아하는 것들과 마지막으로 관계를 맺기 위해서였다. 그의 소망에 부합하기 위해… 그가 나에게 야기시킨 이 고통 너머로, 그의 욕망을 내 것으로 만들기 위해… 나를 파괴시켰던 바로 그 무언가를 그와 함께 나누기 위해… 그 여자가 내게서 달아난 그 곳으로부터 그의 영혼과 만나기 위해.

사람들은 나에게 따지고 들었다. "그만해 둬! 너희 부부 이야기는 눈물 흘릴 가치도 없는 진부한 거야. 우리 주위에 이혼한 오십대 부부들은 수도 없이 많아, 너도 알잖아… 네 소설에서도 직접 그렇게 썼으면서, '남자들은 마치 마부가 말을 갈아 치우듯 여자를 갈아 치운다, 가장 신선한 짐승에게서 그 편력을 끝맺음하기 위해.'라고 말이야. 너는 왜 소설 속에서 쓴 것을 실제 삶에서는 인정하려 하지 않니?"

"내가 근시이기 때문이야! 나는 보지 않고도 묘사할 수 있어! 나는 꿈을 꾸지, 그리고 예측하고 윤색시켜… 그리고 그것들은 종종 시간이 지나면 변질되기도 하지. 운명을 피하기 위해서 말이야, 이해하겠니? 그렇기 때문에 막상 눈앞에 재앙과 맞닥뜨리게 되면 그걸 믿지 못하게 되지…"

"타조 정책(어떤 위험한 사태를 없는 것처럼 가장하고 얼버무리려는 것—옮긴이)이로군! 하지만 네 경쟁자를 똑바로 봐야 할거야. 그 여자는 비너스가 아니라구! 물론 아주 잘 빠지긴 했지만 말이야(아, 그렇지만! 그렇지만…). … 하지만 얼굴은 손을 좀 봐야 할 것 같더군! 특히 이는 끔찍할 정도였어, 그 여자의 앞니는 끔찍하게 벌어져 있거든!"

"다행이네…"

"어쨌든, 그런 이로 미인 소리는 못 들을걸!"

내가 고집해 봤자 무슨 소용인가? 만일 내가 그녀의 모습을 확인한다면, 내가 그녀에게 부여했던 우아함보다 그녀의 추함이 훨씬 더 강하게 나를 짓눌렀으리라. 만일 그녀가 못생겼다면, 그녀가 아둔한 여자라면, 그녀가 매춘부라면, 저속한 여자라면, 그는 결코 그 여자를 사랑하지 않았을 것이다!

오랫동안 나는 그녀에게서 마녀나 요정만을 보고 싶어했다. 누가 환영이나 요정과 맞서 싸우겠는가? 나는 싸우지 않았다… 현재의 나는 그녀의 마력이 평범한 여자의 마력이라고 추측한다. 나는 그녀가 모든 점에서 나와 비슷하다는 생각을 배제하지 않는다. 더 낫지도 더 못하지도 않은. 그녀와 나 사이에 유일한 차이점은, 그 차이점을 만들어 내는 것이 바로 내 남편이라는 사실이다. 그는 그녀를 사랑하고 나를 사랑하지 않음으로써 그 차이점을 만들어 낸다.

"쉰느에게 반지, 딘느에게 반지, 끌로딘느와 마르틴느에게 반지, 하지만 뒤멘느에게는 다이아몬드"…

어제 나는 그들 꿈을 꾸었다. 그들이 함께 있는 걸 본 것은 꿈속에서조차 처음이었다. 그녀는 거리를 걷고 있었는데, 내가 상상해왔던 것과는 전혀 다른 모습이었다. 그녀는 짧고 곱슬거리는 갈색 머리를 하고 있었다, 꼭 나처럼… 게다가 회색 머리카락이 섞여 있었다! 요컨대 그녀는 '젊은 여자'가 아니었다. 더욱이 그녀는 바지를 입고 있었는데 꽤 어울렸다. 그는 바지 입은 여자는 질색이지 않은가! 그런데 길 저쪽 끝에서 그가 그녀를 향해 달려오고 있었다. 그리고 내가 보는 앞에서 그들은 서로 포옹했다. 나는 그들을 주시하면서, 상점 진열창에 비친, 놀라움에 떨고 있는 나를 보면서, 거기 그대로 꼼짝 않고 있었다. 나는 긴 금발을 하고 있었다. 지나치게 과장된 금발, 바비 인형의 부자연스러운 백금빛 금발. 그들이 손을 잡고 멀어져 가는 동안, 나는 그 우스꽝스러운 머리를 뽑으려 애쓰고 있었다. 하지만 불가능했다. 그건 가발이 아니었다… 나는 내 몸을 그녀의 몸과 맞바꾸었던 것이다. 그러나 그것은 헛된 일이었다.

나는 눈이 멀었다. 그러나 때때로 내 눈이 나에게 가르쳐주지 않는 것들을 내 가슴이 알아보곤 한다. 가령 나는 내 남편이 내 일생의 남자였다는 것을, 내 삶의 값을 치른 유일한 남자였다는 것을, 그리고 나는 한 번도, 단 한 번도 그의 유일한 여자였던 적이 없다는 것을 아주 잘 깨닫고 있다. 처음부터 나는 그를 공유해야 했다…진실에 직면했을 때, 나는 알았다. 선택되고 나서 내던져진 존재는 언제나 최후의 상처에 노출되어 있다는 것을, 비교당하는, 오직 비교당하기 위한 존재는 이미 견딜 수 없는 고통의 존재라는 것을.

50년대 학교에서는 어린 소녀들이 소름끼치는 놀이를 즐겼다. 멀리서 어른들이 보기에는 매혹적이라고 생각되는 원무. 순번을 정하기 위해서 부르는 노래, 짧은 주름 치마, 돌차기, 막대 캐러멜, 땋아 늘어뜨린 머리, 버터 빵, 리본, 순진무구함까지! 원 중앙에 짧은 주름 치마를 입고 리본을 맨 천진스런 한 여자 아이가 원무를 하는 아이들 속에서 두 아이를 골라 각각 손을 잡는다. 거기서 그 여자 아이는 그들에게 아첨하는 척하면서 노래를 부르기 시작한다. "둘 중에 누굴 고를까, 이 둘 중에 누굴 좋아하는지 모르겠네…" 그런 다음 그 여자 아이는 갑자기 구애자 중 한 명에게 키스를 한다. "소피(혹은 아니끄나 마리)가 더 좋아, 까트린느(혹은 아니끄나 마리)에겐 몽둥이 백 대!" 그러면 그 여자 아이는 말한 대로 행동을 해 보이면서 자신이 원에서 제외시킨 그 버림받은 여자 아이의 등을 세차게 두들긴다. 그 동안 다른 아이들은 새된 목소리로 후렴을 되풀이한다. "아 까트린느, 아 까트린느, 내가 널 좋아한다고 믿는다면 오산이야, 내 작은 가슴은 널 위한 게 아냐, 내가 좋아하는 앨 위한 거지!"

단 한 번의 놀이에서 같은 아이가 같은 모욕을 스무 번 서른 번도 당할 수 있다, 왜냐하면 원을 돌 때마다 그 버림받은 아이는 원 속의 자기 자리로 되돌아가야 하기 때문이다. 필요한 경우에는 언제든지 다른 아이들이 그 아이를 다시 고르고, 또다시 고르고 그리고 따돌리고… 그 일을 반복하기 위해서…

게다가 그 놀이의 잔혹성은, 마지막 따돌림과 잔인하게 반복되는 노래가 그 아이를 계속 따라다니는 것이 전부가 아니다. 그 행위 이 전에 행하는 아첨으로 '아무도 좋아하지 않는 아이'에게 상당한 희 망을 심어 준다. 그 희망을 빼앗을 때 그 아이가 더욱 심한 고통을 느끼게 하기 위해서.

내가 거기서 한 번도 선택되지 않았다는 사실이 너무 기뻤다. 나 는 승리도 모욕도 갈망하지 않았다. 하지만 사팔뜨기, 게다가 반에 서 일등이었던 나는 눈에 띄지 않을 수 없었다. 다정한 여자 아이들 은 다른 모든 여자 아이들 사이에서 나를 특별 대우하곤 했다. 물론 그 특별 대우는 나를 완전히 따돌리기 위한 계책이었다. 나는 아이 들과 멀리 떨어져 있으려고 애를 썼고, 나를 숨기려고 애를 썼다. 그러나 아이들은 결국 나를 발견해 냈고, 수천 가지 다정한 말과 온 갖 찬사를 늘어놓으며("너는 나의 가장 친한 친구야, 너도 알지.") 나를 놀이에 끌어들였다. 만일 내가 거절했다면, 그 아이들은 내 머 리채를 끌어당겼으리라, 진력이 나서 내가 원무 안으로 들어가겠다 고 할 때까지 못살게 굴었으리라…

그리고 곧 그 제의와 약속들이 그만큼의 위협으로 나에게 다가왔 다. 그 후 내가 내 미래의 남편을 만났을 때, 나는 그 공포가 공유될 수 있다는 사실을 발견했다. '쉬는' 시간에 어린 적갈색 머리("빨강 머리, 이가 득실대는 대가리!")가 어린 사팔뜨기보다 더 운이 좋은 것도 아니었으니까. 내 사랑은 버림받은 자에 대한 연민으로 더욱 증가되었다. 나는 그를 동정했다… 그러나 그는 나를 동정하지 않았다.

나는 그의 '유일한 여자'가 되기를 꿈꾸었다. 하지만 나는 그의 삶에서 한 번도 유일한 여자가 되지 못했다. 그는 내 불안이 어떤 건지 알고 있음에도 끊임없이 나를 위협했고, 끊임없이 비교했다. '까트린느가 더 좋아'… 그리고 40년이 지난 후 어느 날, 그 비교에서 더 이상 나는 유리한 위치에 서 있을 수 없을 것이다. 그는 나를 원 속에 내던졌다. 나는 더 이상 춤을 추러 원으로 돌아갈 수 없을 것이다.

결혼 생활에서 그가 나에게 독점권을 약속하지 않았던 건 사실이다. 그 여행은 길어질 것이었다. 그는 기항지(寄港址)에 닿을 때마다 '승객들'을 태우겠노라고 권리를 주장하곤 했으니까. 그러나 나는 그의 유일한 선원이 될 것이었다. 게다가 그는 자신의 애정을 나에게 증명해 보이기 위해 내가 질투심을 느낄 만한 행동은 이제 다시는 하지 않겠노라고 약속했다. 나는 그의 마음에 유일한 여자로 군림하지 않는 대신, 그의 마음속에서 가장 상석을 차지하고 있다는 사실에 스스로 만족한다고 믿었다… 그는 '부부간의 정절'에 대해 자신이 이해한 바를 명시하면서, 나에게 충실할 것을 맹세했다. 나는 그의 말을 믿었다. 그는 왜 자신이 그토록 분명하게 약속한 계약을 깨뜨렸을까?

근시 이상으로 나를 눈 멀게 하는 것, 그것은 순진함이다. 나는 내 소설 속에서 검은 색을 만들어 냈다. 그러나 현실에서는 흰색만을 본다.

눈처럼 회고 거위처럼 우둔한 나는 한 번 내뱉은 말에 관해서는 이 지구 전체를 나의 믿음으로 채운다. 약속을 어길 줄 모르고 약속 시간에 늦을 줄 모르는 나는, 타인들이 약속을 어기는 것 역시 생각조차 할 수 없다. 타인을 신뢰하기 때문에 또한 타인의 말을 잘 믿는 나는 사기꾼들이 꿈에 그리는 먹이감이다. 그러나 그가 나를 그러한 망상에서 깨어나게 하기 위해 그토록 오랫동안 나와의 약속을 저버려 온 사실에는, 그 사기꾼들조차도 입을 다물지 못할 것이다! 가령, 우리집에 오기로 한 목수의 경우가 그렇다… 3주일 전부터 나는 그가 문을 바꿔 달러 오기를 기다렸다. 나는 매일 그를 기다린다. 그는 매일 곧 오겠다고 나에게 통보를 한다. 나는 그를 맞이하기 위해 더 일찍 잠자리에서 일어난다. 그를 놓치지 않기 위해 약속을 취소하고 외출을 포기하고 점심 식사를 하는 동안 머리속으로 빠리 전역을 관통하며 그의 행로를 좇는다. 나는 날마다 그가 정해준 시간과 장소에서 정확하게 기다린다. 감히 한 발짝도 벗어날 엄두도 내지 않고 그를 기다린다. 그러나 그는 오지 않는다. 그가 나에게 전화를 하는 경우는 드물다. 마침내 그에게 전화를 하는 건 나다. 그는 조금도 미안해 하지 않고 새로운 약속을 제안한다. "하지만 랑베르 씨, 이번에는 꼭 와야 해요, 네?" "아, 염려 마세요, 날 믿어도 좋아요. 일곱 시에 부인 댁으로 가겠어요! 커피나 준비해 두세요!" 그래서 나는 커피를 준비한다. 그리고 다시 그를 기다린다. 맨처음과 마찬가지로… 내가 나에게 아무 의미도 없는 한 남자를 그처럼 되풀이해서 믿는 것을 보면, 나에게 전부였던 남자에게 걸었던 나의 믿음이 어떠했는지를 알 수 있으리라!

내가 그들 관계가 진척되는 것을 의심하지 않았던 이유는 바로 그것이다. 여러 달에 걸쳐 그는 호텔 방에서 임대 스튜디오로, 임대 스튜디오에서 새로 사 들인 두 칸짜리 아파트로, 두 칸짜리 아파트에서 다시 여섯 칸짜리 임대 아파트로 이사를 했다. 그리고 우연한 만남은 규칙적인 만남으로 이어졌다. 그 후 만남의 주기는 점점 가속화되어 한 달에 한 주말이던 것이 일주일에 다섯 번이 되었다. 물론 내가 진상을 알아채지 못하도록 그들은 불규칙하게, 드러나지 않게, 그리고 늦은 시간에 만났다.

그들의 사랑이 한 단계씩 깊어질 때마다, 그들이 새로운 국면으로 접어들 때마다 나는 내 삶이 변화하고 있다는 걸 느꼈다. 그러나 그러한 나락의 원인은 여전히 내 앞에 드러나지 않았다. 나는 단지 동요했고 불안했을 뿐이다. 마치 배가 해안 쪽에 너무 가까이 붙어 지나갈 때, 해안가의 바닷물이 울렁거리는 것처럼. 나의 경쟁자가 어둠 속을 나아갈 때, 나는 모래 사장 위로 되밀려 오는 파도의 찰랑거림을 듣는 정도였다고나 할까? 혹은 내 살갗에서 가벼운 오한을 느꼈다고나 할까? 마치 어딘가에 창문을 열어 놓은 것처럼. 하지만 어디에? 그러나 나는 차츰 궁금해 하는 일을 멈추었다. 공기의 흐름 속에 사는 데 길들여졌기 때문에…

만일 어둠 속을 더듬어 나가다가 우연히 진실(하지만 언제나 뒤늦은 진실)에 접근하게 되었더라면, 다시 한 번 남편에게 우리의 옛 협약을 상기시키면서 제발 '멈추어 달라'고 애원했더라면, 그는 나를 떠나지 않겠노라고 맹세했을 것이다("난 언제나 당신을 사랑해!"). 그리고 로르와의 문제를 해결하겠노라고 내게 약속했을 것이다. 비록 즉시 관계를 끊을 수는 없겠지만, 주말의 행사(아니면 아파트, 혹은 넥타이, 혹은 바캉스, 혹은 반지, 혹은 야회)로만 하겠노라고 '언약'할 것이고, 그들은 거기서 멈추었을 것이다. 거기? 사실 그들은 이미 너무 멀리 가 있었다! 진실의 길에서 나는 항상 연착하는 기차를 탔고, 그는 앞질러 거짓말을 했다. 그는 거짓말하고 또 거짓말을 했다. 그리고 나는 눈물을 숨기기 위해 검은 안경을 쓰듯이, 내 슬픔을 보이지 않기 위해 스스로 장님이 되어갔다…

그러나 진실로 정숙한 여자, '내가 더 이상 그에게 기대를 갖지 않게 되었을 때까지도 여전히 정숙한 여자'로 남기 위해, 내가 달리 어떻게 해야 했을까? 언제나 그를 사랑하기 위해, 내가 사랑받고 있다고 믿기 위해 내가 달리 어떻게 할 수 있었겠는가? 내 시각을 이용하는 건 쉬운 일이었다. 나는 이미지들을 겹쳐 놓지 않았다… 나는 친구이자 연인인 그를 둘로 갈라놓았다, 한편으로는 착한 친구, 다른 한편으로는 야비한 연인으로. 나는 눈과 손을 안개 낀 허공에 둔 채 집안을 영혼처럼 떠돌다 연기처럼 벽난로 너머로 사라져 버리는 그 바람둥이 유령을 지워 버렸다. 내가 간직한 건, 내가 항상 함께 데리고 다닌 건 착한 친구, 총명하고 불안스러운 그 청년, 배 위에서 30년 전에 만났던 그 청년이었다. 내가 계속 말을 건넸던 건 내 어린아이들의 새파랗게 젊은 아버지, 내 초기 소설들의 첫 번째 독자, 이합체 시의 작가, 여행의 동반자, 트위스트 댄서, '쉬는' 시간의 빨강 머리 꼬마에게였다. 내가 의지했던 건 바로 그였다. 나는 초점 잃은 눈으로 내가 여전히 그의 동반자라고 믿고 있었다.

나는 남편에게 속은 적이 없다, 내가 남편에 대해 착각하고 있었던 것이다. 지금 그를 다시 만난다면, 내 눈도 내 가슴도 그를 알아볼 수 없으리라. 그는 불꽃이 되어 터진 다음 산산 조각이 난 채 흩어지고, 그 조각 하나 하나는 자전한다. 그는 프리즘처럼 시선을 굴절시키고 빛을 회절시킨다. 그는 나를 현혹시키며, 나를 겁에 질리게 한다. 그는 한 사람이 아니다. 그는 수천 개의 인물이다. 내가 품에 안았던 그 낯선 사람, 내가 30년 동안 껴안아 온 그 낯선 사람은 도대체 어떤 사람이었을까? 나는 장님이다.

   내 감정을 분별하지 못하고 우리의 미래를 보지 못하는 장님. 그를 증오하는 것만으로는 충분하지 않다, 그를 더 이상 사랑하지 않아야 한다… 우리가 평화를 되찾을 날이 있을까? 법정이 아닌 다른 곳에서 그를 다시 보게 되면 견딜 수 있을까? 언젠가 그 침입자, 그 도둑을 만나게 될 때, 나는 그 만남을 감당할 수 있을까? "어떤 순간에는 당신이 사랑하는 그 여자를 만족시킬 수 있을 만큼 내가 충분히 굴종할 것 같은 느낌이 들 때도 있다. 나는 결국 당신이 행복해지는 데 동의하기로 결정할 것이다." 그 포르투갈 성녀의 숭고함이 내 폐부를 찌른다. 나는 빚지고 싶지 않다.
   나는 기독교적인 자비와 화해의 감정으로 내 연적을 집으로 맞이하는 장면을 상상한다. 거창한 저녁 만찬… 나는 그 때의 내 모습을 훤히 들여다본다. 미소를 지으면서, 너그럽고 이해심 많게, 심지어는 공범의 눈빛을 보내고 있을 나. 나는 그 여자를 경멸의 시선으로 압도하는 것이 아니라, 관대함으로 압도한다. 어쨌든 중요한 건 그녀를 압도한다는 것이다. 나는 굴복하면서 승리한다, 희생하면서 나를 드러낸다. 나의 굴복이 그들에게 명령한다, 오직 나만을 보라고… 그러면 그 여자는, 그 불쌍한 어린애는? 잘게 부서진 가루가 되어 무로 돌아갈 것이다! 아, 나는 용서하면서 앙심을 품는다!…

사실 내 감정은 너무 다양해서 그 감정들끼리 서로 부딪히며 떼밀고, 서로를 방해하며, 서로 반박한다. 하지만 나는 있는 힘을 다해 그 '훗날'을 상상하려고 애쓴다. 그가 항상 꿈꾸었던 그 '훗날', 우리 세 사람이 느긋하게 한 잔의 술잔을 놓고 둘러앉아 이런저런 한담을 나눌 그 '훗날'을.

셋, 아니 내 아이들까지 일곱, 혹은 로르의 아이들까지 더하면 아홉? 어쩌면 열 명까지도. 그는 로르와 아이를 몇 명이나 낳고 싶어 할까? 그녀는 그에게 아이를 몇 명이나 낳아줄까?

그는 공증인에게 편지를 쓰고 그 편지 사본을 나에게 보낸다. "내 전처가 조만간 당신에게 내 '재산 상태'를 물어 올 겁니다." 하고 조만간? 그래, 그는 너무도 급하니까! 그러면 그의 '전처'는? 우리는 이혼하지 않았다. 적어도 내가 아는 바로는! 적어도 아직까지는 아니다! 당분간은 아니다! 그는 왜 공증인에게 나를 자신의 '전처'로 지칭하는가! 그는 로르를 세상 사람들 앞에 선보이면서 이미 '내 아내'라고 소개했다. 나도 그 사실을 알고 있다. "제 아내하고 인사하셨던가요?" 사람들이 내게 수없이 그걸 전해 주었으니까. 그는 나에게 상처를 입힌다, 나를 무참하게 살해한다! 나는 그를 용서하고 싶다, 착하고 고상하게 화해하고 싶다. 하지만 그는 회개하는 모습을 보여 주는 대신, 모욕과 학대를 번식시킨다. 나의 전처, 나의 아내, 우리 미래의 아기…

용서하기 위해서는 두 사람이 있어야 한다. 결코 참회하지 않는 남자를 어떻게 용서한단 말인가? 그가 슬픔도 후회도 나타내지 않는데, 자신의 행복을 만인 앞에 공표하는데, 내가 그를 어떻게 위로할 수 있단 말인가? 나는 용서마저도 혼자서 해야 한다. 텅 빈 눈을 한 채.

장님, 하지만 나는 늙은 여자가 되고 싶다. 집착도 욕망도 추억도 없는 '늙은 여자는 밤의 여행자이다.' 그녀는 더 이상 땅을 보지 않기 때문에, 별이 수놓인 하늘이 그녀의 몫으로 주어진다… 나는 자신의 주검으로 하늘의 베일을 벗기는 매혹적인 여행자가 되고 싶다. 하지만 중늙은이인 나는 아직 달이 뜨지 않은 밤길을 가고 있다. 어두운 밤, 영혼들의 밤길을. 땅에 있는 사물들을 보지 못하는 나는 하늘의 것들 또한 보지 못한다. 우리를 고통에 빠뜨리는 이 열정 속에 신, 기독교의 신이 차지할 자리는 더 이상 없다.

내가 만일 신에게 간청해야 한다면, 남편이 그 앞에서 나에게 정절을 맹세했던 그 신, 바로 그 신에게 그들을 죽여 달라고 기도할 것이다! 그들의 결혼식을 피로 물들여 주소서! 개죽음을 당하게 하소서! 우롱당한 메데처럼, 나는 '남편이 그의 신부와 함께 그들의 무너진 집더미 아래 깔려 가루가 된 꼴'을 보고 싶다. 배반당한 에르미온느(라신느의 비극, 『앙드로마크』에 나오는 인물. 약혼자 엑토르가 자신을 배반하고 앙드로마크와 결혼하자, 복수를 꾀하다가 결국 자살함— 옮긴이)처럼, '이 땅을 떠나서, 검은 날개를 단 새가 되어 훨훨 날아가, 그가 죽음의 여행을 하기 위해 밤의 항로를 건너갈 때 타게 될 나룻배가 되고' 싶다… 복수하고 싶다. 복수 아니면 죽음을 달라.

복수와 죽음. 나의 신은 더 이상 장님의 눈을 뜨게 하고 죽은 자를 회생시킨 기독교의 신이 아니다. 나는 장님이며, 나는 죽은 자이다. 세상은 나에게서 모든 것을 빼앗아 갔지만 아무것도 되돌려주지 않았다. 나의 신은 전쟁의 신이다. 장님이 된 삼손, 모욕당한 삼손, 적들을 분쇄하기 위해 사원의 기둥을 흔들어 뽑고, 스스로 그 폐허 아래 매몰된 삼손을 도우러 온 구원군의 신이 나의 신이다.

"아버지, 당신은 저를 버렸나이다, 강가에 좌초된, 노 없는 배인 양 저를 버렸나이다"… 내 눈의 빛은 꺼져 가고 있다. 내 가슴은 암흑으로 가득 찼다. 내가 아직도 알아차릴 수 있는 유일한 빛은 땅의 빛이다. 나를 비추는 것은 오직 흰 눈이다. 연못이 소금 호수처럼 반짝인다. 타는 듯한 뜨거운 바람에 숲이 재처럼 떨어져 내린다.

나는 산산이 부서졌다

나는 산산이 부서졌다. 30년 세월이 결합해 놓은 것들을 갈라놓고, 복잡하게 뒤얽힌 우리의 삶을 다시 풀어놓는 일, 남편은 그 일을 하기 위해서 나를 파괴해야만 했다. 그것이 우리의 연극 무대의 제1장이었고, 또한 유일한 장이었다.

만남의 운명이 있는 것처럼 결별의 숙명도 있다. 남편은 결혼 반지를 빼내면서 톱니바퀴를 맞물리게 하여 나를 부수고 으깨었다. 우리의 '결혼 기념일 저녁'이 있고 난 며칠 후, 나는 하루 종일 내가 낀 결혼 반지를 만지작거렸다. 나는 반지를 빼 버릴 용기가 생길지 자문하고 있었다. 25년 동안, 이 반지는 내 손가락을 한 번도 벗어난 적이 없었다. 그랬으므로 그것은 내 손가락에 새긴 듯 달라붙어 있었다. 관계를 자르기 위해서는 반지를 잘라야 할 것이다. 그리고 반지를 자르기 위해서는 손가락을 잘라야 할 판이었다.

집에서의 일상은 그럭저럭 회복되었다. 이상하게도 남편은 항상 떠나 있지는 않았다, 비록 그가 더 이상 이 곳에 없더라도… 우리 집에서 6월은 생일이 있는 달이다. 우리 막내의 생일이 6월이다. 그의 15번째 생일. "프랑시스, 일요일에 우리와 함께 지낼 수 있어요? 이번만큼은 특별히…" 그는 호탕하게 그 제의를 받아들였다. 하지만 그날, 내가 그에게 길목에 있는 제과점에 주문한 케익을 찾아와 달라고 부탁했을 때, 그는 사라졌다. 그는 네 시간 동안이나 모습을 나타내지 않았다. 점심 식사를 할 바로 그 순간에, 그가 태평스럽고 유쾌한 표정으로 돌아왔을 때, 나는 그에게 묻지 않을 수 없었다. "어디 갔었어요?" "제과점에…."

그는 자주 나에게 거짓말을 했다. 그러나 그 때처럼 그에 대한 경멸감이 오래 간 적은 없었다. 나는 방으로 올라가서 내 손가락에서 반지를 뺐다.

그러나 그것을 창밖으로 내던지지는 않았다. 대신 나는 보석 상자를 선택했다. 반지를 상자 안에 잠재우면서, 나는 내 자신을 무덤 속에 넣는 것 같은 기분이었다… 그리고 그 때야 비로소 그가 그의 결혼 반지를 어떻게 했는지 궁금했다. 나는 그의 것과 내 것을 다시 결합시키고 싶었다. 언젠가 그것들을 같은 고리에 묶어서 내 목에 걸게 되리라… 그러나 나는 감히 그걸 묻지 못했다, 그가 우리의 지난 사랑의 증거물을, 적에게서 빼앗은 전리품인 양 그의 애인에게 현재의 사랑에 대한 담보로 주었노라는 말을 듣게 될까 두려웠기 때문에.

보석 상자를 정리하고 난 후, 나는 약혼 반지를 손가락에 끼었다. 그 때 나는 깨달았다. 더 이상 결혼 반지를 끼지 않게 되자, 그것을 껴서 움푹 패인 자국 속에 약혼 반지가 헐렁하게 대신하고 있음을. 약혼 반지는 너무 커서 그 손가락의 홈에서 빙글빙글 돌았다. 보석상에서 다시 세공해야 하리라. 하지만 얼마 후, 내 생각은 바뀌었다. 나는 반지를 끼지 않는 것에 익숙해지기 전까지는 우리의 첫 약속 반지와 헤어지고 싶지 않았다… 게다가 그 보석 알이 주는 거추장스러움이 없어진 결혼 반지를 은근하고도 끈덕지게 상기시켜 나를 불쾌하게 만들었지만, 그와 동시에 그 불편함 속에서 우리를 묶어 주었던 그 고통스러운 사랑의 가벼운 메아리를 발견하곤 했다.

물론 현실은 그리 낭만적이지 않았다. 보름 전부터 나에게 들러붙어 있는 톱니바퀴 장치가 홈에서 툭 튀어나오곤 했다…

일주일이 또 흘러갔다. 우리 네 아이들이 모두 외출하고 없는 어느 날 저녁(그날은 '음악의 날'이었다), 느닷없이 남편이 왔다. 그때는 내가 그의 비서의 부주의 때문에 새로운 거짓말을 막 알게 된 후였다. 그는 선웃음을 쳤다. 나는 그의 그런 태도를 냉담하게 받아들였다. 그는 자신을 변호하는 데 서툴렀다. 나는 30년 만에 처음으로 분노를 폭발시켰다. 그 때 나는 내 서재에 있었고, 그의 넥타이들이 눈앞에 있었으므로, 그것들을 그의 면전에 집어던졌다. "당신이란 인간이 증오스러워!" 에르메스 넥타이들이 마룻바닥에 떨어졌다. 나는 그것들을 발로 짓밟았다. 비단 코끼리들을 쭈그러뜨리고, 두꺼비들을 짓이기고, 낙타와 거위와 망아지들을 갈갈이 찢었다. 아주 오래 전부터 나에게 도전장을 내밀었던 그 우스꽝스러운 동물들을, 그 사치스러운 동물 우리를 통째로! 그에게는 귀중한 선물들을 내가 발로 짓이기는 것을 보고, 내가 그에게 경멸에 찬 말을 내

뱉는 걸 보고(그것은 우리 연극의 제1장이었으므로, 그는 연습이 부족했고, 나는 어휘가 부족했다) 그는 얼굴이 벌개졌다, 거의 보라색에 가깝도록. 갑자기 그가 내게로 덤벼들었다. 나는 방어하기 위해 팔을 들어올렸고, 그가 내 손을 붙잡았다… 그 때 내 약혼 반지가 빙그르르 돌았다.

그가 내 손을 잡은 바로 그 순간에, 초록색 보석 알이 내 두 손가락 사이에 끼었다. 그가 내 손을 죄었다. 나는 비명을 질렀다. 그는 얼이 빠져 나를 쳐다보았다. 내 왼손은 눈에 띄게 부어 올랐다. 그가 내 손가락을 바스러뜨렸던 것이다.

그 때부터 나는 손가락에 아무것도 끼지 않게 되었다. 우리의 결혼 기념일 저녁에서의 그의 손이 그랬던 것처럼. 하지만 내 손이 훨씬 더 추할 뿐만 아니라(거미 같은!) 더 한층 나에게 혐오감을 불러일으킨다…

그가 나를 데려 간 병원에서(그는 내가 계단에서 굴러 떨어졌다고 말했다) 간호사들이 그를 밖으로 내보내고 난 후, 지체없이 수술에 들어갔다. 수술 전에, 에메랄드 반지를 잘라야 했다, 손가락이 부풀러 올라 그냥은 빼낼 수 없었기 때문에. 게다가 반지는 살갗 속에 박혀 있었다. 페미니스트인 한 젊은 방사선과 여의사가 스물 다섯 살이라는 인생 경력으로 내게 충고를 했다. "전, '계단에서 굴러 떨어진' 여자들이 병원에 오는 걸 지겹도록 봤어요! 그 머저리가 당신 손을 부러뜨리지는 않았어요, 대신 완전히 으깨 놓았죠! 그런데 당신은 그 모든 걸 참기만 할거죠, 안 그래요? 왜요? 왜?"

그 후 팔에 깁스를 한 나는 이런 결과를 낳게 한 일련의 상황에 대해 생각해 보았다. 그가 자신의 결혼 반지를 빼 버렸기 때문에, 나도 내 결혼 반지를 뺐다. 내가 내 결혼 반지를 빼 버렸기 때문에, 반지가 사라진 그 자리에 그가 상처를 입었다… 요컨대 그가 죄를 저질렀던 그 손가락에 내가 벌을 받았던 것이다!

나는 내 고통이 부당하다고 생각했다. 하지만 연이은 사실들은 논리적으로 합당한 것이었다. 그 부정한 남자는 달아나기 위해 끊을 수 없는 관계를 끊어야 했다, 그러기 위해서 반지를 부수어야 했다, 그러기 위해서는 그 반지를 낀 손을 박살내야 했다, 그건 지극히 당연한 논리였다. 그는 내 마지막 반지를 가위로 자르는 동안 짐을 꾸렸다… 그는 이전처럼 한밤중에 요드 냄새와 샤넬 향수 냄새가 배어 있는 흰 병실에 나타나지 않았다! 그는 나에게 꽃도 다정함도 가져다 주지 않았다. 그는 나에게 전화조차 하지 않았다.

그는 수치스러워했다. 그는 수치심에 취한 상태로 내 안부를 물어 왔다(그는 3주일이 지난 후에야 겨우 '현장 검증'을 했다!). 그러나 내가 그의 전화를 받았을 때, 그는 오직 책임 분담을 강조했다. 말할 것도 없이 나는 희생자다운 태도를 취했다. "이혼에서는 좌초하는 사람이 둘이야, 잘못을 저지른 사람도 둘이고…" 아마도 그럴 것이다. 그러나 나에게 잘못이 있다면, 지금 이처럼 내 영혼과 내 육신이 고통받는 것으로 충분하지 않을까? 그런데 그에게 잘못이 있다면, 그는 자신이 죄값을 전혀 치르지 않는 것에 대해 왜 스스로 이상하게 생각하지 않을까? 그는 고통받지 않는데, 단지 나만이 그로 인해, 오직 그로 인해 고통당해야 할까?

일단 운명을 받아들인 나는 나 자신에 대해 음모를 꾸미지 않았다. '적절한 처방'을 피하지도 않았다. 치유하기 위해, 흔적을 지우기 위해 나는 여러 달 동안 상처 입은 손을 재활시키기 위한 노력을 했다. "왼손이라서 다행이군." 남편은 '그 사고'를 대수롭지 않게 얼버무리며 말했다… 그러나 내가 아무리 노력해 봤자, 내 두 손가락은 그대로 마비되고 뒤틀리고 갈고리처럼 구부러진 채였다. 나는 에메랄드 약혼 반지를 보석상에서 다시 접합시켰다. 그러나 나는 그 반지를 오른손에 끼어야 했다…

왼손에는 이제 더 이상 보석을 낄 수 없으리라. 그러나 내 왼손은 여전히 시선을 끈다. 남편이 내게서 달아나면서 내 손가락에 남겨 놓은 그 반지는 결코 벗겨 낼 수 없는 반지이므로.

나는 부러진 손을 고치지 않을 것이다. 나는 나의 과거를 둘로 잘라 놓은 그 골절의 틈을 좁히지 않을 것이다. 실패한 내 30년 인생. 그렇게 넓은 흉터의 골을 가진 두 기슭을 어떻게 서로 이어 붙일 수 있겠는가? 현재의 내가 내 18년의 삶과 50년의 삶을 봉합할 수 있겠는가? 마치 그 두 세월 사이에 아무 일도 일어나지 않았던 것처럼, 그냥 내가 잠을 자고 있었던 것처럼 생각할 수 있겠는가? 그 아래 고름과 부서진 뼛조각을 그대로 둔 채 이 찢어진 삶을 단단히 봉합할 수 있겠는가? 하지만 최소한 씻어 내기라도 해야 할 것이다! 과거를 벗어 던지기 위해서는 그 과거를 제대로 알아야 한다? 내가 누구와 결혼했었는지, 그를 사랑한 나는 누구였는지?

운이 따른다면, 그 상처가 두려워한 것보다 깊지 않다는 것을 발견하게 될지도 모르지 않는가? 단순한 찰과상 정도인지도… 남편이 빙판 위를 지그재그로 나아가면서 남긴 흔적들, 내가 바람 부는 쪽으로 선회하면서 서툰 솜씨로 그의 뒤를 따라가려고 애썼던 그 가볍게 흔들리는 흔적들처럼. 지워야 할 것은 바로 그 흔적, 우리의 혼돈스런 길 위의 흔적들이다. 겨울이 오게 하고 눈을 내리게 하면서 그 흔적들을 지워야 할 것이다… 나는 그를 뒤따라가기 위해 탈진할 정도로 씨름했다. 트랙을 벗어난 발자국이 너무 많았고, 눈사태가 너무 많았고. 위험이 너무 많았다! 그가 내 시야에서 사라진 지금, 그를 잃어버렸다고 확신하는 지금, 나는 이제 그만 멈추고 싶다. 솜 이불 아래로 미끄러져 들어가 내 몸을 용해시키면서 조금씩 조금씩 사라지고 싶다, 잊혀지고 싶다. 그리고 마지막엔 그가 버린 반지처럼 하얀 베개 위에서 쉬고 싶다.

나는 그의 결혼 반지를 찾아냈다. 그는 그 반지를 그의 책상 서랍 속, 팜플렛 더미 아래 던져 놓았다. 그가 떠난 후, 나는 그 반지를 내 것과 결합시켰다. 나는 그 반지들을 서랍장 위에 얹어 놓은 골동품 상자 안에 함께 넣었다. 유리로 된 상자의 뚜껑과 옆면으로는 흰 새틴 등받침 위에 나란히 누워 있는 두 개의 반지가 보인다. 마치 유리로 만든 관 같다, 슬프고 아름다운.

진정되자 나는, 반지를 그에게 주면서 그가 '새 여자'에게 넘기지 않기를 간절히 원했다. 그러나 그 후 그가 그 반지를 주머니 깊숙이, 혹은 지갑이나 안경 케이스 같은 곳에 숨겨 놓지 않았다는 사실을 발견하고 나는 놀랐다. 그는 반지를 가져가지 않았다. 무엇을 두려워했던 것일까? 나의 흔적을 그 여자의 집에 보관해 두는 것을? 그러나 내 집에는 수많은 그녀의 흔적들이 있지 않은가!⋯ 그러한 그의 조심성을 보면서 나는 그가 그 여자를 사랑하지만, 나를 사랑하지 않는다는 사실을 확인했다.

사실 내가 오랫동안 그의 마음에 들고 싶어하고 그 반지를 간직하고 싶어했다면, 그건 그가 다른 어떤 여자에게도 나에게 하는 것보다 더 잘하지 않았기 때문이다. "쉰느에게 반지, 딘느에게 반지⋯" 나는 그의 '스쳐 지나가는 여자들'을 불쌍히 여겼다. 나는 그가 가장 사랑하는 여자는 언제나 나라고 믿고 있었다. "안녕, 나의 천사, 내 사랑." 첫 번째 부인⋯ 하지만 내가 그의 옛 여자들 모두를 물리치고 승리했다면, 그건 그가 나를 더 많이 사랑해서가 아니라, 그 여자들 역시 사랑하지 않았기 때문이었다. 내가 그 사실을 알아채기까지 얼마나 오랜 세월이 필요했던가? 그는 그녀들 역시 사랑하지 않았다⋯ '그 여자'가 그의 삶 속으로 들어온 그날로부터 모든 것이 변했다, 그는 이번에야말로 사랑에 빠졌으므로. 그는 냉혹해졌고 우스꽝스럽게 변했다. 처음 있는 일이었다.

나는 유리 관 속에 누워 있는 우리의 죽은 결혼 반지들을 본다. 사실 짝이 잘 맞지 않는다. 하나는 백금이고, 다른 하나는 순금이다. 하나는 얇고, 다른 하나는 너무 두껍다. 마치 그가 우리의 두 손을 겹쳐 놓았을 때 짝이 잘 맞지 않았던 것처럼. 뽀얀 장밋빛 손과 너무 거무스름한 손. 지금 그 두 손을 나란히 놓고 주시한다면 훨씬 더 충격적일 것이다. 젊고 단단한 그의 손 옆에 내 손이 같이 있지 않는 편이 나으리라. 늙은 노파의 손처럼 보기 흉한 내 손… 다행히 이제 우리에게는 손을 가까이 놓을 기회가 그리 많지 않을 것이다!

아무것도, 우리의 결혼 반지도, 우리의 낡은 필름도, 우리의 사진들도, 남편은 우리의 결혼 생활을 떠올릴 만한 것은 아무것도 가져가지 않았다(나는 도자기의 절반이나 은식기의 3분의 2를 감상적인 추억으로 여기지는 않는다…). 버림받은 여자들의 마지막 절규, "나에 대한 기억을 잊기로 약속했나요?"라거나 "적어도 날 기억하긴 할거죠?" 혹은 'Remember me' 따위의 마지막 소원을 그는 받아들이지 않을 것이다. 과거에는 언제나 불성실했던 그가, 무엇 때문에 이제 와서 새삼 성실하려 하겠는가?

나는 여러 해 동안 고통과 싸웠다. 마치 출산할 때, 비명을 지르기 30분 전 계속 버티기 위해 스스로 용기를 북돋우는 것처럼. 산모는 그 30분이 흘러가고 나서, 벽시계를 쳐다보며 십 분만 더 참을 것을 자신에게 명령한다. 더 이상 일이 분도 더 참으라고 스스로에게 요구할 수 없는 그 순간까지, 더 이상 자신을 속일 수 없다고 느끼는 그 순간까지, 마침내 자신에게 신음을 허락하는 그 순간까지, 그리고 곧 느슨해져서, 그 신음 소리가 울음, 울부짖음, 폭풍우가 되는 그 최후의 순간까지…

나는 오랫동안 그의 보이지 않는 그 여자에 대항하여 시간을 재고 있었다. 때가 되면 그녀는 지칠 것이고, 그는 지긋지긋해 할 것이다. 그들의 사랑은 무시하는 편이 더 낫다. 사람들이 '분만의 고통'을 무시하듯이. '분만의 고통'을 겪는 것, 더 나아가 그 고통을 표현하는 일은 거북스럽고 예의에 어긋나는 것이기 때문에, 사람들은 그 고통을 모른 척한다… ("현대 여성이라면 품위를 좀 지켜! 지금은 중세 시대가 아니야!") 나는 달력에 시선을 고정시킨 채, 입을 꽉 다문 채 참아 낼 것이다. '주위 사람들'을 위해, 우리의 친구들을 위해, 내 아이들을 위해.

나의 제1장? 그것은 신음이었다. 잘못 상연된 신음… 울긋불긋한, 우스꽝스러운 그의 넥타이들이 나에게 뭐가 그리 중요했던 것일까? 그러나 고통이 틈을 벌릴 때, 그 고통은 방파제 전체를 휩쓸어 간다. 그리하여 오랫동안 갇혀 있던 거센 물결 속에 나는 침수되었다. 물결 속에 휩쓸리면서 물살에 멍이 들고 상처를 입은 나는 '참고' 있을 때보다 더 한층 잘 견뎌 냈다! 산부인과 의사들이 출산에 대해 귀가 따갑게 들려 주던 말들을 왜 그리도 늦게 기억해 냈을까? "산모 여러분, 입을 다물어야 해요. 의사들을 편하게 하기 위해서가 아니라 여러분들의 힘을 비축해 두기 위해서 말이에요. 고함지르고, 발버둥치는 건 아무 소용이 없어요. 산소만 낭비할 뿐이죠. 근육이 강직 경련을 일으키면, 고통이 줄어드는 게 아니라 오히려더 커지게 돼요. 그러니 여러분, 진통이 시작되면, 침묵하고 침착해야 해요! 그게 여러분 모두에게 이익일 겁니다!"

그 교훈을 잊고 있었던 게 잘못이었다… 그러나 우리의 울음으로 키운 고통은 언젠가는 종말을 고하게 된다. 탄생, 치유, 죽음. 나는 해방을 원하듯 이혼을 원했다. 나는 결별한 커플들이 죽음을 두번 분만한다는 사실을 알지 못했다. 우선 육체의 이별(그 과정은 너무 느리고 너무 비통해서 문이 다시 닫히는 그 순간부터, 짐을 꾸리는 그 순간부터, 그들은 시련이 끝났다고 믿고 싶어한다), 그리고 그 다음엔 이혼이다. 진짜 이혼, 당신들을 탄식과 비명 속에 가혹하게 던져 놓고 위에서 아래까지 갈갈이 찢어 놓는 이혼.

보험업자들은 정신적 충격의 단계와 위험도를 감정할 때, 결혼의 파기를 초상이나 이사나 화재보다 더 높게 평가한다. 이혼은 그 모든 불행들을 다 포함하는 것이므로. 초상(남편을 여윈다), 이사(집을 잃게 된다), 화재(가구를 잃게 된다), 그리고 덤으로 전쟁까지. 변호사를 매복시키고, 포격이 오가고, 집행관들이 공격해 오고, 지뢰를 숨겨 놓고, 그리고 구급차, 병원… 우리가 이혼한 이후로(나는 현재를 나에게 허용한다. 왜냐하면 그것은 긴 시간을 들여 만든 하나의 작품이기 때문에), 우리가 이혼한 이후로 나는 '회복하지' 못했다, 치유되지도 나 자신을 인정하지도 못했다. 남편을 잃어버린 나, 내가 다시 되찾지 못하는 건 바로 내 자신이다. 나는 여기저기서 파편들을 그러모은다. 그러나 되붙이기에는 나는 너무 산산이 깨졌다. 부서지고, 으깨어지고 동강이 난 나.
내 조각들은 더 이상 한데 붙지 않는다. 나는 한 남자를 증오하는 동시에 사랑한다. 나는 '그의 다음 번 아내'가 행복하게 살기를 바라는 동시에 그녀가 무너지기를 바란다. 나는 판사들이 어서 판결을 내리기를 원하는 동시에 그들이 판결을 지연시키기를 원한다. 나는 종말을 서두는 동시에 다시 시작하기를 원한다… 그와 헤어짐으로써만 나는 나와 결별할 수 있을 것이다!

여기서 나는 친구들이 합창하는 소리를 듣는다. "별거 아니야! 금방 괜찮아질거야! 여행을 해! 미래를 생각해! 빌어먹을! 미래를 점쳐 보라구!" 미래라고? 그래, 그것에 대해 말해 보자! 얼마나 즐거운 상상인가! 네일리에 있는 '우리의' 집을 팔고, 아이들이 떠나고, 내 부모님들이 돌아가시고, 그리고 내가 늙어 가고 마침내 죽고… 아니, 과정을 좀더 지연시켜 보자, 임박한 미래에 머물러 보기로 하자, 최후의 하강 지점에 이르기 한 사 오 년 전쯤의 미래에… 간단히 우리 큰 아이들의 결혼을 생각해 보기로 하자. 문제는, 그 아이들을 결혼시킬 때 그 여자가 우리와 함께 있을 것인가, 우리 아이들의 결혼 청첩장에 그 여자의 이름이 올라갈 것인가 하는 것이다. 나의 마지막 기쁨, 내 최후의 자부심을 망가뜨리면서, 나와 함께 아니면 나보다 먼저 입장할 것인가? "프랑시스 켈리 부부를 여러분에게 소개합니다…"

그는 벌써부터 나를 이혼녀 취급한다. 나에게 편지를 쓸 때 그는 '부인'이라는 칭호를 '쓰지 않는다.' 그는 편지를 '까트린느 라랑드'에게 부친다. 이제 곧 나를 마드무아젤로 부를 판이다! 마치 그가 떠남으로써 내가 처녀성을 되돌려받은 것처럼!… 편지 겉봉에는 아직 나를 '부인'으로 인정하긴 하지만. 그러나 그가 이런저런 행사에 나라는 제삼자를 부르더라도, 나는 가지 않을 것이다! 나는 모든 것을 공유한다. 남편, 집, 가구. 그러나 아이들만큼은 안 된다!

그 여자는 늘 나에게서 내 아이들을 빼앗고 싶어했고, 그는 늘 그 여자에게 내 아이들을 주고 싶어했다! 그는 우리 아이들을 연극 공연장이나 영화관에 데려 가곤 했는데, 그건 그 여자와 아이들을 만나게 하기 위해서였다. 나는 그날에야, 집으로 돌아온 두 어린 녀석들이 내게 "엄마, 엄마 친구가 계속 거기 있었어요. 그 부인… 그 젊은 부인… 까자 부인이라던가? 아냐, 까자가 아니라… 까잘레, 아니, 아니, 까잘르… 누군지 알겠어요? 엄마가 없을 때 그 부인이 왔어요… 정말 지겨워. 아빠는 늘 그 부인한테만 말을 하거든요!"라고 말했던 그날에야 그 사실을 깨달았다. 우리 아이들 중 한 애가 외국에 나가 있게 되어 잠시 나와 헤어져 있었을 때, 남편은 '엄마의 친구'인 그 여자와 함께 그 아이를 방문하기 위한 조치를 취했다… 나는 행동하기에는 너무 늦게, 고통받기에는 너무 일찍, 죽이고 싶고 죽고 싶은 욕구를 느끼기에는 너무 일찍 그 사실을 알아차렸다!

내 아이들이 나에 대해 가지고 있었던 사랑은 끊임없이 그 여자 쪽으로 방향을 바꾸고 있었다. 내 부모도, 친구들도, 남편도, 그 누구도 독점하지 못했던 나, 나는 내 아이들에게만큼은 유일한 존재이고 싶었다. 아내를 여러 명 둘 수도, 아이들을 여러 명 가질 수도 있다. 하지만 어머니라는 존재는 단 하나뿐이다. 내 아이들은 나를 비교하지 않을 것이다. 그들의 마음은 결코 '둘 사이에서' 흔들리지 않으리라. 그러한 마지막 환상마저도 나에게서 빼앗아 가야 했단 말인가! 내 남편, 내 연인, 내 친구가 나에게서 그것을 빼앗아 가다니! 그가 나를 모욕하고, 나를 벌거벗기고, 무릎꿇게 만들다니! 우리 아이들을 그 여자의 사랑에 얽혀 들지 않게 해달라고, 우리 아이들이 우리 두 사람에게 가지고 있는 애정을 그대로 고이 간직하게 해달라고 그에게 애원했을 때, 그에게서 더 이상 우리 아이들을 그의 정부와 만나게 하지 않겠다는 맹세를 받아 내려 했을 때, 그리고 마침내 싸움을 하고 말았을 때(하지만 나는 아침이면 자신이 죽게 되리라는 것을 잘 알고 있는 '스갱'의 염소처럼 싸웠다) 그는 어깨를 으쓱하며 말했다. "아이들이 로르를 만나는 게 뭐 어때서? 그보다 더 자연스러운 일이 없는 것 같은데! 뭐가 문제요?"

문제, 그건 바로 내가 한 마리 짐승이라는 것이다! 나는 야생의 짐승이며 식인종이다! 만일 내 아이들이 다른 여자의 냄새를 풍긴다면, 그 여자가 내 아이들에게 도장을 찍어 둔다면, 나는 더 이상 그들을 내 아이들로 인정할 수 없으리라. 나는 내 아이들을 낯선 이방인으로 여기고 사냥하리라! 나는 내 아이들을 적으로 여기고 몸을 갈갈이 찢어 놓으리라!

평화를 위해(요란하게 싸워서는 안 돼, 조심해, "쉿! 아이들이 당신 말을 듣겠어!") 그 비열한 인간은 마침내 원하는 모든 것을 맹세하기에 이르렀다. 다시 그의 약속, 그의 키스, 그의 사랑의 맹세, 그의 '까띠슈', '까뚜샤'에 의해 안심이 된 나는 다시 장님이 되었다. 그러나 거짓 맹세를 밥먹듯 하는 그는 다시 약속을 어기기 시작했다…

"프랑시스 켈리 부부를 소개…" 아니! '세상 사람들'은 그러한 약속 위반을 허용하지 않을 것이다! 이혼에도 관례라는 게 있는 법이니까! 그러나 불행히도 나는 그 관례들을 모른다. 결별이 우리 집안에서는 '처음' 있는 일이므로. 우리 양가 집안 모두! 원칙도 선례도 없는 그 '분할'로부터 나는 날마다 악몽에서 깨어날 때처럼 다정한 손길에 부드럽게 흔들리면서 잠에서 깨어나고 싶다…

그러나 지금 나를 악몽에서 깨우는 건 아무도, 아무것도 없다. 오늘 밤, 나를 휘저어 놓는 꿈은 '시어머니가 등장하는 악몽'이다(반복적으로 나타나곤 하는 그 꿈). 내 미래의 전남편의 어머니(그렇게 지칭해야 하지 않겠는가?), 내 미래의 전남편의 어머니가 프랑스 중부에 있는 별장의 문 어귀에 조용히 서 있다. 그녀는 '그들', '그녀의 자식들'(그녀가 명확히 밝혀 말한 것처럼)인 로르와 프랑시스가 봄에 결혼한다는 소식을 나에게 알린다. "프랑시스 켈리와 로르 까잘르가 당신에게 삼가 알립니다…" 그리고 나서 그 노부인은 '그 젊은 부부'를 고려해서, 앞으로는 내가 그녀의 수영장에 들어가서는 안 된다고 명확히 말한다. 꿈을 꾸면서도 나는 그러한 금지가 모순이라고 느낀다. 그러나 진담이 아니라고 여기기에는 그녀는 너무 당당하다. 그리고 얼마 있지 않아 나는 많은 것들을 박탈당했다… 수영장에 더 이상 출입할 수 없다고? 할 수 없지, 그렇다면 나는 그녀의 높은 탑에서 그녀의 뜰로, 포석 위로 뛰어내릴 것이다! 온 사방에 피가 튈 것이다! 말이 떨어지자마자 곧 실행한다. 나는 허공에 몸을 던진다. 나는 떨어져 내린다, 내가 산산조각이 나려는 찰나, 갑자기 나는 공포를 느낀다, 죽고 싶지 않다, 나는 소리를 지른다!

나는 공포 속에서 스위치를 찾는다, 왼쪽, 오른쪽… 물병을 넘어뜨리고, 책들과 램프를 넘어뜨린 후, 마침내 불을 켜는 데 성공했다. 그러나 내 방을 알아보았을 때에도 변한 건 아무것도 없었다, 악몽은 여전히 계속되고 있었으니까! 실제로 그들은 곧 결혼할 것이다. 그들은 곧 결혼한다! 봄이건 언제건! 그들은 곧 결혼할 것이다. 나는 내 과거를 지우고, 내 미래를 축소시킨다. 잔뜩 웅크린 채 잠정적으로 칩거한다. 영원하지 않은 것들, 그런 것들은 조금도 중요하지 않다! 그도 그걸 알고 있다, 그도 그걸 알고 있다…

　나는 우리의 삶보다 더 긴 사랑을 원한다, 우리 아이들, 내 책들,
타인에 대한 기억들이 영원히 지속되는 사랑을… 내가 그러한 사랑
을 지속시킬 수 있는 유일한 방법, 그들의 존재에도 불구하고 그 사
랑을 지속시킬 수 있는 유일한 방법은 나를 배신한 남자에게 여전
히 정숙한 아내로 남아 있는 것이다. 페넬로페와 같은 정숙한 여자
도 부정한 율리시즈에게 그렇게 했다. 율리시즈가 이타카로 되돌아
오지 않았을지라도, 그녀는 율리시즈에 대한 추억에, 율리시즈가
침대 위에 남긴 텅 빈 자리에 변함없는 사랑을 지켰다, 그것은 또
다른 율리시즈, 지난날의 율리시즈에 대한 정절이었다…

　그러나 또 다른 프랑시스는 없다. 내가 사랑했던 남자를 유배시
켜 버린 나는 그를 고향에 대한 추억처럼 간직하기를 원한다. 실제
보다 훨씬 더 완벽하고 따스하고 빛나게 되살아 나는 고향의 추억
처럼. 하지만 그건 불가능하다, 나는 그가 언제 어떤 곳에 존재했는
지조차도 알지 못하므로. 그리고 그의 국경, 그것이 어디까지인지
도.

　"나는 네 남편이 지적이라고 생각하지 않아!" 한 멍청이가 그렇
게 나를 반박했다. "올케의 남편은 패륜아에다 타고난 거짓말쟁이
라구!" 그의 신경질적인 사촌 누나가 내게 되풀이해서 말했다. "네
남편? 그 색마? 이 불쌍한 친구야, 그는 치마만 둘렀다 하면 무조건
달려들 그런 위인이야!" 나를 위로하는 데 능숙한 한 나이 든 친구
는 그렇게 단언했다. 적어도 그녀의 말은 틀리지 않았다. 남편의 법

정 대리인들이 내게 말한 대로라면, 멍청이는 바로 나다!… 모든 사람들이 내게 말해 준 그 프랑시스, 그 프랑시스가 진짜 프랑시스일 것이다. 사기꾼… 하지만 그들은 내 남편의 '이전 모습'을 제대로 알지 못한 게 아니었을까?

 그런데, 어떤 이전? 그가 로르를 만나기 이전? 그걸 알려면 적어도 내가 그 만남이 이루어졌던 때를 알아야 할 것이 아닌가… 그가 달아난 후, 그가 '네일리'에 내버려 둔 고물들을 모아 둔 선반 위의 담배 상자 안에서 사진첩 하나를 발견했다. 거기에는 내가 모르는 한 금발 여자가 우리 아파트 구석구석에서 미소를 짓고 있었다… 그는 그 사진첩에다 직접 이니셜('L')과 날짜를 적어 두었다. 그들의 첫 만남은 내가 추측했던 것보다 훨씬 이전이었다! 그 유명한 저녁 만찬이 있기 몇 달 전에 그들은 이미 서로 알고 있었다, 그것도 내가 없을 때 내 집에서 서로 만날 정도로 아주 깊이…
 그토록 교활하게 빠져 달아나는 적을 내가 어떻게 방어할 수 있단 말인가? 과거와 마찬가지로 현재에도 그들 커플은 한자리에 가만히 있지 않는다, 붙잡을 수 없도록 끊임없이 달아난다… 나는 출발점을 바꾸어 그들의 역사를 정리해 보려고 꽤나 노력했다. 스스로 납득할 수 있는 설명을 만들어 내려고, 그 시절에 이미 우리의 삶에서 멀어져 있던 내 남편을 기억해 내려고. 그러나 일치하는 것이라곤 전혀 없었다. 나는 하루 종일 그 낡은 사진들을 보지 않으려고 그 사진들을 찢어 버렸지만, 어쩔 수 없이 종일 거기에 눈길이 가곤 했다. 하긴 그 보이지 않는 여자의 사진을 손에 쥐고 있는 이상, 나는 더 이상 체면을 차릴 필요가 없다! 예쁘다고? 아니, 그녀는 사람들이 "못생긴 편은 아니야."라고 말하는 편에 속했다. 그녀는 새빨갛게 칠한 입술 색깔과 똑같은 강렬한 붉은 색 투피스를 입고 있었다. 하지만 그녀는 한 가지 실수를 하고 있다. 그런 이를 가진 여자는 입술을 강조해서는 안 된다… 말하기 좀 겸연쩍긴 하지만 내가 보기에는, 내가 잘못 생각하는지도 모르지만 아무튼 내가 보기에는, 내가 그 나이였을 때는 그녀보다 훨씬 부드럽고 훨씬 더 고른 이를 가지고 있었다… 그러나 그녀의 몸매는 나보다 훨씬 낫다. 나보다 훨씬 더 날씬하다. 하지만 그렇다고 해서 미스 월드로 뽑힐 정도는 아니다.

어쨌거나, 잃어버린 남편을 찾기 위해 시간을 거슬러 올라간다는 건 소용없는 짓이다. 그의 '새 여자'(내가 생각했던 것보다는 훨씬 옛날 여자이긴 하지만)는 그와 함께 시간을 거슬러 올라간다. '이전의 로르'는 없다. 그의 인생의 여자는 영원히 존재해 왔다. 그가 나에게서 찾았던 것, 그것은 그녀였다. 그가 그녀를 언제 어디서 찾아냈건, 아무튼 그는 그녀를 기다려 왔다.

단 하나의 '이전'의 프랑시스가 존재한다면, 그건 그가 깊이 알았던 여자와 그가 알지 못했던 여자가 공유하는 남자, 끊임없이 끈질기게 나를 배반해 왔으나 아직도 자신의 길을 찾지 못한 한 남자이리라. 그 남자, 바로 그 남편이 자취를 감추어 버린 건 언제일까? 그가 한 무리의 정부들에게서 단 한 명의 내연의 처에게로 옮겨 갔을 때일까? 아니면 그가 독신용 스튜디오에서 커다란 아파트로 옮겨 갔을 때일까? 혹은 그 후에 그가 우리의 결혼 반지를 서랍 깊숙이 던져 버렸을 때일까? 레스토랑에서 그는 내게 말했다. "당신은 내게 무엇이 없어졌는지 쳐다보지조차 않아, 일 년도 훨씬 전부터…" 일 년도 훨씬 전? 그래, 그 때는 우리가 함께 마지막 여행할 때였다. '브뤼주'로, '베로니'로(그랬다, 그는 베로니로 나를 데려갔다. 그건 그가 나를 떠나기 일 년 전에 상연한 『로미오와 줄리엣』의 발코니 장면이었다!). 그는 그전부터 이미 여름 바캉스를 나와 함께 보내지 않았다. 대부분의 야회 파티도 마찬가지였다. 하지만 여행을 하는 동안 그는 여전히 다정하고 유쾌하고 상냥한 모습을 보여 주었다. 그 때 그는 이미 결혼 반지를 빼고 있었을까? 나는 내 측근들에게 물어 보았다. 우리 아이들에게까지, '고약한 사촌 누나'에게까지도…

"있잖아요, 형님은 남자들을 만날 때, 그 남자의 결혼 반지를 주시해요?"

"천만에! 그건 바람둥이 여자들이나 하는 짓이야! 더 나쁘게는, 재혼하려고 용쓰는 여자들의 술수지! 올케 남편의 여자 친구가 바로 그런 경우 아니겠어?… 아니, 난 손가락에 낀 반지 따위를 보려고 용을 쓰지 않아, 난 근시가 아니니까. 남자의 손을 보기 위해 돋보기를 들이댈 필요는 없지! 그런데… 잠깐, 잠깐만. 6월에 개가 한 일 년 전쯤부터 결혼 반지를 빼 버렸다는 말을 올케에게 했다구? 아, 더러운 놈! 3월에 우리가 함께 생 빠트릭 축제에 갔었던 거 기억나? 프랑시스는 토끼풀을 한아름 들고서는 마치 그러지 않으면 안 되는 것처럼 위스키를 마셔 댔지. 자정에, 자기 성자와… 내 성자들을 기린다는 핑계로 프랑시스는 내 블라우스 안에 그 토끼풀을 한웅큼 집어넣고는 날 제 무릎 위에 앉혔어. 그리고 오늘이 우리 사진을 찍었지. 그런데 말이야, 그 사진들, 내가 지금도 가지고 있는데, 프랑시스는 그 때까지도 결혼 반지를 끼고 있었어, 아니면 내 손에 장을 지져도 좋아!"

그래서 우리는 가족 앨범을 뒤졌다. 우리의 두 '가계'(그의 형제들, 내 남동생, 그의 어머니, 내 어머니)가 아직 뒤엉켜 있는 그 마지막 축제의 사진. 그리고 나, 과부가 되어 있는 나, 이혼이 마침내 나를 과부로 굳어 버리게 할 내가 거기 있었다. 검은 투피스, 보랏빛 모슬린 스카프… 그러나 내 손, 사람들은 그 사진에서 보는 것과 같은 내 손을 다시는 보지 못하리라. 웃음 띤 조카의 어깨 위에 올려 놓은 내 손, 레이스 식탁보 언저리에 올려놓은 내 손, 촛불 위로 내밀고 있는 내 손, 샴페인 잔을 감싸고 있는 내 손, 그 손은 내 과거의 손이므로. 그 섬세하고, 우아하고, 아름다운 장식, 그가 나에게 준 반지를 끼고 있는 부드러운 손…

나는 다른 사람들의 손들 역시 살펴보았다, 여자들의 '외알박이 보석들', '둥근 보석들', '납작한 보석들'을("엘렌느가 사파이어를 끼고 있었던 거 기억 나?… 그리고 로잘린은? 그녀는, 음… 루비를 끼고 있었어!"). 그리고 남자들의 결혼 반지를, 노란색, 분홍색, 흰색, 금, 백금, 은, 그 모든 반지들을! 그런데 그의 손은 한쪽 손만 보인다… 아니, 그 손마저도 내 남편의 손이 아닐 수도 있다! 사진에서 그는 왼손으로 사촌 누나의 팔을 감싸고 있어서, 가운데 손가락 다음의 두 손가락은 잘 보이지 않는다. 하지만 기대에 어긋나지 않게 약손가락 밑에 금속빛의 반사를 짐작할 수 있다… 나는 좀더 자세히 보려고 돋보기를 썼다. 그의 첫 번째 손가락뼈(내가 지금 손가락뼈와 손가락에 관해 정확히 알고 있는지 어떤지는 잘 모르겠지만)에 하나의 그림자, 하나의 점, 하나의 섬광이 눈에 띄었다. 의심할 여지가 없다, 그 손은 아직 나에게 속해 있었다!

그 후, 훨씬 후에 그가 점잖게 전화해 왔던 어느 날, 나는 그가 기분이 좋은 틈을 타 그의 속셈을 떠보았다. "그런데 말예요… 당신 결혼 반지, 당신이 그걸 빼 버렸던 건 우리가 헤어지기 일 년 전이 아니었어요. 생 빠트릭 축제 때 찍은 사진에서 그걸 봤거든요…"
"아, 그럴 수도 있겠지… 때때로 그걸 다시 끼곤 했으니까…"

사기꾼! 위선자! 슬픔의 도둑! 그런 남자와 앞뒤 상황을 풀어 보려는 건 소용없는 짓이다. 모든 게 뒤섞이고 흐릿하고 뒤죽박죽이다. 흐릿하고, 교묘히 빠져 달아나고, 불확실하다. 모든 게 바람에 실려 가 버렸다!
단 한 가지 분명한 것은 쓸데없이 손을 부러뜨렸다는 사실이다.
그는 나를 산산조각 냈다. 나는 그의 배신 행위에서마저도 속았다! 그러나 나는 아직도 알고 싶다, 어떻게 알아내야 할지, 왜 알아야 하는지, 어디까지 알아낼 수 있는지를… 그래서 나는 구속으로부터 상처를 풀어 준다, 딱지를 떼고 피고름을 내보낸다. 나의 불행, 나는 그것의 생살을 해부한다. 나는 긁어 내고 속을 더 깊이 후벼 판다. 검붉은 내 상처는 아직도 피를 흘린다, 언제까지나 피를 흘리고 있다.

'침묵의 병원.' 나는 자동 응답기들을 모두 켜 놓았다. 목소리들, 침대 시트, 눈, 내 주위에 있는 것들은 모두 흰색이다. 나는 내 침상에서 겨울이 안온하게 자리잡는 것을 본다. 전나무들이 얼음의 무게에 둥글게 휘어진다, 주목들이 몸을 굽힌다, 하얀 삼나무가 방긋이 열리면서 그들의 가지를 갈매기 날개처럼 펼친다… 더 이상 밖으로 나갈 수 없다. 눈이 겹겹이 쌓였다, 층층이 두텁게 쌓인 눈이 문들을 봉쇄했다. 길은 통행이 불가능하다. 얼어붙은 서리에 싸인 전화선들은 마침내 굴복하고 말 것이다. 그러므로 나는 안심하고 침묵으로 배를 채우고, 나 자신의 부재에 취할 수 있을 것이다. 그리고 갑자기 하늘이 땅이 되고, 땅이 푸른 하늘이 되고, 밤이 낮보다 더 밝은 이 거꾸로 된 세상에서, 자기 자신, 자신의 삶, 자신의 믿음과는 반대로 전복되어 버린 그 여자가 바로 나라는 것을, 알아볼 수 있을 것이다. 전복된 나라에서만 평형을 되찾을 수 있는, 위아래가 뒤집힌 한 여자를… 기울어지고 떨어지는 한 여자, 기울어져 있을 때에만 수직으로 균형을 잡고 있다고 느낄 수 있는 한 여자를…

아, 다시는 일어나지 않고, 침대 속에서 늙어 가기를, 늙어 가면서 잊어 가기를! 그리고 마침내 망각 속에서 나 자신과 합류하기를! 거울도, 그림자도, 빛도 없는 극점의 눈빛 속에서…

그러나 아직 때가 아니다. 종기를 절개하고, 상처를 자극해야 한다. 흰색 위의 붉은 색, 그건 나의 피다, 흰 눈을 더럽히고 종이에 얼룩을 만들며 진하게 끈적거리는 나의 피, 우유 잔에 떨어진 핏덩어리가 우유를 진홍색으로 물들이는, 그 혐오스러운 피.

나는 더럽혀졌다

  나는 더럽혀졌다. 응고된 피, 늙은 피, 늙은 여자의 피로
더럽혀졌다. 늙은 여자, 그리고 지구전. 이혼, 그것은 전쟁이다. 분
노하지 않고, 순식간에, 완벽하게 적군을 처치하는 용병의, '프로'
의 전쟁이 아니라 아마추어의 전쟁.

  전투에 나선 군인에게는 죽음 이외에 두려워할 건 아무것도 없
다. 그러나 민간인은! 아, 민간인은! 그는 심리전을 벌인다. 어리석
게도! 외부와의 싸움에서보다 훨씬 더 위험하고 격렬한 내전을 치
른다. 골육상잔, 그는 거기서 역량을 발휘한다. 그는 상대방을 아주
오래 겨눈다. 어디를 겨누어야 상대방을 고통에 빠뜨릴 수 있는지
파악하기 위해. 가래침, 폭행, 느린 임종의 고통, 그게 바로 그다.
상대방을 모욕하고, 상대방이 고통스럽게 나뒹구는 것을 구경하는
즐거움, 그것이 내전이 주는 즐거움이다… 이혼? 두 아마추어들이
치르는 내전. 화상을 위한 화상, 상처를 위한 상처, 마음의 상처를
위한 마음의 상처, 길고 끝없는 내전, 거기서 모든 것은 파괴된다.

  고통이 아무것도 사면해 주지 않고 누구도 구제하지 않기 때문

에. 거기서 거대한 고통은 사소한 감정일 뿐이기 때문에. 육체적인 고통이건 정신적인 고통이건 모든 고통은 자기 자신에게로 되돌아오며 그리 대단한 것이 못 된다…

나는 더 이상 타인의 기쁨도 고통도 나눠 가지지 않는다. 나는 다만 '그것', 내 자신만을 생각한다. 더욱 중요한 것은 타인의 행복이 나를 슬프게 만든다는 것이다. 서로 사랑하는 사람들 앞에서 나는 향수도 욕구도 느끼지 않는다, 불안과 혐오감을 느낀다. 어제 저녁, 나는 사람들이 넋을 잃고 바라보는 류의 그런 가족들이 엘리베이터에 타는 걸 보았다. 젊은 아버지, 어여쁜 엄마, 그리고 두 명의 아이들인 두세 살쯤 되어 보이는 파란 파자마를 입은 다갈색 머리의 귀여운 개구쟁이와 아버지의 품에 안겨 잠든 아주 조그마한 갓난 아기. 나는 구토가 일었다. 저 아버지는 15년 후에 어디에 있을 것인가? 나는 자식을 뽐내는 저런 젊은 남자들을 신물나도록 보아 왔다. 마치 성례를 하듯 갓 태어난 아기를 산책시키는 젊은 아버지들, 크게 소리 지르며 금발의 아이를 공중에 던졌다가 웃으며 되받곤 하는 젊은 아버지들… 나는 그런 남자들을 신물나도록 보았다, 아이들이 다 자라기도 전에 집을 나가 버리는 남자들! 이제 나에게는 행복한 장면을 보는 것보다 더 불안하고, 더 위협적이고, 더 위험하고, 더 고통스러운 것은 아무것도 없다. 나는 이제 '프로닙티아'의 유리 진열창 앞을 지나갈 수도, 내 친구들의 딸들 결혼식에 참석할 수도 없다. 흰 드레스는 모두 상복들로 보이며, 미소들은 모두 찡그림으로 보일 뿐이다…

행복은 나를 슬프게 한다, 행복은 나를 두렵게 만든다, 아름다움, 선함, 기쁨. 내 고통은 그 모든 것들을 오염시켰다. 내 고통은 내가 오직 나, 그, 우리들에 대해서만 말하기를 강요한다, 도처에서 그 '우리들'만을 보기를 요구한다. 질병처럼 사람을 배타적으로 망가뜨리는 애도의 슬픔이 나를 오그라들게 만들었다.

부랑자, 마약 중독자, 걸인, 그런 사람들은 지금의 나에게는 알 바 없다! 불행만큼 불행한 자들을 멀리하게 하는 것은 아무것도 없다. 그리고 모든 불행 중에 가장 이기적인 것, 그것은 실연이다. 그 불행은 또한 타인들로부터 동정을 가장 적게 받는 불행이기도 하다, 우연한 불행과는 조금밖에 결부되어 있지 않으므로! 사람들은 그 죄인을 비난하고 배타하며 거부한다! 비난("자, 그렇게 오랜 세월을 함께 산 후에 그가 그녀를 떠났다면 분명히 무슨 이유가 있겠지…"). 비난. 불에 타서 오그라들다가 소멸되도록 처형당한 이 고통에서 기대할 것이라고는 아무것도 없다. 속죄도, 자비도.

자비에 관해서라면, 내가 병원 간호사들의 시선에 대해 말했던가? 그녀들의 숙덕거림에 대해서 말했던가? "계단에서 굴러 떨어진 여자가 한 명 더 생겼군!" 그녀들의 가벼운 냉소에 대해서도 말했던가? 처음에는 열의있게 간호하다가 곧 우월감을 드러내는 그 표정. 스물 다섯 살 나이의 그 어린 방사선과 여의사가 사랑, 결혼, 가족 그리고 아이들에 관해서, 부정한 남편에게 얻어맞은 이 성숙한 여자, 마르지 않는 샘처럼 울던, 얼굴을 일그러뜨리며 울던 나약함의 극치인 이 여자보다 훨씬 더 세상을 많이 알고 있다고 자신하면서 들려 준 그녀의 설교를 기억하는가…

그날 저녁, 나는 동정에서 나오는 연민과, 연민에서 나오는 동정을 분간할 수 있었다. 방사선과 여의사의 매정하고도 효과적인 연민…그녀는 내 상처 입은 손을 보고는 기가 막히게 상투적인 문구를 끄집어냈고, 나의 사라진 사랑에 대해 단 오 분 만에 단호한 충고를 했다. 하긴 내가 스무 살이었다면 나는 분명히 그 충고에 따랐을 것이다…

그리고 다소 거리감을 둔, 다소 영혼을 육체에서 분리시킨 것 같은 간호사들의 동정. 고통과 그녀들 사이에는 커다란 차단막이 있다. 그녀들은 고통에 관심을 보이지만 뼛속 깊이 각인하지는 않는다. 그녀들의 몸짓은 부드럽고, 그녀들의 말은 마음을 달래 주며, 가끔은 그 눈에 눈물이 글썽이기도 한다, 단 얻어맞은 여자들만은 제외하고. 얻어맞은 여자들의 고통은 간호사들의 품위에 거슬리는 것이다, 타인들의 실추된 명예 속으로 들어가려면 머리를 낮추지 않고는 들어갈 수 없기 때문에. 그래서 그녀들은 거리를 유지한다. 그 몸짓들은 여전히 부드럽다. 그러나 그녀들의 말은 점점 드물어지고, 더욱 방심한 그녀들의 시선에는 교만이 서려 있다. 그런 경우에 그녀들은 눈시울을 적시지 않는다. 그녀들은 '동정심을 가지는' 것에 만족한다. 그 동정심은 그녀들의 대상을 비참하고 불쌍하게, 그리고 불행하게 만든다.

진정한 연민, 내가 진정한 연민을 찾아볼 수 있었던 건 나와 함께 외과 의사를 기다리던 응급실의 간호 보조사뿐이었다. 그녀는 '킴'이라는 필리핀 여자로, 프랑스어에 서툴렀다. 그녀는 곧 나에게 영어로 말했다. 그녀는 자기 품에 나를 안고는 자신의 풍만한 가슴에 내 머리를 기대게 한 채 내 등을 토닥거리면서(우는 아기의 고통을 잠재울 때처럼) 나에게 되풀이해 말했다. "Cry, cry, honey!…" 그녀는 내 고통을 달래기 위해 뜨겁고 달콤한 탕약을 직접 만들어 내게 마시게 했다. 그 야릇한 투약이 나를 몇 시간 동안 마취시켰다… 나를 위해, 나와 함께, 나보다 더 고통스러워하는 그녀의 눈빛, 나는 그 모든 것들과 함께 그날 저녁을 떠올린다. 그녀는 나에게 자신의 탕약과 사랑을 한 모금 한 모금 떠넣어 주었다. 마치 내가 상처 입은 어린아이라도 되는 듯이. 그러고 나서 내가 그녀의 흰 블라우스에, 그녀의 이름표가 달린 바로 아래쪽에 다시 머리를 기댄 채 울고 있는 동안 그녀는 내게 말했다. 그녀는 자신의 딸들을 혼자서 키웠지만, 그 딸들에게 훌륭한 직업을 가지게 하겠다고, 배신하고 구타하는 한 남자에게 종속당하지 않게 하기 위해. "Cry, cry, honey!"

그녀의 다정함, 나는 우유를 마시듯 그녀의 다정함을 마셨다. 그러나 내가 그것을 너무 많이 마시고 있다는 수치심이 내내 나를 지배하였다. 내가 '얻어맞은 여자'가 아니었기 때문에, 그녀의 연민은 잘못된 것이었다. 나는 단지 습관적으로 속는 여자, 모욕당하는 여자, 그리고 복종적인 여자였으므로! 어느 날 문득 화가 치민 남편에게 구타당하는 일이 생기지 않을 만큼 복종적인 여자!

하지만 내 남편은 그 곳에서 경멸당하지 않았다. 그가 나에게 내 상태에 대해 소식을 물어 올 때면(때때로 가끔씩), 그는 아예 처음부터 '그 사건'에 대해 입도 벙긋하지 않았다. 다만 "당신의 작은 사고"라고 말했을 뿐이다. 단 세 음절, 그 각각의 음절들은 다음과 같은 설명을 담고 있었다. 그는 나를 건드리지 않았다. 그건 '사고'

였을 뿐이다, 그것도 '작은' 사고. 그 음절들은 각각 적당한 비율로 나의 '영원한 무력함'에 귀착되었다! 그렇게 해서 마침내 그 작은 사고는 내 탓이 되었다. 거기에 토를 달 수조차 없다. '당신의 작은 사고'는 '당신의 아이들'이나 '당신의 자동차'와 같은 방식으로 이 해된다. 요컨대 그건 '당신이 저지른 사고'에 해당된다. 어쨌든, 그 렇게 해서 결국 나는 계단에서 굴러 떨어진 여자가 되고 말았는가?

그러나 우리가 치르는 전쟁에는 그러한 거짓말보다 더 나쁜 것이 있다. 소문, 악의에 찬 소문, 더러운 소문. 나는 백화점 향수 판매대 에서 그 소문과 부딪친다. "까트린느 아냐! 정말 뜻밖이야… 그런 데, 그 동안 어디서 지냈어? 열 번도 넘게 전화했는데! 늘 자동 응답 기만 돌아가더군… 그래서 메시지를 남겨 놓았는데… 하지만 아무 도 내게 전화하지 않던걸, 단 한 번도 말이야!"

"난 여행중이었어. 그리고 요즘은 학교에 사직서를 내고 거의 시 골에서 지냈어, 글을 쓰려고 말이야"(글쓰는 일에 관해서라면 아무 도 사실을 확인하려 들지 않을 것이다. 남편이 떠난 후, 나는 계속 글 을 쓰지 못하고 있었지만! 꽁브레이유에 있는 내 집은 모든 것을 가 루 내어 바람에 날리게 하는 '꼬르니유 아저씨'의 제분기와도 같다!).

"어쨌든, 얘, 널 뜻하지 않게 만나다니 운이 좋구나! 이제 네가 모 습을 드러낼 결정적 순간이 왔어! 네 남편은 곳곳에 모습을 나타내 거든, 그 노랑 머리와 함께 말이야… 그들은 사람들 앞에서 전혀 거 북해 하지 않아. 오히려 아주 당당하고… 해-앵복해 하지! 그러니 사람들은 네가 왜 우리들 눈앞에서 달아났는지를 궁금해 하지. 결 국 네 스스로 쑥덕거릴 뭔가를 제공한 셈이지. 네가 사라진 후 이런

저런 소문들이 나돌고 있어. 사람들이 뭐라고 떠들어 대는지 모른다고는 하진 마?!… 내 말은, 그러니까… 사람들이 정말 못됐다는 거야, 이 불쌍한 것아! 네가 진짜 거머리 같은 여자라고까지 말하는 치들도 있어. 네가 네 남편을 파산시키고 싶어한다는 둥, 넌 언제나 타산적이었다는 둥, 곧 네 남편의 껍질을 벗겨 놓을 거라는 둥… 하지만 그게 최악이 아니야! 네가 심한 우울증에 걸렸다고 말하는 이들도 있어. 히스테리 발작을 일으키고, 미친 듯 울부짖고, 폭력을 휘두르고…"

"폭력이라고? 내가? 내가?" 나는 목이 메인다, 슬픔이 목구멍으로 치밀어 온다, 나는 울고 또 운다, 그리고 갑자기 토하기 시작한다, 거기서, 그 향수 판매대 한가운데서. 내 사랑하는 남자가 자신이 내게 저질렀던 폭력을 나에게 뒤집어씌우다니! 내가 중상을 입었을 때, 나는 그에게 피해를 주지 않으려고 사람들에게 내 상처를 숨겼다! 나는 그를 보호하기 위해 거짓말까지 했다! 계단에서 굴러떨어졌다든가, 자동차 사고가 났다는 등의 거짓말까지 해 가면서! 그런데, 그는 나를 매장하기 위해 거짓말을 하고 있다! 나는 더 이상 분개할 힘조차 없다. 나는 그가 시작한 그 더러운 일을 나 혼자 감당해 낸다. 나는 청결한 통로에 서서 눈물과 토사물로 내 몸을 더럽힌다. 모든 것들이 하수구로 흘러간다. 내가 해야 할 반박, 내가 지녀야 할 품위, 그리고 리본 장식이 된 향수병들, 너무 우아한 여점원들, 그녀들의 매력적인 고객들, 갑자기 깜짝 놀라 통로의 장밋빛 불빛 아래 우뚝 멈추어 선 손님들, 그 모든 것들이….

다행히 내 친구는 이성을 잃지 않았다. 그녀는 첫 번째 출구 쪽으로 나를 데려가서, 첫 번째 까페의 화장실에 나를 밀어넣고 내 입을, 내 눈을, 내 외투를 닦아 주고, 코를 풀게 하고, 마지막으로 바닥에 떨어진 모든 것들을 걸레질 한 후, 그 까페에서 가장 어두운 구석을 골라서 차 두 잔을 주문한다.

나는 도저히 말을 할 수가 없었다. 나는 의자에 힘없이 주저앉아 상처 입은 손을 왼쪽 주머니에서 꺼내는 것으로 만족한다. 다시는 똑바로 펼 수도 오므릴 수도 없이 오그라든 나의 손, 먹이감으로 새 장에 잡힌 작은 새. 철사줄이 얽힌 흰 플라스틱 교정기에 갇혀 있는 죄수의 손의 환영. 나는 한 마디 말도 없이 친구의 눈앞에 그 고통의 도구를 흔들어 보인다. 마치 과거에 내 남편이 내 눈앞에서 반지 없는 손을 진지하게 흔들어 보였던 것처럼…

"끔찍해! 도대체 무슨 일이 일어났던거야?" 나는 마침내 우리의 '사건'이 일어난 그날 밤, 그가 내게 저지른 모든 것들에 대해 한탄을 늘어놓기 시작한다… 하지만 그렇게 하고 싶어서가 아니다… "아, 구역질 나는 놈! 그러고도 그는 지금도 저녁 만찬 같은 곳에서 네가 추문을 일으킨다고 은근히 암시하면서 돌아다니고 있어! 얘, 그가 그렇게 하도록 그냥 보고만 있어선 안 돼, 안 그래? 반격을 해야 해! 어쨌든 너무 괴로워하지는 마, 좋은 생각이 있어. 칵테일 파티를 여는거야. 사람들을 한 육십 명쯤 초대하자, 엄선해서 딱 육십 명만. 그 정도면 우리 친구들의 생각을 뒤집어 놓기에 충분할거야…"

나는 다시 눈물을 흘린다. "엘리자베뜨! 나는 더 이상 동정심에 매달리고 싶지 않아. 사교 모임 뒷바라지에 녹초가 되고 싶지도 않고!… 넌 내가 이런 상태에서 칵테일 파티를 열 수 있다고 생각하니? 우울증 치료제를 잔뜩 먹고 축 늘어진 채로 말이야? 게다가 이 플라스틱 손을 내보일 수 있다고 생각하니? 이 손을?"

"물론이지! 게다가 너는 아무것에도 신경 쓸 필요가 없어. 초대나 접대, 장식, 그런 건 모두 내가 맡겠어! 너는 그냥 모습만 나타나기만 하면 돼…"

"아, 그래? 그럼, 그 파티의 명목은 뭐지? 내 이혼 축하 파티? 내 손을 전시하기 위한 파티? 우린 '암묵적인 합의' 이혼을 했지만, 우리 사이에 '암묵적인 합의'는 전혀 없었다는 걸 설명하는 담화문을 발표하기 위한 파티? 그가 다른 여자와 결혼하는 걸 원치 않고, 그가 나를 떠나기를 원하지 않아. 자 봐, 그게 진실이야!… 아냐, 내 말을 막지 마, 나는 내가 뭘 아는지 알아. 사실 그는 망설였어. 우리 두 사람 중 누구도 지금 이 상황에 이르는 데 명백하게 동의하지 않았어. 'invitus invitam dimisit' …"

"그게 뭐야? 라틴어야?"(엘리자베뜨는 잡지나 신문에는 관심이 많지만 문학에는 별 흥미가 없는 친구다).

"그래, 베레니스, 베레니스와 티투스, '그는 그녀를 돌려보냈다, 서로 간절히 사랑하고 있음에도 불구하고'라는 뜻이야… 프랑시스에게 나를 버리도록 요구했던 건 바로 그 여자야, 이해하겠니? 그 여자는 그를 꼼짝 못하게 가두어 놓고 우리를 질식시켰어… 이 모든 불행은 모두 그녀에게서 비롯된 거야! 게다가 내가 장담하건대, 그 더러운 추문을 퍼뜨린 것도 바로 그 여자야!"

내 큰아들은 늘 나에게 말하곤 한다. "엄마, 엄마는 그 여자를 마녀라고 생각하시는군요, 엄마는 아빠에게 피해를 입히지 않기 위해 그녀를 마녀로 만들고 있어요…"

나는 배반당하고 상처받았으며 더러워졌다. 나에게 구원과 지원을 약속했던 그 남자에 의해. 사람들은 나에게 바로 그 점을 시인시키고 싶어하는 것일까? 내가 고백해야 하는 건 바로 그것일까? 그러나 사람들이 나에게 그 점을 설득시킨다면, 그 때 나는 누구를 믿을수 있을 것인가? 어떤 친구, 어떤 친척을 사랑할 수 있을까? 내 아이들, 나는 내 아이들조차도 의심하게 될 것이다…

"당신의 그 매력적인 남편의 '둘시네아'가 빨리 시내에 그런 소문들이 퍼지도록 사주하고 있어요, 가능한 일이죠." 젊은 여변호사는 신이 나서 시인한다(내 사건은 처음부터 그녀를 즐겁게 만들었다. 그녀는 우리 나이 50대의 이 불상사를 아주 우스꽝스럽게 여긴다). "그러니까 결국, 그 '퀸'도 역시 이혼을 한 경력이 있죠, 그렇죠? 그러니, 그 여자는 처세술에 아주 뛰어나죠… 소송에 대해서도 훤할걸요! 당신을 병원으로 보낸 일 때문에 퀠리 씨가 아주 나쁜 상황에 처하게 됐다는 걸 그녀는 분명하게 알고 있어요. 만일 당신이 고소하겠다면, 그를 경범죄로 고소할 수도 있어요. 그러면 그에게 범죄 기록이 붙게 되죠. 법정은 '무훈가(武勳歌)'를 좋아하지 않으니까요! 그래서 그 부인은 일의 성사를 위해 분위기를 조성하게 되죠. 당신이 복수의 여신이라면, 그녀는 딱 벌어진 가슴에 훤칠한 키, 거기에 위협적인 뭔가를 가진 '람보'라고 할 수 있죠. 그녀는 그를 사주해서 소송을 걸게 할 만반의 준비를 갖추고 있으니까요…"

내 변호사는 책상 한 귀퉁이에 걸터앉아 느긋한 미소를 짓고 있다. 그녀는 담배에 불을 붙인다. 그리고 길게 한 모금 빨고 난 후, 귀고리를 빼서 재털이 가까이에 놓는다. 그런 다음 병원 진단서, 호텔 영수증, 편지, 계약서, 증명서, 계산서들이 뒤죽박죽 들어 있는 두꺼운 서류철을 잡으며 말한다. "하지만, 부인, 우리는 믿을 만한 증빙 서류를 가지고 있어요! 그리고 '그 신사분'이 우리 소송 문제를 해결하는 데 조금도 믿음을 보이지 않는다면, 우리는 태도를 바꾸겠어요. 암묵적인 합의 정도가 아니예요, 끝장을 볼거예요! 형법상으로 고소해서 손해 배상을 받아 내고, 과오에 의한 이혼 판결을 받아 낼 테니까! 날 믿어요. 그는 이제 곧 자신이 감당해야 할 고통을 깨닫게 될거예요! 그 첫 단계는 간통에 관한 조서예요. 당신이 동의한다면, 내일 법정 대리인이 그 '산비둘기들'의 집에 도착하자마자 그 보금자리에서 그들을 붙잡을거예요…"

간통에 관한 조서라니, 이 20세기 말에? 나를 충격에 빠뜨린 건 단지 그것만이 아니었다. 그녀가 하는 모든 말들이 나를 어리둥절하게 했다. '무훈가'라느니, '둘시네아'라느니, '람보', '산비둘기' 따위의 말들은, 우리 친구들이 내 남편 앞에서 나를 지칭하기 위해 쓰는 '거머리'라거나 '히스테릭'이라거나 '타산적'이라는 말에 비해 조금도 뒤지지 않는 가벼운 말들처럼 여겨졌다. 나는 그러한 말들에서 우리의 지나간 사랑도, 현재의 나의 슬픔도 느낄 수 없다. 그 모든 것을 망가뜨리는 단어들…

나는 나를 안심시키려고만 하는 내 변호사가 원망스럽다. 나는 그녀의 어휘가, 그 친근함이, 그 거침없는 태도가 맘에 들지 않는다. 그것들은 나를 격하시키고, 주눅들게 한다. 간호사들의 그 거북스러운 시선과 조금도 다를 바 없다. 내 변호사가 서류에 기재해 놓은 제목도 마음에 들지 않는다(그리고 그가 나에게 보낸 모든 편지들에 조회 번호를 쓰는 것도). '켈리 부인의 남편 고소건.' 차라리 'L. 부인의 K씨 고소건'이었다면 한결 마음에 들지 않았을까? 어쨌든 나는 '남편 고소건'이라는 문구를 읽으면서 내가 타락했다는 느낌과 품위를 떨어뜨렸다는 느낌을 받지 않을 수 없다. 그가 내 남편, 이전의 남편이라면, 나는 그의 적수가 아닐 것이다. 나의 프랑시스, 내가 사랑했던 남자, 그는 나의 적이 될 수 없다…

나는 법정 대리인, 변호사, 그 모든 공증인들이 마음에 들지 않는다. 그들은 내가 무언가에 대해 복수하기를, 그에 대항하여 무장하기를 제안하며 나를 부추기기 때문이다. 결국 그렇게 하는 것이 그들의 직업일 테지만. 그래, 그들은 자신들의 역할을 수행하고 있을 뿐이다. 그러면 내 역할은 무엇일까? 만일 내가 내 아이들의 아버지를 경범 재판소로 보낸다면, 그가 말하듯 그의 '껍질을 벗긴다'면, 그가 유죄를 선고받고 집행 유예를 받도록 한다면, 그게 내 역할을 이행하는 것이 될까? 자, 그의 약점이 여기 있다. 나는 그의 과오와 그의 '부정 행위'를 공격할 생각은 꿈에도 하지 않고, 그를 기소할 생각을 진심으로 하지 않았지만, 가끔 그 일을 상상해 보기는 했다…

어느 저녁에는 '주먹질과 상해'라는 고소장과 함께 형법 소송, 경찰, 검찰관과 배심원, 혹은 간통과 배신과 중혼(重婚), 그 모든 것들로 인한 이혼이 내 손의 상처와 맞바꿀 수는 없다 하더라도, 여하튼, 그 계약 만료 기간에 대한 공증서가 나를 깨끗하고 차갑게 진정시킬 수 있을 것 같다는 생각이 들기도 했다.

고소, 그랬다. 내가 고통받는 이상, 나는 나 자신을 불쌍히 여기고 싶었으리라. 그리고 나는 '암묵적인 합의'(그 허위!)와 그 교활한 인간들의 숙덕공론에 의해 재빨리 이루어지는 이혼보다는, 붉은 법복을 입은 판사가 죄인과 희생자를 결정하게 될 엄숙한 이혼이 더 마음에 들었으리라. 나는 정의와 보상에 목이 말랐다. 관례와 원칙과 성스러움에 목이 말랐다. 계약 이상의 것들을 파기하기 위해서는 하나의 계약만으론 충분하지 않다… 그러나 그 양식은 잠정적이고 합의적인 것이다. 사람들에 의해 규격화되고, 일반화되고, 극소화되는 양식. "그렇게 하는 게 더 나아."라든가, "아이들을 생각해야지."라는 등의.

몇몇 친구들은 나에게 점잖은 이혼 관례에 관한 지침서인 『순조로운 이혼』이라는 책을 읽어 보라고 권한다. 그 책에서 심리학자, 사회학자, 저널리스트들이 앞다투어 반복하는 요지는 다음과 같다. "전배우자들 사이의 평화로운 관계, 그들이 서로에 대해 가지고 있는 존경심, 협조, 그러한 것들이 '배상' 소송 과정을 가속화시켜 주며, 결별의 '정신적 외상'을 무마시킨다."…

이혼, 그것은 하나의 드라마가 아닐까? 그럼 해 보자! 우리는 그 모든 것을 변화시켰다! 암묵적 존중, 협조, 갈등 초월, 승화, 미소…. 멋진 이혼을 하기 위한 방법은 정말 쉽다, 서로 사랑하기만 하면 된다!

'서사적인 시대'에 이혼을 했던 이웃집 노파가 내게 말한다. "댁은 정말 운이 좋은 편이야, 요즘은 서로 헤어지는 게 정말 간단하니 말이우. 수속만 밟으면 끝나잖우?! 우리 때는 정말 어리석었지. 서로 치고 박고 쥐어뜯고… 아, 그 때 내가 흘린 눈물이 얼마만큼인지!… 욕질, 주먹질, 거짓말에다… 불화에다! 들어 보우, 글쎄, 우리 친구들이나 우리 가족들은… 그 시절에는 정말 어리석었다우, 정말 어리석었어!" 그 말, 그 노파가 자신의 구두 끝에 눈을 고정시킨 채 수치스러워하면서 반복하던 그 말이 나에게 갑자기 먼 기억을 떠올리게 한다. 내 첫아들의 출산. 내 대고모들 중 한 분이 꽁브레이유에서 조산원에 누워 있는 나를 찾아왔다. 그분은 주름진 손에 작은 황수선 꽃다발을 든 채 내 침대 가까이에 앉았다. "그래, 얘야, 잘 됐니? 다행이다, 다행이야! 아, 요즘 너희 젊은 여자들은 못쓰겠어. 애기를 고통없이 낳으면, 아무것도 느낄 수가 없어! 애기가 우체통에 들어가는 편지처럼 '피유' 하고 나온다며? 맞니? 그게 다 호흡법을 배웠기 때문이겠지… 우리 때는 누구나 어리석게도 고통을 참을 만큼 참았단다!"

나는 그분의 잘못된 생각을 고쳐 드리지 않았다. 무슨 소용인가? 게다가 그 때의 나는 사실, '참고', 미소 짓고, 거짓말한 것에 자부심을 느끼고 있었다… 그러나 지금의 나는 더 이상 그와 같은 자부심을 느끼지 않는다. 내가 이 속임수 놀이에서 내 역할을 해낸 것에, 내가 훌륭하게 처신한 것에, '성가시게' 굴지 않았던 것에 대해, 더 이상 이전과 같은 자랑스러움을 느낄 수 없다. 나는 성가시게 굴고 싶다. 예를 들어, '고통없는 이혼'이란 없다고 말하고 싶고, '새 생명'을 분만할 때 비명없이 그 일을 해낼 수 없다고 말하고 싶다…

게다가 그 새 생명에 관해 말하자면, 그건 함정이다! 나는 가끔 타인들을 편하게 하기 위해 내가 그 일에 능숙한 척한다. 그러나 나는, 내가 그 일에 관한 내용을 썼음에도 불구하고, 이혼이 분만과는 다르다는 것을 안다. 이혼, 그것은 죽음이다. '쉿!' '조용히 해!' '그런 말 하지 마!' 사람들은 죽음을 감추는 것처럼 이혼을 감춘다. '장례식장'에서 우리들은 분홍빛 뺨과 입술을 한 시체들을 미소로 맞이한다, 시체들 역시 '새 생명'을 시작하는 것이므로… 하지만 그 거짓된 약속들, 산 자들이 살아 있는 자들에게 할당하는 그 분장은 죽은 자들에게는 오점일 뿐이다.

밀랍의 그 창백함, 그 부패한 그림자들, 죽음에 대한 그 불순함, 당신들이 내 얼굴에서 그러한 것들을 보게 된다면 그냥 그대로 놔두기를, 그것들이야말로 진짜이므로. 그리고 더 이상 나에게 내 분장된 이혼 속으로 들어가도록 강요하지 말기를. '뺨에 분홍빛'을 칠하라고, 약식 상복을 입으라고 강요하지 말기를. 나는 진실 속에서 살고 진실 속에서 죽고 싶으니까, 겉치레를 벗고, 벌거벗은 채, 씻기운 채.

그러나 지금 나는 더러워졌다. 혼돈스러운 감정들로, 초라함으로. 우리는 지금 비극을 상연하는 것이 아니다. 우리는 부르주아 드라마를 상연하고 있다. 어쩌면 보드빌(가벼운 희극, 18세기경의 춤과 노래가 섞인 무대극—옮긴이)을 상연하고 있는 건지도 모른다. 모든 것이 남자 팬티, 자물쇠 구멍, 계산서로 끝이 나는 보드빌을.

나는 하루를 숫자 속에서 보낸다. 은행 예금 명세서, 재산 상태. 나는 우리의 두 변호사에게 계산서, 청구서, 군수품들을 서둘러 조달해야 한다. 용기를 북돋우기 위해 성벽 높은 곳에서 서로 욕을 퍼붓는 그리스인들과 트로이인들과 같은 그 두 변호사들에게.

전투, 진짜 전투는 아직 시작되지 않았다. 그들은 단지 욕설을 퍼붓고 있을 뿐이다. "날 믿어요, 그가 값을 치르게 하겠어요!" 내 변호사는 몹시 즐거워하며 말한다. '그가 값을 치른다? 사실 왜 안 되겠는가? 그는 '껍질을 벗길'까봐 두려워하는가? 하지만 그는 곧 그렇게 될 것이다. 더 이상 상대방을 믿을 수 없을 때, 그 상대방에게 돈을 청구하지 않을 수 없다… 나는 나눈다, 곱한다, 세금 신고서와 차용 증서들의 총계 금액을 계산한다, 그의 '유산'에 관해 조사한다. 그의 유산? 물론이다, 그의 잠재적인 유산, 그의 미래의 유산, 마치 19세기 때처럼! 간통 공증 증명과 유산 감정, 현대의 순조로운 이혼 속에 살아남은 구식 이혼의 두 잔존물들.

처음에 나는 분개했다. "하지만 난 아직 몰라요, 남편이 유산을 상속받게 될지 어떨지! 난 그것 때문에 그와 결혼한 게 아니예요!" 내 변호사는 나를 꾸짖었다. "그에 대항해서 싸우고 싶지 않다면, 그 여자에 대항해서 싸우세요! 당신 자녀들을 위해 싸워야 해요! 아이들의 재산을 몽땅 그 모사꾼에게 넘기고 싶으세요?"

아니, 그건 분명 아니다. 나는 그렇게 관대하지 않을 것이다, 그렇게 호락호락하게 승부에 지지 않을 것이다, 어리숙한 경기자가 되지 않을 것이다. 나, 내가 이 일에 승부를 걸지 않았던 건 사실이다… 그러나 나는 마르세이유로, 빠리로 간다, 쓰디쓴 입과 흐릿한 눈으로 길 위에 서서 늘어선 켈리가의 부동산의 길이를 재어 보면서, 그 창들의 수를 세면서, 그 면적에 관해 수위에게 물어 보기 위해…

내 변호인은 나를 축하해 주었다, 내가 큰 수확을 올렸다는 이유로. 나는 수치스러웠다. 이혼 전문 변호사들, '결혼 문제의 심판자들', 사랑의 청소부들, 그들은 그 많은 토사물들을 보았다. 그러나 결국 그들은 그 토사물들을 다시 보지는 않는다.

이번에는 퇴직금 차례다. 내 남편은 얼마나 받을까? 우리에게는 정보가 필요하다. 자, 나는 이제 새로운 임무를 맡았다. 나는 그처럼 증권 중매인인 그의 친구에게 전화를 건다. 그 목석 같은 '특공대원'은 언제나 나를 좋아했다. 그런데 이번에는 그가 나에게 충격받았다는 사실을 숨기지 않았다. "우리 퇴직금? 그의 유산 총액? 정말 치사하군!" 치사하다, 사실이다. 그는 우리가 전쟁을 하고 있다는 사실을 어떻게 생각할까? 뜨뜻미지근하게? 그리고 적군인 그는 '적군'인 내 남편이 나에게 그러한 선물을 주리라고 생각할까?

남편은 나에게 선물을 주지 않을 뿐만 아니라, 옛날의 선물들마저 도로 빼앗을 생각을 하고 있다. 언젠가 그가 서류를 회수해 가기 위해 집에 들렀다(그는 그 때도 '자기 집'처럼 행동했다, 열쇠를 가지고 있었으므로!) 입구에서부터 그는 자신이 로르와의 긴 여행에서 돌아올 때 내게 갖다준 채색 조약돌들을 담아 놓은 탁자 위의 작은 잔을 주시하면서, 메마른 어조로 나에게 상기시켰다. "이 돌, 당신에게 선물한 건 바로 나야. 그러니 내가 다시 가져갈 수도 있어…" 나는 내 오른손에서 약혼 반지를 빼서 그에게 내밀며 말했다. "이 선물도 도로 가져갈 수 있어요…"

그는 집(그것도 입구에서 거실까지만)에서 단 오 분 간 머물렀다. 그런데도 그는 재산 목록을 조사할 시간이 있었던 것이다. "미리 말 해 두겠는데, 나는 음반의 절반을 가져갈거야(벽장 쪽을 가리키면 서 그렇게 말했다). 그리고 내 사전도(이번에는 서재를 가리켰다). 그리고 내 '플레이야드'판 책들도(그의 플레이야드라고! 그는 정말 로 내가 그에게 '살티코브-쉬체드린'이나 중국 시인들 때문에 언 쟁할 것이라고 생각하는걸까? 그는 자기 아이들은 그대로 두었지 만, 그의 플레이야드는 잊지 않았다. 문학의 힘이란 얼마나 대단한 것인가!) 그리고 내 냅킨 고리도 가져가고 싶어. 당신도 알겠지만, 은색 고리는 내 거야"… 갑자기 그가 벽 쪽으로 돌아서며 말했다. "그리고 '초록색 벽걸이'는 어떡하지? 이 벽걸이는 당신이 결혼할 때 가져왔던 것보다 훨씬 더 커. 그 절반은 내가 덧붙여 만들었어. 적어도 8분의 1가량을 말이야!" "자, 어서 가져가요, 가위로 잘라서 가져가요!"

"켈리 부인, 이제부터 우리는 온갖 것을 가지고 언쟁하게 될거예 요, 티스푼의 13분의 1까지 말이에요!" 나는 그 말을 떠올린다. 몇 년 전, 남편의 운전 기사가 세 번째 아내와 이혼 소송중이던 당시에 내게 던진 그 말을. 그는 당시에 다른 전처들에게 했던 것과 마찬가 지로 그 세 번째 부인을 수없이 속여 왔는데, 그 부인이 마침내는 다른 전처들과 똑같이 모반을 꾀하는 걸 보고 놀랐다는 것이다….

그를 변호하기 위해, 그의 직분이 그에게 죄를 짓도록 만들었다 는 걸 말해야겠다. 그의 주인 때문에 그 역시 그의 주인과 같은 유 연한 시간표를 가져야 하지 않았을까? 주인이 귀빈층에서 바람을 피우는 동안, 그는 접수계 여종업원들을 낚아 올렸으리라. 그는 스무 살 때부터 내 남편의 공범자이자 문하생이 되어 왔다. 모방과 복제 덕택으로 그는 내 남편보다 훨씬 거무스름하고(그는 마르티니크섬 출신이다). 내 남편의 축소판처럼 보였다. 축소된 딱 벌어진 어깨, 축소된 미키 마우스 넥타이, 축소된 관계, 축소된 속임수… 그역시 줄기차게 거짓말을 해 왔다. 때로는 자신의 난봉을 숨기기 위해, 때로는 주인의 난봉을 숨기기 위해. 그는 자기 아내들에게 거짓말을 했고, 자신의 정부들에게 거짓말을 했으며, 나에게도 거짓말을 했고, 가끔은 더 높은 곳에서 벌어지는 음모와는 다른 종류의 음모를 꾸미면서 자기 주인에게까지 거짓말을 하곤 했다… 요컨대, 그는 완전히 돈 주앙의 스가나렐이었다! 그러나 적어도 그는 충성스러웠고, 쾌활했고, 약삭빨랐다. 나는 그를 아주 좋아했다. 나는 내 남편에 대한 그의 우정을 좋아했다. 그리고 그도 나를 좋아했다고 생각한다. 그렇기 때문에 그는 반은 투덜거리면서, 반은 허세를 부리면서 자기 변호사에 대해서 별거 수당에 대해서, 양육권에 대해서, 가구 분배에 대해서, 내게 이야기했던 것이리라. 그는 이혼할 때마다 스스로 잔인해지고 싶어했다. "그 놈의 티스푼의 13분의 1을 말이에요, 제 말 이해하시겠어요? 그리고 접시에다 식탁보까지! 모든 걸 다 나눌거예요! 그 여자의 눈에서 눈물을 쏙 빼놓을거라구요!" 나는 그가 하는 말을 듣고 있었다. 그 일이 나에게도 곧 닥치리라는 걸 생각조차 하지 않은 채. 이번에는 역할을 바꾸어, 주인이 운전 기사를 모방하는 꼴을 보게 되리라는 걸 생각하지 못한 채…

그 '골든 보이', 그 행복한 증권 거래인, 그는 우리 결혼의 교리를 잊은 것일까? 그리고 나, 나는 그것을 잘 기억하고 있는 것일까? 우리는 젊었고 가난했었다(내 부모님은 부자가 아니었고, 켈리 집안은 부양해야 할 아이들이 너무 많았으므로). 우리는 젊었고, 앞날을 생각하지 않았으며, 자부심이 있었다. 우리는 '성자 뤽'의 삶을 선택했었다. "들판의 백합들을 보세요, 그들은 일도 하지 않고 길쌈을 하지도 않아요. 그런데 영화를 누리는 솔로몬도 그들처럼 아름다운 옷을 입지 못했어요… 저 하늘의 새들을 보세요. 그들은 씨를 뿌리지도 수확하지도 않아요. 그들에게는 지하 창고도 없고, 다락도 없어요. 하지만 신이 그들에게 먹을 걸 준답니다."…

아, 지금 우리의 들꽃들은 싱싱하고, 우리 하늘의 새들은 아름답다! 까마귀, 독수리들! '지하 창고', '지붕 밑 방', 식기 세트, 우리는 지금 그런 것들을 필요 이상으로 많이 가지고 있다. 그리고 우리는 그 각각의 물건들, 두 개의 작은 서랍장 따위의 물건들을 쟁탈하기 위해 싸우고 있다. 수프 그릇은 네 것이고 국자는 내 것이다, 침대 시트는 네 것이고 매트리스는 내 것이다라고 따지면서…

이혼은 용맹성 없는 체스다. 거기서 사람들은 전쟁터로 나아가지 않은 채, 외통수에 빠져 허우적댄다. 우리는 아이들의 양육비를 쟁탈하기 위해 일 년 이상 필사적으로 싸웠다. 만일 우리 맏아들이 치사한 부모들의 중재자 역할을 하면서 개입하지 않았더라면, 우리는 아직도 그러고 있을 것이다. 우리 아이는 한 사람과는 점심 식사를 하고 다른 한 사람과는 저녁 식사를 하면서, 그 계산에 관해 우리들이 합의하게 해 주었다, 거의 소수점까지 꼼꼼하게. 아니, 더 분명하게 말하자. 우리는 완전히 담판을 지었다, 천, 백, 십, 그리고 단

단위까지! 내가 그 동의 문서를 가지고 변호사에게 갔을 때, 그녀는 코웃음을 쳤다. "내가 이 꼼꼼한 계산서를 들고 판사 앞에서 어떻게 처신하기를 원하세요? 부인, 사람들은 대개 우수리 같은 건 떼고 계산하죠! 법정에서 1전 2전까지 따지려 한다면 내가 얼마나 우스운 꼴이 되겠어요! 생각해 봐요, 이 총액으로는 '가분(可分) 채권'을 만들 수도 없어요!" 나는 고개를 숙인 채 자리를 떴다. 내가 거리나 열차의 식당칸에서 만나고 싶지 않은 사람이 이 세상에서 딱 두 사람 있다. 치질 전문의와 이혼 담당 변호사. 그들은 나의 치부만을 보았기 때문에…

남편과의 흥정이 나를 비참하게 만들었다. 그에게 '값을 치르게' 하고 싶은 욕망 때문에, 나 스스로 너무 많은 값을 치렀다. 하지만 나는 그에 대한 존경심을 잃었지만, 나 자신에 대한 존중심은 잃지 않았다. 혼돈에 휩쓸린 채 나는 그를 이기겠다는 생각을 포기하고, '내 권리'를 수호할 것을 포기한다. 내 권리, 그건 때때로 내가 생각했던 것과는 너무 어긋나 보이므로.

그러나 그렇다고 해서 백기를 들지는 않겠다. 나는 심기일전한다. 싸워서 승리할 것이다. 점점 커진, 순화된 이 시련에서 벗어나서, 그들을 그들 자신의 함정에서 구해 내, 왼뺨을 그들에게 내밀 것이다, 요컨대 그들을 사랑할 것이다. 특히 그 여자, 나는 그 여자를 증오한다. 그녀가 누구든 상관없이 나의 적이기 때문에. 그러나 그 여자는 나의 이웃이다… 하기야, 나와 같은 남자를 사랑하는 여자보다 내게 더 가까운 사람이 누가 있겠는가? 게다가 그녀는 내가 사랑한다고 믿었던 남자를 행복하게 해 주는 여자가 아닌가? 그러니 내가 그녀에게 진 빚을 어떻게 인정하지 않을 수 있겠는가?

빚… 바로 빚 문제에 관하여, 내 변호사는 우리가 과거에 집을 사기 위해 얻었던 융자금에 관한 서류를 갖춰 달라고 하지 않았던가? 그녀는 누가 언제 얼마 갚았는지를 알아야 할 필요가 있었다. 가구나 아이들을 분배하는 것만으론 충분하지 않아 우리는 또 공유 재산에서 벗어나야 한다, 법이 그것을 강경하게 요구하기 때문에. 공동의 것을 나누고, 떼어낼 수 없는 것들을 분리시킬 것을 요구한다. 하지만 그 정도는 시시한 일이다. 우리는 이미 더 어려운 일도 해내지 않았던가. 함께 살을 섞는 일을 잘라 냈으니까… 다만 집에 관해서만큼은 남편이 서둘러 결론에 도달하려 하지 않는 듯하다. 열쇠를 내게 돌려주지도 않는다. 어쩌면 아직도 나를 사랑하는 건 아닐까? 그가 적어도 나를 괴롭히는 일에 교활한 즐거움을 느끼는 게 아니라면 말이다. 모르겠다. "나의 매순간은 단지 영원한 통과 과정일 뿐이다. 두려움에서 희망으로, 희망에서 두려움으로…"

시계추의 왕복 운동. 단단히 결심했는데도 끝마무리를 잘해야 하기 때문에, 나는 돌연 계산과 관례들, 계약과 논쟁 속으로 다시 뛰어든다, 그 수렁 속으로.

나는 네 발로 엎드린 채 신발장에서 먼지 쌓인 상자들을 꺼낸다. 첫 번째 봉급을 받은 이후로 나는 헌 수표책들을 이 상자들 속에 넣어 두었다. 온통 어수선하고, 날짜도 확인할 수 없다… 그 안에서 어떻게 25년 전보다 훨씬 더 전에 진 부채의 흔적을, 내가 그 빚의 '기한 전 상환'을 처리한 증거 서류를 찾아낼 수 있을까? 나는 우리의 모든 지불 기일 기재 장부들과 명세서들을 잃어버렸다. 당연한 일이다. 내가 어떻게 70년대의 수표 원장들을 보관할 수 있겠는가? 아무것도 정리하지도, 그 무엇도 간수하지도 못하는 내가 말이다! 내 인생의 남자마저도 간수하지 못하는 내가!

양탄자 바닥에 앉아서 파란색, 노란색, 분홍색의 200개 수표책들을 종이꽃처럼 내 주위에 펼쳐 놓은 채, 나는 시간을 거슬러 올라가기 시작한다. 처음에는 더듬거리면서. 이 300프랑짜리 옷('에땅, 300프랑, 6월 6일')은 몇 년 것일까? 이 전화요금 고지서는? 이 전기료 청구서는? 그러다가 조금씩 조금씩 나는 그것들에 대한 기억을 되살리게 된다. 실마리를 잡고 당기는 것으로 충분하다. 달아나는 연도들, 나는 우리 아이들을 돌보던 '베이비 시터'들의 이름에서 그 연도들을 하나하나 구분해 낸다. 나는 날림으로 써놓은 그 이니셜들 뒤로 그 얼굴들, 잊혀진 몸짓들이 다시 나타나는 것을 본다. 나를 도와주었던 그 젊은 미지의 여자들('마리 프랑스', '쟈끌린느', '실비')이 과거로부터 되살아나는 것을 본다. 또 다른 안표(眼標)들도 있다. 지금은 얼굴조차 기억나지 않는 학교 친구들에게 주었던 선물 영수증, 우리가 살았던 아파트들의 수리비, 오래 전에 이미 시들어 버린 화분들의 주문서('발코니용 제라늄', '거실용 무화과 나무').

나는 내 수표책들에 하나씩 하나씩 날짜를 기입한다. 그러다가 우연히 우리가 큰아이의 세례식이나 막내의 요람에 지불했던 영수증을 발견한다. '마르시알 부디끄, 345프랑', 번진 채 말라 붙은 잉크 자국 때문에 읽기 어려운 이 영수증이 문득 설탕에 절인 아몬드의 색깔(초록색, 이 무슨 망상인가!)과 편도 나무, 프로방스 지방의 봄, 내 스물 일곱 나이의 그 달콤함을 나에게 연상시킨다. 그리고, 직사각형의 백지 위에 씌인 '도르미두, 80프랑'을 읽으면서, 나는 내 손가락 끝으로 겨울을 다시 느낀다. 그리고 긴털이 보풀거리는 그 청록색 잠옷을 떠올린다. 내 '어린 아기'가 추위에 떨지 않도록 밤마다 아기를 감싸 주었던 그 잠옷. '오, 내 아이들의 사랑스러운 손, 사랑스러운 입. 내 아이들의 감미로운 감촉, 부드러운 살결, 따스한 입김…' 이제 그 모든 것들은 낡아 버렸고, 사라져 버렸다. 남은 것이라곤 수표책 원장뿐이다.

놀랍게도 나는 우리 큰아이가 여덟 살 때 펜싱을 했었다는 사실을 다시 발견한다(마스크 가격표, 펜싱 조끼 가격표). 그리고 우울하게도 젊은 부모였던 우리가 일 년에 두 번씩 어느 습한 지방의 여인숙으로 주말을 보내러 가곤 했다는 사실을 다시 알게 된다("프랑시스와 나, 생 장 오 부아에서"). '오스테를리츠' 근처에서 살았던 시절, 우리는 함께 장을 보러 가곤 했다. 나는 그 사실을 잊고 있었다. 매주 토요일이면 우리는 '베르나르 정육점'으로('쇠고기, 127 프랑'), 그리고 생 마르셀 가에 있는 '쉬마'로 장을 보러 갔다. 거기서 때로는 그가 수표에 사인하기도 했다. 그리고 때로는 우리 두 사람의 서명이 같은 종이 위에 섞여 있기도 했다… 그 슈퍼마켓은 15년 전에 이미 문을 닫았다. 그리고 우리 둘이서 함께 '캐리어'를 밀지 않은 지는 벌써 수 세기가 되었다.

어쨌든 고문서를 뒤지는 작업은 헛되지 않았다. 나는 증거물들을 찾아냈다. 1975년에 내가 63프랑 50상팀을 주고 산 오렌지색의 두꺼운 캐시미어를 우리 첫아이에게 선물했다는 증거, 1977년에 우리가 우리 둘째 아들의 탄생을 알리기 위해 르 몽드지에 92프랑을 지불했다는 증거, 셋째 아이가 태어났을 때 유아용 체중계를 77프랑을 주고 빌렸다는 증거, 그리고 그 2년 후 막내의 BCG 접종을 위해 18프랑 40상팀을 지불했다는 증거를. 하지만 그 증거물들이 변호사의 흥미를 끌 수 있을까?

우리의 지나간 사랑으로부터, 우리 인생이 이루어 놓은 것들로부터 지금 나에게 더욱 명확하게, 더욱 생생하게 남아 있는 것들, 내 수표책들이 바로 그것이다. 편지들보다도, 사진들보다도. 사랑의 30년, 그 하루 하루를.

돈에는 돈 이상의 다른 것들이 있다. 추억, 감정… 그러니, 우리의 계산을 어떻게 깨끗하게 청산할 수 있을까? 그러려면 그 과거가 우리와 무관해져야 할 것이다. 서로 사랑하는 사이가 아닐 때만이 부드럽고 친절하게 청산할 수 있다.

내 수표책들은 내 눈시울을 뜨겁게 만들었다. 나는 용서라는 방법을 생각했다. 그러나 내가 양보하겠다는 생각을 할 때마다 과거에 관해 새로운 사실을 알게 되고, 그럴 때마다 내 마음은 흔들린다. 우리가 헤어지기 2년 전에 남편이 우리 결혼식 증인들 중 한 명이 마련한 저녁 만찬에 여러 차례 그 여자를 데려 갔다는 사실을, 친구들이 나에게 일깨워 주지 않았던가? 그리고 내 시아버지는? 그는 처음부터 공범자였다! 그 독신 아파트의 어음을 대신 갚아 준 사람은 바로 내 시아버지였다!

내 과거는 즉시 폭발하여 공중으로 날아가 버린다… 그리고, 나의 적이 그 여자를 사랑하는 만큼 나를 상처입히는 이상, 내 현재는 '언제라도 타오를 준비가 되어 있는 불'이다. 단 한 마디의 말, 단 하나의 어조, 단 한 번의 한숨으로 충분하다.

나는 장님이다. 하지만 내 귀는 예민하다. 그의 사무실로 전화를 할 때, 나는 몇 달 전부터 여비서의 태도가 바뀌었다는 걸 알아차렸다. 아, 확실하게 단정지을 수는 없다. 그러나 그녀의 습관적인 예의에서는, 어떤 경직됨을 느낄 수 있었다. 25년 전부터 내가 알았던 사람에게서 느끼는 의외인 부자연스러움, 나는 그녀가 우리의 결별 소식을 접하고 놀람과 슬픔을 느끼는 거라고 생각했다… 하지만 그러한 난감한 상태는 시간이 감에 따라 줄어드는 게 아니라 오히려 늘어만 갔다. 나는 이제 곧 내 남편을 더 이상 만날 수 없게 된다. 그에게 아이들 문제에 대해 상의해야 할 때나 자잘한 문제(세금 지불 문제, 우리의 청구서 주소 변경)를 조정하려 할 때라도.

"켈리 씨를 바꿔드릴 수 없어요, 지금 회의중이십니다." 그녀는 난처한 어조로 말했다. "지금 안 계신데요, 막 모임에 참석하러 가셨습니다."

"그럼, 내일 오전, 내일 오전에 전화하면 될까요?"

"음, 잠깐만요… 내일? 내일이라… 죄송하지만 안 되겠군요. 오전 약속이 있어서요…"

"그럼 오후는요?"

"아, 오후는 확실히 안 됩니다. 브뤼셀행 기차를 타셔야 하니까요!"(그 때 거기서 승리의 빛이 번뜩거렸다. 그녀의 목소리에는 거의 웃음이 실려 있었다. 그녀는 마침내 진실을 말했고, 그것에 안도감을 느꼈던 것이다…).

"그럼 다음 주는 어때요?" 나는 계속 버텼다. "언제면 그와 통화할 수 있겠어요?…"

"아, 사장님은 일주일 내내 아주 바쁘세요. 회합에다 이사에다… 저도 사장님이 언제 시간이 나실지 정말 모릅니다… 죄송합니다." 정중하지만 단호한 목소리. 그녀의 결정적인 판결문에는 한치의 틈도 없다, 내가 교묘히 끼어 들어갈 방법이 없다.

"그것 참 이상하지. 네 아빠가 비서한테 교육시킨 게 아닐까, 더이상 내 전화를 연결하지 말라고 말이야…" 나는 큰아이에게 말했다. 희망은 먹통이 된다. 의심이 이미 더 이상 허용되지 않았을 때부터, 나는 계속 위험한 가설로써만 진실을 고찰해 왔다!

그 아이는 그날 저녁에도 자기 아버지와 저녁 식사를 했다. 집으로 돌아온 그 아이는 내가 의심하는 것을 확인시켜 주었다. 남편은 나에 대해 바리케이드를 치라는 명령을 내렸던 것이다… 그게 가능한 일이었을까? 그토록 오래 전부터 나를 알아 온 그 여비서가, 우리 아이들이 태어나는 것을 지켜 보았던 그녀가 나를 속이는 일이도대체 가능한 일이었을까? 그러나 어쨌든 그녀는 나를 속였다. '켈리 씨'가 공범이 필요하다는 사실에 현혹되어 사장 아내보다 우위에 서게 되었다는 사실에 기쁨을 느끼면서! 그녀는 나를 떼어놓았다, 마치 미친 사람이나 아교풀 항아리나, 성가신 훼방꾼을 떼어놓는 것처럼. 그리고 그, 내 남편, 그는 30년 간의 동거동락과 25년 간의 결혼 생활 후, 하인을 시켜 나를 밖으로 내쫓게 했다! 나라는 존재는 버려진 것 이상이었다. 추방당했다! 추방당한 여자…

그날 저녁, 그가 여전히 내 벽장들을 점유한 반면에 내가 더 이상 그의 전화선을 차지할 수 없다는 것을 알게 된 그날 저녁, 나는 청소를 했다. 그가 가져가지 않은 옷가지들, 언젠가 내가 분류하고 싶어했던 그 옷가지들, 사라진 자의 옷가지들, 개어서 정돈하고 보관하기 위해 나프탈린을 넣어 둔 낡은 양복들, 드레스 셔츠들, 스웨터들, 너무 오래 된 것들이어서 내 향수의 흔적은 남아 있지만 그 새 여자의 체취는 묻지 않은 그 모든 옷가지들, 과거에는 소중히 다루었던 그것들을, 나는 쓰레기 봉투 속에 던져 넣었다. 그리고 욕조 가장자리에 15개월 전부터 얼쩡거리고 있던 그의 '특별한 샴푸'와 면도용 무스, 그의 약들, 그가 떠난 이후로 마치 어느 날 그가 그것들을 쓰기 위해 다시 돌아올 것처럼 '제자리'에 그대로 놓여 있던 그 모든 것들도…

물건들을 옮기는 소리와 줄곧 흐느끼는 내 울음 소리 때문에 잠에서 깬 아이들은, 그 쓰레기 봉투들을 길 밖에 내버리지 못하게 막았다. 그리고 그 이튿날 당장 아이들의 아버지가 그의 스가나렐을 보내어 그 물건들을 되찾아갔다. 나는 계속 울었다. "어떻게 내게 이럴 수가 있나? 제 삶에서 나를 내쫓다니! 제 고용인들에게 나를 모욕하게 하다니! 도대체 왜?" 나는 내 아이들을 증인으로 삼았다. "나는 너희 아빠를 괴롭히지 않았어… 그냥 전화를 했을 뿐이야, 그것도 많아야 한 달에 두 번 정도나 될까? 게다가 목적없이 한 적은 한 번도 없었어, 그런데 왜, 왜?"

"그건 엄마가 아빠 집으로 전화하기를 바래서 그랬겠지." 둘째 아이가 능청스럽게 말했다.

그의 집? 그 여자의 집. 그래! 마침내 그는 그 여자의 집에서 자기 집처럼 스스럼 없이 지내고 있다, 그건 사실이다. 그리고 그 여자는 그의 집에서 자기 집처럼 편히 지낸다. 하지만… 아니, 나는 그 번호로는 절대로 전화하지 않을 것이다!

"엄마가 곳곳에 자동 응답기를 설치해 놓은 만큼 아빠도 자동 응답기를 많이 설치해 놓았으면 좋았을 텐데… 그리고 엄마가 우리 비밀 번호를 아빠에게 가르쳐 주지 않아서 더 그래요! 그래서 아빠가 엄마에게 복수하는거야…" 막내가 주장했다.

그들이 보지 않을 때면, 전화 벨이 세 번 울리기 전에 내가 수화기를 든다는 사실을 아이들에게 어떻게 고백해야 할까? 내 자동 응답기들은 전화 벨이 세 번 울리면 작동을 시작한다. 세번째 전화 벨로 자동 응답기가 울리는 것을 중단시키지 못하면, 나는 내가 여기 없다고 말하는 내 목소리를 듣게 된다. 그 뻔뻔스러운 여자는 침입자를 두 층 아래에 있는 텅 빈 서재의 번호로 돌려 보낸다. 그래서, 내가 계단을 급히 내려가더라도, 아래층에서 울려오는 그 전화벨 소리, 내가 방금 막 속여 넘긴 그 사람의 전화벨이 사라져 버리는 것을 막을 수 없다. 처음에는 확신에 차서 끈질기게 달라붙고 이내 사라져 버리는, 그 날카로운 신호음은 심연 속으로 미끄러져 들어가서 더 이상 붙잡을 수 없다. 시간이 부족하다, 그것은 처형당하고 만다.

그래서 나는 점점 더 자주 첫 신호음이 떨어지자마자 전화기 쪽으로 달려든다. 요 최근 몇 주일만큼 그렇게 빨리 동작을 취한 적은 없다. 아이들이 밖에서 내게 전화를 걸 때면, 자신들만의 '특권'을 더 이상 누리지 못하는 것에 놀라곤 했을 정도였다. "어, 자동 응답기를 작동시키지 않으셨어요?" 아니, 하지만 나는 자동 응답기가 작동하는 것을 막곤 했다. 나는 더 이상 전화기에서 멀리 떨어져 있지 않았다. 나는 그 기계로 급히 달려들곤 했다. 울리는 전화 벨이 이웃집에서 들려오는 것일 때조차도! 나는 매번 전화를 건 사람이 그일지도 모른다고 생각했다. 그, 내 남편… 어제의 그, 옛날의 그… 고백하지 않은, 고백할 수 없는 이 기대감.

그러나 다행히 나는 그가 여비서에게 그런 지침을 내렸다는 것을 알게 됨으로써 그 광기에서 헤어났다. 이제 내 집의 전화 벨은 이전처럼 언제나 세 번 울린다.

하지만 품위를 되찾으려는 때늦은 노력조차도 나에게서 수치심과 자괴감을 씻어 내지는 못한다. "그는 나를 사랑한 후에 나를 헌신짝 취급하고 있다. 나는 이제 사람들이 손가락질하며 비웃는 그런 여자가 되어야 하나?"…

모욕, 나는 처음부터 모욕감을 느꼈다. 그러나 인내심 많은 나는 모든 것을 견뎌 냈다. 나는 모욕을 견뎌 냈다. "어떻게 나 자신을 사람들이 손가락질하는 그런 여자가 되게 할 수 있겠는가?" 고대의 여왕들은 그렇게 항변했다. 그건 오래 전 고대의 일이다. 그러나 나, 나 역시 사람들의 비웃음의 대상이 되지는 않을 것이다, 내가 다른 여자들을 비웃었던 바로 그 여자였으니까.

우리는 젊었고 현대적이었다. 그러니, 모든 상황에서 유머 감각을 견지해야 하지 않았을까? 경쾌한 유머 가운데 분배하는 법을 배워야 하지 않았을까? 70년대식 순진무구함. 우리는 이브 시몽의 노래를 불렀다. "지난해, 나는 내 마지막 질투심을 죽였지. 나는 그를 사랑해. 그 말은 '나는 네 인생을 빼앗지 않겠다'는 말과 같은 의미…" 나 역시 아무것도 빼앗지 않았고 요구하지도 않았다, 나는 계속 눈을 감고 있었고, 팔을 벌리고 있었으며, '절대성을 고집하지 않았다.'

그럼에도 사랑했던 남자에게 놀랐던 유일한 것, 그것은 끊임없이 한계선을 뒤로 물리는 그의 능력, 금지 구역과, 성지를 조금도 개의치 않고 침범하는 그의 능력이었다.

나는 기억한다, 우리가 결혼한 지 삼사 년 되었던 무렵의 일을. 물론 그는 그 당시에도 바람을 피우고 있었다. 그리고 그가 내게 미소를 잃지 말라고 강요했으므로, 나는 그의 요구에 따르고 있었다. 그래서 나는 안느라던가 뭐라는 당시 그와 내연의 관계를 유지하던 금발 여자에 대해 미소를 짓고 있었다. 그러던 어느 날, 내가 세미나에서 돌아왔을 때, 그가 말했다. "안느가 집에 왔었어."(무엇 때문에? 그녀는 독신이었고, 자기 소유의 아파트를 가지고 있는데… 게다가 호텔도 지천에 있지 않은가!) …그녀가 집에 왔었어. 그리고 솔직히 나 당신에게 말할 게 있는데, 집안 꼬락서니가 도대체 그게 뭐야? 그녀가 뭐라는 줄 알아? 지저분한 거지 소굴 같다더군! 어허 참 기가 막혀, 청소를 하긴 해? 특히 침실 말이야, 침대보 하나 제대로 깔질 못해! 탁자에는 먼지가 뽀얗고…"

부부용 침대! 그가 감히! 내가 아무리 '오월 혁명'을 겪고, 나 스스로 '개방된 여자'라고 생각한다 하더라도, 나는 내 남편이 내 침대, 우리들의 침대, '결혼의 신성한 침대', 성스러움 중에서도 가장 성스러운 그 장소, 거룩한 그 장소에 다른 여자를 눕힐 수 있다는 걸 상상조차 하지 못했다! 오, 시대 착오적인 순진함이여! 그러나 나는 그 새로운 혁명을 점잖게 받아들였다. 얼굴 표정 하나 흐트리지 않고. "먼지라구요? 다음 번에 그녀에게 말해 줘요, 안느가 내 남편과 내 침대를 쓰는 이상, 걸레 역시 사용해도 된다고 말이예요. 그리고 내 축복도 함께 전해 줘요." 보통, 일이 끝나고 나서, 했어야 할 일이 생각나는 그 아무개를 위한 선의의 충고. 나는 내가 그녀를 이겼고, 그리고 '나 자신을 이겨 냈다'고 생각했다. 하지만 천만에! 승리자는 그였다. 그는 만면에 웃음을 가득 담은 채, 내가 받아들일 수 없는 걸 받아들이게 했다. 그리하여 그는 마침내 수많은 여자들이 그 침대를 거쳐 가는 것을 일반화시켰다…

뿐만 아니라, 나는 그의 아내라는 허울을 그대로 지닐 수 있다는 것에 항상 위안을 느끼지는 않았다. 나는 응답 없는 모욕이 어떤 것인지 알았다, 대답 없이 그대로 버려지는 모욕.

그가 출장중일 때, 친구들 몇몇이 우리들에게 영화를 보러 가자고 했다. 그 초대에 응하기 전에 그의 비서에게 전화를 걸었다. "제 남편이 뉴욕에서 내일 몇 시에 돌아오나요?" "사모님, 사장님은 이미 사흘 전에 돌아오셨는데요!" 또 어떤 경우에는, '라 불르'에 있는 친정 아버지의 스튜디오 건물에 새로 들어온 수위가 놀란 표정으로 나를 뚫어지게 쳐다보며 말했다. "아니, 당신이 켈리 부인이라구요? 그럴 리가 있나요?" "아뇨, 제가 분명히 맞아요!" "그럼 켈리 씨가 부인을 바꿨나요? 아니예요?… 아, 어쨌든, 죄송합니다. 제가 실수했나 보군요.…"

운전 기사, 비서, 수위들, 가정부, 그 모든 사람들이 한결같이 다 아는 사실이었다. 나는 지뢰밭을 지나가고 있었던 것이다. 내가 아무리 걸음걸음마다 균형을 잡으려 조심스럽게 움직여 봤자, 그대로 회피하거나 무관심한 척해 봤자, 내가 아무리 그의 과오들을 숨기고 나 자신에게 그 사실들을 숨기기 위해 거짓말을 해 봤자, 언제나 한 가지 의문점이 남았고, 결국 내가 발을 헛디딘 것이며, 그러한 나의 실수가 몇 년 전부터 그 곳에 자리잡고 있던 갱도를 폭파시킨 것이라는 결론에 이르곤 했다… 나는 현장을 잡은 것이다. 차라리 잘된 일이다!

그러나 가장 최악의 경우는 그로부터 일주일 후에 그가 '아스테릭스 공원'으로 그의 대녀(代女)를 데려갔다고 한 말을 내가 그대로 믿었던 일이었다! 나의 믿음은 그렇게 쉽게 재에서 다시 태어나곤 했다. 내 인생을 맡겼던 그 재정가는 내 마음에다 '순환식 신용 카드'를 개설해 놓았던 것이다. 나는 그의 이익을 위해 내 희망의 자본을 끊임없이 갱신했다, 그 여자가 마지막이라고 나 자신을 설득시키면서… 그리고 내가 가끔씩 반발하는 경우에 그는 때로는 감정으로, 때로는 이성으로 나를 제압했다. "이봐, 까뚜, 미신에 집착하지 마! 침대는 침대일 뿐이야. 논리적으로 생각해 보라구. 우리 침대는 우리 집에서 유일한 더블 침대야. 어떻게 그 덩치 큰 여자와 함께 아이들 침대에 들 수 있겠어? 자, 내 착한 까뚜, 뽀뽀해 줘! 당신을 제일로 사랑하는 이 착한 남편에게 뽀뽀, 뽀뽀해, 이 심술쟁이야! 어서, 화 풀렸다는 뜻으로 뽀뽀해 줘. 당신도 알잖아, 여보, 정말로 문제될 건 하나도 없어…" "당신 부모의 스튜디오? 그거라면 털끝만큼도 문제될 게 없어, 로르가 그림을 다시 그리기 시작했거든. 그런데 그녀가 파도를 그리고 싶어해서 말이야… 그래, 다른 곳에도 바다가 있다는 걸 알아… 하지만 라 불르에는 깨끗한 호텔도 없고, 빌릴 만한 집도 없어. 그 방법이 파도를 그리는 데는 최고로 싸게 먹혔지! 그리고 나에게도 권리가 없는 건 아니야, 그 때는 내가 세금을 내고 있었고, 열쇠도 가지고 있었으니까… 그런데 뭐라고. 당신 부모? 당신 부모나 우리 부모나 그게 무슨 상관이야? 중요한 건 말이야, 내 귀염둥이, 내가 당신을 사랑한다는 거야. 자, 내 까뚜, 당신을 사랑해, 사랑해, 사랑해, 사랑해." 그리고 그날 저녁 역시 꽃다발과 향수와 반지. "이건 내가 가장 사랑하는 까트린느 거야…"

나는 놀림감이었다. 내 처지보다 더 비극적인 것, 더 그로테스크한 것은 아무것도 없다. 내 처지를 가지고 무심하게 희가극 오페라나 '디동의 죽음'을 상연할 수도 있으리라… 남편이 나를 떠났다는 것은 내게 큰 행운이다. 요컨대, '이혼당한 여자'가 속임당하는 여자보다 덜 희극적이라는 말이다.

내 생각에 사람들이 바람둥이 남편의 아내들을 잘못 평가하여 그녀들을 성가신 존재로 간주하는 건 잘못인 것 같다. 바람둥이 남편의 아내는 절대로 잉여 인간이 아니다. 그녀는 오히려 필수적인 존재다. 커플, 불륜 커플의 행복을 위한 필수적인 존재. 두 타인의 결합에 원동력과 짜릿한 자극을 부여하는 것은 바로 바람둥이 남편의 아내이다. 엿보는 자인 동시에 놀림감인 존재, 반사경인 동시에 다른 사람을 돋보이게 하는 존재인 그녀만이 죄지은 연인들 자신들이 서로 사랑하고 있다는 증거를 그들 자신에게 돌려받게 할 수 있다.

내 남편은 자기 애인을 즐겁게 하기 위해 나를 이용했다. 나는 차례차례로 비난받는 연적, 희생당하는 포로, 애원하는 자, 괴로움을 당하는 자가 되어 주었다. 자신이 로르를 사랑한다는 걸 확신하기 위해 그가 나를 고통에 빠뜨려야 했다는 사실을 누가 알까? 자신의 감정 정도를 측정하기 위해서 그는 내 마음을 통과해야 했다, 내 슬픔의 깊이에 비례하여 자신의 배반 정도를 판단하면서. 그리하여 내 고통은 끝을 알 수 없었으므로(나는 내 고통의 깊이를 몰랐고, 알고 싶지도 않았다) 다른 여자를 향한 그의 사랑 역시 끝이 없었다….

우리의 결별 앞에서 보여 준 그의 머뭇거림을 나는 사랑의 여운이거나 연민 비슷한 것으로 생각했다. 그러나 그것 역시 틀린 판단이었다. 그가 신중하게 행동했던 것은 사랑했던 한 여자를 아직도 사랑해서가 아니라, 로르를 향한 그의 열정이 진동할 때마다 민감하게 떨리는 바로미터 때문이었다. 그가 나를 조금만 더 존중해 주었더라면, 그가 5년만 더 일찍 이혼해 주었더라면, 내가 우리 가족들이나 친구들의 웃음거리가 되기 전에 이혼해 주었더라면. 그러나 결국 나는 그의 망설임에서조차 우롱당했다.

'사랑은 명예로운 감정이 아니다.' 사랑의 고통에는 고귀함이 결여되어 있다. 하지만 그녀는 창백하고 독을 풍기는 아름다움을 지니고 있다. 검은 바닥 위에 떨어지는 눈물이 다이아몬드의 광채를 드러낸다… 더럽혀지는 건 이혼이다. 배반보다도, 버림 받음보다도, 경멸보다도 더 비천한 이혼.

지속되는 부부간의 사랑에는 불가피한, 강요된 무언가가 있다. 그러나 이혼을 요구하는 정부에게는 부자연스러운 무언가가 있다. 물론 깨끗함을 유지하기 위해서는, '충돌'을 피하는 것이 나으리라. 하지만 어떻게 그렇게 할 수 있을까? 우리의 육체는 너무 가까이 있어서 서로 움켜잡고 싸우지 않을 수 없다. 우리의 감정은 너무 뜨거워서 타오르지 않을 수 없다. '감정', '원한', 각각 단 하나의 음절, 단 하나의 비틀거림… 나는 남편과 이혼한다, 그리고 계속 그를 사랑한다. 나는 단 하나의 아주 오래 된 습관을 가지고 있다, 그를 사랑하는 습관을. I used to love him…. 그리고 나는 그 사랑을 끝끝내 고집한다, 마치 사람들이 완강하게 자신의 실수를 믿지 않으려 할 때처럼. 나는 그를 사랑했기 때문에 그를 사랑한다.

이혼, 그 절차, 그 양식들이 내가 겪고 싶지 않거나 내가 겪지 않게 되기를 바라는 초연함을 요구한다. 텔레비전 방송에서 보았던 한 젊은 가수가 생각난다. 그는 사회자에게 이상하게 과장된 열정으로 자신이 '아주 아름다운 이혼에 성공했다'고 설명했다. 우정어린, 거의 사랑에 가까운 이혼. 모든 것이 "놀라울 만큼 순조롭고 원만하게 진행되었다"고(그는 그 유명한 지침서를 읽은 게 분명하다). '훌륭한 이혼', 그리하여 마침내 그는 자축하고 있었다… 그러고 나서 석달 후 그는 죽었다. 자살이었다.

'훌륭한 전쟁'이 없는 것처럼, '아름다운 이혼'은 없다. 이혼은 파괴하고 강탈하고 바스러뜨리도록 만들어져 있다. 최악의 경우에는, 푸줏간의 고기 다지는 기계처럼, 그가 갈아 으깬 것을 오염시키기까지 한다. 그 암세포는 친구, 부모, 아이들, 그 모두를 병들게 한다.

몇 달 전, 그와 나 둘 중에서 단번에 한 사람을 선택한 친구들에게 나는 성급한 그들의 우정 때문에 우리의 이혼이 더욱 가속화된 거라고 비난했었다. 나를 '선택한' 친구들조차 원망을 했었다… 그러나 지금 나는, 선택하기를 주저하는 이들을 재촉한다. 나는 내 의중을 밝힌다, 그들이 단 한 번에 내 남편의 '미래의 여자'를 받아들이기를, 그리고 나는 더 이상 그들의 집에 가지 않겠다는 의중을. 나는 나 자신을 보호하기로 결심했다. 내 친구들이 한 주일에는 우리 중 한 여자를 초대하고, 그 다음 주일에는 다른 여자를 초대해서 차례차례로 우리를 관찰하고, 해석하고, 비교해 볼 수도 있다("이 여자는 저 여자보다 더…"라든가, "이 여자는 저 여자보다 좀더…" 따위의)는 생각, 그 생각이 나를 못 견디게 한다. 나는 더 이상 비교당하고 싶지 않다. 그들이 제발 주저하지 않고 나를 버려 주기를!

내가 던진 최후 통첩을 나에게로 돌려보낼 사람들도 있지 않을까? 그렇다면 낭패다! 나는 오래도록 내 식욕에 비해 더 많은 저녁식사 모임을 가져 왔다. 다른 사람들은 나를 있는 그대로 받아들인다. 바스라졌음에도 불구하고 '전체'로 남아 있는 여자, 내 역사의 한 페이지를 넘길 수 없는 나는 그 페이지를 찢어 버린다.

그, 그는 달아나면서 그 페이지들을, 그 뿌리들을 얼마나 뽑았을까? "아빠, 아빠의 낡은 서랍장은 그냥 남겨 두세요, 저희들에겐 유용한 물건이에요. 그냥 여기 우리 가족들에게 남겨 두세요…" 우리가 가구들을 나누고 있을 때, 아이들이 말했다. "너희들 엄마는 이제 더 이상 내 가족이 아니야!" 단두대의 칼이 떨어졌다. 내가 30년 동안 삶을 공유했던 남자가, 여전히 네 명의 아이들을 나와 공유하고 있는 그 남자가 나를 더 이상 인정하지 않다니. "아내여, 너와 나, 우리는 무엇을 공유하고 있는가?"

우리는 더 이상 서로에게 아무런 존재도 아니다. 아니, 우리는 서로에게 아무것도 아닌 존재보다 더 못한 존재들이다… 그리고 아이들, 무자비한 이 전쟁 속에, 빗발치는 포격 속에 놓인 아이들은 두 참호 사이에서 방황한다. 우리들 중 그들을 보호하기 위해 아직도 근심하는 사람은 누구인가? "나에게 그토록 소중했던 우리 사랑의 이 인질들을 불에 태우고 찢어 놓는 이 상황에 대해 며칠 전부터 내가 생각하고 있던 바를 당신이 알았으면 한다…"

최근 몇 년 동안 남편은 내가 완벽한 아내는 아니더라라도, 어머니로서는 훌륭하다고 말했다… 그러나 그가 나에게 믿게 했던 것과는 달리, 사랑은 둘로 나눌 수 없는 것이다. 이혼당한 나는 더 이상 그가 찬미했던 그런 어머니가 될 수조차 없다는 것을 깨닫는다, 내 아이들 역시 내 과거, 내 더럽혀진 과거의 부분들이기 때문에. 그들은 본의 아니게도 그에 대한 추억의 산물이다. 그들의 몸에서, 그들의 마음에서, 어떻게 그 '저주받을 남자'의 부분을 지울 수 있단 말인가? 자신들의 아버지를 그대로 빼다 박은 아이들의 모습, 피곤한 저녁이면 그들은 그 배신자의 무의식적인 공범들처럼 보인다. 매순간 그는 내 앞에 우뚝 서 있다, 아이들의 얼굴, 목소리, 그의 영향을 받은 대화 속에서 모습을 드러내면서. "엄마, 그분을 만나 보셔야 해요, 괜찮은 분 같아요."… 그들은 그의 볼모들이다. 나는 정신 착란 속에서 그들이 그의 스파이들이라고 생각한다. 그들은 그의 그림자들이다. 나는 고통 속에서 그들이 그의 하수인들이라고 생각한다. 그들은 특히 그의 몸에서 태어난 자식들이다. 그 몸, 내가 더 이상 꿈꾸어서는 안 될 그 몸. 그리고 이혼 과정에서 사랑의 아이들은 치욕의 아이들이 되었다…

아마도 내 아이들, 내 '어린 것들'이 나에게 불러일으킨 증오감은 위기의 시기 동안만 지속된 것이 아니었을까? 어떤 면에서 나는 '정신이 나간' 상태였고, 그래서 그들을 더 이상 알아보지 못했다. 그들이 나에게 어떤 존재인지를, 기쁨, 자부심, 애정, 내 삶의 열정인 그들을… 자격 없는 어미, 나는 잠시 자격 없는 어미였다, 잠시 동안. 더 이상은 아니었다, 그것도 내 마음속으로만 비밀스럽게. 하지만 공포를 느낄 만큼 충분한 폭력성과 함께… 아껴야 할 것은 아무것도 없었다. 우리 부부에겐 아무 죄도 없는 우리 아이들조차 눈에 들어오지 않았다.

적어도 나는 메데의 죄악에 관한 전문가이다… 그리고 그녀와 같은 류의 아내들에 대해서도. 그녀들, 사람들은 다양한 독서를 통해 그녀들이 자신들을 버린 남자의 아이들이 죽어 가는 것을 냉정하게 내버려 두는 것을 보고, '자연적 감성에 어긋난 여자들'이라고 규정짓는다. 자연적 감성에 어긋난 여자들? 아니, 그녀들은 오히려 너무 자연적이지 않은가! 사람들은 그녀들이 사랑하는 남자에게서 아버지와 연인을 구분한다는 것을 알지 못한다. 사람들은 그녀들이 '어머니'에 가까웠는지, '연인'에 가까웠는지에 대해 자문해 보지 않는다. 하지만 그 미세한 차이점을 혼동하지 말아 달라! 어느 날 남자가 떠난다, 그의 뒤에 아이들을 남겨 둔 채. 아직도 그 아이들에 대해 적지 않은 책임이 있음에도 불구하고. 그 행위는 마치 자신이 버린 여자에게 날마다 사랑으로 그 자신을 돌봐 주기를 강요한 것과 같다. 그는 그가 잊어버린 아이들 속에 존재한다. 그는 그녀를 부인하는데도 그녀의 머릿속에 줄곧 들러붙어 있다, 그는 그녀에게서 달아나도 그녀를 붙잡고 있다… 그런 함정에서 벗어나기 위해서는, 많은 분별력이 필요하다. 자연스러움은 그다지 필요하지 않다! 아, 나는 이제 그러한 점을 이해할 정도로 더러워졌는가?

눈은 더럽다, 흙으로 더러워지고 얼룩이 진 눈. 날씨가 갑자기 누그러졌다. 연못의 물이 녹아 웅덩이처럼 질척거린다. 희끄무레한 자국들이 여기저기 길게 늘어져 있다, 갈갈이 찢긴 침대 시트처럼, 갈보 집의 빨래처럼, 흉터 위에 던져진 누더기처럼 음울하게.

눈이 고귀하게 만들던 그 모든 것들은 이제 본 모습을 드러낸다. 누더기를 가리는 겉옷이 벗겨지고, 자연은 그 상흔을 드러낸다, 그 아래 숨겨 놓았던 더러움과 그 나쁜 취향을. 너무 많은 색깔들, 잘못 배색된 색깔들. 붉은 풀, 보라색 전나무, 노란 하늘. 눈에 거슬리는 추한 야수파의 그림. 다행히 라디오에서 다시 추위가 닥칠 것이라고 알린다. 다시 퍼붓거라, 기다리고 기다리던 눈이여…

　도로는 장애물이 없이 환히 트여 있다. 폭설로 쓰러진 전신주들은 다시 세워졌다. 나는 다시 '연결되었다.' 그러나 나는 그것에 아랑곳하지 않는다. 나는 내 함정들을 완벽하게 개량했다. 이제, 언제나 텅 빈 내 남편의 서재에도 자동 응답기를 설치했다. 네일리에 있는 내 집 거실의 자동 응답기는 닫힌 서재의 자동 응답기로 연결된다("이 전화는 메시지를 받을 수 없습니다." 이 전화는 더 이상 거짓말을 받을 수 없습니다). 그리고 그것은 다시 시골의 자동 응답기로 강제로 전송되고, 그 시골의 자동 응답기는 다시 네일리의 거실 전화 번호로 전화를 걸라고 말한다. 자물쇠는 채워졌다. 자동 응답기에 연결된 나의 응답자들은 그들끼리 서로 말을 주고받는다. 나는 더 이상 대화에 끼여들지 않는다.

나는 화형당했다

나는 화형당했다. 한 웅큼의 재가 그의 전화를 받고 떠들어 댈 수 있을까? 한 줌의 찌꺼기가 자신의 소식을 전할 수 있을까? 나는 불에 타 버렸다. 그럼에도 나는 아직, 타 들어간다. 먼지? 아니, 살아 있는 횃불이다! 원한과 질투를 키우며 활활 타오르는 불꽃. 그렇기 때문에 나는 침묵한다. 나는 철 모르는 어린아이처럼 고백할 수 없다, '내 사랑'이 나를 무너뜨렸다는 것을, 나는 더 이상 그를 사랑하지 않는다는 것을, 그럼에도 그를 간직하고 싶다는 것을! 게다가 어떻게 어떤 식으로 말을 한단 말인가? 울부짖지 않고 어떻게 말할 수 있단 말인가? "조용히 해, 까트린느. 목소리가 너무 커, 당신은 너무 크게 웃어. 당신은 너무 시끄러워, 당신은 너무 흥분하고 있어!" 그렇다, 나는 흥분하고 있다, 나는 소리를 지르고 싶다! 사람들은 눈을 동그랗게 뜨면서 내게 말한다. "품위를 좀 갖춰요!" 사람들은 내 입을 틀어막고 싶어한다. "조용히 해, 까트린느."

좋다, 나는 침묵하겠다. 나는 침묵한다. 더 이상 말을 할 수 없기 때문에, 더 이상 말하는 법을 알지 못하기 때문에 침묵한다. "당신을 사랑해."라고 말하고 싶을 때마다, 내 입은 "당신을 증오해."라고 발음한다. 분노와 불안으로 가슴을 쥐어뜯긴 나는 나 자신을 수치스러워하고, 나 자신을 동정한다. 나는 집안 곳곳에서 또 다른 잊혀진 여자의 편지, 또 다른 사진들을 찾는다. 프로방스의 카드 함에도, 빠리의 서재에도 더 이상 간직할 수 없는 그림 엽서들, 연애 편지들, 그는 그것들을 여기다 버려 두어야 했을 것이다. 나는 질 좋은 푸른 종이의 편지들을 찾는다…

내 아이가 내게 그 편지들을 가져왔을 때, 제자리에 도로 갖다놓은 것을, 사진들을 찢어 버리고, 탑승권들과 관광 안내서와 호텔 영수증들을 불에 태워 버린 것을 지금에 와서 얼마나 후회하는지! 나를 화형장에 올려 놓았던 그의 배신의 증거물들은 그것들이 아니라, 바로 그 자신이었고 그 여자였다. "그의 영지로 갈 때는 햇불을 가져가리라. 그의 동료들, 그의 아이까지도 전멸시키리라. 그의 선박의 갑판을 불꽃으로 가득 채우리라. 거기서 그 아들, 그 아비, 그 모든 종족들을 섬멸하리라, 그리고 나 역시 그 불길 속에 몸을 던지리라!"

어제, 전화 통화에서(그렇다, 나는 응답할 용기를 되찾았다. 마루 위에 한 줄기 빛이 비추었고, 나는 꽁뽀뜨(사과를 설탕에 절인 요리—옮긴이)를 만들고 있었으므로, 집안은 사과와 계피 냄새로 가득 차 있었다) 내 남동생에게 말했다. "나는 비탄에 잠기지 않을거야… 나는 거기서 벗어날거야, 알지, 난 점점 좋아지고 있어…"

그렇지만, 아니 난 좋아지지 않았다! 지금 나에게는 푸른 편지가 필요하다, 장작불을 활활 타오르게 하기 위해서, 내 속에 있는 그 몰로크(어린애를 제물로 바쳐 모시는 셈족의 신—옮긴이)를 키우기 위해서.

나는 하늘색 편지들에 굶주려 있다. 어떤 신비로운 경로를 통해 수신자에게로 다다르는지 내가 늘 궁금해 하던, 그 주소 없는 편지들… 이제 나는 그 비밀을 안다. 그리고 나는 더 이상 그 사실에 흥분하지 않는다. 그건 바로 그 여비서였다. 25년 간 '충실한 서비스'를 아끼지 않았던 모범적인 고용인. 내 아이들의 건강을 염려하면서 나에게 솔직하고 선의에 찬 미소를 보내곤 했던 그 여자. 단단히 틀어올린 머리 모양만큼이나 철두철미하게 원칙을 고수하는 그 노부인. 그들에게 우체통 역할을 제공해 준 건 바로 그녀였다.

그녀는 매일 아침 '친전'이라고 쓰인(붉은 줄로 강조한) 푸른 연애 편지, 질 좋은 종이 위에 씌어진 그 편지들을 받아서 충성스럽게 전해 주곤 했다. 충성… 얼마나 오래 전부터였을까? 어쨌든 그녀는 그 다른 여자를 알고 있었고, 그의 유희에 참여해 왔다! 그녀들 둘 모두 나를 조롱했다. 아니면 혹 그 '돈 주앙'이 수위들이 보는 앞의 로비에서 그 편지들을 주고받는다면, 그들은 셋일 수도 있다. 수위들 역시 공범자들인가? 나를 속이기 위해, 그들은 셋이 되고, 넷이 되고, 열이 되었다! 나는 포위당했다. 그들의 거짓말에 의해 그들의 야유에 의해 '까트린느에게, 몽둥이 백 대!' 두들겨 맞고 조롱당하고, 그리고 이제는 시기가 지나 버려서 우스꽝스럽게 느껴지게 된, 때늦은 질투의 불길에 화형당한 여자… 나는 부끄러움을 모르고 '사라진 자'의 과거를 뒤진다. 그의 미래를 캐낸다. 그들이 언제, 어디서 결혼할 것인가?

질투는 언제나 사랑과 함께 태어나지만 사랑과 함께 죽지는 않는다고 사람들은 말한다. 그가 그렇게 금지시켰으므로, 사랑하면서 동시에 질투해 본 적이 한 번도 없었던 나, 버려지는 고통 아래 '공유할 것'을 명받았던 나는 나의 애정이 죽는 바로 이 순간에 질투심이 태어나는 것을 느낀다. 내 질투심은 유복자로 태어난다. 그러나 완전무장한 채 태어난다. 우리의 사랑이 그토록 늙어 시들어 보일 때, 내 질투심은 젊고 새롭다. 유치하고 호전적인 최초의 질투심. 그가 나를 떠났기 때문에, 내가 더 이상 아무도, 아무것도 소유하지 못하기 때문에, 나는 이제 그가 금지했던 소유 본능을 마음껏 터뜨린다. 그가 나에게 금지했던 감정을 자신에게는 마음껏 허용했던 이상, 그는 따르뛰프(몰리에르의 극중 인물, 위선자―옮긴이)일 수밖에 없다. 안느가 내 침대에서 잔잔 것을, 그가 나에게 황옥 반지를 선물한 바로 그날 로르에게 사파이어 반지를 선물한 것을, 이탈리아의 아름다운 태양 아래 그와 그녀가 오후 세 시까지 서로 사랑을 나누고 있었다는 것을 나는 누구를 통해 알게 되었던가?

나는 오래도록 로르가 그를 지배하고 있다고 생각했었다. 그러나 지금 그와 멀리 떨어져 있으므로 그를 더욱 분명하게 볼 수 있게 되자 나는(그토록 진상을 간파하기 어렵게 하면서 그토록 교묘하게 바람을 피웠던 그를 용서하면서) 그가 그 모든 걸 조종했다고 믿는다.

그가 떠나기 세 달 전, 내가 그에게서 받았던 마지막 선물… 시칠리아산 도자기. 그가 시칠리아에서 며칠을 보내고(로르와 함께) 막 돌아왔을 때, 그 선물 포장지가 '원산지'의 것처럼 보였으므로 나는 그에게 물었다. 혹시 내 선물을 그녀와 함께 고른 건 아니냐고. "그래, 그녀더러 좀 골라 달라고 했어…" "그 여자가 불쌍하군요."

나는 그 때 마침내 분명하게 보았다! 그는 바람을 피운 것이 아니었다. 그게 더 나쁘다. 그는 중혼, 영혼의 중혼자였다! 우리가 함께 생활하던 마지막 몇 달 동안, 그가 두 개의 신분증을 가지고 있었다는 사실을 사람들이 내게 알려 주지 않았던가? '우리'의 네일리 주소로 되어 있는 여권, 그리고 '그들'의 일곱째 주소로 된 신분증. 법률상으로는 그보다 더 간단할 수는 없다("문제될 게 어디 있어?"). 그는 두 집의 전기료를 지불하지 않았던가? 여기서는 집주인, 저기서는 임차인, 도처를 '점령하면서' …

나는 그의 술책을 깨달았다. 나는 더 이상 그것에 휘말리지 않을 것이다. 빠리에서의 어느 날 우리 아이가 그에게 전화를 했을 때, 그는 나를 바꿔 달라고 했다. 회계적으로 조정해야 할 세부 사항 때문에. 그는 그 틈을 이용해서 자신이 베니스에 간다고 언급했다. 주말에 베니스에서의 회의… 우리가 베로니로 여행을 갔던 이후의 그 마지막 기간들을 내가 어떻게 기억하지 않을 수 있을까? 그 여자는 그에게 나를 이탈리아로 데려오지 못하게 했다(결국, 나는 그가 아닌 누구에 의해 그러한 금지를 당했던 셈인가? 그녀, 그녀가 그 모든 것을 모르고서야 그에게 베로니에서의 그 며칠 간에 대해 말할 수 있었을까?). 그래서 나는 더 이상 이탈리아로 가지 않았고, 갈 기회도 없었다. 그리고 우리가 일 년 전부터 서로에게 걸었던 내기에서 나는 '다니엘리'에서의 사랑의 밤을 약속받았다. 그러나 그는 아직도 그 빚을 갚지 않고 있다…

한순간, 베니스에 대한 기억이 나를 슬픔으로 가득 채운다. '다니엘리'는 그녀를 위한 것이리라. 그럼에도 나는 그녀의 행운을 축하할 여력을 되찾았다. 날씨는 쾌청해지고 있고, 그들은 함수호 위의 아름다운 불빛을 즐기리라… "알아? 나는 로르를 데려 가지 않아." 그는 내 말을 가로막으며 말했다. "왜요? 그녀가 이제는 파도를 좋아하지 않는대요?" 침묵이 흘렀다. 나는 갑자기 상상하는 데 대해 공포를 느꼈다. "말하지 말아요, 프랑시스., 그게 나 때문인가요? 당신이 그녀를 데려 가지 않는 게 나 때문이냐구요? 당신은 그래도 나 때문에 그녀를 만날 수 없었다고는 말하지 않는군요. 아니면 내가 모르는 그 어떤 '마지막 소망'을 존중해 주어야 했기 때문이라고, 아니면 당신의 추억이 당신을 방해한 거라고…" "음… 그래."

그의 심술궂은 사촌 누나의 말이 옳았다, 그는 다른 여자에게 고통을 주지 않고는 한 여자를 사랑할 수 없다. 하지만 그녀가 그를 야비한 남자로 묘사한 점은 틀렸다. 그는 단지 자신없는 어린 소년일 뿐이다. 사랑의 원무 속에서, 운명의 원 안에서 그토록 경멸당하던 빨강 머리 소년이었던 그는 이제 놀이의 한중간에 그대로 머물러 놀이의 지도자가 되고 싶어하는 것뿐이다. 그는 '쉬는' 시간에, 선택되기를 원하는 모든 여자들의 시선을 받는, 선택권을 가진 유일한 자가 되고 싶은 것이다. 망설이며, 자신이 '어떤 여자를 사랑하는'지 모른다는 말을 반복하며, "내 마음이 흔들린다."고 말하는 자, 그 놀이를 연장시키고, 실을 풀어나가듯 영구히 지속시켜 다른 이들을 두려움에 떨게 만드는 데 대단한 즐거움을 느끼는 자가 되고 싶은 것이다. 거기서 운명은 유예되고 더듬거리며, 놀이의 규칙은 왜곡된다. 진정한 왕은 선택될 수 없다. 그는 영원히 그 놀이를 끝마치지 못할 것이다…

나는 불안이 맴돌이하는 그 원무 속으로 다시는 들어가고 싶지 않다. 나는 '몽둥이 백 대'가 너무 두렵다. 끊임없이 위협하며 떨어지기를 지체하는 그 몽둥이질이. 나는 두렵다. 너무 두렵다. 밀려나는 것이. "어린 소년이여, 나는 너에게 용서를 구한다. 나는 너의 오락을 좋아하지 않는다… 나는 소음에서 멀리 떨어진 운동장 한구석에 책을 들고 혼자 앉아 있는 편을 택하리라. 나를 부르러 올까 봐 두려워하는 일 없이. 어린 소년이여, 나는 더 이상 놀이를 하고 싶지 않다."

그러나 때는 너무 늦었다. 내가 아무리 그에 대해 모든 것을 깨닫고, 그를 피해 달아나려 해도, 그와 멀어지려 해도, 그를 용서하려 해도 때가 너무 늦었다. 그의 거짓말, 그의 배신, 그것들이 내 낮과 밤을 완전히 소모시켰다. 내 꿈은 더 이상 나의 것이 아니다. 그가 떠난 이후로 매일 밤, 나는 그들의 꿈을 꾼다. 오늘 밤, 나는 그가 그녀를 떠나는 꿈을 꾸었다. 그들이 사랑한 지 18개월이 지난 어느 대낮에 그는 그녀가 너무 멍청하다고 비난했다. "지겨운 여자, 너무 지겨워, 아, 어떤 건지 알겠어?" 그러면서 그는 나를 품에 안았다. 그 때 그는 아름다웠고, 젊었다. 언제나, 언제까지나, 영원히… 그는 나에게 화해의 선물을 가져왔다. 켈트족 십자가가 달린 금 목걸이, 나는 그것을 내 목에 걸었다. 그는 나를 푸른 섬으로 데려가고 싶어했다… 그러나 그 여자가 우리를 뒤쫓아왔다, 여전히 나를 없애려고 결심한 그 여자가. 나는 계속 우리들 뒤에서 그 여자의 분노를 느꼈다, 용의 입김처럼 불타오르는 분노. 도망가고 또 도망가야 했다. 그리고 내 악몽 속에서 느닷없이 나는 그녀에게서 달아나기 위해 달리고 있었다. 그녀는 반나체로 손에는 칼을 쥔 채 내 앞에 나타났다. 칼, 나는 그 칼에 겁 먹을 여유가 없었다, 단지 한 가지만을 보았기 때문에. 그녀는 내 것과 똑같은 목걸이를 하고 있었던 것이다! 똑같은 것! 켈트족 십자가가 달린 금 목걸이를…

내가 질투심에 고통스러워하면서 잠에서 깨어날 때, 친구들이 내 남편의 새로운 생활에 대해 묘사할 때("그들은 일주일 내내 축제를 벌이고 있어! 그들은 마치 아직 아이가 없는 갓 결혼한 신혼 부부들 같아." 그건 분명 그 여자가 자기 아이들을 로잔느에 있는 기숙 학교에 넣었기 때문이리라. "두 사람은 꼭 사춘기 애들 같아, 글쎄, 자유에 취해 있는 젊은 애들 말이야"), 그리고 그가 직접 전화로 자신의 행복을 내 코앞에 흔들어 댈 때, 나는 그가 곧 그녀를 속이게 될거라고 중얼거리면서 나 자신을 위안한다. 그는 그녀를 속일 것이다. 왜냐하면 그는 두 손, 두 팔을 가지고 있기 때문에, 그리고 그에게는 그 각각의 팔에 안을 여자, 선택당하기를 기다리며 불안에 떨고 있는 여자가 필요하기 때문에. 그는 그녀를 속일 것이다. 왜냐하면 그는 이미 그녀를 속였기 때문에, 그리고 그녀가 그 사실을 모르기 때문에. 그는 나와 함께 그 여자를 속였을 뿐만 아니라, 다른 여자들(금발의 글래머들, 진짜 여자들…)과 함께 그 여자를 속였다. 그들은 몇 달 전, 아니 몇 년 전부터 서로 알고 지내 왔지만, 그는 계속 그녀를 속여 왔다. 어떤 때에는 아름다운 나디아(그에게 정열에 찬 편지를 쓴 여자. 그는 그 편지들을 어디다 보관해 두었을까?)와 함께, 어떤 때에는 매이, 혹은 '아마빛 머리결'을 가진 아일랜드 소녀인 드 갈웨이, 긴 말갈기 같은 머리를 휘날리는 하얗고 키가 큰 비비안느와 함께 그녀를 속이곤 했다…

그는 그 여자를 배반할 것이다. 나는 그녀를 불쌍히 여긴다. 나는 그녀를 불쌍히 여기지 않는다.

나는 그녀를 증오한다. 몸과 마음이 모두 검은 나는 그녀의 모습을 닮은 인형을 만들어 거기에 바늘을 꽂으며(배에, 눈에, 가슴에) 그녀에게 주술을 걸고 싶다. 아일랜드의 '명상의 돌' 위에 침을 뱉어 그 침이 그 여자에게로 '떨어지게' 하고 싶다.

나는 노래한다. 하루 종일, 별 생각 없이, 버림받은 여자 목동이 한탄하는 내용의 옛 노래를 흥얼거린다. "내 친구가 나를 버렸다네, 에헤라, 장미 만세… 그는 나를 비웃는다네, 장미와 백합 만세. 그는 딴 여잘 만나러 갔다네, 에헤라, 장미 만세. 그 년이 병에 걸렸다네, 곧 죽을지도 모른다네, 에헤라, 장미와 백합 만세. 만일 그 년이 일요일에 죽는다면, 월요일에 그 년을 묻고, 화요일에는 그가 날 만나러 다시 돌아오겠지… 하지만 나는 싫어!"

그 노래에서의 장미와 백합은 사랑과 증오의 관계와 같다. 같은 후렴구에 들어 있는 두 송이의 꽃. 하나의 꽃다발 안에 들어 있는 두 송이의 꽃. 원한(그 목동의 원한, 나의 원한)은 이면을 가지고 있다. 희망이라는, 훨씬 더 수치스러운 이면을. 사랑에의 희망을 끊지 못했기 때문에 증오를 희망한다. 내 연적이 죽어, 사람들이 그녀를 매장시키고, 그가 다시 내게로 돌아온다면, 나 역시 기쁠 것이다. 그러나 그 목동을 위로하는 그 환상으로 내가 나 자신을 달랠 수 있을까? 만일 이삼 년 후에 그가 내 집 문을 두드리며 어린애 같은 눈빛과 풀죽은 목소리로 "여보, 내가 정말 어리석었어."라고 말한다면, 내가 그에게 두 팔을 벌리지 않는다고 확신할 수 있을까?

나는 그가 돌아오기를 원한다, 그가 돌아오기를, 그가 돌아와 길을 잃고 헤매는 나를 되찾아 내어 똑바른 길에 다시 놓아 주기를. 그가 없기 때문에 나는 분열된다. 나는 그를 비방하는 이 성마른 여자(지금 나는 그에 대해 나쁘게 말하고 있으므로)가, 그에 대한 험담을 끊임없이 늘어놓는 것을 더 없는 즐거움으로 삼는 이 심술궂은 여자("네 남편의 정부, 정말 잘 빠졌던데? 생각해 봐! 그 가슴은 어느 누구도 따라오지 못할거야, 게다가 전신주처럼 쭉 뻗은 다리는 또 어떻고!")가 바로 나라는 것을 자인하지 못하는걸까? 나는 사랑했던 남자의 적들과 내통하는 그런 사악한 여자가 되었는가? 하지만 내가 그의 편을 들었는지 아닌지는 신만이 알리라! 어떤 이들이 그에게 잘못을 저질렀다면, 그건 바로 나에게 잘못을 저지른 것과 같았다. 그런데 지금은? 그의 적들이 나의 친구가 되었는가? 나는 그들 중 몇몇이 연민으로 나를 안심시키면서 자신들이 오래 전부터 그에 대해 가지고 있던 판단을 관철시키기 위해 내 슬픔을 이용하는 것에 슬픔을 느낀다. 내가 과연 나 자신을 부정하지 않고서 나를 배반한 남자를 배반할 수 있을까?

알아볼 수 없는 여자, 거울 저쪽에서 나를 뚫어지게 쳐다보는 저 여자, 검게 타 들어가서 흉하게 일그러진 여자, 그들에게 전화를 걸기 위해 밤마다 자리에서 다시 일어나는 저 유령은 누구일까? 내가 다시는 그의 집 전화 번호로 전화하지 않겠노라고 말했던 건 거짓말이었다. 나는 이미 그 전화 번호로 새벽 두 시에 익명으로 전화를 했다. 그 여자의 목소리를 듣기 위해서. 잇달아 사흘 동안 밤이면 전화를 했다. 그 때마다 그녀가 몇 마디 말을 했다. "여보세요? 말씀하세요!" 그녀는 틀림없이 겁을 먹었으리라. 어쨌든, 놀란 순간에조차도 그녀는 멍청하고 질질 끄는 듯한 목소리를 냈다. 그녀는 모든 단어의 끝에다 '으'와 'ㅇ'을 단다. '여보세요'조차도 '여보세요옹' … 정말 품위가 없다! 하지만 확실히 젊긴 젊었다("거짓말 하나 안 보태고, 서른 다섯은 분명히 넘었어, 내 말이 틀림없을 거야, 그 여잔 지금 나이를 속이고 있다구!" 한 친구가 나를 안심시키며 말했다). 그래도 역시 젊다, 이상하게도 젊다, 하지만 품위가 없다. 게다가 지나치게 헤퍼 보인다, '날 잡아잡수' 하는 그런 부류다. 그런 로르가 궁둥이를 흔들어 대듯 말을 한다. 역겹다. 그리고 공포스럽다. 내가 그들의 생활에 그러한 침입을 한 며칠 후, '금발 미녀'의 궁둥이를 흔들어 대는 목소리가 끊임없이 나를 쫓아와, 내 대화에 기생하기 시작했다. 내 귀에는 그녀의 '여보세요옹'만이 들렸다… 나는 다시 진정제와 수면제를 복용하기 시작했다. 그러나 거기서 얻은 교훈이 내 급소를 찔렀다. 그리하여 나는 그들을 겁에 질리게 하기 위해 그들의 '가정'에 매복하는 것을 포기했다. 나는 그들 집의 화덕에서 불타고 있다!

게다가 그 후 두 주일이 채 지나지 않아서 나는 이미 신성불가침 지역을 다시 범하고 있었다…나는 관용심을 훈련하는 과정에서 나 자신으로 되돌아가 온화함과 다정함을 맛보게 되리라 생각했다. 내가 매트리스를 뒤집고 벽장을 치우면서 잃어버린 사진 몇 장을 되찾았다는 것을 말해야 할 것이다. 아, 하지만 특기할 만한 것은 아무것도 없다. 그저 우리의 결혼 사진 서너 장뿐이었으니까. 그는 어린애 같아 보이고 나는 소녀처럼 보이는 그 사진들. 그의 젊음과 나의 수줍음, 우리의 미숙함, 우리의 천진함(우리들은 뺨에 홍조를 띠었다, 마치 두 어린아이들처럼)에 감동받은 나는 천 번이라도 용서하기로 마음 먹었다. 나는 구름 위에서 흔들리고 있었다. 나는 곧 그가 내 영역으로 되돌아오는 것을 허락할 것이다. 그리고 네일리에서 그들 둘을 저녁 식사에 초대할 것이다. '늦은 아침 식사'로 시작하든지…

그가 떠난 이후로 나는 브르타뉴의 하늘만큼이나 변덕스러워졌다. 소나기가 쏟아졌다가, 햇살이 비쳤다가 우박이 내리는 그 곳의 하늘만큼이나. 나는 한 시간에 사계절을 모두 겪는다. 지금은 여름이다… 해안 지방 사람들은 말한다. "좋은 날씨는 그 이튿날 반드시 그 값을 치른다!"

사실 나는 그 값을 치렀다. 공교롭게도 내 여자 친구들 중 한 명이 '켈리 부부'를 초대한 일이 있었다. 그는 나에게는 그 초대 사실도, 자신의 의사도 밝히지 않고 로르와 함께 그 자리에 참석했다. 그는 내 아이들을 그의 정부에게 주려고 결심했던 것과 마찬가지로 내 친구들까지 그 여자에게 주고 싶어했던 것이다…

사람들은 그 모욕적인 사실을 나에게 숨겼다. 내가 그 사실을 알게 된 것은 그 일이 있은 지 두 달이 지나고 나서, 좀더 명확히 말하면, 내 기분이 햇빛이 빛나는 밝은 상태였을 때였다. 그런데 느닷없이 폭우, 폭발, 뇌우, 원한, 재해. 나는 소리를 지르고 싶었다, 그가 나를 다시 좌절하게 한다고, 치유되려는 나를 상처 입힌다고.

사실 그 여자가 '그가 그렇게 하도록 입김을 불어넣은 것'이다. 내 젊은 변호사가 그녀 특유의 표현으로 그렇게 말했듯. "그리고 그의 마음이 약해졌다면, 그건 분명히 그 여자가 그의 멜빵 끈을 조절하기 때문이에요! 그 여자는 그가 호구라는 걸 알고 있으니까요! 그 여자는 식사 때마다 '작은 콩으로 비둘기를 길들이듯' 당신의 여행자를 길들일거예요! 그렇게 해서 그 여자는 표지를 세우려 하죠. 그러기 위해선 우선 '마담'과 '무슈' 사이에 아무것도 남아 있지 않게 해야 하겠죠. 그게 바로 상습적 수완이죠! 불타는 지구! 두 분 사이에 남아 있는 것들을 완전히 불에 태워버리는 거죠!"

어쨌든 그의 애인은 이미 그를 설득시켜 놓았다, 내가 그의 자기 실현을 방해했다고. 그런데 실례지만, 어떤 분야에서의 자기 실현? 오, 나의 전문 분야에서! 내가 역사학, 학위, 직업, 안정성, 그 모든 걸 바쳤던 바로 그 분야… 문학. 그 숭배자는 자신의 찬미자인 그에게 그가 단지 위대한 재정가가 아니라 위대한 작가라고 설득시켰던 것이다! 때늦은 소명의 발견인가… 문득 내 아이가 내게 보여 주었던 편지들 속에서 그녀가 그에게 '세기의 천재'라고 장담했던 것이 기억난다(일반적으로 남자들은 풍만한 가슴과 풍부한 칭찬을 좋아한다). 더욱 이해할 수 없는 것은 그녀가 그를 '나의 위대한 작가'라고 불렀다는 것이다. 나는 그 점에 너무 주의를 기울이지 않았던 것이 아닐까? 나는 그가 그녀에게 시를 보냈다는 걸 알고 있었다. 그녀는 그런 그에게 애칭을 붙여주었으리라. 하지만 천만에, 그녀는 진지했다(아니면 진지한 척하는 거였거나). 그녀는 내가 남편의 재능에 대해 질투했다고 주장했다. 내가 그 사장님의 천재적인 문학적 재능의 싹을 짓밟아 버렸다고. 그래, 그녀의 말을 나에게 알려 준 건 바로 그였다. 그는 마침내 그 말을 믿기에 이르렀고, 그리하여 그것 때문에 관해 나를 비난했다…

그래, 어디 할 테면 해 봐라! 나는 그에게 결투를 신청한다! 자, 덤벼라! 나는 그를 그의 '숭배자'에게 돌려보낼 것이다, 그녀에게 그를 헌납할 것이다!… 하지만 왜, 도대체 왜 그는 나를 남김없이 파괴하려는 것일까? 왜, 나를 짓이겨 가루로 만들어 버리려는 것일까? 나는 그를 증오한다, 그들을 증오한다, 그리고 그들을 증오하는 내 자신을 증오한다.

활활 타오르는 불길 속에서 나는 그 불길을 견뎌 내기 위하여, 동그랗게 몸을 움츠려 수축시킨다. 온 힘을 다하여 더 이상 보지 않으려고, 더 이상 듣지 않으려고, '무관심해지려고' 다른 곳을 상상하려고 애를 쓴다…

이 장작불 속에서 유일한 샘물, 그것은 잉크 병이다! 나는 손에 만년필을 쥐고, 그로부터 나의 처녀성을 되찾아 낸다. 나는 새로운 사랑에 몸을 담근다. 검푸른 사랑, 그것은 종이 위로 느리게 흘러가는 굵고 가는 물굽이를 만든다. 나는 쉼표와 삭제 표시줄과, 덧붙여 넣은 글들, 그 행들의 폭포 속으로 몸을 던져 종이를 적시면서 내 가슴에 물을 대는 선명하게 착색된 삼각주 속으로 자취를 감춘다. 거기서 나는 개울과 풀밭과 과일을 만들어 낸다. 나는 사막에 오아시스를 나타나게 하여 그 곳으로 피신한다. 나는 그렇게 구조된다!

구조되었다고? 아니, 샘물이 고갈하지 않는다면, 물결의 방향이 빗나가지 않는다면 또 몰라도. 그러나 그가 그것을 교묘히 가로챘다. 나는 쓰고 싶은 욕구를 간직하고 있었다. 하지만 나는 그에 관해서만 쓸 수 있을 뿐이었다. 그에 관해서, 어쩌면 그에 대항하여, 하지만 결국 그를 위해서. 언젠가 그가 내 글을 읽으리라는 기대 속에서, 내가 어떻게 살아왔는지, 내가 어떤 고통을 견뎌 왔는지, 내가 얼마나 그를 사랑했는지 그가 알게 되리라는 기대 속에서… 헤매는 한 영혼의 혼란스러운 움직임들을 그에게 분명하고 명확하고 명증하게 보고할 것을 나 자신 스스로에게 강요한 채, 나를 배신한 남자를 위한 내면 일기를 충실하게 써 나가도록 선고받았다.

고통의 책을 쓴다는 것, 그것이 내 남편의 떠남이 나에게 남겨 준 유일한 프로젝트다. 가뭄과 화재의 책. 아, 절대로 복수의 책은 아니다! 나를 일으켜 세우기 위해 나와 수많은 밤을 함께 보낸 그 남자의 묘비를 쌓아 올릴 것이다. 나에겐 가장 커다란 묘비를 세울 힘이 있다. 나의 가련한 사랑("당신은 더 이상 나에게 관심을 보이지 않아, 까트린느…"), 불구의 사랑(애석하게도 "아내로서보다는 어머니로서가 훨씬 더 나은!"), 타 버린 사랑이 있으니!

실제로 주검을 묻는 그런 무덤이 아니라(나는 상중이지만, 그는 어엿하게 살아 있다!) 시인과 음악가가 자신들이 찬미했던 사람들이나, 아니면 자신들이 빚을 진 사람들에게 헌정하는 싯귀나 음악의 '묘비.' 라벨이 「쿠프랭의 묘비」를 작곡한 것처럼, 말라르메가 「보들레르의 묘비」를 쓴 것처럼 나는 내가 사랑했던 프랑시스에게 묘비를 헌정하고 싶다.

게다가 나는 그에게 그것을 선물하면서 거기서 이익을 얻고 싶다, 휴식이라는 이익을. 수많은 불면의 밤들을 보낸 후에야 나는 깨달았다. 용서는 길의 끝이 아니라 과정이라는 것을.

그래서 나는 울고 싶지 않다. 나를 버린 그를 노래하고 싶다. 그에게 자신의 모든 영광을 보게 하고, 내가 그를 얼마나 사랑했는지를 보여 주고 싶다. 그 일은 어렵지 않다. 위대한 감정을 불어넣을 수 있는 남자가 하찮은 인물이었을 리 없으니까…

그의 매력을 묘사하는 일에 지체할 필요는 없을 것이다. 내 남편은 엽색가이다. 그러므로 그가 부드럽고, 경쾌하고, 관대하고, 황홀하고, 매혹적인 것은 두말할 것도 없다. 게다가 거짓말을 할 때 녹색 광채를 띠어 가는 그의 눈과, 달콤하고 아이러닉한 그의 미소와, 사랑이 밝혀 주는 새벽의 피부빛을 묘사하려면 사전에 나온 단어들로는 부족할 정도이리라! 나는 서정주의에 뛰어들리라, 그 달콤한 과즙에 익사하리라! 그 남자는 영원한 잠을 부르는 애가를 내 속에서 깨어나게 하는 천부적 재능을 가지고 있다… 또한 그의 목소리에 대해 말해야 하지 않을까? 내가 알지 못하는 그 아파트에서 나를 부르며 뇌쇄시키는 그 목소리에 대해. 천사 같은 목소리, 비단결 같은 목소리, 너무도 부드러워서 잔인한 말이 나오리라고는 전혀 믿기 어려운 그 목소리. 오랫동안 나는 그의 목소리 속에 몸을 웅크리고 있었다.

과거 우리의 아름다웠던 시절에 대해서는 굳이 쓸 필요가 없으리라. 행복한 사람들은 역사를 가지고 있다. 그러나 행복한 이들의 이야기는 늘 똑같은 내용들이다. 태양 가득한 해변과 눈 오는 크리스마스 전날 밤의 밤참, 말을 타고 달린 아일랜드와 비 내리는 로마, 열 여덟 살 때, 오스트레일리아의 대학 캠퍼스 앞에서 그가 무릎을 꿇고 내게 내민 빨간 장미, 스물 세 살 때의 내 하얀 원피스, 꽃으로 만개한 체리 나무, 교회를 가득 채운 흰 나리꽃, 요란하게 울려퍼지는 종소리, 자동차 속에서 우리 아기들이 잠든 동안 그의 어깨에 머리를 기댄 채 함께 흥얼거리던 노래. "남쪽에서는 시간이 더디 흐르네." 밤길에 차를 몰 때면, 그의 눈은 피곤에 지쳐 감기곤 했다. 그럴 때면 나는 그를 깨우기 위해 노래를 불렀다, 내 연구 과정에서 익숙해졌던 그 옛 노래의 후렴구들을. "기억나니, 에르민느, 우리가 둘이었을 때, 기억나니? 내가 너의 손을 꽉 쥐었을 때, 너의 금반지가 부러졌지. 너는 그 부러진 반쪽을 가졌지, 그리고 다른 반쪽은 바로 여기 있어."… 그 때 그는 내 손을 잡았지만, '그 사건'이 일어난 날처럼 우악스럽게 잡지는 않았다. 그는 내 반지를 쓰다듬고, 내 손가락을 쓰다듬었다. 우리가 커피를 마셨던 주유소에서 나는 그의 푸른 눈꺼풀에 입맞춤했다. 고립되고 헛된 추억들, 다시는 목걸이에 꿸 수 없는 진주알 같은…

내가 찬양하고 싶은 것은 그의 미덕들이다. 그러므로 거기서 목걸이는 필요하지 않다. 그 미덕들 각각은 혼자 모습을 드러낼 수 있을 만큼 충분히 소중한 것이므로. 우선, 임종의 고통 앞에서 그의 용기. 그는 모든 수컷들이 달아났을 때 죽어 가는 자의 손을 잡고 그대로 머물러 줄 수 있는 유일한 남자이다. 혹은 링거를 꽂은 채 핏기 없고 수척한 얼굴을 한 한 여인에게 그녀가 마음에 들어할 환상을 이야기해 줄 수 있는 유일한 남자이다… 나는 돈 주앙을 사랑했다. 나는 죽음의 사자가 들러붙어 있는 대머리 에우리디케들을 지옥 구덩이에서 끌어 내어오려 애쓰는 오르페우스를 사랑했다.

나는 또한 그의 신의를 찬양하고 싶다. 아, 나는 안다, '그가 비록 내게 그런 짓을 하긴 했지만' … 그는 연인들에게는 불충실했지만, 가장 충실한 아들이고 형제이며 가장 헌신적인 친구였다. 고백하자면, 그는 '친구'의 여자를 훔칠 수도 있다. 하지만 그는 결코 친구의 자리를 빼앗지는 않을 것이다. 오히려 그는 우정을 위해 자신의 야망을 희생할 것이다. 정상에 다다른 사람들에게서 그러한 장점은 찾아보기 힘든 것이다…

게다가 그는 찬미를 받을 만큼 충분히 관대하다. 그리고 아주 자상하고 섬세해서 수줍은 사람들에게 어떤 말을 해야 하는지를 알고, 의기소침한 사람들이 계속 말할 수 있도록 용기를 주는 그런 사람이다.

숨겨 놓았던 노트들을 서랍장에서 꺼내, 진실의 사도들에게서 드러난 중대한 과오와 사소한 취향을 '작품으로' 출판하여 내가 감히 역사와 대학에 도전할 수 있었던 것은 그의 도움이 있었기 때문이라는 것을 어떻게 잊을 수 있을까? 그의 믿음 없이, 과연 지금의 내가 될 수 있었을까? 그는 나를 염려하여 내 첫 원고를 거절한 편집자의 편지를 내가 모르게 숨겨 버렸다. 그 후 그는 내 독자들의 편지들에서 내가 기분 나빠할 부분들을 없애 버리거나 따로 숨겨 두곤 했다. 남편은 나를 여자로서는 폄하했지만, 작가로서는 높이 평가했다. 사실 작가로서 나는 운이 좋았던 셈이다… 하지만 이제 더 이상 그는 내 어깨에 기대어 내 글을 읽지 않는다. 그러나 나는 여전히 그를 위해 글을 쓴다, 그를 놀라게 하기 위해, 그를 찬양하기 위해. 그를 찬양함으로써 그를 놀라게 하기 위해.

나는 몇 마디 말로 우리의 사랑에 묘비를 세우고 싶다. 우리의 결혼 반지가 잠들어 있는 유리관만큼이나 아름다운 묘비를.
어제 가정부가 먼지를 닦아 내면서 우연히 그 작은 상자를 건드렸다. 그 일로 그 때까지 나란히 누워 있던 결혼 반지들이 서로 얽혀들며 한데 뭉치게 되었다. 나는 지금 새틴 등받침 위에 있는 단한 개의 반지만을 본다. 흰색과 금색이 얽힌 아름다운 한 개의 반지, 두 가지 금속이 서로 얽혀 있는 단 하나의 보석. 크기, 재료, 색깔. 나란히 놓였을 때에는 그 모든 것이 전혀 어울려 보이지 않던 그 반지들이 이제는 놀랍게도 오히려 서로 결합하기 위해, 서로 끼워맞추기 위해, 서로 섞이기 위해, 결혼하기 위해 만들어진 것처럼 보인다… 두 개의 반지, 그러나 결합하여 단 하나의 원이 되어 버린 반지. 남편이 떠난 이후로 내가 외짝이 된 기분을 느낀다고, 이보다 어떻게 더 잘 표현할 수 있을까?

하지만 사랑에 대한 그 최후의 노래를 위해(안녕, 내 취향), 그 경건한 장례식을 위해(안녕, 내 빛, 내 눈이여), 그 묘비를 위해, 단 한 가지가 나를 거북하게 한다. '나의 죽음'이 삶을 지속하고 있다는 사실이 그것이다! 나는 그의 소식을 너무 자주 듣는다. 그는 쌍방 동의에 관한 문제로 급작스럽게 되돌아와서 자녀 부양료를 깎으려고 공동 구좌를 사이펀으로 빨아들인다. 마치 빨대로 빨아들이는 것처럼 '그 액체'를 빨아들이는 것이다! "부인, 은행에서 내게 알려 왔소, 이혼할 때에는 공동 구좌를 그대로 둘 수 없다고 말이오. 그건 너무 위험하다는군." 나는 항의했다. "하지만 그건 명목상의 공동 구좌일 뿐이에요! 거기다 돈을 부어 나간 건 나라구요. 그 구좌에다 아이들과 나를 위한 건강보험료를 모두 다 상환한 것도 바로 나예요. '라 뮈뛰엘' 은행에서 '무슈'가 명의인란에 서명해 주기를 요구하는 건 아직 이혼 수속이 다 끝나지 않아서일 뿐이에요." '무슈와 마담' … 남편은 동의했다. 게다가 그는 나에게 수표책을 남겨 주기까지 했다.

그리고 솔직하게 말하자면 그 후 명예롭지 못한 절차가 하나 더 있었다. 은밀하게 깡통 계좌를 만든 일, 그런 행동은 그와 같은 남자의 취향이 아니다! 하지만 그는 그렇게 했다! 그건 그의 새로운 취향이거나 그의 숭배자의 취향이리라. 어쩌면 그녀가 다이아몬드 반지를 하나 더 갖고 싶어했던 게 아닐까? 더 나쁜 건 그가 자신의 행동에 대해 나에게 전혀 해명하지 않았다는 사실이다. 내가 수표를 부도낸 건 내 생전 처음 있는 일이었음에도…

공공연한 모욕, 도둑질, 법률 위반, 변명들 앞에서 귀납적 판단을 할 수 있으리라. 그는 불가능한 대화를 계속해 나가려고 애를 썼다. 그의 사랑, 그의 분노, 그의 두려움은 단지 무성의한 언어, 몸짓의 언어로만 표현되었다. 그는 주기적으로 부부에 관한 기사들을 신문에서 오려 내서는 아무런 주석도 없이 나에게 보내곤 했다. 그는 직접 볼펜으로 몇몇 문장에 밑줄을 그었다. '부부 생활의 지옥'이라든가, "프랑스인 5명 중 한 명은 이중 생활을 한다고 고백한다."라든가, "애정이란 변하는 것이다. 그건 자명한 이치다." 따위의 문장들…

프랑시스, 제발 자비를 베풀어서 나를 도와줘! 당신을 잊도록, 내가 추억할 수 있도록 날 도와줘! 내가 당신을 사랑할 수 있도록 제발 사라져 줘! 내 삶에서 당신을 지우게 해줘! "내가 당신을 완전히 잊도록 도와주기를 진실로 간청한다."…

내전, 나와 나 사이의 전쟁이 있다. 그를 사랑하는 나와 그를 증오하는 나와의 전쟁. 그러나 나는 휴전을 두려워한다. 휴전은 나의 균형잡힌 자아가 아무런 흥미를 끌지 못하는 별 볼일 없는 자아가 되는 순간이기 때문에.

내전, 나는 내가 피워 올린 불 속에 내 자신을 태운다. 내 중편 소설, 시나리오, 장편 소설들 속에서 나는 언제나 '한 무더기의 비밀들'을 대단히 잘 지켜 왔다. 내 삶이 나를 주시하지 않는다는 것을, 내 삶은 나에게 속하는 게 아니라 그것을 공유하는 사람들에게 속한다는 것을 나는 항상 잘 인식하고 있다. 그런데 왜 그들에게 '이런 일'을 하는가? 내 남편에게, 내 부모들에게, 내 친구들에게.

그러나 나는 매일 아침 일어나서 덧문을 열 힘을 되찾아야 한다, 아침마다 간밤의 악몽에 시달리고 난 후에…

가끔 그 소란 속에 미끄러져 들어오는 행복한 꿈은 오직 인물도 줄거리도 없는 꿈들이다. 문장들. 나의 가장 아름다운 꿈은 내가 글을 쓰는 꿈이다. 내가 쓴 것을 수정하고, 마침내 나 자신의 목소리로 발음하는 그 문장을 들으면서, 정확한 용어, 멋진 리듬, 적확한 형식을 발견해 내는 꿈. 나는 타오르는 불꽃 속에서 오아시스를 떠올린다. 내 단어들, 생명수와 같은 내 말들은 오직 나만의 것이다, 비록 내가 그 단어들을 길어 올리는 것도 그를 위해서이고, 내 손바닥을 오므려 받쳐들고 그것들을 마시게 하고 싶은 사람 역시 그일지라도. 내 사막의 물, 당신 앞으로 흘러가지만 당신 것이 아닌 이 물, 이 물은 모두 당신을 위한 것이다…

그러나 샘 위로 몸을 굽힌 나는 깜짝 놀라 뒤로 물러난다. 내 단어들은 신랄하고 공격적이다. 나에게서 달아난 문장들을 그물 속에 포획하는 것, 나를 사랑하게 하기 위해 그의 갈증을 그치게 하는 것, 그것은 더 이상 내가 추구하는 목적이 아니다. 만일 그런 그임에도 불구하고 그에게 집착하고 그에게 '무덤'까지 그대로 정숙하게 남기 위해 전념하는 것만이 나의 목적이라면, 내 글을 출판할 필요가 있을까? 내가 정숙함 속에서 추구하려는 이 순결함은 순수한 것이 아니다. 내 불행과 우리들의 불화를 책으로 출판하면서, 나는 더 음험한 목적을 추구한다. 나는 이 인쇄물을 부적처럼 이용한다. 그 바람둥이가 내게로 돌아오지 못하게 하기 위한… 나는 회복할 수 없는 일을 창조한다. 그 회복할 수 없는 일 속에서, 화해 속에서는 거의 얻을 수 없는 안전함을 발견하게 될 것이다.

그리고 다른 여자, 미래의 켈리 부인이 있다. 그 여자가 내 책을 읽지 않더라도, 내 책은 그녀의 삶 속에 존재할 것이고, 그리하여 결과적으로 그녀 자신이 내 삶 속에 존재하게 될 것이다. 보이지 않으나 도처에서 느낄 수 있는 현존, 그녀가 숨쉬는 공기 속에 퍼져 있는 독. 부재하는 나는 원한의 매듭, 검은 불의 끈으로 그녀와 나를 묶어 놓을 것이다. 그것은 내가 갈망한 언어들이 아니다. 그건 복수의 단어들이다. 전쟁, 계속 전쟁, 횃불, 장작더미! 나에게 휴전이란 없다.

나는 불 탄다, 얼어붙는다, 타오른다, 익사한다. 나는 눈밭을 구르고 싶다, 눈 속에서 소멸되고 싶다… 그러나 요즘에는 눈을 보기가 어렵다. 눈은 녹으면서 나에게서 내 마지막 동행자를 빼앗아 갔다. 모든 것이 얼어붙어 있었을 때 내가 먹이를 주며 키웠던 한 마리 박새를.

그 새는 어느 날 아침 내 방 창유리를 두드리며 난간에 앉아 있었다. 나는 그 새를 위해 날마다 발코니를 청소했고, 빵부스러기며 곡식알을 던져 놓거나 베이컨 조각을 접시에 올려 놓았다. 물론 물 주는 것도 잊지 않고. 그리고 물이 자주 얼곤 했으므로, 나는 매시간마다 물을 다시 갈아놓았다. 나는 그 새를 구하기 위해 갖은 애를 다 썼다!

하지만 나는 그 일에 대한 보답을 받았다. 아침 저녁으로 내 박새는 내 눈에서 20센티미터 정도 떨어진 곳(근시에게는 가장 적당한 거리)에 앉아 내가 준 모이를 먹곤 했다. 그러고 나서 수없이 날개 짓을 하면서 고개를 까닥이고는 파닥거리며 날았다. 반경 4킬로미터 이내에서 유일한 색깔인 그의 노란 레몬색 배를 내가 찬미할 수 있도록. 예쁘장한 날개, 머리 위의 작은 쐐기, 날렵한 가슴, 그 새는 자신의 매력을 의식한 듯 뽐내곤 했었다. 그리고 나, 나는 그 새에게 많은 연민을 느꼈고, 내가 그 새를 길들였다고 믿었다! 사랑받기 위해서는 사랑하는 것으로 충분하다는 듯이…

그러나 어느 날 밤 아조레스 제도의 고기압이 마침내 그 새를 시베리아의 고기압 쪽으로 데려가 버렸다. 땅은 지면을 다시 드러냈다. 그와 함께 구더기들도 모습을 나타냈다. 그 박새는 이제 더 이상 내가 필요없고, 그래서 날아가 버렸다. 그러나 나는 그 후 여러 날 동안 창가에 빵과 물을 갖다놓았다. 하지만 헛된 일이었다. 그 새는 나를 버린 것이었다. 영원히…

영원히? 일기 예보는 무엇을 하는가? 일기 예보에서 알려 주었던 두 번째 냉기류, 그것은 어디에 있는가? 나에게 희망을 남겨주었던 혹독한 추위가 배가될 그날은 언제인가? 오 계절이여, 나쁜 계절이여, 박새들이 나에게 의지하는 그 계절이여 다시 돌아오라!

나는 얼어붙었다

나는 얼어붙었다. 남편은 겨울 문턱에서 나를 떠났다. 여자이기를 멈춘 나이에 버려진 여자, 내 머리칼은 희어지고, 눈은 다시 내리기 시작한다. 나는 '버려진 그 길가에서' 죽으리라. 나는 얼음, 침묵, 달빛으로 물든 연못, 순결함을 요구했다. 이제 그것들은 여기 있다… 그리고 나는 이제, 여러 달, 여러 해 전에 내가 이 혹한을 두려워했다는 것을 깨닫는다. 사람들이 매년 여름이면 8월 15일이 다가오는 것을 두려워하는 것처럼.

8월 15일에 계절은 바뀐다. 단 한 번의 뇌우에 모든 것이 흔들린다. 사람들은 항의한다, 분개하는 빛을 보인다. 그러나 이미 두 달 전부터 하루 해는 점점 짧아졌는데, 사람들은 그걸 몰랐단 말인가? 사실, 아직은 여름 빛 속에서 맨발로 걸을 수 있었다. 사람들은 아직도 창을 열어 둔 채 잠을 잤다. 색깔을 입힌 커다란 유리컵에 든 차가운 음료를 마셨다. 바캉스는 영원히 계속될 것 같았다… 그런데 갑자기 단 한 번의 소나기, 한 번의 바람이 그 영원성을 뒤집어

놓았다! 금박 아래 잿빛 구멍이 뚫렸다. 낮의 가장자리를 갉아먹으면서. 아침의 첫 번째 안개, 저녁의 첫 번째 연무. 그리고 그것들은 한낮에까지 자리를 잡는다. 부패해 들어가는 여름의 심장. 포도는 더 이상 덩굴에서 성숙하지 않는다. 포도 알들은 맛보기도 전에 검게 변해 버린다. 꽃들은 피지도 않고 시들어 버린다. 그리고 언덕에서는 목초들을 태운 재가 줄 지어 늘어선 뽕나무 열매를 덮어 버린다. 우리가 수확하지 않았던 그 모든 것들은 성숙기에 이르지 못하고 시들 것이다.

모든 것들은 색깔이 바랜다, 썩고, 시어지고, 불안해 한다. 따뜻한 돌 위를 기어 가던 도마뱀들은 덧문 아래 굴을 파서 숨고, 파리들은 닫힌 방 안으로 죽기 위해 되들어온다. 그 밖에도 아직 여름은 가지 않았다고 자신을 속이기 위한 방법은 얼마든지 있다. 우리는 그 해의 또 다른 경사면으로 미끌어져 간다, 밤으로 이끄는 그 완만한 경사.

낮은 쇠약해지고, 비가 위협한다. 그럼에도 우리는 곧 여름이 다시 오기라도 할 것처럼 태연하게 계속 계획한다(해수욕, 짧은 여행 등). 우리는 친구들에게 색색의 그림 엽서를 부친다… 아직 하강이 완만할 때에는 스스로를 속이기란 쉽다, 잠시 쾌청해진 날씨는 층계참과 같은 역할을 해주니까. 초원 위에 갑자기 펼쳐진 가는 햇살, 두 개의 구름 사이로 점점 넓어지는 푸른 하늘, 장밋빛 노을, 그럴 때 사람들은 기대한다… 그러나 이제 더 이상 야외에서 저녁 식사를 할 수 없을 것이다. 사람들은 그 사실을 안다. 그들은 정원 의자들을 들여놓고 숄을 꺼낸다. 누군가는 말한다, "돌아갈 시간이 가까워졌다." 라고. 어느 누구도 감히 남아 있는 날들을 세지 못한다.

이미 오래 전부터 내 삶은 또 다른 경사면을 굴러 내려가고 있다. 나의 8월 15일은 미리 앞당겨 왔다. 그것은 7월 14일에 벌써 와 있었다. 단 한 번의 뇌우, 그러나 나는 내가 수확하지 않은 행복을 맛보는 일을 결코 계속하지 않을 것이다. 단 한 번의 번개, 그러나 나는 다시는 절대로 사랑받지 못할 것이다. 광풍, 그리하여 시들어 휩쓸려 온 내가 여기 있다. 사람들은 나를 포기했다, 그리고 나 역시 포기한다…

성급한 가을, 때 이른 겨울, 잔인한 겨울. 며칠 간의 온난 현상 끝에 추위는 한 걸음에 성큼 잃어버린 영토를 다시 붙잡는다. 날은 얼어붙고, 연못은 수증기를 피워 올린다, 밤 할미새들의 윤곽이 모호하도록 물 위에 드리우는 가벼운 증기. 그러나 곧 그 갸날픈 숨결조차도 자취를 감춘다. 이번에는 연못이 조금씩 조금씩 중심을 향해 가장자리를 '먹어 들어간다.' 물은 더 이상 숨쉬지 않는다. 처음 몇 시간 동안은 물 위에 뜬 얼음덩이 한가운데에서 잿빛 물결과 물살이 흔들리며 그려내는 움직임을 여전히 구별할 수 있다. 그러나 그 후론 모든 것이 움직임을 멈춘다. 점점 죽음이 승리한다. 차갑게 얼어붙은 연못은 낡은 은색에서 해골의 흰빛으로 천천히 바뀐다. 그리고 눈이 그 모든 것들을 다시 덮는다…

그러나 그것은 더 이상 내 옛날의 눈, 젊음의 상징, 처녀 시절의 눈('모든 것을 지우고 다시 시작하는 눈')이 아니다. 그것은 이미 늙은 여자의 눈이다. 깃털 이불, 수의, 무덤. 약간의 공포를 가지고 멀리서 바라보는 눈, 모험을 하지 않는 눈, 너무 두껍게 쌓여서 비석보다도 더 무거워 치우기를 포기한 눈.

나는 아침마다 부엌에서 까페 오레 잔으로 내 손을 데운다. 숄과 격자 무늬 망토를 겹쳐 두른다. 그리고 밤이면 짧은 윗도리를 껴입는다. 나는 여자용 평상복과 목도리를 뜨개질한다. 나는 꼼짝 않고 앉아 있을 때 발을 따뜻하게 하기 위해 양털을 댄 슬리퍼를 샀다, 과거 선조들이 준비했던 겨울 필수품 일체를… 그러나 그러한 사전 준비도 쓸모가 없다. 매일 저녁, 내 발은 꽁꽁 얼어붙는다.

옛날에 나는 우리의, 우리 둘의 침대에 들어가면서 내 차가운 맨발을 그의 다리에 갖다대곤 했다, 그의 온기를 훔치기 위해. 그럴 때면 그는 비명을 질러대고, 웃고, 그리고 '자애로운 손으로' 내 맨발을 잡고는 천천히 그의 온기를 나눠주었다… 이제 내 얼어붙은 발을 누가 다시 데워 줄까? 이제 냉기를 데우기 위해 작고 차가운 발을 그의 장딴지에 갖다댈 사람은 누구일까?

겨울 주말이면, 그는 우리 여섯 사람을 위해 솜털같이 부드러운 거품이 이는 쇼콜라를 만들곤 했다. 그럴 때면 집안에는 그 따뜻하고 달콤한 초콜릿 향기가 퍼지고, 한자리에 모인 가족의 향기가 삶의 냉기를 따뜻하게 데워 주곤 했다. "코~ 자야지, 내 귀염둥이, 아빠는 아래층에서 쇼콜라를 만들고 계신단다"…

아, 그가 떠난 후 나는 어려운 고비를 넘기고 생존해 나간다! 더이상 모양을 낼 필요가 없기 때문에, 나는 밤마다 양말을 신거나, 보온용 덧신을 신는다. 주말의 쇼콜라는 이제 둘째 아들이 대신 만든다.

그럼에도 어느 날 저녁 그 음료가 맛이 없게 느껴진다면, 보온용 덧신에도 불구하고 내 발이 그대로 차갑다면, 측은해지지 않기 위해 그 모든 밤들을, 그의 곁에 누워 애무하며 그의 품에서 몸을 데우던 그 밤들을, 새벽 세 시경에 추위에 언 몸으로 혼자 잠을 깨곤 했던 그 밤들을 추억하면 될 것이다.

불 꺼진 방 안의 텅 빈 침대 속에서, 그를 찾곤 했던 그 밤들. 나는 그가 불면증에 걸린거라고 생각하며, 그가 부엌에서 우유 잔을 앞에 두고 앉아 있거나, 거실에서 책을 보고 있거나, 서재에서 작업을 하고 있을거라고 생각했다. 나는 맨발에 슈미즈 차림으로 아래 위층을 돌아다니며 모든 문들을 열어 보며 낮은 목소리로 그를 부르곤 했다. 심지어는 지하실까지, 그래, 지하실까지, 그가 집안에 더 이상 없다는 사실을 분명하게 깨닫기까지… 그러면 나는 다시 끈질기게 가구들 위에 놓여 있을 변명을 적어 놓은 쪽지를 찾아다니기 시작했다. "사랑하는 까뚜, 잠을 이룰 수가 없어, 그래서 난…" 하지만 아무것도 없었다. 탁자 위에도, 탁자 아래에도. 단 한 줄의 글도 없었다. 단 한 마디도 없이, 그는 단 한 마디도 없이 사라지곤 했다. 그런데 어디로?

나는 그 때까지도 샹 드 마르스에 있는 아파트의 존재를 몰랐다, 보이지 않는 그 여자가 그 곳에 자리를 잡고 자신의 딸들을 키우고 있다는 것을, 그들 네 사람이 거기서 살고 있다는 것을. 내 남편은 한 집에서 밤을 시작하여 다른 집에서 밤을 끝냈던 것이다.

"나는 독신으로 살아갈거야, 연인이여, 연인이여, 바람둥이 연인이여."… 혼자가 된 나는 차갑게 언 몸으로 다시 잠을 청하지만, 결코 다시 잠들 수 없었다. 이불을 한 장 더 겹쳐 덮고 실내복을 껴입고서도 추위에 몸을 떨었다. 아침 식사 시간에 아이들에게 뭐라고 말할까를 내내 생각하느라 긴 밤을 불안으로 지새우며. "아니, 아빠는 지금 안 계셔, 아주 일찍 나가셔야 했거든. 런던에서 열리는 회의 때문에 말이야"(아니면 마드리드, 아니면 브뤼셀). "오늘 저녁에는 돌아오세요?" "글쎄, 어쩌면 오시고, 어쩌면 안 오실지도 몰라… 아빠는 하루 종일 너무 바쁘셔서 정확히 언제 돌아오실지 알수가 없구나…" 조심스러움, 안개의 커튼. 그가 어디에 있는지도모르는데, 언제 돌아올지를 어떻게 알 수 있겠는가? 나는 나 자신에게 진실을 숨기기 위해 지구 전체 앞에 눈을 가리고 있었다.

그리고 마침내 그가 다시 나타나(저녁이건, 그 이튿날이건, 아니면 이틀 뒤이건) 나를 품에 다시 안을 때("자, 내 곁으로 와, 내 아기, 잔뜩 얼었군!") 그가 왜 떠났는지, 어디서 시간을 보냈는지 그에게 물었던가? 아니, 묻지 않았다… 그토록 사려 깊고 인내심이 강한여자와 결별하는 일이 그 불쌍한 남자에게는 당연히 쉬운 일이 아니었으리라! 추위를 몹시 타는 나는 완전히 얼어붙어 버렸다. 화석처럼 얼어붙었다. 한여름에도 녹지 않는 얼음 덩어리. 그러한 밤들을 겪은 사람이 어떻게 추위에 대한 공포를 갖지 않을 수 있겠는가?

바로 그 시기에 나는 잿빛을 두려워하기 시작했다. 빠리에서는매일 비가 왔던 것 같다. 그 해 나는 시골에서 풍경이 와해되며 부엌 창문 뒤로 천천히 사라지는 것을 보았다. 안개, 는개, 수증기, 서리… 잿빛이 창문에 들러붙어 있어서 더 이상 아무것도 보이지 않았다. 나무도, 하늘도. 나는 빛을 다시 만나기 위해서라면 세상 끝까지라도 가고 싶었다. 하지만 잿빛은 늘 나를 따라다녔다. 그것은 내 몸 깊숙이 침투하여 나를 물들였다. 내 몸은 검었고(검은 치마, 검은 스웨터, 검은 망토), 잿빛은 내 몸 안에 들어와 있었다.

계절의 색채에 아주 민감하게 영향을 받는 나, 햇빛을 필요로 하고 노란빛, 파란빛, 오렌지 빛깔을 갈망하는 나 자신을 문득 발견하고는 놀랐다. 삼복 더위와 따뜻한 남쪽 지방을 두려워하던 내가 아니었던가… 숄과 보온용 덧신에도 불구하고 나는 추위에 떨었다, 잿빛으로 죽어 가고 있었다. 그런데 갑자기 나는 코트와 솜이불을 내던지고는 문을 열고 빗속으로 뛰어들었다. 그럼에도 내 살갗이 익고 있었다, 나는 타고 있었다. 서리와 불꽃. 기계 고장. 실내 온도 조절기도 더 이상 소용 없었다, 어쩌면 나이 탓이리라…

가장 심각한 일은, 내 가슴 역시 타격을 입었다는 것이다. 내 가슴은 늘 적당한 체온을 유지했다. 그런데 그것이 시시각각 얼었다가 과열되곤 한다. 감정 조절 불가, 그것을 치료하는 유일한 처방은 습포로 감싸는 것이다. 나는 부드럽게 나 자신을 다루면서, 모슬린과 비단으로 포근하게 감싼다. 나는 진이나 두터운 모직, 가죽, 린네르 천을 좋아했다. 그러나 지금의 나에게는 캐시미어나 모피 같은 부드러운 직물이 필요하다. 나는 소금과 피망을 좋아했다. 그러나 지금의 나에게는 단것이 필요하다. 과자나 사탕, 누가와 잼, 아몬드 과자 같은 달콤하고 무익하며 금지된 그것들이. 나는 더 이상 빵을 먹지 않는다. 나는 과자를 먹는다… 내 살갗 위에서, 내 입술 위에서, 그리고 내 가슴속에서 '달콤한 것들'을, 한없이 달콤한 것들을 원한다.

그러나 나는 그것들을 거절하였다. 태양은 결코 다시 모습을 드러내지 않을 것이다. 하얀 안개, 우수에 젖은 전나무들, 둥글게 뭉쳐진 겨우살이들. 눈빛, 잠시 나타나는 하늘, 달빛 어린 길, 추위의 색깔은 어떤 것일까? 나는 얼어붙었다.

옛날 옛적에 버려진 아이들을 이리들이 따뜻하게 품어 줬다는 이야기가 있다··· 버려진 여자는 누가 데워 줄까? 그 남자, 그러나 그는 남자에게는 이리일지 몰라도 여자에게는 이리가 아니다. 그는 그 여자에게 충실할 것이다. 고귀한 부류들은 일부일처주의를 지킨다. 그러나 그 남자는 고귀한 부류가 아니다. 내 남편은, 그 자신의 말을 빌리자면, '우세한 수컷'이라는 데 자만심을 가지고 있었다. 닭장 속의 수닭, 무리들 가운데의 황소, 종마··· 그 멋진 야심은 결과적으로 진공 포장용 품질 나쁜 고기로 판명되었지만!

나에게는 동료도, 보호자도, 이리도 없다. 어쨌든 숲으로 달려가기에는 너무 늦어 버렸다. 나는 바캉스 전날 사람들이 길가에 내다버린 한 마리 털없는 개일 뿐이다. 물론 내 운명은 동정받지 못할 것이다. 그보다 더 불행한 일들이 있으므로. 나는 우리의 옛날 집을 팔려고 내놓고, 자그마한 집을 하나 찾아냈다(방이 세 칸인 '라 레퓌블리끄' 아파트, 내 큰 아이들을 위한 두 개의 스튜디오. 물론 꽁브레이유의 내 집까지). 그랬다, 나는 개집을 되찾았다. 나는 거기서 나의 개밥 그릇을 가득 채울 것이다. 그러나 더 이상 개의 줄도, 목걸이도, 애무도 속삭이며 불러주는 이름도 없다. 나의 주인은 떠났다. 나는 영양을 섭취하며 자라날 것이다. 하지만 이제 다시는 길들여지지 않을 것이다…

나는 야생의 삶으로 되돌아왔다. 장미와 백합 만세! 그러나 불행히도 그 노래를 부를 만한 나이는 털에 좀이 슬고 다리를 질질 끄는 나이가 아니라, 풀려난 개가 스스로 해방감을 만끽하는 그런 나이이다. 나는 내 주인이 나를 버려 둔 곳에 그대로 있을 것이다. 혼자서, 나와 함께 혼자서, 눈밭에서, 추위 속에서.

미동도 하지 않고 그대로 굳어버린 나. 몸을 덥히기 위해 걷는다? 햇빛을 향해 간다? 하지만 남쪽에 관해 내가 아는 모든 것들은 이제 나에게 금지되었다! 마르세이유에서 프로방스까지… 내 옷들을 가져오기 위해, 내 할머니의 초상화와 아이들의 장난감들을 되찾아 오기 위해(나는 가구들을 남겨 두고, 내 파편들, 30년 간의 내 파편들을 거둬 짐을 꾸린다) 내가 그 곳에 가야만 한다는 걸 안다.

"가지 마세요, 엄마." 지난 여름, 법이 허용한 아버지와의 만남을 위해 며칠을 그 곳에서 보냈던 내 큰아들이 나에게 애원한다. "아빠의 새 여자가 우리 아파트를 완전히 바꿔 놨어요. 그러니 제발 다시는 그 곳에 가지 마세요!"

하지만 나는 가겠다. 나는 이미 그 최후의 통과의례를 위해 시어머니와 약속을 해놓은 상태다. 약속 날짜가 정해진 이후로 나는 밤마다 같은 악몽에 시달린다. 나는 두 개의 가방을 들고 그 집 현관 앞에 도착한다. 나는 계단 꼭대기까지 힘겹게 가방들을 들고 올라간다. 우리의 아파트 테라스에 도착하고, 입구에 다다른다. 그러나 문이 없다! 아파트는 온통 벽으로 둘러싸여 있다! 나는 잠에서 깨어난 후 하루 종일 우울해 한다. "그녀는 단 한순간도 잠을 이루지 못하며, 자신의 마음속에 밤을 받아들이지 못한다."…

프로방스는 이제 나에게 금지된 구역이다, 꿈에서조차 나는 더 이상 그 곳에 접근할 수 없다.

만일 내가 햇빛을 다시 보고 싶다면, 어느 나라로 발길을 돌려야 할까? 이탈리아? 하지만 이탈리아 역시 벌써 오래 전부터 나에게는 금지된 구역이다! 로르가 그 곳이 '그녀의 마음의 고향'이라는 구실 아래 그에게 나를 그 곳에 데려오지 못하게 했으므로. 그러면 내 마음은? 내 마음은 상관없단 말인가? 이탈리아를 발견했던 건 바로 내 남편과 함께가 아니었던가? 그와 함께 매년 그 곳에 가지 않았던가? 그는 이탈리아 식당에서 나 대신 주문을 하고, 나를 위해 라틴어로 된 묘비명들을 해석해 주고, 교회의 봉납물들을 나에게 설명해 주었다. 그는 도처에서 나의 안내자였으며 나의 해석자였다. 당신이 떠나고 난 지금, 나는 더 이상 말을 할 줄 모른다, 당신이 떠나고 난 지금, 나는 더 이상 읽을 줄 모른다.

내가 누구와 언제 그 곳에 다시 갈 수 있을까? 베로니에서, 시엔느에서, 나폴리에서, 나는 언제나 그 여자가 나에게 가했던 금지를 떠올릴 것이다. 누가 로마의 언덕을 그 여자가 던진 마법의 주문에서 구해 낼 것인가? 그녀의 죽음조차도 그녀가 모독한 그 하늘을 원래의 순수함으로 나에게 돌려주기에 충분하지 않으리라… 나는 오랫동안 자문했다, "왜 하필 이탈리아인가?"라고. 우리는 많은 여행을 했다. 그러므로 그의 정부가 금지 명령을 내리기에는 선택상의 어려움이 있었으리라. 그런데 왜 하필 그 나라인가? 나는 이따금씩 그건 우리가 베로니로 여행한 때문이리라고 생각했다. 그 여자가 그 여행지를 자기 취향대로 선택한 것은 아니라고. "로미오, 꼭 그 곳이라야만 돼요…"

그런데 내가 잘못 생각했다! 완전히! 나는 7년이라는 세월을 보낸 후에야 비로소 진실(허공에 떠 있는 지뢰, 은밀하게 숨겨진 지뢰)을 알게 되었다! 어둠 속에서 전쟁과 결투와 기습의 7년을 보낸 후, 모든 것이 끝나고 난 후에야 내 적이 이탈리아 여자라는 사실을 알게 된 것이다! 그렇다, 이탈리아 여자! 그 여자가 말했듯, '그녀의 마음의 고향', 그 곳은 그녀가 태어난 나라였던 것이다…

최후의 일격! 나는 내 연적에 대해 알지 못했지만, 그녀의 이름만은 알고 있었다. 까잘르. 내 남편이나 아이들이 발음하는 것처럼, 혹은 내가 그 이름을 그런 식으로 발음하기를 완강하게 고집하는 것처럼 '까잘'이 아니라, '까잘레'. 이탈리아 여자! 내가 어떻게 그토록 오랜 세월 동안 그녀의 출신과 국적에 대해 의문을 품지 않을 수 있었을까? 나는 그 여자를 백 퍼센트 빠리지엔이라고, 혹은 약간은 벨기에인의 피가 섞였거나 리옹이나 카탈로냐 지방 출신일거라고 상상하고 있었다(만일 내가 그녀를 상상했었다면!)… 엄밀히 말해서, 요컨대 모든 프랑스인들과 마찬가지로 혼혈일거라고. 아니면 아무것도, 내가 아무것도 상상하지 않고 있었든지. 그러한 호기심의 결핍은 내가 훌륭한 교육을 받은 여자라는 걸 증명하는 동시에 그 여자에 대한 나의 경멸의 측도를 나타내는 것이다! 하지만 나는 내가 경계해야 할 사람에 대해 알고 싶어하지 않았기 때문에 잘 싸우지 못했다, 더 이상 이기고 싶어하지 않았기 때문에 잘 싸우지 못했다, 피곤했기 때문에 잘 싸우지 못했다…

게다가 내 남편이 장밋빛 피부와 북유럽적 실루엣을 자랑삼아 뽐내곤 하는 데에, 그리고 그 젠체하는 여자의, 소위 금발이라는 데 내가 너무 많이 속아 넘어갔는지도 모른다. 아일랜드인인 그에게 내가 '허약'해 보인다는 이유 때문에 나와 결혼하기를 망설였던 그 남자가 시칠리아 여자 때문에 나를 버렸다니! 로르. 아니, 로르가 아니라, 로라. 그의 '금발의 글래머'는 갈색 머리 소녀였다! 결국 그는 몸집이 작은 갈색 머리 여자들을 좋아했던 것이다!

그러나 나에게는 너무 때가 늦었다, 그리고 이탈리아를 위해서도 때가 너무 늦었다. 더 이상 햇빛도, 색깔도, 여행도 없다. 게다가 이 나이(신문 구혼난에서 종종 "40세 정도로 보이는"(내 생각에는 그런 경우라면 아주 아주 젊은 여자라고 할 수 있을 것 같다!) 상냥하고 교양 있는 "50세의 '젊은 여자'"가, "자신의 길을 계속 가기 위해 52세에서 60세 가량의 진실남을 찾고 있다"는 글을 읽을 수 있다…), 바로 그 "갱년기에 접어든 다이내믹한 '젊은 여자'", "초로에 접어든 감수성 예민한 '젊은 여자'"의 나이가 된 나는 '진실남'이 있든 없든 그 여자는 더 이상 멀리 가지 못할 것이라고 생각한다… 어떻게 아직도 그녀의 인생을 길 위로 인도할 수 있겠는가? 손으로 더 이상 무언가를 잡을 수도 없는데, 어떻게 호사스러운 생활을 영위할 수 있겠는가? 우리의 결별과 골절상이 있은 이후로 나는 주먹을 쥘 수도 무언가를 잡을 수도 없다. 여기 25년의 세월이 있다. 한 남자가 나에게 내 손을 요구했고, 나는 그에게 내 손을 주었다. 그리고 나는 이제 다시는 그 손을 사용할 수 없게 되었다, 왜냐하면 이제 그 손은 그의 것이기 때문에.

쟁취하고 계획을 시도하는 대신에, 적어도 '다시 고쳐야' 할 것이다. 내 친구들이 말하는 것이 바로 그것이다. 다시 고친다… 우선, 꽁브레이유 집에서 부부 침실을 다시 고쳐야 한다. 새 벽지를 고르고, 가구들의 위치를 바꾸고, 침대를 새로 구입한다… 나중에, 그래, 나중에 나는 그 일을 시도할 것이다… 소설 또한 다시 고친다. 내가 쓰고 있던 그 소설은 남편이 떠난 그 때로부터 조금도 진전되지 않고 제자리에 머물러 있다. 남편이 떠나자 즉각적으로 굳어 버린 그 소설을 덮고 있는 건 먼지가 아니라 눈이다. 눈과 얼음. 마비 상태.

사실 나는 더 이상 '다시 고치고' 싶은 욕구가 조금도 일지 않는다. 내 방, 내 소설, 내 삶… 게다가 그의 삶, 그의 삶은 다시 고쳐지지 않는다, 다만 추적할 수 있을 뿐이다.

나는 내가 너무 늙었다는 사실을 모든 이들에게 설명한다. 나를 역으로 데려다주는 택시 기사에게 그 사실을 밝힌다. "기차 예약을 하지 않았어요, 빨리 가 주세요, 이 나이에 서서 여행하고 싶지는 않으니까요!" 내 아이들에게 혼자 중얼거리듯 말한다. "너희들의 늙은 엄마"… 사람들은 이의를 제기한다. 왜? 나로서는 늙었다는 사실이 전혀 고통스럽지 않은데! "하지만 너는 늙지 않았어!" 내 나이

또래의 친구들이 항의한다. 그녀들의 잘못된 생각을 각성시키기 위해 내가 잔인함을 보여야 할까?… 나는 눈을 뜨고 나 자신을 분명히 인식한다. 나는 그 확실한 사실을 부인하지 않을 것이다. 나는 늙었다, 늙은 '젊은 여자'. 그 사실을 확인하기 위해서 거울에 내 모습을 비춰 볼 필요는 없다. 화장품 가게에 들어가는 것으로 충분하다. 나는 아이섀도나 마스카라를 산다. "샘플 좀 드릴까요?" 여점원이 묻는다. 과거에 내가 받아든 '샘플 주머니'에서 나는 짙은 색조의 파운데이션 샘플이나 미니 향수들을 발견하곤 했다. 그러나 이제 그 안에 무엇이 들어 있을지 보지 않아도 뻔하다. '눈에 띄게 젊어지는 피부 보호제', '바이오 젊음의 액체', '주름살 없애는' 무스, 아니면 '강력한 효과를 보장하는' 크림. 어린 점원, 나를 위해 기꺼이 '피부 노화에 대해 전적으로 책임을 지고' '즉각적으로 피부를 젊게 만들어 주려는' 그 너그러운 여점원의 눈에서 나는 거울을 보듯 분명하게 나 자신을 발견한다. 나는 늙었다.

또 다른 어느 날, 내가 내 두 손을 들여다볼 때, 막내가 나를 놀라게 했다. 섬세하고 매끄럽고 반지를 낀 오른손, 하지만 왼손은… 점점 더 악화되고 있다. 이제 거의 움직이지 않는 그 손에 관절 신경통이 왔다. 부러지지 않았던 손가락들마저 보기 흉하게 일그러지고, 관절들이 붉게 부풀어 오르고, 튀어나온 뼈마디는 너무 두꺼워져서 살갗이 뼈대를 덮을 수 없게 되었다. 요컨대 내 손은 아흔 살 노파의 손이었던 것이다… 내 아이가 내 시선을 좇고 있었다. 그 아이는 웃으며 내게 말했다. "어, 엄마, 벌써 무덤에 들어갈 손이 되었네!" 그리고 나서 자신이 내뱉은 그 잔인한 말을 무마시키기 위해 내 목에다 과장된 입맞춤을 했다. 나는 곧 울고 싶은 기분을 가다듬고 그 아이와 함께 웃어야 할 필요를 느꼈다. "무덤이라면, 걱정하지 마, 내 왼손은 무덤 속에서 내 오른손을 확실하게 기다려 줄 테니까!" 그건 사실이다. 나는 글을 쓰면서, 이따금씩 멀쩡한 오른손 정맥들이 푸르스름해지고 부풀어 오르고 돌출되는 것을 보곤 한다. 그 손 역시 진행중이다, 더 느리긴 하지만, 그 손 역시 그 길을 가고 있다… 어쩔 수 없는 일이다! 제대로 늙기 위해서는 늙고 싶은 욕망을 가져야 한다. 지금 나는 그것을 욕망한다.

나는 이제 한정된 수평선을 발견하는 꿈만을 꾼다. 눈 덮인 연못에서 떠오르는 뻣뻣한 등심초 덤불, 혹은 호수 저편 가벼운 안개 뒤로 거미줄처럼 가지를 펼친 나무들… 부동의 계절이 왔다. 나는 이 계절이 나를 짓누를 것이라고 생각하지 않는다. 나는 새로운 땅을 개척하는 대신에 내 밭고랑을 더 깊이 파 나갈 것이다. 나는 늘 파는 것을 좋아했다. 무덤, 생각…

나는 거기 그대로 머물러 다른 이들이 지나가는 것을 바라볼 것이다. 화석이 된 나에게는 귀로 이외의 다른 길은 더 이상 없다. 사람들이 말하는, 혹은 예의 때문에 실상을 교묘히 비켜 가면서 더 이상 입에 올리지 않는 바로 그 '초로'의 시기이므로. 그러나 그건 분명 적절한 단어이다. 거기서 사람들은 의심과 방만의 시기인 청년기를 다시 통과한다. 그러고 나서 천천히 유년 시절로 되돌아간다. 그들이 태어났을 때처럼 아무것도 모르는 어리석고 헐벗은 상태로 죽기 위해서.

나는 몸을 작게 축소시키면서 추위에 맞서 싸운다. 나는 몸을 구부리는 법을 배운다. 한 달 한 달 날이 흐르고, 나는 감정적인 수축과 전면적인 마비 상태 속에 틀어박힌다. 오히려 편안하다, 모든 계산이 끝났으니. 내 가족, 내 친구들은 점점 더 나에게서 멀어져 가는 듯하다. 원칙적으로 나는 그들을 여전히 사랑하고 있다. 나는 그들을 사랑했던 것을 기억한다. 그러나 나는 더 이상 그들의 소식을 들으려고 하지도 않으며, 그들에게 내 소식을 전하려 하지도 않는다. 나는 그들에 대해 염려도 열정도 느끼지 않는다. 나는 이제 그들과 어울리기보다는 푹신한 침대와 어울리기를 더 좋아한다. 그들과의 대화보다는 노래를 더 좋아하고, 그들의 입맞춤보다는 장미나 차 향기를 더 좋아한다. 나는 그러한 사소한 기쁨들 속에서 나의 가장 큰 행복을 찾는다… 아, 물론 욕망은 남아 있다, 다행히도, 간헐적으로. 그러나 늙은 손으로 새로운 육체를 쓰다듬을 수 있을까? 있지도 않은 남자를 상상으로 욕망하는 건 수녀원에서만 악일 뿐이다. 속세에서는 나름대로 해결책이 있겠지….

나는 모든 것에 대해 애도를 표했다, 애도 그 자체만을 제외하고. 나는 내 슬픔을 보존한다. 나는 내가 볼 영화들을 선택한다, 「부부 생활 정경」, 「남편과 아내」, 「본처와 애첩」. 나는 내가 읽을 책들을 선택한다. 「이혼녀」, 「감정적 은퇴」. 그리고 언제 언제까지나 포르투갈의 수녀, 베레니스, 메데… 나는 내 눈물 위에 눈물을 흘린다.

그러나 언젠가 더 이상 울지 않게 되리라는 것을 나는 안다. 눈이 나를 삼킬 것이다, 그것들이 참나무 가지들을 삼킨 것처럼, 떨어져 내리는 눈이 하늘과 뒤섞인 그 섬세한 레이스로 가지들을 가느다랗게 축소시키다가 마침내는 그것들을 완전히 흡수해 버리는 것처럼. 나는 얼어붙은 채, 마비된 채 사라지는 중이다. '내가 이혼한 해'의 1월 1일, 나는 연하장을 부칠 수도 받을 수도 없다는 사실을 알았다. 의례적으로 행복을 기원하는데 뭐라고 대답해야 하나? 그리고 더 이상 자신을 위해 기도하지 않는 사람이 어떻게 다른 이들을 위해 소원을 빌어 줄 수 있겠는가?

산 채로 가죽이 벗겨진 나는 세상의 오물과 내 상처 사이에 짙은 개스층을 끼워 넣는다. 시골집, 숲, 자동 응답기, 안개, '발송인에게로 반송.'

내가 견딜 수 있는 유일한 소리, 그것은 물 위로 눈이 내리는 소리다. 천사의 깃털처럼 떨어져 내려 호수 표면에서 사라지는 눈송이들 투명한 애무, 텅 빈 입맞춤, 유령과 구름의 결혼.

특히 말소리는 없다. 단지 침묵의 소리만이 있을 뿐.

내 '조언자'들은 나에게 내가 이미 알고 있는 것 이외에 무슨 말을 더 들려 줄 수 있을까? 내가 최초의 이혼녀가 아니라고? 내가 죽음을 맞이하는 최초의 인간이 아니라고? 그럼에도 나는 막상 때가 닥치면 서두를 것이다… 내가 이혼의 상처에서 벗어날거라고? 곧 원기가 넘쳐 나게 될거라고? 사실 나는 원기라면 남아돌 만큼 가지고 있다. 헐값에 팔아넘길 정도로. 생명력, 그건 늘 다시 태어나고 늘 다시 휩쓸려 가 버리는 프로메테우스의 광기다. 신이 단말마의 고통을 주고 싶은 이들에게 내린 독이 든 선물이다…

친구들이여, 입을 다물라! 동정심을 베풀어 제발 아무 말도 하지 말라. 아니면 내가 만일 당신들에게 아직도 그에 대해 말한다면, 우리들에 관해 말한다면, 내 말을 듣기만 하기를. 내가 당신들에게 그에 대해서만 말할지라도, 우리들에 대해서만 말할지라도.

나는 얼어붙었다. 그는 떠나면서 말했다. "곧 그녀에게서 아이가 생길거야. 나는 아이를 한 명 더 원해, 새로운 삶을 시작하려는 의미에서." 둘째 아내의 새끼를 품는다? 제로에서 다시 시작한다? 쉰 살의 나이에? 이제 막 집 한 채를 지으려 계획하는 젊은이처럼?

시험 종료를 알리는 종이 울릴 때 만일 자신의 답안을 다시 고칠 시간적 여유가 없다면, 시커먼 잉크 자국으로 그냥 그 시험을 끝마쳐야 할까?.

내 생각에는 실수했더라도 끝까지 밀고 나가는 것이 더 많은 가치가 있는 것 같다. 숲을 벗어나기 위해 똑바로 걷는 것이. 그러나 조급한 남자들은 도착 지점을 보면서 갑자기 뱃머리를 돌려 성급히 되돌아가다가 길을 헤맨다. 그들이 포기하는 것은 바로 그들의 젊음이며, 그들이 부인하는 것은 바로 그들 자신이다. 브르따뉴 사람들은 페탕크 굴리기 선수가 되고, 프로방스 촌놈들은 파도타기 선수가 된다. '파스티스'에 중독된 술꾼은 잠수복을 입고 술독에 빠진다. 노련한 뱃사람은 아마포 돛으로 몸을 휘감고 있다. 할아버지들은 모두 '젊은 아빠들'이 된다… 그들은 자신의 한계를 알지 못한다.

"내가 로르에게 뭘 준다고 당신이 손해 볼 건 아무것도 없어." 나의 나비는 반복해서 말했다. 영원한 낙천주의자! 일생을 통해 한 존재와 동행한다는 건 어려운 일이다. 그리고 한 존재가 두 사람을 동반할 힘을 가졌다고 믿는 것 역시 어려운 일이다… 그러나 그건 타인의 삶에 관한 문제다! 그들이 '수정하고' 싶어하는 건 바로 그들 자신의 삶이다. 그러나 그들은 아무것도 수정하지 않는다. 각기 다른 무대 장치 속에서 같은 장면을 연출할 뿐이다. 대사를 바꾸는 것보다는 아내를 바꾸는 게 훨씬 더 편리하다. 다른 관중, 하지만 똑같은 제스처, 똑같은 대사. 그들은 스스로를 갱신하지 않고도 '새롭게' 보일 수 있다, 주름살을 펴지 않고도 다시 젊어질 수 있다.

그런데 그들과 같은 나이의 여자들이 그러한 환상을 공유하기 어려운 까닭은 어디서 연유하는 것일까? 그건 때가 늦었다는 것을 우리 여자들이 너무 일찍 깨닫기 때문이다….

나는 마지못해 반대 방향의 미래로 들어간다. 나는 뒤로 물러나면서 앞으로 나아간다. 나는 더 이상 전혀 나아가지 않는다.

무질서와 불결함 속에 그대로 드러누워 있고 싶은 아침이 있다. 잠옷 차림으로 머리가 헝클어진 채 구겨진 침대에서 그대로. 나쁜 냄새가 난다, 얼룩과 곰팡이가 나를 덮는다, 내부로부터 부패해 들어간다… 산다는 것이 뭔가? 누구를 위해 사는가? 우리는 공동의 후손들을 갖지 않을 것이다. 우리 손자들은? 그들 역시 절대로 공동의 후손들이 아니다. 우리들 각자는 '나의' 손자라고 말하게 될 것이다. 그리고 갈색 피부와 푸른 눈을 가진 아이들, '우윳빛과 사프란색'의 아이들, 그들은 결코 이 흰머리의 '할머니, 할아버지' 쪽으로 한걸음에 달려오지 못할 것이다. 현관 앞 층계 위에서 그들을 기다

리는, 하나의 이름으로 된 이 이중의 사랑에게로 선뜻 달려오지 못
할 것이다…

  너무 짧은 수평선에 싫증이 나고, 가로막힌 미래를 향해 창문을
여는 일에 지친 날이면, 나는 자살을 결심한다. 그 생각이 내가 살
아갈 수 있도록 도와준다. 물론 나는 죽지 않을 것이다, 생명력이
강하기 때문에… 하지만 내가 만일 죽는다면, 누가 그 기억, 그에
대한 기억을 간직해 줄까? 그의 새 아내는 그의 인생에 대해 아무것
도 모른다! 가령 그녀는 그가 가졌던 차들도 알지 못했다. 하지만
나, 나는 그것들을 모두 알고 있다. 그가 열 여덟 살 때 타고 다니던
녹슨 고물차(차문을 제대로 닫을 수 없었지만 속력은 대단했다), 마
치 커튼을 쳐 놓은 것처럼 차창들이 뿌옇던 작은 회색 '고물' 피아
트(대학 시절, 그는 그 차 안에서 머뭇거리며 내게 키스했었다), 그
다음으로 하얀 샘사(역시 '중고품'이었던 그 보잘것없던 차), 비가
오면 재채기를 해대던 그 차, 우리의 결혼식 날(비가 몹시 오던 날,
그리고 행복했던 그날) 명주 망사와 장미로 성장을 한 채 감기에 걸
린 그 차는 끝내 시동이 걸리지 않았다. 그 차를 벌 주기 위해 내 젊
은 남편은 붉은 색 알파를 구입했다. 찔레나무로 된 핸들이 달린 그
스포츠 카, 우리가 뒤쪽에 푸들과 두 아이를 앉혀야 했을 때도 속도
를 줄이지 않으려고 고집했던 그 광기. 그 다음 차가 꽤 쓸 만한 중
형의 푸른 색 르노 16이었다. 아들 셋을 둔 아버지, 게다가 부소장
으로 승진한 그의 차, 그 차는 자신에게 주어진 책임감을 다했다(아
기를 위한 좌석, 안전 벨트). 마지막으로 볼보. 우리의 여행 가방들
과 우리의 '작품'인 네 명의 아이들을 모두 실을 수 있을 만큼 충분

히 넓었던 그 차, 우리가 정말 사랑했고, 박물관으로 실려 가야 할 만큼 아주 오랫동안 탔던 그 볼보. 수집가들은 우리에게 그 차를 팔라고 했다. 그 차는 리무쟁에서 두 마리의 젖소를 피하다가 웅덩이에 빠져 겸허하게 그 생명을 마쳤다… 그러한 긴 과정 속에서 그 새로운 켈리 부인은 제일 마지막 단계만을 알 것이다. 사프란, 사장님의 사프란만을.

그 여자는 그의 삶에서 어떤 부분을 알고 있을까? 그녀는 우리 아이들이 걸음마를 시작했 때 혀짧은 소리로 더듬더듬 말하던 그 시절에 대해서 결코 알지 못할 것이다. '나, 나 자난꾸러기야' '엄마 쭈표책 어디 쪄?' 단지 우리들만을 즐겁게 주던 그 말들을. 그 여자는 그러한 표현들, 아일랜드계 할아버지와 프로방스의 종조부가 우리에게 물려 준 우리 가족 특유의 어법으로 말하자면 그러한 '톱질'을 전혀 이해하지 못할 것이다. 혹은 그의 형과 동생들(가장 어린 여동생은 내가 처음 봤을 때 여섯 살이었다)이 우리와 함께 하던 놀이들 역시. "베리 오코너, 나도 죽어 주지!" "'에취 아줌마'가 놀러 왔어, 아줌마는 겨울 내내 여기서 살거야…조심해야 해!" 그러한 사적인 농담들, 너무 사적이어서 그 여자는 절대로 이해할 수 없을 그 말들.

그 여자는 그와 함께 자라지 않았고, 그와 함께 늙지 않았다. 그는 자신의 시작을 알지 못하는 사람과 함께 어떻게 자신의 삶을 끝맺을 수 있을까?

가끔(기분 좋은 날), 나는 꽁브레이유에서 내 아이들이 결혼하게 될 때, 내가 그 젊은 부부들의 침실에 조그마한 '간이 침대'나 '알사스식 요람'을 넣어 주는 걸 상상하곤 한다. 수가 놓인 이불 아래 잠이 든 갓난아기 앞에서 나는 그것과 같은 침대, 같은 요람에서 잠을 잤던 내 아이들을 회상할 것이다… 하지만 그, 호사스런 아파트에 그 외국 여자와 함께 갇혀 있는 내 남편은 자신의 손자들, 우리의 손자들이 우리 아이들이 잠자던 바로 그 침대에서 잠자는 것을 보지 못할 것이다. 그는 우리 아이들이 같은 장소, 같은 보금자리를 자기 자식들에게 물려 주었다는 사실조차 알지 못할 것이다. 그는 기억하지 않을 것이다… 그 아이들의 미래가 지금 내 기억을 관통한다. 내가 자살하지 않는 이유는 바로 그 때문이다.

그러나 나는 춥다. 나는 어깨 위에 추억들을 쌓아 놓았다. 나는 내 주위에 나의 모든 과거를 모아 놓는다, 내 몸을 데우지 못하는 그 과거들을. 나는 모은다, 저장한다, 가득 채운다, 보존한다, 꼬리표를 붙여 분류한다. 나는 겨울을 나기 위한 비축품을 준비한다…

나는 그의 목소리의 흔적을 간직했다. 부드럽고 깊게 울리는 매혹적인 억양의 목소리. 그 목소리는 내 자동 응답기에 그대로 남아 있다, 지금 여기 시골에서. 이 기계는 듣기 전에 지우는 것을 허용하지 않는다. 원칙적으로 빠리에 있는 내 자동 응답기들로 통화자들을 돌려 보내는 이 녹음 테이프는 그 성가신 훼방꾼들로 하여금 나에게 메시지를 남기는 일을 단념시키기에 충분하다.

하지만 지난 1월 2일, 누군가가 감히 메시지를 남겼다. 표시등이 깜빡이고 있었다. 나는 지우기 위해 들어야 했다. "여보, 나야, 프랑시스. 그냥 당신 소식이 궁금했어… 좋은 한 해 되기를 바래, 내 사랑. 복 많이 받아, 여보." 우리가 이혼한 그 해였다. 엄밀히 말하면 (이혼 소송 심리, 석 달 이상의 연기, 화해 불가 결정, 여섯 달의 유예 기간) 우리가 이혼을 발표했던 그 해였다. 그는 그걸 알고 있었다. 그런데 '좋은 한 해'라고? 나는 잘못 들은 것이라고 생각했다! 나는 테이프를 되감았다. '좋은 한 해 되기를 바래, 내 사랑.' 나는 웃음이 나왔다. 그는 아주 태연했다! 나는 웃었다. 그리고 결코 응답의 전화를 하지 않았다. 하지만 지울 수도 없었다. 그의 목소리, 예전의 그 목소리였기 때문에, 어쩌면 내가 이해하지 못한다고 그에게 비난받던 바로 그 목소리일지도 모르기 때문에("당신은 더 이상 내게 관심이 없어, 까트린느, 당신은 더 이상 내 말에 귀를 기울이지도 않아"), 혹은 우리가 거리를 가지게 된 이후로 그가 자연스럽게 되찾은 바로 그 목소리일지도 모르기 때문에.

그 목소리, 나는 그 목소리를 옆에 두었다, 혹독한 날씨에 대비한 비축품으로서. 그러나 그건 간단한 일이 아니었다, 그 목소리 뒤에 또 다른 메시지들이 쌓여 있었으므로. 나의 수법을 알고 있어서 더 이상 자동 응답기의 명령에 따르지 않는 지인들의 메시지들이… 그런데 때로는 서투른 조작으로(나는 기계 다루는 데는 소질이 없다), 때로는 중재를 할 수 없어서 나는 어떤 메시지들을 지우려다가 다른 목소리들까지 지워 버리기에 이른다. 그래서 나는 단 하나의 목소리를 잃어버릴까 두려워서 그 모든 목소리들을 그대로 간직하고 있다! 더 나쁜 것은 매일 그 모든 목소리들을 반복해서 들어야 한다는 것이다!

그래서 이제는 불이 들어온 표시등이 끊임없이 깜박거리고 있다. 새로운 메시지가 있을까? 아니면 이전의 녹음 기록들을 나에게 상기시키려는 것에 불과한가? 붉은 단추를 눌러 그 모든 목소리들을 돌려보지 않고는 그걸 확인할 수가 없다. "나, 엘리자베뜨야, 어디서도 널 만날 수가 없구나…" "까띠, 나야, 누나 동생. 누나가 다시 빠리로 떠난 것처럼 위장해도 난 속지 않아…" "나, 쟈크야, 이 기계가 제대로 작동할지 의심스럽군, 하지만 만약의 경우에…" 나는 마치 듣지 않는 것처럼 행동한다. 그러나 어쨌든 나는 세상 사람들과 다시 연결되어 그들의 약속, 그들의 부름을 내 쪽으로 되돌아오게 내버려 두는 나 자신을 발견한다. 나는 더 이상 아무것도 지울 수 없다, 그를 지우게 될까 두렵기 때문에.

'복 많이 받아, 내 사랑.' 눈 내리는 하늘을 그리려면, 회색에 분홍색 터치를 넣어야 한다, 약간의 반어적인 터치를…

나는 헐벗었다

나는 헐벗었다. 겨울 나무처럼 껍질이 벗겨졌다. 반지 없는 손처럼 벌거벗었다… 빼앗기고, 약탈당했다… 사람들은 내게서 모든 것을 빼앗아 갔다. 내 남편, 내 이름, 내 과거, 내 친구들, 내 아이들, 내 소설.

나는 서둘러 우리의 명함을 청산한다, '무슈'에 줄을 그으면서… '무슈' 없는 '마담 켈리'인 나는 아직도 그 호칭에 대해 여섯 달 간의 권리를 가지고 있다. 그 이후에는 쓰레기통으로!

나는 몇몇 이름을 지우면서 전화 주소록을 다시 만든다. 이제 내가 외우고 있는 전화 번호들을 잊는 일만 남게 되리라. 나는 4반세기 전부터 보지 못했던 내 젊은 시절의 친구들과 다시 연락을 취한다. 과거 30년에서 벗어난 나는 이제 단지 내 어린 시절과만 다시 연결될 수 있다. '내 밤의 남자'가 점령하지 않았던 그 유일한 시절과만. 나는 고등학교 친구, 대학 동창들, 내 첫 연애 상대들, 이제는 모두 노인이 되어 버린 그들과 함께 점심 식사를 한다. 나는 흐름을 거슬러 노를 젓는다.

그러나 나는 노를 저어 나아간다. 나는 별 기대감도 없이 내 인생의 단편들을 놓고 아직도 적과 싸운다. 나는 싸운다, 나에게서 내 아이들을 빼앗아 가려는 내 적에 대항하여. 이전처럼 그녀는 불시에 아이들 앞에 나타나 자신의 존재를 인정하기를 강요한다. 그녀는 막내의 학교 축제에 내 남편의 팔에 매달려 공공연히 모습을 나타낸다. 그녀는 겨울 스키장에서 큰 아이들을 만난다. 나는 항의한다, 나는 싸운다. 하지만 그건 후방에서의 국지전일 뿐이다. 조만간 그녀는 부부 영역을 차지했던 것처럼 어머니 영역을 점령하게 될 것이다. 그녀는 모든 것을 가질 것이다. 나는 모든 것을 빼앗겼다.

나는 따뜻한 외투와 이불, 푹신한 침대, 내 피난처를 잃어버렸다. 사전에서 말하듯 '자신의 관례적인 보완물을 빼앗긴' 그 모든 것들, 벌거벗겨진 것들. '벌거벗겨진 검'은 자신의 '칼집을 빼앗긴 검'이다. '벌거벗겨진 여자'는 자신의 '남편을 빼앗긴 여자'다. 내 주변 곳곳에서(저녁 만찬에서, 칵테일 파티에서, 단체 여행에서) 나는 단지 부부들만을 본다. 이전의 나는 부부들이 그렇게 많이 있었다는 걸 한 번도 주목하지 않았다! 내 나이, 내 주변에서 나는 가끔 내가 유일하게 혼자인 여자인 것처럼 느끼곤 한다. 게다가 나를 어디에 앉혀야 할지 모르는 난감함 때문에, 사람들은 점점 나를 초대하지 않는다. 나를 동성애자와 짝지어 줄 수 없는 한…
나는 나를 둘러싼 모든 부부들을 호기심과 시기심을 가지고 바라본다. 특히 아주 오래 된 부부들을. 나는 그 부부들 중에서 아내들을 쳐다본다. 호감은 가지만 평범한 그 여자들을. 나는 스스로에게 묻는다. "내가 저 여자들보다 뭐가 모자랄까, 다른 사람들보다 뭐가 부족할까?" 부족한 건 아무것도 없다. 오히려 그녀들보다 더 나은 무언가가 있지 않을까? '성공한' 여자… 여자에게 플러스는 마이너스와 같다.

나는 내 천사의 보금자리를, 내 '도르미두 잠옷'을 잃어버렸다. 그것을 대신하기 위해 긴 털이 달린 곰들과 솜털 베개들과 비단 스카프의 비위를 맞추고, 앙고라 고양이들을 바싹 껴안아야 한다. 병원에 갈 때(이제부터 나는 정형외과를 들락거리지 않으면 안 된다) 나는 양털을 댄 외투를 가지고 간다. 그 외투는 그가 떠난 직후 생전 처음으로 구입한 내 최초의 모피 옷이다. 고통스러운 뼈 마사지를 받기 전에, 의사들로부터 실망스러운 진단 결과를 받기 전에 나는 모헤어와 벨벳이 나를 쓰다듬게 한다.

정형외과 병동의 대기실, 그 곳에도 역시 많은 부부들이 있음에 주목한다. 나는 몸집이 작고 비스킷처럼 마른 한 노인이 자기 아내의 휠체어를 끌고 오는 모습을 우울하게 바라본다… 내가 아무리 '필레몬과 바우키스'(그리스 신화에 나오는 사이좋은 노부부—옮긴이)들이 '로미오와 줄리엣'들보다 훨씬 드물다는 걸 알고 있다고 해도, 서로 나사로 쥔 듯 보이는 그 짝들이 어쩌면 서로 미워하고 있을 수도 있다는 걸 알고 있다고 해도, 나는 꿈꾼다. 그렇게 할 수만 있다면, 나 역시 내 남편의 휠체어를 끌고 싶다… 하지만 그는? 그 병원에 아주 섹시하고 예쁜 간호사들이 있지 않는 한, 그는 나에게 운전 기사를 보내리라. 나를 크롬 도금을 한 의자에 앉혀 병원 복도의 리놀륨 바닥 위로 끌고 갈 사람은 바로 그의 스가나렐이리라…

자, 더 이상 꿈꾸어서는 안 된다, 꿈에서 깨어나야 한다, 그러지 않으면 밤에 할 수 있는 일이 없기 때문에. 나는 내 모든 밤들을 남편과 함께 보낸다. 내 모든 밤들을 나의 적과 함께 보낸다. 나는 그가 돌아오는 꿈을 꾼다. 나는 그가 다시 떠나는 꿈을 꾼다, 나는 그를 기다리는 꿈을 꾼다. 나는 18년을 그를 기대하며 보냈다. 그리고 그를 만난 후 30년을 그를 기다리면서 보냈다. 비를 맞고 눈을 맞으며, 까페 안에서(문 닫을 시간이었다), 공항에서(비행기는 벌써 이륙했다), 극장 홀에서(연극은 이미 시작되었다), 기차 플랫폼에서(기차는 이미 멀어져 가고 있었다). 그는 언제나 지각했고, 나는 언제나 그를 기다렸다…

나는 그에 대한 꿈을 꾼다. 그녀에 대한 꿈을 꾼다. 꿈속에서 나는 친구들 집에서 저녁을 먹는다. 나는 그들의 서가에서 '로르 까잘르'의 책들을 발견한다. 아, 나는 그 여자가 직업을 갖고 있지 않다고 생각했었다. '온종일' 숭배하느라 바빠서. 그런데 그녀가 글을 쓴다? '물론이야, 아주 재밌어.' 사람들이 내게 대답한다. 꿈속의 친구들은 그녀의 모든 작품들을 회색 모로코 가죽으로 다시 제본하고, 표지 글씨에 금박을 입혀 놓았다. 질투심에 사로잡힌 나는 그들이 내 책에다가는 한 번도 그렇게 한 적이 없다는 사실에 주목하지 않을 수 없다! 나는 하는 수 없이 감탄하는 척하면서 그토록 뛰어난 재능을 가진 여자의 책들 중 한 권을 서가에서 뽑아들어 펼친다. 그리고 이내 그 책에서 내 단어들, 내 문장들, 내 단락들, 내 모든 페이지들을 발견하고는 대경실색한다… 그건 내 소설이다! 의문에 사로잡힌 채, 나는 그 책의 표지에서 저자의 이름을 한 번 더 확인한다, '까잘르.' 소극(笑劇)이 공연되고 있다, 지금 내가 쓴 책들에 저자 서명을 한 건 그 여자다!…

꿈에서 깨어난 나는 그 꿈이 진실과 먼 거리에 있지 않다는 것을 깨닫는다. 사실 그 여자는 나에게서 모든 걸 훔쳐 갔다. 내가 더 이상 글을 쓸 수 없는데, 글쓰기까지도 빼앗겨 버렸는데. 남편은 떠나면서 나에게서 글 쓰는 능력마저 앗아갔다.

"하지만 당신은 쓰지 않고는 견딜 수 없는 사람이에요!" 정신과 의사는 나를 꾸짖는다(내 주치의는 우울증 치료 중간에 그 정신과 의사에게 가서 상담을 받도록 권했다). "당신이 직업을 버린 데다가 당신 남편이 떠난 지금으로선 글쓰기는 당신의 유일한 수입원이에요! 게다가…" 게다가 뭐? 나는 더 이상의 실패를 해서는 안 된다, 그건가? 그래, 나는 습관적으로 실패해 왔다! 거짓말 하나 보태지 않고 나는 유산하는 데 전문가다! 아무것도 나에게 허락된 적이 없다, 임신조차도. 네 명의 아이들을 낳기 전, 두 번의 유산, 두 번의 과다 출혈. "그 사팔뜨기는 많이 낳을 타입이 아니야! 건강한 아일랜드 혈통의 여자와는 비교도 안 돼!" 내게는 아무것도 주어지지 않았으므로, 그 모든 비난을 감수해야 했다…

그렇지만 나는 글을 쓸 것이다. 내가 아직도 일을 할 수 있다는 걸 의사들에게 증명해 보기 위해 나는 쓸 것이다. 아니면 다른 모든 소설가들처럼 더 이상 쓸 수 없다는 공포를 피하기 위해, 내 자신의 무능력에 대한 불안과 싸우기 위해 나는 쓸 것이다. 나는 쓸 것이다. 수다스럽게, 혹은 조바심하며, 그러나 단 한 가지 주제, 내 남편에 관해서만.

"그? 아무리 그렇더라도 그에 관한 글을 써선 안 돼! 그 모든 걸 다 말할 작정이야?" 모든 건 아니지만 많은 부분을 밝힐 것이다. '그건 노출증이야!' 나는 그 스트립 쇼에 충격받게 될 사람들에게 용서를 구한다. 하지만 내가 아무것도 가리지 않고 나를 드러낸다면, 그건 사람들이 내게서 모든 것을 몽땅 벗겨 갔기 때문이다…

"까트린느, 내 생각에는 그런 류의… 그러니까… 폭로집 같은 류의 책을 출판해서는 안 돼 . 그건 부당한 짓이야! 그건 아주 비열한 짓이야!" 내 시어머니의 엄격한 목소리가 들리는 것 같다(나는 거친 세파에 내 양심을 일깨워 주는 '정신적인 시어머니'를 가졌다). 어머니, 그럼 당신 아들은요? 그는 '부당한 짓'을 저지르지 않았나요? 그럼에도 어머니는 그의 그런 짓은 용서해 주시잖아요. 그의 정부를 두 팔 벌려 환영하지 않으셨던가요! 그러니, 당신은 저도 용서해 주셔야 합니다…

하지만 이번에는 내 할머니, 스무 해 전에 돌아가신 내 할머니가 끼여든다. "애야, 참아, 제발, 참으렴! 아이들을 위해서라도 참아." 할머니, 제 아들은 이제 어른이 되었어요. 아이들의 아버지도 우리들을 떠나면서 그런 말을 했지요.

나는 헐벗었다. 마치 화장하지 않고 꾸미지 않은 맨얼굴을 볼 때처럼, 나는 진실해지기 위한 기회를 포착하고 싶다. 겉치장들을 닦아 내고 싶다.

우선은 부부라는 겉치장을, 벌어진 조개 껍질마냥 텅 빈 껍질밖에 남지 않은 이 부부… 현실을 가장하려는 건 쓸데없는 짓이다. 그리고 사람들이 내게서 거짓과 세속의 번쩍거리는 치장을 벗겨 가버렸기 때문에, 나는 모든 것을 고백할 수 있다. 우리 결혼의 실패가 공공연하게 알려진 이후로 나는 오히려 안도감을 느낀다. 그리고 덜 외롭다. 나를 덤으로 딸려 온 여자쯤으로 간주하던 그의 혈연들 속에서 나는 고독보다 더 심한 고독을 느껴 왔으므로.

내게 그토록 많은 대가를 치르게 했던 그 겉치레들, 그것에 매달려 있었던 게 나였던가? 나는 기억한다, 내 아이가 그 여자의 편지를 내게 내밀었을 때 건성으로 훑어보았던 그 편지의 내용을, 붉은 키스 마크로 물든 편지들에서 향기 짙은 '루쿰 사탕' 스타일로 바뀌었던 그 비난의 편지를. 그녀는 이렇게 쓰고 있었다. "나는 아파요. 사람들이 당신에게 강요하는 그 거짓된 겉모습 때문에 아프단 말이에요! 당신이 축제나 저녁 만찬이나 시사회 행사에 계속 그 태깔부리는 여자를 데리고 다니는 게 정말 싫어요. 계속 자기를 추종하는 충실한 기사가 되어 달라, 그게 그 여자가 당신에게 기대하는 전부예요! 아니, '충실한'은 너무 과해요, 계속 과시용으로 끌려다니는 멍멍개 노릇이나 하시죠…" 하지만 그녀는 잘못 생각하고 있었다(그가 그 여자를 속이고 있었을까?). 허영심과 과시욕, 그런 것들을 좋아했던 건 바로 그였다. 태깔부리는 남자, 그게 바로 그였다. 화려한 거리, 붉은 색 양탄자, 자신의 이니셜을 새겨 넣은 드레스 셔츠들, 은제품들, 고성들, 그리고 장식술까지(기가 막히게도, 그는 그 작은 리본들을 자기 의상들에다 달도록 나에게 바느질을 시켰다! 자칫하면 그의 잠옷에까지도 장식술을 달 뻔했을 정도였다!), 중세 기사식 인사법, 예의 범절, 백작 부인들, 공식 의례, 그게 그였다. 훌륭한 예절과 나쁜 도덕성, 위대한 속물….

지금 나는 그가 왜 연회장마다 내 팔짱을 끼고 들어갔는지, 내가 방송 출연을 했을 때 왜 텔레비전 방청석 맨 앞에 앉아 있었는지 그 이유를 더 이상 알 수가 없다. 자신의 애정을 내게 증명해 보이기 위해서? 나를 지지하고 있다는 걸 증명해 보이기 위해서? 아니면 자기 자신을 드러내 보이기 위해서? 대중들에게가 아니라 그 여자, 그의 '숨겨 놓은 아내'에게 말이다. 나를 기쁘게 해 주고 싶었던 것일까? 아니면 그 여자를 고통스럽게 해서 그에게 더욱 집착하게 하기 위해서였을까? 그가 날 사랑했을 때, 그는 나를 위해 날 사랑했던 것일까, 아니면 그녀에게 보여 주기 위해 사랑했던 것일까?

어쨌든 지금 나는 그를 유혹할 필요를 잃었다. 나는 그를 쟁취하기 위해, 그를 지키기 위해 그를 유혹하려고 노력했었다! 그러나 나 자신을 꾸미기를 그만둔 순간, 진정한 나 자신으로 되돌아가 마침내 나 자신이 되는 순간, 그는 그 자신으로 되돌아가 나를 사랑하기를 멈추었다. 게다가 그의 마음에 들기 위해 빌렸던 가면들은 조금도 효력이 없었다. "정말 아름다워, 내 사랑, 정말 아름다워! 당신의 두 가슴은 마치 두 마리 어린 사슴, 어미 영양의 쌍둥이 새끼 같아…" 그는 살로몬이 쉴라미트에게 했던 이러한 말들을 한 번도 나에게 해 주지 않았다.

그 사랑의 확언들, 다른 이들이 순간적 격정에 차서 속삭였던 그 말들을 믿었어야 하지 않았을까? 그의 애인이 그를 '이 시대의 등대'(선박들에게 경고하세요, 곧 난파할거라고 말이에요!)라고 장담하던 그 아첨을 그가 믿었던 것보다 더한층 나도 그런 확언들을 믿었어야 하지 않았을까? 나중에 회상하며 웃을 수 있는 그러한 터무니없는 찬사들은 상처를 진정시켜 주니까 말이다. "나는 흑인이다, 그러나 나는 아름다운 예루살렘의 처녀다."

그러므로 나는 트위스트 댄서였고 내 동창생이었던 그에게 '특별한 남자'라고 말할 줄 몰랐던 나 자신을 책망한다, 그 여자가 했던 것처럼 그가 '비범한 지성인'이며 '선의 천사', '나의 천재적인 아인슈타인', '내 운명의 시저'라고 감히 그를 설득시키지 못했던 내 자신을.

그에게 석연치 않은 찬사를 퍼붓고 그를 꽃더미 아래 묻어 줄 만큼 너무도 그를 사랑했던 나 자신을 책망한다. 내가 느끼던 불안을 진정시킬 줄 몰랐던("당신은 더 이상 내게 관심이 없어, 까트린느") 나 자신을. 그의 8월 15일은 지나갔으며, 그가 딸 수 없었던 열매들은 어느 것도 익지 못할 것이라는 걸 그 역시 알고 있었다는 것을 깨닫지조차 못했던 나 자신을 나는 책망한다… 나는 눈이 멀었던 나 자신을 책망한다. 눈을 감지 말았어야 했다, 내 닫힌 눈앞에서 그는 더 이상 자기 도취에 빠질 수 없었을 것이므로…

그러나 나는 그를 책망한다, 나를 안심시킬 줄 몰랐던 그를, 내가 예쁘고, 짜릿한 매력을 가지고 있다고, 내 후추 열매, 내 톡 쏘는 향신료라고 말하면서 내 유년 시절로부터 나를 치유해 주지 못했던 그를. "네 남편은 암염소랑도 잘 거야!" 그는 나에게 그 점을 증명했을까? 그렇기도 하고, 아니기도 하다. 어쨌든 그와의 마지막 몇 해 동안, 기쁨에 사로잡히고 격렬한 감정에 다시 빠져들었던 그 암염소는 다시 늙은 할망구가 되었다. 나는 모든 점에서 비난받았다. 내 머리 모양("차마 눈뜨고는 볼 수 없는 아프리카 스타일"), 내 루즈 색깔, 내 치마 길이("의자 사용료 징수인 같아"). 적어도 그 '연인'이 나를 비평하지 않고 나에게 조언을 해 주기 시작했더라면, 이를테면 탈모제, 원더브라, 운동으로 단련된 복근, 피부 크린싱, 심지어 '젊어지는' 호르몬까지!

우리가 젊었던 시절부터 이미, 무심코 그랬는지는 모르지만, 그는 찬사에 인색했다. 그리고 내 이름이 아닌 다른 이름에게 곧 그 찬사를 돌려주곤 했었다. 사랑이 끝난 후에 노래를 들려 주면서(나는 사랑과 달콤한 포도주에 취해 있었다) 그는 어렴풋한 미소 속에서 나에게 암시했다. "Don't take it for granted!" — "이걸 당연한 일로 여기지 마!"… 아, 나는 감히 묻지 않았다! 내가 유리한 입장에 서 있지 않다는 것을, 내가 비탈길을 내려가고 있다는 것을, 유혹의 전쟁이 날마다, 밤마다 이 여자에게서 저 여자에게로 늘 다시 시작되리라는 것을 잘 알고 있었으므로.

필요불가결하지만 결코 충족시킬 수 없는 그러한 노력에서 해방되고, 마침내는 경쟁의 대열에서 제외된 나는 이제 휴식을 찾는다. 버려짐 속에서 평온을 찾는다… 나는 적어도 마지막 기간 동안 우리의 관계를 유지시켰던 그 거짓말, 나를 영원히 갚을 능력이 없는 채무자로 만들었던 그 거짓 사랑을 씻어 냈다. "당신 꼴을 좀 봐! 당신 모습을 좀 보라구! 그리고 내가 옛날에 당신의 어떤 점에 빠져들었던가를 좀 생각해 봐, 당신이 날 꼼짝 못하도록 빠져들게 했던 그 모든 것들을 말이야!" 그는 하루 종일 그렇게 말하는 것처럼 보였다.

언제부터 상황이 틀어졌을까? 나의 젊은 연인은 자유사상가, 계몽가, 천진한 패륜아의 매력을 지니고 있었다. 위선적인 순진함, 무례함, 변덕, 경솔한 언동, 상냥함, 그래 상냥함까지. 게루빔, 렐리오, 프롱삭, 어린 카사노바…

태평한 기질을 타고나지 못한 사람이 카사노바와 결혼한 것이 잘못이었다! '하늘의 새들', '들판의 백합들'. 우리의 결혼식 날, 나는 그런 교훈을 얻지 않았던가? 그날 나는 내가 그토록 가벼운 존재로 살아갈 수 있을지 겁이 났다…

그러나 친구들이 나를 안심시킨다. 그들은 말한다. "이봐, 30년 전부터 서로 사랑해 온 사이니 지극히 당연한 일이야. 너희들 사이에는 그것에 대한 묵계가 있었어! 다만, 그 후로 그가 변했겠지…" 변했다고? 아니, 더욱 심화된 거겠지. 우리는 각자 자기 쪽을 파 들어가면서, 둘 사이에 벽을 세웠다. 마지막 몇 해 동안, 우리는 더 이상 아무것도 공유하지 않았다. 나는 점점 더 책을 많이 읽었고, 그는 점점 더 책을 읽지 않았다. 나는 점점 더 시골을 좋아하게 되었고, 그는 점점 더 사교계를 좋아하게 되었다. 나는 내 나이를 받아들였고, 그는 자신의 나이로부터 도망갔다. 바이타톱 헬스 클럽, 비타민 칵테일, 테니스 시합, 놀이 공원, 전략 게임, 비디오 게임, 게

임, 게임, 게임… 그 변화 속에서 '다른 여자'는 어떤 부분을 차지하고 있었을까? 더욱 젊고 스포틱하고, 정신적인 것들과는 거의 거리가 먼 그 여자, 그 여자가 그걸 원했던 것일까? 아니면 그들의 취향이 중도에서 서로 만났던 것일까?

그 영리하고 산만한 소년을 능가하기 위해 나는 청소년기부터 나 자신의 능력 이상으로 나를 더 높이려고 애를 썼다. 나는 나를 추월하면서 그를 추월했을까?

하지만 그는 '성공'했다. 존경받는, 아니 사랑받기까지 하는 대표이사. 그의 조합 사람들조차 그를 인정하고, 매혹적인 사람이라고 생각한다! 안정된 직업. 하지만 거리에서 사람들이 알아보는 건 나다. '텔레비전에 나오는 여류 작가'. 내 책의 판매부수는 증가하고 있었다.

어느 날, 나도 알지 못하는 어떤 문학 모임에서 한 비평가가 어떤 시인에게 무심코 내 남편을 '라랑드 씨'라고 소개했다. 그 후로 그는 몇 번이나 나에게 그 일을 상기시켰던가! "하지만 프랑시스, 증권 중매인들의 야회에서는 날 켈리 부인이라고 하잖아요. 결국 마찬가지예요!" 그는 대꾸했다. "마찬가지가 아니야. 그럼, 아니고 말고…" 그는 그걸 보상하기 위해 더 많은 '바람'을 피워야 했던걸까? 나에게 그 대가를 치르게 하기 위해서 더 많은 굴종과 모욕을 내게 부과해야 했던걸까? 내 부채는 끊임없이 커져 갔다. 빚을 없애려 하면 할수록 더욱더. 나는 피할 수 없는 파탄을 인식하면서 미래에 대한 어음을 발행하고 있었다.

그가 그 보이지 않는 여자를 사랑했을 때, 나는 안도감을 느꼈던
게 아닐까? 나는 그의 난봉을 용서했고, 그는 나의 성공을 용서했
다. 우리의 부채는 그런 식으로 수지 타산을 맞추게 되었다(남편은
신문에서 내 시나리오나 소설에 대해 언급한 기사들을 오려 내어
커다란 앨범에 스크랩한다. 그는 두 개의 색인표를 나란히 병렬시
켜 놓는다, 내 작품들의 색인표와 자신의 정부들의 색인표를. 복식
부기, 서로 앞을 다투는 대차대조표). 그 다른 여자는 "사랑해요, 난
당신을 '인간'으로서 찬미해요"('인간'이라는 단어는 대문자로 씌
어 있었다)라고 그에게 편지를 썼다. 그 여자는 앞질러 간 그 모든
금발들보다 훨씬 훌륭하게 그의 마음을 달래 주리라. 그 숭배자는
나보다 훨씬 더 훌륭하게 그를 잠재워주리라. 나는 그 여자가 그를
잠재우고 그를 마비시키리라는 것을 상상하지 못했다! 비겼다, 그
는 고통의 끈을 잘라 냈고 나는 그를 사랑하는 일을 멈추었으니까.

지금까지도 나는 우리의 길이 어떤 명확한 순간에 갈라지게 되었
을까, 내가 어떤 교차로에서 그를 놓친 것일까 자문해 본다. 그들이
처음 만났을 때?(아마 내가 믿었던 것보다 훨씬 더 이른 시기였으리
라. 하지만 그들이 정말로 서로 만난 것은 언제일까?) 그 독신 아파
트, 아틀리에를 구입했을 때?(그건 또 언제였을까?) 큰 아파트를 임
대했을 때?(그건 또 언제?) 의문 속의 의문들, 무지의 제곱! 혹시 그
보다 훨씬 더 일찍 벌어졌던 일은 아니었을까? 내가 처음으로 책을
냈을 때부터, 우리의 첫아이가 태어났을 때부터, 우리의 마지막 학
기 때부터, 그의 초기의 정부들 때부터? 아니면 그보다 더 전에, 훨
씬 더 전에? 그의 부모, 내 부모, 아주 다른 우리의 환경, 우리의 표

본, 우리의 고통, 우리의 어린 시절…

우리가 정말로 '갈라 서게' 되었을 때, 나는 그걸 깨달았어야 하지 않았을까? 내가 그걸 막을 수도 있지 않았을까?

의사에게 친지의 불치병에 관해 상담했던 일이 생각난다. 나는 그 병의 이런저런 징후를 충분히 주의하지 않았던 내 자신을 탓했다. "몇 주일만 더 일찍 진단받게 했더라면 병을 치료할 수도 있지 않았을까요?" 그 의사는 확고하게 말했다. "부인, 자책하시 마십시오. 일찍 오셨다 해도 달라질 건 아무것도 없었을 겁니다. 이 병은 아주 오래 전부터 시작된 거예요. 부인이 달리 손을 쓸 방도가 없었을 겁니다…" 그는 그 충고로 나를 안심시켰다고 믿었다! 하지만 나, 나는 뭔가를 하고 싶다! 나는 나 자신을 무능력한 여자라기보다는 차라리 죄인이라고 믿고 싶다!

내가 죄인이라면, 나는 나를 떠난 사람을 단죄할 수 없을 것이다. 내가 죄인이라면, 나는 내 행실을 고쳐 나가면서 아직 기대할 수 있을 것이다… 그런데 뭘 기대한단 말인가? 나와 가장 친한 친구가 나에게 내가 원한 만큼의 망상의 사료를 준다(그녀는 감정의 모순에 대해 아무것도 모른다). "너네 이혼, 그들의 결혼, 그래, 그건 그들 커플에겐 종말의 시작이야!"

그래, 아마 그럴 것이다… 하지만 나를 배반한 한 남자, 나를 우롱한 남자, 로르 까잘르가 무릎꿇고 찬미하는 남자, 로르 까잘르가 찬미하는 것에 감탄하는 그 남자를 사랑할 수는 있었지만, 육체와 정신이 똑같이 천박한 한 여자에게 자신의 삶을 바치는 그 남자를 사랑할 수는 없다. 아, 그 달콤한 사랑의 속삭임, 그 물컹거리는 목소리! 그녀의 짧은 가죽 팬츠, '상류 사회'를 향한 주체하지 못하는 갈망, 그녀의 에르메스 상표, 루이뷔통 상표, 그리고 그녀의 '난 정 말, 당신의 그 든든하고 단단한 가슴에 바싹 안기고 싶어요. 난 제 인이고 당신은 타잔이에요!(그녀가 쓴 편지 원문 그대로, 원문 그대 로)' 아니, 나는 그가 그런 선택을 했으리라고 생각할 수 없다! 나는 그가 나를 떠나는 걸 받아들일 수는 있을 것이다(어쩌면?). 하지만 그녀에게로 간 것은 받아들일 수 없다! 그토록 천박한 여자에게 충 족감을 느끼는 남편, 그런 여자와 공범이 된 남편, 그런 여자 때문 에 행복해 하고, 그런 여자를 자랑스러워하는 남편, 그 남편은 내가 선택할 만한 그런 남자가 아니다.

나는 나의 모든 환상을 벗겨 냈다. 사람들은 나에게서 많은 것을 빼앗아 갔다. 그리고 나는 아직 남아 있는 것들을 돌려보냈다. 이제 나는 '내일 떠나야만 하기에 짐꾸러미들을 그 앞으로 발송한 여행 자'와 같다. 내 인생의 남자는 내 노년의 남자가 아닐 것이다. 나는 나 자신에게 그 점을 설득시키기 위해 그 말을 반복한다.

하지만 당신도 알겠지, 내가 늙은 당신의 모습을 얼마나 보고 싶 어할지를, 당신의 다갈색 머리칼을 그토록 사랑했던 나는 당신의 흰 머리칼 역시 사랑할 것이라는 것을…

나는 기만적인 미래에 나 자신을 투영시키곤 했다. 벽난로 앞에 서 보낼 긴 저녁 시간들과, 아일랜드 절벽 위의 산책, 낡은 음반들 ("갱즈부르, 기억나?")을 함께 듣고, 카나페에 몸을 깊숙이 묻고 램 프의 장밋빛 불빛 아래서 책을 읽고, 손자들을 우리의 무릎 위에 재 우는… 솔직해지자. 그 평온한 미래는 당신과 어울리지 않는다. 노력했음에도 불구하고, 상상 속에서 당신을 내 옆에 단 5분도 앉아 있게 할 수 없었고, 당신이 나를 회전 의자에 앉게 하고 돌린 다음 다시 나를 붙잡아 주는 모습을 상상할 수 없었고, 무거운 샴페인 바구니를 팔에 끼거나, 내 발치에 모닥불을 피우는 우리의 가을을 당신에게서 떠올리는 일에 실패했을 때, 그걸 깨달았을 때, 나는 그 장면을 철회시킬 사람은 바로 나라고 생각했다. 그 장면이 그대로 희미한 채로 남아 있더라도, 그런 미래는 결코 오지 않을 것이다, 그전에 나는 죽을 것이므로…

내 마지막 환상, 내 요절에 대한 환상, 혹은 한 베개 위에 뒤엉킨 우리의 백발에 대한 환상, 그 환상은 휩쓸려 가버렸다. 하지만 그게 다였을까? 이따금 영원히 지워지지 않는 한 가지 환상이 남아 있는 듯 느껴진다. 우리의 부부 관계는 모든 걸 이겨 낼 수 있을 만큼 강하다는 환상… 이혼조차도 이겨 낼 수 있으리라는…

눈이 내린다. 모든 것은 사라져야 한다. 벗겨 내기 전에 사라져야 한다. 엄격함, 준엄함. 최근 며칠 동안 온통 금속성의 광택을 내는 이 자연이 나에게 길을 가리켜 보인다. 납빛 하늘, 아연 빛깔의 땅, 강철 나무들, 쇠로 된 잎사귀들, 은빛 연못. 얼어붙은 잡초들이 내 발 아래서 유리 깨는 소리를 내며 와사삭 부서진다. 바람이 내 살갗을 도려 낸다, 대초원에서 오는 광풍이 나를 후벼 판다, 나를 도려 낸다.

나는 헐벗었다. 나는 내 눈에서 베일을 벗겼다. 나는 너무 오랫동안 나 자신에게 진실을 숨겨 왔다. 나는 분장을 하고 있었다. 변장을 하고 있었다. 내 남편이 변했다는 건 사실이 아니다. 처음부터 우리의 결혼은 잘못된 것이었다. 낭만주의자와 자유사상가의 결합, 순진한 여자와 바람둥이 남자의 결합! 30년 동안 나를 점령했던 그 남자에게 내가 어떤 빚을 졌는지 나는 안다. 내 연구, 내 여행, 내 책들, 내 아이들, 그가 없었더라면 감히 그 어떤 것도 가질 수 없었을 것이다. 하지만 나는 또한 알고 있다, 이제 우리는 우리 아이들을 공유할 수 없다는 것을. 우리가 우리의 이십 대 시절의 소품이었던 「러브 스토리」를 공연했던 것이라면, 우리는 즉시 알아차렸어야 했으리라, 우리 사이에 아무런 공통점도 없다는 사실을. 나는 황혼과 폭풍우, 투우와 스페인의 사막들과 노르웨이의 피오르드 협만, 독수리, 부엉이, 승마용 부츠와 말을 좋아했다. 그는 새벽과 우유, 푸른 바다와 비단 옷과 과일 파이와 비둘기, 카나리아를 좋아했다. 밤의 소녀들은 이른 아침의 소년들과 자주 마주치지 않는 법이다… 그런데 누가 우리를 같은 길 위에 올려 놓았을까?

나는 내가 좋아하지 않았던 그 모든 것을 그가 좋아한다는 이유 때문에 좋아하려 했었다… 하지만 실패했다!

내가 그를 다정하고 가볍고 바람기 많고 유치하며 우유부단하다고 묘사할 때, 내가 그의 투명한 살갗과 부드러운 눈길과 빛나는 머리결에 넋을 잃을 때, 나는 마치 한 남자가 한 여자에게 말하는 것처럼 내가 그에게 말하고 있는 것처럼 느껴진다. 어떤 때는 나보다 훨씬 더 젊은 한 여자에 대해 말하는 것 같기도 하다… 그는 나보다 나이가 많다, 하지만 그는 나보다 더 피부가 매끄럽고 나보다 더 밝고, 그리고 나보다 더 투명하다! 패륜 행위에서까지도!

십 년 전부터 우리의 '나이 차이'는 두드러지고 있었다. 내가 내 호적보다 더 늙어 보여서가 아니라('다이내믹한 젊은 여자!') 그가 '정말로 늙지 않아서'였다. 실루엣, 행동, 옷매무새의 뭔가가 그를 아이들의 형님뻘 정도로 보이게 했다!

그러한 오해가 처음 일어났던 건 어느 칵테일 파티에서였다. 나를 만나러 온 어느 영화 감독(여자)이 그에게 어느 학교에 다니느냐고 물었다… 그는 자신의 나이가 마흔 세 살이며 금융 회사를 운영하고 있노라고 그녀에게 설명하느라 애를 먹었다! 게다가 나는 그때 그 일을 기분 좋게 느끼기까지 했다. 작약 빛깔의 붉은 옷을 입은 그 여자는 나에게 거듭 사과를 했다. 하지만 나는 시력이 나쁜 게 틀림없는 그 불행한 여자에게 화를 내지 않았다… 그 후 그런 일들이 반복되면서, 나는 스스로에게 질문하기 시작했고, 나 자신에게 역정을 부리기까지 했다. 최근에 한 동료 작가가 나에게 함박 웃음을 지으며 말했다, 그의 최근 '사인회'에서 내 아이들 중 한 명을 만났노라고. "아, 네 명 중에 누구죠?" "프랑시스." "어머, 그인 내 아들이 아니예요! 내 남편이라구요!" 그러고는 수치심을 느끼면서 내 남편이 나보다 한 살 더 많다는 걸 강조하는 것이다. 나는 사람들이 내가 '나이 어린 건달'과 결혼했다고 믿지나 않을까 두렵다! 난처해진 그 작가는 자승자박을 하고 만다. "아시죠, 왜, '출판 기념회' 같은 데서 사람들이 빙 둘러서 있으면 아무도 못 알아보잖아요, 그의 어머니도 알아보지 못할 지경인걸요!"

어머니, 마침내 인정해야 하는 단어는 바로 그거다. 나는 내 남편의 어머니이다… 거기서부터 몽상은 그가 스무 살밖에 되지 않았던 시절로 거슬러 올라간다. 그 시절부터 나는 불성실하고 부재하는 그를 내 속에 품고 있었다. 한껏 오그라든 그를 내 속에 품고는 임산부가 아기에게 말하는 것처럼 그에게 말하곤 했다…

나는 진실의 핵심에 다다른다. 우리는 한 번도 서로 어울린 적이 없었고, 시간의 흐름 속에서 내 사랑하는 남자가 나보다 더 젊고 나와 함께 다니기에는 너무 젊어지게 되었을 때 그 균열이 점점 더 벌어졌다는 진실…

이미 껍질 벗는 일을 이만큼이나 진전시킨 이상, 나는 더 이상 아무것도 숨기고 싶지 않다. 나는 껍질까지 시든 낙엽이 되어갈 것이다. "밧줄을 거는 건 희생자가 아니라 사형집행인이에요. 당신의 프랑시스, 당신은 결코 그를 떠나지 못할 거예요!" 내 친구의 친구가 그의 심리를 분석하면서 나에게 장담한다. 나와 관계된 점에서는 그녀가 잘못 알고 있노라고 그녀에게 고백해야 할까? 내 남편은 나를 포기하지 않았다. 그를 몰아낸 것은 나다… 독신자 아파트 사건 이후로도 추운 밤들, 빼앗긴 아이들, 벗겨진 반지, 그 기차역 플랫폼에서 내 귀에 입을 맞추며 흘려 넣던 '이혼을 원해, 아니면 별거?' 그 일들 이후로도 아직 하나의 '이후'가 남아 있었기 때문에, 그리고 그 하나의 이후는 영원히 남아 있을 것이기 때문에.

그는 선택할 수 없었다. 선택한다는 것, 그건 늙어 가는 것이다. 선택한다는 것, 그것은 죽는 것이다. 그래서 내가 대신 그를 위해 선택했다, 우리의 끝나지 않는 고통을 끝맺기로. 그렇다, 바로 내가 선택했다. 실패한 마취 상태 속에서 나는 그를 몰아냈다.

그 '이후'의 일은 병원에서 내 부러진 손의 첫번째 수술이 끝난 지 두세 시간 후에 일어난 일이었다. 간호사들은 그가 내게 접근하는 걸 허락하지 않았다. 그러나 그는 대기실에서 기다리고 있었다. 그는 나에게 용서를 구하는 작은 쪽지를 전해 주었다. 나는 다시 한 번 그의 팔을 꽉 붙잡고 싶었다. 다시 한 번 내 곁에 그를 붙잡고 싶었다. 나는 칫솔도 잠옷도 깨끗한 슬립도 화장 비누도 없는 낯선 방 안에 혼자 있었다. 그날 저녁 늦게 나는 응급실로 보내졌다. 형사 피고인을 감금하는 것처럼 몸만 달랑. 몇 시간 전만 하더라도 나는 내 두 다리로 걸을 수 있었다. 물론 약간의 상처가 있긴 했지만, 그때까진 옷을 입고 있었고, 그때까진 깨끗했고, 그때까진 아직 괜찮았다. 그러나 이제 나는 알몸 위에 환자복을 걸치고 혼자 누워 있었다. 기분이 나빴다. 나에게 우선 필요한 옷, 드레스용 장갑, 화장수를 가져다 줄 사람은 그밖에 없었다. 나를 도와줄 사람은 그가 아니고는 아무도 없었다. 그러나 나는 그를 부르지 않았다.

나에게 그가 급히 휘갈겨쓴 '사과의 쪽지'를 내게 전해 준 간호 보조사인 킴에게 나는 말했다. "Please, tell him that he musn't stay, he shoud leave. And leave home too… 오늘 저녁에 짐을 꾸리라고, 제발, 날 불쌍히 여긴다면 떠나달라고! Please, tell him, 그는 결국에는 날 죽이고 말거예요. 난 결국 그를 죽이고 말거예요… Away! 너무 늦기 전에, 그가 사라지기 전에, 그가 달아나기 전에! Away!"

그에게 머물러 달라고 애원했어야 하지 않았을까? "날 떠나지 마세요!" 내가 '그의 그림자의 그림자, 그의 개의 그림자'가 되는 걸 허락해 달라고, 그의 신바닥 흙털개, 그의 발닦개, 그의 걸레가 되도록 허락해 달라고. 내 침대에 세상의 모든 금발 여자들을 맞아들일지라도 제발 "떠나지 마세요!"라고, 그의 숭배자에게 수프를 갖다바치고 그들에게 아침 식사를 갖다바치겠으니 제발 "떠나지 마세요!"라고. 하지만 그건 내가 선택한 레퍼토리가 아니다. 그건 자존심을 팽개친 채 만일 연인이 떠난다면 자신이 죽을 것이라고 생각하며 애원하는 퍼셀의 여주인공 디동의 레퍼토리다. 그러나 그녀는 마침내 애원하기를 포기하고 그에게 떠나라고 명령한다. "나는 남겠소." 애인의 호소와 영광의 부름 사이에서 갈등하는 그 가련한 아에네아스(트로이 왕자이며 트로이 전쟁 때의 용사—옮긴이)는 마침내 그렇게 신음한다. '나는 남겠소.' 그는 비참한 표정으로 약속한다. 이미 떠날 차비를 하고 있었고, 그의 친구들을 승선시켰고, 그의 배에 짐을 실었고, 마지막 작별의 말을 끝낸 바로 그 순간에… "가세요!" "Away!/For'tis enough, whatever you now decree,/That you had once the thought of leaving me." —"당신이 지금 어떤 결심을 했든 당신이 한 번이라도 날 버리려고 생각했다는 그것으로 충분해요…"

내 남편은 나를 떠나지 않았다. 그는 한 번도 나를 떠난 적이 없었다. 그는 떠났다가는 다시 되돌아오곤 했다. 그는 두 가정, 두 명의 아내를 가지고 있었다. 그러나 나는 더 이상 그의 우선적인 여자가 아니었다. 언제나 쉬는 시간의 그 노래, '내가 널 좋아한다고 생

각하면 오산이야, 내 마음은 널 위한 게 아니야…'

병원 침대에서 그에게 내 고통을 끝맺게 해달라고, '날 끝내 달라'고 애원한 건 바로 나였다. 나는 그가 또다시 정에 이끌려 마음이 누그러지고, 또다시 망설이고, 또다시 머물렀다는 것을 알고 있었다. 그는 그 후 나에게 지고 만 것에 대해 매일같이 나를 비난할 것이다. 나는 디동처럼 내가 갚을 능력이 없는 빚보다는 차라리 화형대를 선택할 것이다. 영원한 죄인으로, 영원히 모욕당한 채. "Away, away!"

그는 그 이튿날 집을 떠났다. 내가 새로운 수술을 위해 다른 병동으로 옮겨지는 동안. 그리고 3주 후, 그가 마침내 내 건강을 묻기 위해 전화를 걸어 왔을 때, 그는 자신만만한 어투로 말했다. "당신은 인내심이 없었어…" 그래, 인내심이 없었다. 겨우 25년이니.

그러나 그건 그가 나를 비난할 때마다 늘 하는 소리다. 그런데도 내가 여전히 기다려야 했을까? 내가 여전히 기다릴 수 있었을까? 그 후 나는 '내 사고'가 있기 이미 몇 달 전부터 그가 로르와 그녀의 딸들과 그, 이렇게 네 사람을 위해 샹 드 마르스에 커다란 아파트를 임대했다는 것을 알게 되었다. 바람 피우기 경주에서 그는 늘 한 발 먼저 앞서 나가 있었다…

그러므로 내가 그를 '쫓아낸' 것은 아니었다. 그가 단지 하나의 선으로만 나와 연결되어 있었다면, 내가 그 선을 끊었다고 말해야 할 것이다.

나의 영역에는 겨울이 계속된다. 나날이 묘지의 장엄한 고

요가 드리우는 겨울. 대리석 안에 움푹 패인 무덤 같은 계곡들, 펼쳐진 부채꼴 모양의 어두운 실편백나무들. 호숫가에 핀 산형화(繖形花)의 윤곽을 짐작할 수 있는 어두운 오리나무들 너머로, 나는 더 이상 진줏빛 수평선과 하늘 이외의 다른 풍경들을 보지 못한다. 그 영원한 아름다움… 마을 저편으로 1월의 찬란한 슬픔을 맛본다. 저녁 다섯 시부터 초원은 푸르스름해진다. 그리고 밤이 완전히 찾아오면, 그 빛은 흔들린다. 깊은 빛, 달빛을 하늘 위로 투영시키는 그 빛, 그것은 눈의 빛이다.

겨울이면 이 곳의 모든 것들은 선명해진다. 더 이상 두려워할 필요가 없다. 나는 가면과 껍질을 벗어 던지고, 내 살갗마저 벗어 던지고(진실에 다다르기 위해서 궁극적으로 벗어야 할 것은 바로 살갗이기 때문에) 적나라하게, 숨김없이 나아간다.

마지막 남은 의혹들을 지워 보자. 생살을, 알몸을 드러내 보자.

나는 나에게서 도망간 사람, 나를 몰아낸 그 사람을 내가 생각했던 것만큼 그렇게 깊이 사랑해 본 적이 없었던 게 아닐까? 그가 모든 것을 주지 않았던 만큼, 아무것도 주지 않았던 만큼 나 역시 그에게 모든 것을 주지 않았다. 내 시간도(일이 너무 많았고 아이들이 많았다), 그에게 마땅히 기울여야 했던 관심도 그런 게 아니었다면, 나는 더 빨리 깨달았을 것이다. 그가 자신의 죽음을 두려워하기 때문에 내 늙음을 두려워한다는 것을. 그가 이 병원 저 병원에서 건져내야 했던 그 아름다운 연인들, '그녀들을 그 곳에서 구해 내고' 싶어했다면 그건 선의에서가 아니라 영원을 쟁취하기 위해서였다는 것을.

영속적인 반역자인 그는 하루 종일 죽음과 싸우고 있었던 것이다. 그가 언제나 제때에 도착하지 않았던 건, 금지 구역으로 갔던 건, 눈사태가 난 협곡에서 스키를 탔던 건, 손으로 음식을 집어먹었던 건, 보험도 없이 차를 몰았던 건, 자기 아내와 정부들을 속였던 건, 어떠한 제약도 어떠한 법도 인정하지 않았던 건, 속임수를 쓰고 거짓말을 하고 저항했던 건, 그 모든 것들은 그가 운명에 대항하여 무익한 무쇠팔 경기에 참가했기 때문이었다.

그는 자연의 법칙(특히 그 자연의 법칙!)조차도 거부했다. 30년 동안 그는 언제나 우유를 끓어 넘치게 했다. 아침 식사 때나 일요일, 그가 직접 온 가족을 위해 쇼콜라를 준비할 때, 그는 가스불 위에 냄비를 올려 놓고는 사라지곤 했다. 그리고 2분 후에 성난 고함 소리가 부엌에서 들려오곤 했다. "이런, 제기랄! 이 형편없는 저질품이 또 넘치고 있어!" 그 우유는 그를 개인적으로 모욕했고, 자연의 법칙은 그에게 원한을 품고 있었다. 30년 동안, 날마다 그는 똑같은 전쟁을 다시 시작했다. 그리고 30년 동안 우유가 승리했다….

그가 불 위에 냄비를 올려 놓는 걸 볼 때면 나는 잔소리하는 데 신물이 난 미소를 띠고 말하곤 했다. "프랑시스, 우유를 데우려면 잘 지켜보고 있어야 해요. 안 그러면 끓어 넘칠 수도 있어요, 알죠?…" 그는 성이 난 채 중얼거리며 성난 눈길로 잠자는 우유를 힐끗 쳐다보고는 내가 내 일감으로 되돌아가자마자 신경질적으로 냄비를 엎어 버리곤 했다. 그리고 다음 순간이면 어김없이 부엌에서 그의 패배의 고함 소리가 되울려 오곤 했다. 부르짖음, 욕설, 마침내 칼이 서로 부딪치는 소리(스테인레스 냄비와 스테인레스 개수대가 부딪치는 소리). 그러는 동안 아주 강한 단백질 타는 냄새가 계단으로 침입해 올라왔다. 그러면 나는 그 다음으로 내가 해야 할 일이 무엇인지 알고 있었다. 걸레질하기…

우유가 끓어 넘치는 것, 불이 타오르는 것, 인간이 죽는다는 것, 남편은 그런 것들을 인정하지 않는다. 그는 거부한다. 더 이상 할 말이 없다.

나는 한 번도 그에게 현실을 받아들이게 할 수 없었다. 그게 바로 현실의 법칙이었다. 어쩌면 걸레질을 하는 것이 나였기 때문이 아니었을까? 더 분명하게는 그가 나에게서 안심할 수 있는 그 무엇을 찾지 못했기 때문이 아니었을까? 그에게 영원성의 대체물을 제공해야 했으리라. 그런데 나는 그 일을 하지 않았다. 나는 그를 충분히 사랑하지 않았다… 그를 속일 만큼 충분히 그를 사랑하지 않았다. 끊임없이, 조직적으로 그를 속일 만큼… 그를 지키기 위해 그를 속일 만큼…

결혼 초기에 그가 이 금발에서 저 금발로 꿀을 걷어 모으러 다니는 것을 보았을 때, 그가 자신의 '잠시 스쳐 가는 여자들'을 집으로 데려왔을 때, 안느가 내 침대에서 잠잔 것을 대담하게 내게 알려 주었을 때, 그의 도전에 한계가 없다는 것을 나에게 이해시키려 했을 때, 그 때 나 역시 몇몇 모험을 했다. 그에게 복수하기 위해. 요컨대 그 당시 나는 톱 모델은 아니었지만, 그래도 더 이상 사팔뜨기가 아니었고 젊었다. 그러나 남편은 나의 카드 패들을 빼앗아 가곤 했다. 게다가 그는 나를 격려하기까지 했다. "난 질투하지 않아." 그는 겉멋을 부리며 그 말을 반복하곤 했다. 자신이 전혀 대가를 치르지 않아도 되는 그 편리한, 넓은 아량! 나는 그를 사랑했고 그는, 그 사실을 알고 있었다. 그를 속이면서 도리어 나 자신을 속이고 있다는 것을 깨닫기에는 그리 오랜 시간이 걸리지 않았다.

내가 끝끝내 버티지 않은 게 잘못이었다. 무기력, 사랑하는 남자들과 함께 사랑하는 한 남자를 속이는 것보다 더 피곤한 건 없다는 나태함 때문이었다! 게다가 사람들은 남편을 질투하는 연인이 나오는 장면들을 좋아하지 않는다… 나는 사람들이 나로 인해 고통받는 것을 좋아하지 않는다. 그러나 나는 그 악취미에 열중하여 전력을 기울여야 했으리라. 적어도 내 '연인'에게 그가 원해서 했던 이 결혼은 바람직한 결혼이라고 설득하기 위해서… 하지만 나에게는 불성실에 대한 인내가 부족했다.

그러나 나에게 정말로 그것이 부족했을까? 내 방식대로, 더욱 은밀하게 나는 그를 속이는 일을 결코 그만두지 않았다. 나는 '로고스'를 위해서만 살고 있었다. 육체는 필요 없었다. 나는 지나가는 모든 말들을 끌어 모았다. 형용사를 농락하고, 부사를 찾아다니고, 동사형 명사 앞에 엎드려 끓었다. 그것들은 남편이 더 이상 접근할 수 없는 왕국으로 나를 이끌어 갔다. 말들은 질투심에 사로잡힌 연인들이었다. 그 때부터 매순간 나는 그들을 다시 만나기 위해 달아나곤 했고, 남편은 바람을 피우기 위해 사라지곤 했다. 그는 내 몸 위에 자신의 몸을 얹은 채 여전히 자신이 나의 주인이라고 믿고 있었다. 하지만 나는 그들과 함께 있었다. 그의 옆에 누운 채 나는 그들의 정확한 뉘앙스를 찾아내려 애를 쓰면서 방의 커튼으로 그를 속였다. 나는 낮의 하늘을 묘사하기 위해 그를 피해 창으로 달아났다. 나는 그와 살을 맞댄 채 정원의 향기와 함께 그를 속였다. 라우로세라스나무가 꽃을 피울 때 그 달콤한 향기, 비에 젖은 회양목의 자극적인 향기(혹은 후춧가루를 뿌린 듯한 신랄한 향기?)를 정의할 말을 사로잡으려 애쓰면서. 나는 그의 품에 안긴 채 대지 전체와 함께 간통하고 있었다! 심지어 나는 그 자신과 함께 그를 속이기까지 했다. 내 입술 위에 그의 입술이 포개져 있는 동안에도 나는 눈을 감고 내 기억 속에 있는 그의 푸른 눈의 초록빛 광채를 되찾으려 애쓰곤 했다…

그는 아버지, 여비서, 친구들을 공범자로 가지고 있지 않았던가? 나, 나는 그를 배신하기 위해 내 서가의 온갖 사전들, 저자들, 그리고 애독서들을 가지고 있었다. 탁자 위에 버티고 선 채 내 옷을 벗길 준비를 하고 있는 여섯 권의 공범자들을. 집은 소근거림, 비밀스런 속삭임으로 가득 차 있었다. 페이지들은 우리의 음모에 대해 수근거리고 있었다… 아, 가엾은 남자, 그는 조롱당하고 있었다! 자기 집 지붕 아래에서까지 조롱당하고 있었다! 마지막 몇 년 간 그를 부추겼던 그 서투른 복수심. 그는 자신이 고통받기 때문에 나를 고통스럽게 했다. 내가 왜 고통받아야 했을까? 그러나 나는 그를 조금도 비난하지 않았다. 사방은 온통 게임이었다.

나는 몇 가지 의혹을 느낀다, 내 정숙함에 관해, 엄밀하게 말하면 내 종교적인 정숙함에 관해서. 신은 말한다. "너희들 중 누구도 조강지처에게 불충실하지 않도록 조심하라! 나는 이혼을 싫어하나니…" 좋다, 나에게 신은 남자다. 그리고 그 다음엔? 훈장은 어디에 있는가? 정숙함은 미덕이 아니다, 그건 일종의 품성일 뿐이다. 나는 모든 것에 충실하다, 내 직위나 집안에도, 친구들에게도, 편집자에게도… 그리고 목수에게까지도! 그러니 그건 타고난 천성이고 격세유전의 형질임에 틀림없다. 영지에 딸린 농노의 혈통, 벽돌공 혈통, 건축가 혈통, 체인에 얽매인 노동자 혈통, 특히 집안에 틀어박혀 있기를 좋아하는 혈통! 내 남편은 집안에 틀어박혀 있는 나를 꽤나 비난했다! "개는 언제나 자신의 토사물로 되돌아오는 법이지." 이건 그가 좋아하는 종교적 인용문이었다. 그는 끊임없이 그 말로 나에게 상처를 입히곤 했다. 분위기를 바꾼다? 하지만 그에게는 더 이상 아무것도 쉬워 보이거나 필요해 보이는 것이 없었다. 염색체 문제였다. 선원의 아들, 이주민의 아들, 해적의 아들, '침략자'의 아들, 모험가의 아들인 다갈색 머리칼의 내 아일랜드 남자는 언제나 항구나 역, 배, 비행기, 호텔, 시장에서 편안함을 느꼈다… 일시적으로 머무는 통과 지점에서만, 월 스트리트, 홍콩, 프랑크푸르트.

그리고 나, 나는 길을 잃어버리곤 했다. 그가 없으면 늘 길을 잃어버렸다.

"신이 결합시킨 것을 인간이 분리하려 하지 말라!" 신은 말한다. 하지만 질문이 있다. 신은 왜 육지 여자와 뱃사람을 결합시켰을까? 신은 왜 나를 작가로 만들고, 그를 여행가, 벌새, 나비로 만들었을까? 신은 왜 그를 우유가 끓을 때까지의 그 짧은 순간도 가만히 지켜보지 못하는 인간으로 만들었을까? 우리들 각자는 자신의 소명을 완수했다. 하지만 만일 우리가 만들어 온 부부의 길이 서로 반대 방향으로 나 있다면, 그건 누구의 잘못인가?

아마도 내 잘못이리라, 그래도 내 잘못이리라. 내 남편은 벌새가 아니었다. 내가 감탄하며 겁에 질린 채 점점 더 높게 선회하며 점점 더 멀리 흘러가다가 구름 속으로 사라지고 소멸되고 지워지는 걸 보았던 것은 바람결을 따라 사방으로 날리는 연, 붉고 푸른 색의 아름다운 연이었다. 하지만 나는 그의 줄 끝을 잡고 있었다… 신은 나에게 그 줄의 끝을 맡겼다. 그런데 나는 그것을 놓아 버렸다.

나는 몇 가지 의혹을 느낀다. 이 고백의 이유에 대해서조차 의혹을 느낀다. 작가들은 성자들이 아니다. 나는 지금 새로운 문체를 연습하는 중일까? 나는 항상 자문해 왔다. 사랑이, 동갑내기 남자에 대한 성인 여자의 애정이 과연 나의 주제일까 하고. 나는 야망, 욕망, 증오, 죄악, 용기, 탐욕, 딸에 대한 아버지의 사랑, 어머니에 대한 아들의 사랑을 묘사해 왔다. 그런데 부부의 사랑은?

갑자기 하나의 의혹이 떠오른다. 내가 겪는 이 슬픔은 지나치게 과장된 것은 아닐까? 나는 내 감정을 조작하지는 않는다. 하지만 보통 그걸 부풀린다. "넌 과장이 너무 심해!" 내가 열 살 때, 아버지는 말했다. 직업 군인인 아버지는 낭만적인 기질을 좋아하지 않았다….

작가로서 나는 새로운 감정을 경험하고 그것을 표현하기 위해 내 결혼을 실패로 이끌었던 건 아닐까? 결국 내가 '문학에 인용하기 위해서'만 남편에게 관심을 가졌던 건지 누가 알랴?

내 눈물만이 내 진실에 관해 나를 안심시킨다. 내 눈물은 단지 언어의 물이 아니라 진짜 눈물이다. 소금 바다. 그 바다는 거슬러 올라와 나를 적신다, 내 인생의 남자, '내 삶의 3분의 2'인 그가 이혼 조정 변호사를 통해 느닷없이 내가 결코 본 적이 없는 물건들을 마치 도둑년 대하듯 돌려달라고 요구할 때, 혹은 내가 우리의 결혼이 치유의 길로 접어들고 있다고 생각하고 있을 때나 나의 황금 새가 좀더 정중해졌다고 믿고 있을 때(그의 사랑의 보금자리, 그리고 그들이 다른 하늘 아래 두 편의 시를 서로 교환했음에도 불구하고), 혹은 내가 나의 체스터의 고양이가 전보다 속이 덜 들여다보인다고 느끼고 있을 때(그의 텅 빈 눈과 애매모호한 미소에도 불구하고), 그렇게 믿고 있을 때, 사람들이 그가 다른 여자와 함께 '공동 명의'로 시골 별장을 구입했다는 소식을 나에게 알려 줄 때. 꽁브레이유에서 멀리 떨어진 곳, 프로방스에서 멀리 떨어진 곳, '우리들'에게서 멀리 떨어진 곳에. 그런데 그 멋진 기획은 언제? '마지막 시절'에? 아니, 4년 전이다! 4년 전에 '공동 명의'로 구입한 집… 그가 나에게 격정에 사로잡혀 "나는 한 번도 당신을 사랑하지 않은 적이 없소. 끊임없이 당신을 생각하고 당신을 지지하고 당신을 필요로 해 왔다오! I still need you and want you to be mine.—나는 당신이 그대로 내 여자로 머물러 주기를 원하오…"라는 편지를 썼던 그 시절에 '그들의 것'이 될 집에서!

나는 오열한다, 나는 분해된다, 와해된다, 나는 용해된다. 이 눈물, 그리고 사람들이 하루 종일 나에게 삼키기를 강요했던 이 알약들은, 깊이 생각해 보면, 내가 솔직하다는 충분한 징표처럼 느껴진다. 이 슬픔에 작가의 어떤 회한을 혼합시킨다고 해서(가령 '계산'을 펼쳐 놓은 종이 위에 그 부정한 남자를 눕히고 싶은 욕구) 그것이 내 불행을 조금도 감소시키지는 않는다.

작가로서는 무죄 석방이다. 하지만 여자로서는? 그녀는 이 풀어놓은 짐 보따리 속에서 무엇을 찾고 있나? 이따금 내가 좇고 있는 것은 한 장의 사진, 아름다운 사진 한 장이라는 생각이 든다. '그와 나', 우리가 둘이었다는 증거, 우리의 사랑이 존재했었다는 증거, 꿈을 꾼 것이 아니라는 증거.

가족 묘지 위에 걸려 있는 대리석 조각물들, 메달과 묘비명 등을 실은 '묘지에 관한 책'을 준비할 때 그 남편이 갑자기 집을 떠나 버린 한 사진 작가 친구처럼. 그녀는 곧 그 책에 적힌 "내 남편을 애도하며"라는 문구에 사로잡혀, 사라진 남편의 사진을 고인의 사진으로 대체하고 나서, 그 사진을 확대하여 거실 벽난로 위에 걸어 두었다. 그녀는 억지스러운 미소를 지으며 말한다. "그래도 방문객들이 이 집에 남자가 있다는 걸 알게 해야 하잖아!"

사진작가인 그녀가 한 장의 사진을 가지고 했던 일을, 작가인 나는 언어를 가지고 할 것이다. 그 '예술 작품'이 예술적으로 뛰어난 것이 아니더라도 어쩔 수 없다! 나 역시 한 남자가 '여기' 있었다는 것을, 그리고 그를 사랑했던 한 여자가 있었다는 것을 기억할 권리가 있다! 부부가 있었다는 것을, 미완성이긴 하지만(그리고 과거 시제이긴 하지만) 한 부부가 존재했었다는 것을…

더 이상 나에게서 그것을 몰아낼 수 없을까 두려워 조심하며 '고인'의 그림자조차 회상하기를 포기하더라도, 나는 내 자신의 유령,

내가 그의 곁에서 그에 의해서 그 덕분에 될 수 있었던 그 여자의 유령을 추적한다. 여학생, 젊은 아내, 활짝 핀 여자, 측은한 어머니인 나는 나에게서 매력을 찾는다. 나는 내 기억을 탐사하고 내 문장들을 검토한다, 마치 내 주머니와 벽장들을 뒤지듯이.

정리 정돈한다는 핑계로 나는 그의 마음에 들었던 시절에 입었던 드레스들을 어루만진다. 약혼식 때 입은 물결 무늬 호박단으로 된 긴 드레스, 결혼식 때 입었던 분홍과 하얀 색의 폭 넓은 드레스… 나는 단 둘이서 보낸 우리의 크리스마스들을 다시 회상한다. 아주 어린 우리 아이들이 잠들어 있을 때 '새해'의 밤참을 먹던 시간들을 회상한다. 나는 우리 둘만을 위한 축제의 식탁을 준비하곤 했다. 비단 다마스 천, 난초, 향기나는 촛불. 그는 턱시도를 입었고, 나는 약혼식 드레스를 다시 입었다, 뚱뚱해지지도 않았고 변하지도 않았다는 데 자부심을 느끼면서. 그는 샴페인을 터뜨린 후 격식을 갖추어 내 잔에 따라주었다, 우리는 서로 알지 못하는 사이인 것처럼, 마치 처음 만난 사이인 것처럼 연극하곤 했다. 그러나 경건하게 시작된 그 야회는 진줏빛 호박단 치마가 양탄자 위에서 사각이는 소리 속에서 끝이 나곤 했다…

나는 벽장에서 그 옷들을 끄집어냈다. 하지만 이제는 내 몸에 맞지 않는 그 옷들, 나는 그것들을 내 커다란 침대 위에 펼친다. 나는 그것들을 살펴보고, 만지고, 냄새를 들이마신다. 나는 목에다 검은 진주 목걸이를 다시 건다. 손가락에다 에메랄드 반지와, 창백한 결혼 반지를 잠시 동안 관에서 꺼내어 다시 낀다. 그런 다음 나는 오래 된 그의 편지들을 다시 읽는다. "당신은 세상에서 가장 매력적이고, 가장 심오하고, 가장 진실된 여자야."… 나는 갖은 방법을 동원하여 더 이전의 한 여자를 다시 만난다. 그가 원했던 그 여자, 그녀가 자신이 사랑받고 있다는 은밀한 자부심을 느끼기에 충분할 만큼 그가 사랑했던 그 여자를. 그리고 배신당한 그 여자가 그 순간적인 공간을 메꾼 다른 여자 뒤쪽으로 사라질 때, 나는 두려움에 질리고 안도감을 느끼면서, 내가 그 여자를 절대로 잊지 않게 되기를 희망한다…

그 감동적인 후렴구! '나는 절대로 그녀를 잊지 않을거야.' 사실 새로운 것도, 효력이 있는 것도 아닌 그 후렴구. "나는 장미꽃이 아직 장미나무에 붙어 있기를 원해요, 내 친구 피에르가 아직 날 사랑하길 원해요." 청중들은 눈물을 흘린다. 그건 예측한 대로다, 빗나갈 수가 없다. 애가는 사람들의 코끝을 찡하게 하고, 그럴 때 악마의 변호인은 '짐을 꾸린다!' 그게 예술적 기법의 이점이다. 사악한 인간은 줄행랑을 친다. 그는 자신의 나머지 몫을 요구하지도 못하고 줄행랑을 친다. 그러나 요구해야 할 '나머지', 상당한 몫의 나머지와 좀 덜한 몫의 나머지가 있을 것이다!

사람들은 내 죄를 용서할 수 있을까? 다른 사람들이 하기 전에 내가 먼저 나 자신을 고발하는 이 불순한 죄악을. 좀더 가까이에서 지켜보지 않고, 껍데기를 긁어내지 않고, 내 죄를 용서해 줄 수 있을까? 가령 사랑에 빠진 여자 뒤에 숨겨진 한 오만한 여자를 몰아내지 않고 말이다. 그 여자 뒤에는 또 다른 오만한 여자가 있다! 과부 생활을 시작한 처음부터 나는 나 자신에게서 뭔가 연극적인 요소를 발견한다. 나는 포즈를 상상한다. 아, 검은 옷, 베일, 칩거, 마치 고결한 비극의 주인공인 양! 그 얼마나 적절한 발상인가! 침울한 인물, 비탄에 잠긴 인물을 연출하기가 어리석게 쳇바퀴를 맴도는 것보다 더 쉽다. 위로받기를 요구하고, 그 책임을 떠맡아 줄 인물을 찾는 것보다 훨씬 더 쉬운 일이다. 맙소사! 쉰 살이라는 나이에!…

아니, 나이는 아무 문제가 되지 않는다. '조그만 사팔뜨기'로서는 아무 문제가 되지 않는다. 내 피부는 나만큼 늙었다. 하지만 정작 나를 공포스럽게 하는 건 원무 놀이이다. 원 안으로 돌아가서 선택되기를 기다리고, 거부당할까 봐 두려움에 떠는 일. "아 까띠, 아 까띠, 내가 널 좋아한다고 믿는다면 그건 오산이야, 내 마음은 네 것이 아니야…" 고독? 나는 그것을 두려워하지는 않는다. '쉬는 시간'의 그 게임보다는 오히려 고독이 더 낫다, 돌고 도는 지옥의 원, 나를 덥석 물어서 으적으적 씹어대는 그 형벌보다는. 날 내버려둬! 나는 구석에서 한 권의 책과 함께 '벌을 서고' 있겠다. 한 권의 책만 있으면, 아무것도 필요 없어…

절망이 내 마지막 가면, 내 최후의 겉멋이었다.

이제 나는 완전히 벗었다.

마침내 해방되었다, 거짓말로부터, 의혹으로부터, 또한 공포로부터. 이제 내 머리 위로 날아가는 연도 없고 망상도 없다. 어두운 구름, 어두운 불안, 공중에 매달린 칼도 없다. 포기는 버려진 채 떨고 있던 자들을 진정시킨다. 모든 것을 잃었을 때, 모든 것을 얻는다. 나는 인간이 위협받지 않고 살 수 있다는 사실을 발견하면서 놀란다.

내 '여행자'가 떠난 이후로 나는 생각조차 할 수 없었던 안도감을 맛본다! 충만감. 그에게서 벗어난 나는 안도의 숨을 쉰다… 나는 여기서 그의 비난을 듣는다. "그것 참 다행이군!" 그가 나를 웃긴다, 내 파랑새가. 그의 작고 뾰족한 부리는 나에게 언제나 키스하고 싶은 욕망을 불러일으킨다. "이봐요, 프랑시스, 내가 당신을 그리워하지 않는다고 말하지는 않았어요. 난 당신을 그리워해요. 당신에 대한 생각, 당신과 나에 대한 추억이 그리워요. 우리는 서로 어울리지 않았죠, 그건 사실이에요. 하지만 우린 서로 맺어졌어요, 나는 당신과 영원한 결혼을 했어요… 하지만 이제 와서 생각하면, 지난 25년을 문에 손가락이 낀 채 살아왔다고 생각하지 않을 수 없어요!"

아들린느, 알린드, 안느, 안네뜨, 안니 혹은 아니카(나는 '색인표'의 제일 처음 이름만을 알파벳 순으로 인용한다)를 위해 내 젊은 남편은 그를 붙잡는 손 위로 문을 꽝 닫았다. 나는 불이 붙는 듯한 통증을 느꼈다. 그러고 나서 몇 년이 흐르면서 그 통증은 가라앉았다. 그 후 상처 입은 손가락에 피가 돌지 못하게 되었고, 그 손은 거의 감각을 느낄 수 없게 되었다.

그리고 25년 후에 갑자기 나의 간수는 문을 다시 연다. 잊었던 통증이 거세게 밀려온다, 사람들의 상상을 초월하는 잔인한 통증, 고함을 지르고 눈물을 흘리고, 다시는 해방되고 싶어하지 않을 만큼의 통증! 그러나 시간과 피는 작용한다. 부기가 빠진 상처, 이제 덜 아프다. 그러나 완전히 나은 것은 아니다… 어쩌면 그것은 부서진 뼈와 흉터를 남길 것인가? 하지만 거리, 쇼윈도들, 정원들을 다시

보고, 꽃, 별, 계절, 사람들을 다시 모을 수 있는 자유의 대가로. 그
건 그리 비싸지 않다…

그리고 나는 놀란다, 어떻게 그 25년 동안 손가락이 문에 끼인 채
살아올 수 있었을까? 나는 왜 그토록 오래 참았던가?

사랑하기 때문에 인내한다. 그 후에는 아이들을 위해 인내한다.
그리고 마침내 인내해 왔기 때문에 인내한다. 이제 와서 '삐거덕거
리는 소리를 낸다'는 건 너무 어리석은 짓이 아닐까? 어쩌면 통증이
막 멈추려는 이 순간, 불행이 지쳐 달아나 버릴지도 모를 지금에 와
서… 나는 지금의 내가 덜 고통스럽기 때문에 과거에 얼마나 고통
을 겪었는지 모른다.

그리고 만일 내가 아직도 고통을 겪더라도, 나는 이미 그 고통이
더 이상 사랑 때문이 아니라는 것을 더욱더 분명히 느낀다. 나는 그
를 사랑하지 않는 것보다 훨씬 더 많이 그의 숭배자를 증오한다고
생각한다… 만일 내 남편이 그녀와 나를 그의 삶에서 똑같은 거리
에 두었더라면 내가 이 결별을 더 잘 견딜 수 있을까? 두 명의 '전
애인', 그는 '둘 중에 어떤 여자를 사랑하느냐'는 질문을 받지 않을
것이다, 그는 아무도 사랑하지 않을 것이므로… 부조리한 가설, 하
지만 나는 그 가설을 더 발전시킨다. 몇 달 전 나는 그가 나를 떠났
다는 사실을 받아들이지 않았다. 그러나 지금 나는 승리를 획득한
그 이탈리아 여자를 미워하는 것과 동시에, 내 자신이 패배한 것에
위안을 느끼고 있다. 결국 끈을 놓아 버린 건 나다.

자, 이제 허물벗기를 완성해야 한다, '그 늙은 남자의 껍질을 벗

고' 새살이 돋아나게 해야 한다! 나는 새로운 고치를 잣고 싶다. 이를테면 모두가 변화를 주라고 재촉했던 그 '부부 침실'을 개조한다. 자, 이제 거의 완성되었다. 나는 화가들에게 조언을 구했다. 그들 중 한 명이 될 수 있는 대로 빨리 오겠다고 나에게 약속했다. "꼭 갈게요!" 그런데 그가 과연 올까?

하지만 나는 아직 천의 색깔도, 벽지 색깔도 고르지 않았다. 왜냐하면… 남편의 눈 색깔과 같은 푸른 색, 그의 눈과 같은 푸른 색은 이 세상에 하나도 없었기 때문에, 그의 머리칼과 같은 붉은 색이 없었기 때문에. 그의 빛의 도움 없이 재의 여자, 눈의 여자인 내가 어떻게 더듬거리지 않고 색의 세계로 되돌아갈 수 있을까? 조금씩 조금씩 걷기를 다시 배우는 노파처럼… 나는 겁이 나서 도망치지 않기 위해 아주 은은한 색깔들로부터 시작할 것이다. 편도(扁桃)의 초록빛, 물망초빛, 시든 장밋빛. 아니면 즙많은 달콤한 색깔들, 밀감빛, 딸기빛, 체리빛, 자두빛, 시각으로 보기 전에 입 안을 가득 채우는 그 색깔들. 내가 눈을 떠나게 되면, 아니면 눈이 사라지게 되면, 나는 익은 과일 속에 칩거하고 싶다, 과수원 안에서 살고 싶다… 그리고 내 살갗 위의 이 검정색은 끝내고 싶다, 피스타치오 빛깔의 점퍼, 오렌지빛 원피스! 그러면 모두가 나를 맛보고 싶어하겠지… "내가 사랑하는 시절을 보냈던가?"

나는 평온하다. 혹은 평온해지기를 늦추지 않을 것이다. 물론 지금으로선 높고 낮은 굴곡들이 있다. 낮은 곳에 있을 때 나는 그가 한 번도 나를 사랑하지 않았는지 궁금해 한다. 높은 곳에 있을 때

나는 그가 정말로 더 이상 나를 사랑하지 않을까 궁금해 한다…

"평온한 : 열정에 냉담한." 사전에는 그렇게 씌어 있다. 그러므로 나는 지금 평온한 게 아니다. 하지만 확실히 전보다 더 잔잔해졌다. 어떤 시간에는 자동 응답기들을 꺼 버린다. 내 속옷에서 라벤더 향수 냄새가 날 때, 내 부엌에서 바닐라 향기가 날 때, 나는 내 선을 다시 연결시킨다. 판사, 변호사, '소송' 문제 때문에 나는 때때로 전화를 받아야 하지 않는가, 아닌가? 어쨌든 그럴 때면 '적'인 그 역시 나와 통화를 하게 된다. 나는 벌써 세 번이나 그를 만나기 위해 내 요새를 벗어났다, 세금, 재산 목록, 이사 문제 때문에. 중도적인 장소(오간디 천으로 된 식탁보와 리본 장식이 달린 램프들이 있는, 비합법적인 커플들을 위한 레스토랑)에서 이루어진 각각의 만남에서 나는 발작적인 눈물로 그에게 앙갚음을 했다. 특히 우리가 함께 웃었을 때나 그가 내 손목을 어루만졌을 때. 나는 세 번 다 울었다, 그것도 소나기처럼… 비온 뒤 개인 날씨, 오늘 저녁에는 구름이 별로 없군!

과거는 이미 나에게서 멀어지고 있다. 그건 다른 나라다, 더 찬란하고, 더 따뜻하고 더 밝은 나라, 길모퉁이에서 부드럽고 커다란 눈, 애교스럽고 감탄에 찬 눈을 한, 다람쥐처럼 민첩한 붉은 머리 소년들과 마주치곤 하는 나라… 나는 내가 가본 적이 있는 그 이국적인 나라를 행복하게 회상한다. 그러나 지금 나는 거기서 보았던 것, 그 곳에 놔두고 온 것, 그 어떤 것도 그리워하지 않는다. 아직 되돌아갈 수 있더라도 그 곳으로 되돌아가고 싶지 않다. 여행은 나를 지치게 만들었다. 내 나이에는 멀리 떨어진 해안으로 도망치는 일, 근원을 다시 만나는 일, 조심스레 길을 헤쳐나가는 일은 피하는 것이 좋다. 베르가모트 차, 꽃병 속의 꽃, 향기나는 침대 시트, 비단 시트, 펄럭이는 시트… 내 방은 나에게 하나의 세상, 나에게는 충분히 큰 세상이다.

이제 곧 남편이 떠난 지 2년이 된다… 겨울들이 지나간다, 그 겨울들은 항상 변함이 없다. 그러나 나는 달라지고 있다. 나는 나를 벌가벗길수록 그만큼 두꺼워진다. 추위와 고독 속에서 등가죽도 옷도 없이. 내 가죽은 무두질되고, 내 근육들은 단단해진다. 나는 나의 내부가 더욱 강해진 것을 느낀다. 그리고 외부 역시 달라졌다. 나는 밖으로 나간다. 눈이 부드럽고 관능적이고 따뜻하게 느껴진다. 더 이상 공포스러울 건 아무것도 없다. 모든 것이 둥글다. 예각의 모서리들은 깎여 나갔다. 열 개의 층계가 있는 낮은 계단은 둥그스름한 언덕이 되어 있다. 나지막한 지붕들은 버섯처럼 보인다. 그리고 테라스 위에 눈의 덮개를 쓰고 있는 메디치가의 꽃병은 마치 계란 반숙 그릇에 놓인 타조알 같다. 전나무들은 흰 물결을 일으키고, 편백나무들은 등을 둥글게 만든다. 서늘하고 폭신한 눈 속에서 나는 내 발자국이 가르릉거리는 소리를 듣는다. 내가 두려워할 게 뭐가 있겠는가? 양털같이 폭신한 이 땅 전체가 나와 더욱 친화되기 위해 스스로 팔을 벌린다.

'눈과 밤이 내 문을 두드린다.' 나는 그들에게 들어오라고 말한다.

나는 죽었다

　　나는 죽었다. 아니면, 아이들의 표현처럼 '난 끝장났다.' 그러나 나는 이제 더 이상 죽지 않는다. '나는 죽었다', 그것은 과거 시제의 죽음이므로.

　게다가 현재의 나는 거의 아무것도 쓰지 않으므로, 나는 두 번 죽은 셈이다. 18개월 간격으로. 그만큼의 죽음을 겪고 나서 죽음 이전의 상태 그대로 다시 태어날 수는 없다! 죽은 여자, 순진한 연인, 변하지 않는 성실함으로 이루어진 그 죽은 여자는 지금 과거의 그녀의 죽음들을 기술하는 이 여자와 같은 여자가 아니다. 이 여자는 그 죽음들을 천국에서 보지 않고 그보다 더 높은 곳에서 본다…

　내 첫 번째 죽음은 병원에서 이루어졌다. 병원 담당자는 내 부러진 손을 고치기 위해 나를 응급실로 보냈다. 밤이었다. 자신이 휘두른 폭력의 결과에 당황한 남편은 혼란스럽고 겁에 질린 채 대기실에 머물러 있었다. 그 곳의 어두운 조명 아래 앉아 있는 그를 어느 누구도 감히 끌어내지 못했다…

　사람들은 가위로 내 약혼 반지를 잘라 냈다. 잠들어 있는 건물 안에서 그들은 짐도 친구도 없는 나를 이 병동 저 병동으로 끌고 다녔다. 나는 가는 곳마다 기다려야 했다. 마침내 외과의사가 잠이 덜 깬 찌푸린 얼굴로 수술실에 나타났을 때, 킴이 수술용 침대 위에 나를 눕혔다. "Don't worry!"

최초의 장애가 나타났던 건 바로 그 때였다. 차, 그녀의 차, 두 시간 전에 그녀가 나에게 어미 새가 먹이를 나르듯 먹였던 그 차, 그 사랑과 연민의 묘약이 전신 마취를 불가능하게 했다. "이 케이스는 (나는 '케이스'였다) 열두 시 이후부터 아무것도 먹여서는 안 된다고 말했잖아, 공복 상태여야 한다고! 그런데도 우리 병원에서 그런 엉터리 차를 먹였다니!" 마취과 의사는 비명을 질렀다. "그럼, 내일까지 기다리면 안 될까요?" 나는 자신없는 목소리로 제안했다. 아니, 정형외과 인턴은 기다려 주지 않는다, 방금 침대에서 끌려나온 외과의사 역시도. 그들은 '국부 마취'에 동의했으리라.

"약물 과민증이 있습니까? 아니면 민감한 편인가요?" 그 뜻밖의 사고에 화가 난 '전문의'가 난폭한 어투로 물었다. 약물 과민증, 아니. 그럼, 민감한 편? 다른 여자에게로 떠나고 싶어하는 남편에게 얻어맞아 응급실에 실려 온 여자는 글쎄 스스로를 '민감'하다고 느낄 수 있을 것 같다… 하지만 그들은 이미 다음 질문으로 넘어갔다. "알레르기성 체질인가요? '마르카인'에는? '실로카인'에는? '카보카인'에는?" 열거되는 그 이름들 중에 내가 아는 건 하나도 없었다. 게다가 그 밤 시각에 그런 상황에서 내가 언제 마지막 수술을 받았는지, 그 때 어떤 약을 사용했는지 기억해 내기란 불가능했다. 지친 외과 의사는 내가 알레르기 체질이 아니라고 결정해 버렸다. 자, 어서 어서! 그는 마취 의사를 내몰았다. '국부 마취'에는 인턴과 간호사의 도움만으로 충분할 테니까. "자, 빨리, 빨리!"

그들은 나에게 첫 번째 주사를 놓았다. 그러고 나서 반 시간 후에 (킴은 의사의 질책에도 아랑곳하지 않고 내 마지막 눈물을 닦아 주었다) 부러진 손가락을 무감각하게 만드는 약을 주입하기 시작했다. 거기서부터 더 이상 아무것도 그 전문의가 결정한 대로 진행되지 않았다. 용액이 내 정맥으로 스며들기 시작하는 순간, 나는 온몸이 타는 듯한 통증을 느꼈다. 나는 석쇠 위에 누워 있었다.
"살갗이 타는 것 같아요, 이게 정상적인 건가요?" 나는 외과 의사에게 물었다. 그는 나에게 눈길 한 번 주지 않고 계속 자신의 작은 기구들을 준비하고 있었다. 그는 내가 태양 가득한 해변에 누워 있는 부인처럼 유쾌한 느낌을 받고 있다고 믿었던 것일까. 하지만 나는 그 때 생 로랑의 순교자가 되어 있었다. 수술실의 네온 아래에서 나는 선탠을 하는 게 아니라 타오르는 불길에 구워지고 있었다. 나의 모든 껍질들이 불타고 있었다. 가열되는 벽돌처럼 빨갛게 구워지고 있었다… "불에 타는 것 같아요." 계속 버티기가 힘들어 나는 다시 중얼거렸다. 그러나 전문가들 편에서는 아무런 반응이 없었다.
그런데 갑자기 내 입술이 부풀어 올랐다, 나는 기구처럼 부풀어 올랐다. 하지만 날아갈 위험은 없었다. 그들이 내가 일어나지 못하도록 내 흉부에 돌덩어리를 얹어 놓았기 때문에. 짓눌린 내 가슴은 더 이상 뛸 여지조차 없었다. 나는 마치 물고기가 물 밖으로 입을 내밀 듯이 몇 방울의 공기를 들이마시면서 다시 신음하고 말았다. "아파요, 아파…" 하지만 이미 발음할 수조차 없었다, 혀가 입천장에 붙어 있었다.

나는 내 위로 몸을 기울이는 여러 얼굴들을 보았다. 그들이 내 맥박과 혈압을 재는 걸 느꼈다. 그러는 동안 외과 의사는 자신이 믿기에 침착하다고 생각되는 목소리로 명령을 내리고 있었다. "호흡법 전문의를 불러와! 맙소사, 빨리!"

그들은 나에게 또 다른 주사를 놓았다. 새로운 흰 가운들이 내 위로 어른거렸다. 그들은 외국어로 말하고 있었다. 간단하게 암호화된 의학 용어인가, 아니면 훨씬 더 이국적인 그 어떤 언어, 스와힐리어나 중국어인가? 말들은 방 안에 울려퍼지다가 벽에 가서 반사되었다. 하지만 나는 그 말들을 조금도 포착할 수 없었다. '아트로핀'이라는 말만 빼고. 왜 그 말이 내 의식까지 흘러 들어왔을까? 그리고 나는 왜 그걸 기억했을까? 그 말이 여러 번 반복되었기 때문일까? 마치 노래의 후렴구처럼. '쉰느에게 반지, 딘느에게 반지, 끌로딘느, 모르핀, 아트로핀.' 내 마지막 경쟁자… 그의 마지막 애인, 내가 기억하는 그 남편, 그는 저기 대기실에 있었다. 나와 몇 미터 떨어진 곳에.

나는 죽을 것이다, 그리고 그는 이 사실을 모를 것이다. 나는 죽을 것이다, 나는 보지 못한다. 외국인의 얼굴들에 둘러싸인 채, 알 수 없는 목소리들에 둘러싸인 채 나는 죽어 갈 것이다. 나는 그를 부를 수도 없이 죽어 갈 것이다, 나는 혼자 죽을 것이다, 나는 죽을 것이다.

내 육체가 물에 빠진 고양이처럼 무질서한 움직임으로 몸부림치며 바둥거렸더라도, 내가 아직도 표면 위로 올라와 두 경사면 사이로 다시 숨을 쉬려고 애를 썼더라도 내 정신은 이미 결심하고 있었다. 이제 잠시 후면 나는 죽을 것이라고. 나는 죽을 것이다, 모든 이들의 빈축을 사면서. 여하튼 나는 죽을 것이다.

나는 우리 아이들을 생각했다. 그 아이들은 그날 저녁 '음악 축제'에 가 있었다. 아침에 그들이 집으로 돌아왔을 때, 그들은 내 방이 비어 있다는 것을 발견할 것이다. 그리고 문턱에서 누군가가 창백한 목소리로 그들에게 알려 줄 것이다. 그들은 이제 나 없이 그들의 길을 가야 할 것이라고. 그러나 만일 그들에게 더 이상 내가 살아 있을 필요가 없다면, 같은 식으로 그들에게 내가 죽을 필요 역시 없을 것이다. 많은 증거들 속에서 그들은 그들의 아버지가 나를 살해한 것이라고 생각할 것이다…

나는 그들에게 말하고 싶었다, 그 기나긴 불행 속에서 내 '적갈색 머리의 어린 왕자'는 아무 짓도 하지 않았다고, 우리 둘 모두 요정 이야기 속에 나오는 그 불길한 징조의 연결 고리의 희생자였다고. 매혹적인 왕자가 자신의 결혼 반지를 뺀다, 나도 내 반지를 뺀다, 나는 그를 모욕한다, 그가 나를 때린다, 내 약혼 반지는 너무 커서 내 손가락에서 빙빙 돌아간다, 나의 왕자가 내 손을 잡는다, 그가 내 손을 꽉 쥔다, 보석이 나를 으깬다, 그가 병원으로 나를 데려간다, 착한 요정이 나에게 차를 준다, 나는 그걸 마신다, 나는 굶지 않았다, 사람들이 내게 마취시키기를 포기한다, 그들은 그 주사약이 어떤 것이든 나에게 주사를 놓는다, 나는 불에 탄다, 그들은 내 말을 듣지 않는다, 나는 부풀어 오른다, 나는 질식한다, 내 심장은 불규칙하게 뛴다, 쿵쿵거린다, 내 심장이 부서진다, 나는 죽는다. 나는 죽는다, 내 남편이 내가 끼워 준 반지를 빼 버렸기 때문에 나는 죽는다.

바보 같은 이야기지만 논리는 완벽하다. 얼마나 데카르트적인가, 내 지성이 항복할 만큼! 나는 내가 죽는 이유를 깨달았고, 그래서 그걸 받아들였다. 내 육체만이 반역하고 있었다. 죽음이 아무것도 아닐지라도, '죽는다는 것'은 어려운 일이다… 미쳐 날뛰는 내 심장은 내 가슴을 뚫고 바깥으로 튀어나오려 하였다, 내 다리는 심하게 요동쳤다, 나는 머리를 온 사방으로 굴려댔다. 도망가자, 도망가자. 나는 몸을 일으키려고 애를 썼다. 앉으면 숨쉬기가 훨씬 더 나을 것 같았다. 내 폐를 조이는 바이스가 풀려 나갈 것 같았다. 나는 절망적으로 노력하면서 일어나려고, 도망가려고 애썼다. 그러나 두 팔이 마비되어 수술용 침대 위에 꼼짝없이 누워 있을 수밖에 없었다.

내 귀 가까이로 목소리 하나가 반복하는 말소리가 들렸다. "천천히 숨쉬세요, 자, 나를 따라 숨을 쉬어 봐요." 그리고 나는 들었다, 누군가가(남자일까? 여자일까?) 크게 숨을 들이마셨다가 바람 빠지는 공처럼 숨을 내쉬는 소리를… 그들은 호흡법 전문의를 불러왔던 것이다. 나는 그를 만족시켜 주고 싶었다, 고분고분하게 그가 시키는 대로 따라하면서. 하지만 그렇게 할 수가 없었다. 내 몸은 더이상 내 말을 듣지 않았다. 내 몸은 소리없는 소리를 지르고 있었다. "사람 살려!" 헛되이, 고통스럽게, 그러한 질식 상태에서 천천히 공포감에 사로잡힌 채 경련하고 있었다… 그날 저녁 죽음이 나를 시험했다. 죽음은 나에게 관대하지 않았다!

그리고 여전히 질식 상태 속에서 내 무력한 영혼은 추억과 뒤죽박죽된 영상들에 익사당한 몸뚱어리를 공격하고 있었다. 눈앞의 벽, 반 시간 전까지는 본 적이 없으나 내 마지막 시야가 될 노랗고 추한 벽 위로 갑자기 검은 글씨로 투영된 나의 '죽음'이 나타났다. 신문 부고란, 가끔 괄호 속에 작은 글씨체로 몇 줄의 약력을 끼워넣기도 하는 그 부고란. 내 '미숙한' 작품들의 제목이 그 벽 위에 뚜렷이 열거되어 있었다, 내 책들의 첫 페이지 왼쪽에서 볼 수 있는 것과 같은 목록들이… 그리고 그 목록은 내가 6개월 전에 출간했던 소설 선집에서 멈췄다. 축소된 '서지학.' 그러니 그게 바로 죽음, 그거였나? 이미 책에다 자신의 삶을 바쳐 버린 사람들의 죽음, 그것은 결코 출간되지 않을 중단된 장, 미완성의 시구, 최소한의 언어, 그의 마지막 '근간'의 제목이다. 이제 나는 다른 소설을 쓰지 못하는 것일까? 정말로? '같은 작가'에게서 다른 작품은 이제 더 이상 나오지 못하는가? 내 책들은 나를 필요로 한다! 나는 갑자기 심한 분노를 느꼈고, 그 분개심이 나를 구했다.

나는 나를 조율하는 그 누군가의 숨소리에 맞춰서 조금씩 조금씩 숨을 쉬기 시작했다. 나는 내 위로 몸을 굽힌 킴의 착한 얼굴을 알아볼 수 있었다. 그 간호사와 '호흡법 전문의'는 숫자들을 서로 주고받고 있었다. 나는 내 혈압이 다시 정상을 되찾아가고 있음을 감지할 수 있었다(내가 다시 이성을 차리기 시작했기 때문에). 나는 살아나는 중이었다… 글쓰기, 그 미세한 작업, 그 가소로운 열정, 그것이 이미 내 삶의 유일한 이유가 되었단 말인가? 내 영혼을 내 육체와 일치시키기 위해, 그리고 나를 죽음으로 몰고 가는 것을 막기 위해 내게 제안할 수 있었던 유일한 것이 그것이었던가?

병원 사람들이 나에게 투여한 해독제, 그들의 간호, 나를 구해내는 데 더욱 확실하게 기여했던 건 그것이 아니었을까? 하지만 나는 내가 건너갔던 그 시련들 속에서, 지옥으로의 하강에서 나를 견디게 해 줄 어떤 확실성을 가지고 돌아왔다. 내 책들은 나를 필요로 한다는 확신.

"자, 이대로 돌아간다고 화내지 말아요, 내일 수술할거예요, 전신 마취 후에 말이죠. 걱정 말아요, 같은 약물을 사용하지는 않을 테니까!" 외과 의사는 마침내 결론지었다. 그들은 빈 방까지 나를 휠체어에 태워 갔다. 나는 목이 말랐다. 그러나 수술 때까지는 한 방울의 물도 마셔서는 안 되었다. 하지만 적어도 물수건으로 입술을 축이게 해 줄 수는 있지 않았을까? 하지만 그보다 더 큰 문제가 있다. 이번에는 그들이 문자 그대로 터무니없는 '수술보고서'를 작성할 것이다! "계단에서 굴러 떨어진 여자! 나는 너를 '계단에서 굴러 떨어진 여자들'의 리스트에 올릴거야! 그리고 덤으로 알레르기성 체질의 리스트에도! 맹세해!…"

나는 침대 속에서 떨고 있었다. 몸을 덥힐 만한 실내복도 잠옷도 양말도 남편도 없었다. 골절 부위에 붕대가 잘못 조여져 고통스러웠다. 그들은 나에게 진통제를 주지 않았다. "벌써 두 번째 말하는데 수술 전에는 아무것도 안 돼요!" 충격, 통증, 불편함, 기진맥진, 그리고 '다시 시작'해야 한다는 불안감 때문에 나는 눈을 감을 수가 없었다! 그리고 결핍의 극치, 내게는 책조차 없었다!

그러나 곧 뭔가 읽을 거리가 있다는 걸 알게 되었다. 이미 말했던, 남편이 수첩 페이지에 휘갈겨 써서 전해 준 '사과 편지.'

더 이상 생명을 잉태하지 못하는 이 나이에 나는 내 죽음을 분만했다고 생각했다. 그러나 그, '미래의 아빠'는 이 '불행한 사건'의 전말을 몰랐다. 계속 대기실 안에 갇혀 있던 그는 내 골절상의 심각성에 대해서도, 마취의 실패에 대해서도 알지 못했다. 나는 죽었었다. 그리고 그는 그 사실을 꿈에도 짐작하지 못했다! 그의 쪽지는 이상하게 나와는 다른 시간대에 있는 것처럼 보였다… 나는 먼 곳에서 되돌아왔으나 그는 그 동안 그 자리에서 움직이지 않았다, 언제나 매혹적이고 우유부단하고 가벼운 그. 나는 처음으로 그를 향해 소리치고 싶은 충동을 느꼈다. "Away!" 갔다가는 다시 되돌아오는 망설임은 이제 더 이상 싫다. 내가 상처를 입었다면, 그건 그의 잘못이었다(커다란 아일랜드 악마와 작은 오베르뉴 여자, 아무도 그들을 같은 범주에 분류해 두지 않으리라!). 내가 죽었다면, 그건 그의 잘못이었다. 그리고 내가 혼자서 죽은 이상, 사는 것 역시 혼자서 살 것이다…

천장의 창백한 불빛 아래 시간은 천천히, 아주 천천히 흘러갔다. 병원에서 내 병실에 전화를 연결해 주었다. 하지만 나에게는 전화할 번호가 하나도 없었다. 내 가족들, 친한 친구들은 축제를 위해 지방에 가 있었다. 내 아이들은 빠리의 거리에서 락 댄스를 추고 있었다. 아무도 내가 있는 곳을, 나에게 어떤 일이 일어났는지를 몰랐다. 아무도, 남편 이외에는.

새벽녘에 나는 마침내 그에게, 내 인생의 남자, 내 '여행의 동반자'인 그에게 전화를 하고 말았다… 그는 아직도 내 집을 떠나지 않고 있었다, 그는 아이들을 기다리고 있었다. 나는 그에게 내가 위험에 처했었다고, 두려웠다고, 나는 늙었지만 아직 어리다고 말했다. 나는 이 병원에 있고 싶지 않다고, 수술이 두렵다고, 훌륭한 마취과 의사와 믿을 만한 외과 의사를 원한다고, 나를 돌봐 줄 사람이 필요하다고, 나를 안심시켜 줄 사람, 나를 위로해 줄 사람이 필요하다고…

그는 온갖 정성을 다해 간호해 주었고("까띠, 걱정하지 마, 잠을 좀 자도록 해봐, 여보.") 떠나기 전에 내가 병원을 옮길 수 있도록 조치해 두었다. 그는 늘 타인들로부터 나를 보호해 주는 걸 좋아했다. 그는 낯선 이들이 나를 괴롭히고 학대하는 걸 견딜 수 없어 했다, 그 자신만이 나를 괴롭힐 권리를 가지고 있었으므로, 나의 고통은 그의 왕국 안에서만 허락될 수 있는 것이므로…

나는 완전히 기진맥진한 상태로 두 번째 병원에 도착했다. 잔해물. 물을 마시지 않고 24시간, 먹지 않고 36시간, 잠 자지 않고 48시간, 숨돌릴 틈 없이 7년. '견뎌야 했던' 7년, 나 자신을 부인해야 했던 7년.

이제 곧 사람들은 그 모든 고통들로부터 나를 수술해 줄 것이다. 수술 후 정신이 들었을 때, 나는 구름 위를 떠다니고 있었다. 침대 위에 줄을 맞추어 정렬해 있는 여섯 명의 수술 환자들이 꿈없는 잠의 안개를 차례차례 끄집어내는 '회복실'에서 모든 것이 온화해 보였다. 나를 감싸고 있는 따뜻한 이불, 내가 누워 있는 하얀 시트, 빛, 공기, 그리고 내 몸마저도. 모든 것이 보드랍고 연하고 가벼워 보였다. 나는 더 이상 춥지도 두렵지도 아프지도 않았다. 나는 큰 목소리로 끊임없이 감사하기 시작했다. 그 자리에 없는 사람들에게 (외과 의사, 마취과 의사, 모든 수술팀들), 거기 있는 사람들에게(다른 환자들, 간호사들). 끝없는 감사의 동작, 횡설수설, 갓 태어난 아기의 옹아리, 그러다가 누워 있는 내게는 보이지 않는 병실 안 사람들의 간단한 응답에 의해 내 감사의 말이 이따금 중단되기도 하면서. 그러나 나는 그 두 종류의 감사 중간 중간에 그들에게 온갖 질문을 퍼부었다. 그들의 삶에 대해, 병원에서의 생활에 대해, 다른 환자들의 상태에 대해. 나는 내게서 보편적인 호기심과 친절을 느꼈다. 나는 살아 있었다. 나는 날아갈 듯이 기뻤다. 그리고 머리를 가눌 수 있는 상태가 되었을 때 내가 발견한 그 기쁨의 천사, 그 천사들은 모두 아름답고 검은 얼굴에 크고 하얀 미소를 짓고 있었다. 나는 내가 여러 문화가 공존하는 천국에 와 있있다고 믿었다. 동양인처럼 옆으로 찢어진 너그러운 눈을 한 신이 내 죄를 심사하게 될 그런 천국…

내 앞에는 영원한 행복이 펼쳐져 있었다. 6주간의 깁스, 2달 간의 여행 금지, 1년 간의 재활 교육, 그리고 나는 '잔존하는' 불구에 마침내 길들여지게 될 것이다(병원에서는 내 골절상이 완치될 가능성이 없다고 판단하고 재활 교육에 들어가는 것이 더 낫다는 진단을 내렸다).

죽기를 멈춘 순간부터 나는 나를 위한 무덤을 찾았다. 나는 정말로 눈을 감기 전에 내 무덤을 찾아내고 싶었다. 나에게 두번째의 기회가 주어졌다, 무상의 삶이. 나는 내게 무상으로 주어진 이 삶에서 어느 한 부분도 놓치고 싶지 않았다, 묘지의 우울까지도, 자갈들, 들국화, 개학날 교실 안의 학생용 책상처럼 빽빽이 늘어선 무덤들… 나는 오래 전부터 두 주검이 한 무덤에 들어 있는, 부부 합장묘를 꿈꾸어 왔다. 어린 시절 꽁브레이유의 내 할머니가 나를 잠재우며 들려 주던 그 슬픈 노래들에서처럼. "엄마, 무덤 파는 인부에게 말해요, 구덩이를 두 개 파라고!… 무덤을 열어요, 바위를 열어요, 내 남편에게 가고 싶어요." 그와 영혼으로 묶여 있는 나는 관을 따로 쓰고 싶지 않았다.

그가 떠난 지 여러 달 후에도 나는 여전히 우리 둘을 위한 공동묘를 찾고 있었다. 어떤 경우에는… 집요할이 만큼 충실한 나는 내 죽음의 집에 그의 자리를 마련해 두고 싶었다. 하지만 그에게 문, 무덤의 문을 열어 두는 것이 그를 방탕한 어린 아들로 취급하는 게 되리란 걸 끝내 인정하지 않을 수 없었다…

그리하여 그 '열린 무덤'에 대한 모든 생각을 포기하면서 나는 화장을 선택했다. 구덩이도, 평석도, 묘비도 없는. 재의 여인을 다시 재로 환원시켜 주기를! 그 여자를 유골 단지에 넣고 밀봉하기를!

나는 그 일을 하기 위한 장소를 이미 알고 있었다. 꽁브레이유에 있는 내 정원에서 발견된 갈로 로망인의 무덤, 집과 호수 중간에 나 있는 숲속의 빈터 안에 모여 있는 12개의 화강암으로 된 유골 단지들. 그 단지들 중 어떤 것들에는 두껑이 없었다. 그리고 모든 단지들에는 그 주인들의 재 가루가 담겨 있었다. 그 곳에는 아직 여유가 있다… 나는 터무니없는 옛날 이야기를 좋아한다, 작가 미상의 옛 이야기들을. 시저 군대의 장례용 단지 속에 옮겨진 내 뼛가루는 이천 년도 넘게 보존되어 그러한 옛 이야기의 하나가 될 것이다! 나는 퇴색되어 갈 것이다, 나는 옛 이야기가 될 것이다! 그리고 언젠가 사람들이 내 재와 그 도망자의 재를 함께 섞고 싶어하더라도, 회한에 사로잡힌 누군가가 굳이 그렇게 하고 싶어하더라도… 글쎄, 그건 불가능할 것이다! 깡마른 우리 선조들은 불에 타면서 뼛가루를 아주 조금밖에 남기지 않았다. 그래서 그들의 잔해를 위해 준비된 그릇은 아주 작다. 그러므로 그 그릇에는 한 조그만 갈색 여자의 잔해와 커다란 적갈색 머리 남자의 잔해를 함께 재울 만한 여유가 없을 것이다.

그래서 그 계획은 무산되었다! 이제 나는 다만 나를 화장한다면 '엘로디의 밤'의 가운, 내 에메랄드 반지, 검은 진주 목걸이에 어떤 일이 일어나게 될지 궁금할 뿐이다… 말도 안 된다! 그 가운에는 좀이 슬 것이고, 반지는 유실될 것이고, 진주는 도둑맞을 것이다! 나에게 드리워진 그 모든 것들은 조만간 나를 버릴 것이다. 내 아이들은 이 집을 유지하기에는 비용이 너무 많이 든다고 생각할 것이고, 가꾸지 않은 채 방치해 둔 묘지 정원은 황무지로 변할 것이다…

"어쨌든, 자기 집 안에 묻힌다는 건 어리석은 짓이야.! 상속자들이 외국인에게 소유지를 팔게 되면, 가족들은 더 이상 무덤을 돌볼 수조차 없게 돼! 게다가 무덤이 집값을 떨어뜨린다는 것을 고려해야지! 자기 집에 다른 사람들의 시체가 있는 걸 좋아할 사람이 어디 있겠어?" 내 아버지는 군인다운 판단력으로 딱 잘라 말씀하신다.

그가 옳다. 사람들은 내가 심은 나무들을 베어 낼 것이다. 그리고 내 인생을 바친 책들은 창고 구석에서 썩어 갈 것이다…

슬프지만 분명한 사실이다. 하지만 나는 목을 매달지는 않겠다! 게다가 나에게는 이미 자살의 경험이 있다. 스무 살 때, 그 때 역시 나의 여행자, 나의 벌새인 그 때문이었다. 그 때부터 이미 그는 그곳에, 내 삶 속에 있었다. 아니, 차라리 그 때부터 그는 이미 그 곳에 없었다고 해야 할 것이다.

약 30년 전에 나는 하루 종일 그를 기다렸다, 현기증이 날 때까지 그를 기다렸다. 그는 그 이튿날 도쿄로 떠날 예정이었다. 일 년 간의 해외 연수. 나는 열두 달 동안이나 그를 볼 수 없을 것이다! 나는 마지막으로 그와 포옹하고 싶었다. 나는 출발 전날 밤을 그의 집에서 보내자고 제안했다. "안 돼, 내가 언제 집으로 돌아오게 될지 나도 몰라. 마지막 날이잖아, 모두들 날 끌고다니려고 잔뜩 벼르고 있거든! 내가 당신 집으로 갈게, 어디 가지 말고 기다려." "그럼, 온다고 약속한거야?" "그래, 맹세해!"

나는 하루 종일을 기다렸다. 나는 그가 다른 여자들과 같이 있다는 걸 충분히 짐작했다. '쉰느에게 반지, 딘느에게 반지.' 하지만 그는 약속하지 않았던가…

날이 밝으면 그는 더 이상 시간 여유가 없을 것이다. 나는 그가 전화를 해주리라 믿었다, 최소한 그의 목소리는 들을 수 있으리라. 나는 손목 시계에 눈을 고정시킨 채 기다렸다, 자정. 세 시, 그래, 그는 한밤중에 내게 전화를 걸지 않을 것이다, 나를 깨우지 않으려고. 하지만 새벽에는… 오를리행 공항 버스를 타기 전에 그는 내게 전화를 걸 것이다, 그가 약속한 이상. 버스가 출발했을 때(나는 공항 버스 시간표를 머리맡에 두고 있었다) 나는 그가 공항에서 전화해 주기를 바랐다. "미안해, 우리 공주님, 너무 바빴어!"라고. 그래, 그는 공항에서 전화를 할 것이다, 출국 수속을 하고 이륙하기 전에 시간이 있으니까… 정오, 나는 전화기 앞에 바짝 붙어 있었다. 그는 지금 오를리 공항에 들어갈 것이다. 거기서 십 분, 십 오 분, 이제 전화를 걸 것이다… 시간이 흘러갔다. 그는 지금 짐을 맡기기 위해 줄을 서 있을지도 몰라. 그래도 탑승실에서 전화할 수도 있을 텐데, 거기서도 전화할 수 있는데…

24시간 동안 나는 시계 시침의 움직임을 초조하게 뒤쫓고 있었다. 그 다음에는 분침에 묶여 있었다. 이제 초침에서 더 이상 눈을 떼지 못했다. 하지만 초조해 할 필요가 없지 않은가? 그는 약속했었다, 그는 맹세했었다…

오후 1시 15분, 비행기는 날아갔다. 그럼에도 나는 45분을 더 기다렸다. 어쩌면 비행기가 이륙하지 않은 게 아닐까? 나에게서 그를 빼앗아 간 그 비행기, 그 비행기가 만일 지연된 것이라면, 나의 프랑시스는 마음 내키는 대로 할 수 있을 것이다. 한 잔의 커피를 마시며 웨이트리스에게 미소를 보낸다가, '면세점'을 한 바퀴 둘러보든가, 그 후에, 그 후에 내게 전화할지도 모른다… 나 자신을 속일 방법이 더 이상 없게 되었을 때, 나는 죽고 싶었다. 하지만 경험이 부족한 나는 자살에 실패했다…

어쨌든 그건 옛날 이야기다. 무절제한 감정 때문에 죽을 수 있는 건 스무 살 나이 때만 가능한 얘기다. 그 나이가 지나면 감정의 결핍 때문에 죽는다. 하지만 죽는 건 그리 쉬운 일이 아니다. 게다가 로마 격언도 있지 않은가. "non bis in idem—(같은 실수를 두 번 되풀이 하지 말라)"(나는 요즈음 라틴어를 열심히 공부한다, 내가 묻히게 될 묘지의 이웃들 때문에)… 게다가 나는 파탄과 비극을 더 이상 혼동하지 않는다. 나는 비극이 어떤 건지를 눈으로 보았다. 비극은 우연히 이웃집 문을 두드린다. 비극은 순진한 눈, 총명한 미소를 가지고 있었다. 학교에서 돌아오는 중에 인도 위로 침입한 자동차에 치어 쓰러진 두 자매의 눈, 그 미소. 비극은 갓난아기의 비단결 같은 살결을 가지고 있었다. 그 어머니가 갓 낳은 아기를 황홀한 듯 넋을 잃고 쳐다볼 때, 그 아기가 결코 걸을 수 없을거라는 사실을 발견하는 의사, 그런 비극. 비극, 그것은 페드라도 디동도 아니다, 베레니스도 아니다. 그것은 자기 아이가 고통받는 것을 무력하게 바라보는 한 여자다.

우리의 이혼에는 비극적 요소가 전혀 없다. 아무도 죽지 않았고, 우리 아이들은 아무 탈 없이 잘 지내고 있다. 그런데 그게 바로 시련이고 슬픔이다. '그 소식'을 들은 한 캐나다 친구가 동정하는 목소리로 내게 전화한다. "네 남편이 네 인생을 망가뜨렸어!" 아니, 그가 망가뜨린 건 내 손이다. 내 인생? 그는 내 인생을 둘로 잘라 놓았을 뿐이다. 그리고 그는 내 인생에서 가장 아름다운 부분을 간직하고 있다. 그건 사실이다. 그러나 그는 내게 내 인생의 작은 조각만을 남겨 놓는다. 내 행복은 남겨진 부스러기다. 나는 작가다. 작가는 아무것도 잃게 놔두지 않는다. 나는 부스러기들을 줍는다.

나는 두 번 죽었다. 운 좋게도 첫 번째 죽음에서 완전히 되살아났을 때, 나는 두 번째 죽음을 맞이해야 했다. 역시 운이 좋았다, 육신의 죽음 이후에는 영혼의 죽음만을 탐색하면 되었으니까. 그건 어려운 일이 아니었다! 나는 그 두 번째 죽음을 염두에 두지 않았음에도 불구하고 그것을 쉽게 찾아낼 수 있었다…

남편이 떠나고 나서 퇴원한 나는 그의 벽장들과 서류함들을 열면서, 그가 모든 걸 다 가져가지 않았다는 걸 발견했다. 예를 들면, 그의 결혼 반지, 나는 서랍 깊숙이 던진 그 반지를 찾아냈다… 그리고 오려 낸 신문 잡지 기사 더미 아래에 크라프트지로 된 커다란 봉투 두 개가 잊혀진 채 놓여 있는 것을 보았다. 그 봉투들은 봉인되지 않았다. 그 봉투 각각에는 몇 년 전 내 아이가 손에 들고 있던 그 편지와 같은 푸른 편지들이 수십 통씩 들어 있었다, 그토록 많은 사랑의 쪽지들! 그들은 편지를 얼마나 많이 주고받았던 것일까? 수백 통? 수천 통? 아마도 남편은 떠나면서 아무것도 잊은 게 없다고 믿었을 것이다(비록 서랍을 하나도 닫지 않고 갔지만, 그녀의 편지를 한 줄도 내게 읽게 하지 않을 만큼 그는 그의 숭배자를 존중했으니까. 그녀는 그의 '색인표'에 기록되는 여자가 아니었고, 앞으로도 결코 그렇게 되지 않을 것이다!). 그는 아마도 그들의 사랑에 관한 추억들을 남김없이 가져가려고 했을 것이다. 그럼에도 자, 그는 부주의했다! 게다가 그는 내 집에 그들의 애정의 증거들을 수없이 쌓아 놓았다. 청소를 하기만 하면, 그의 상상을 초월할 만큼 많은 그녀의 흔적들이 튀어나오곤 했다. 그랬으니 몇 달 후, 내가 담배 상자에서 사진첩을 발견할 수밖에 없지 않았겠는가? 내 눈 아래 던져진 그 푸른 편지들, 나에게는 그것들을 읽지 않을 만큼의 절도가 있었다. 게다가 나는 그 편지들의 내용이 어떤 것인지 알 만하다고 생각했다. 붉은 키스 마크, '나의 위대한 **남자**', 그리고 틀린 철자들.

그 이튿날 변호사와 만나기로 되어 있었다. 남편이 그의 '변호인'의 이름을 나에게 통지한 직후였다. 그는 갑자기 서둘렀다.

각각의 항구에 '영계' 한 명씩을 둔다. 그의 정박지에도 역시. 그건 흔한 일이다. 그리고 아마도 대단치 않은 일이리라(그는 내게 반복해서 말했다. "불륜은 법률적으로 더 이상 죄가 아니야."). 중혼(重婚)에 가까울 만큼 아주 조직적인 이중 생활, 게다가 경미한 죄("문제될 게 뭐야? 빠리 사람 절반은 다 이런 식으로 사는데!") 그러나 '구타와 상해' 이후로 우리의 문제는 본질적으로 달라졌다. 그는 정말로 내가 깁스한 팔로 법정에 출두할까 두려웠던 것일까?

나는 이혼 전문가에게 어떤 서류들을 가져갈지 알 수 없었으므로(결혼 증명서? 소유지 증명서?) 서류들 속에 크라프트지로 된 그 두 봉투들을 포함시켰다. 떨리는 손으로(물론 건강한 손으로) "자, 필요한 경우에 이용하세요…" 나는 그 젊은 여자에게 말했다.

"소용없어요, 간통 사건에서 과거지사는 판사들의 관심을 끌지 못해요, 변호사들에게도 마찬가지죠. 단지 현재의 증거들만 생각해요. 그리고 사랑하는 남녀가 사람들 앞에 드러내 놓고 함께 살고 있는 한, 현재의 증거물들도 배신의 증거로 채택되기 어려워요!" 그녀는 이렇게 대답했으나 면담 끝에 그 서류를 모두 보관했다.

몇 달 후 '아이들을 위해' 우리가 원만하게 그러나 분명하게 합의 이혼, 즉 우리의 많은 법학자들과 '정신분석학자'들이 높이 평가하는 그 '평화롭고, 협동적이고, 고상한' 이혼 쪽으로 진행하고 있는 동안, 나는 변호사에게 그 봉투들을 돌려달라고 했다. "저런, 그 봉투들은 부인이 보관하는 만큼이나 우리가 잘 보관하고 있으니 염려 말아요!" 변호사는 웃으며 말했다.

그리고 일 년 후 '가판결', 공동 청원, 잠정 협정, 조정 불성립 단계를 거치고 '회복할 수 없는 일'(결정 조항, 판결) 쪽으로 일이 순조롭게 진척되고 있을 때, 나는 그 문제로 되돌아갔다. "변호사님, 제가 맡겼던 그 편지들, 기억하세요? 지금 그걸 돌려받을 수 있을까요?"

내 상태는 좋아지고 있었다. 그리고 그 '호전 상태'로 인해 내 눈은 더욱 혹사당하고 있었다. 눈 둘레에는 거무스레한 무리가 더 짙어져 있었다. 그러나 수령초빛 블라우스, 새 덧신, 새 향수, 그리고 새로 나기 시작한 흰머리를 가리기 위해 갈색 머리칼 속에 섞인 희끄므레한 머리카락들을 '뽑아내기'까지. 나는 좋아지고 있었다. 그러나 사실 나는 좋아지지 않았다. 나는 글을 쓰기 위해 다시 살아났던 게 아닌가? 그럼에도 나는 더 이상 글을 쓰지 않았다. 부러진 손가락들, 잘라진 손들, 상처입은 나는 오직 내 상처에 대해서만 생각할 수 있을 뿐이었다. 함정에 걸려든 나는 오직 함정밖에 보지 않았다.

나의 겉모습에 안심한 내 변호사는 나를 현실과 직면시켜도 괜찮겠다고 판단했다. 그녀는 내 검은 서류 가방 속에 그 편지들을 넣어 주었고, 나는 그것들을 가지고 집으로 돌아왔다.

나는 다시 한 번 그 편지들을 읽는 것을 보류했다. 나는 두꺼운 벽에 둘러싸인 채 혼자 있고 싶었다. 이 상복 색깔의 블라우스를 벗기 위해, 나는 아이들과 떨어져 나의 시골, 나의 겨울, 나의 밤 속으로 돌아가고 싶었다.

나는 내 눈의 왕국, 닫힌 덧문들, 잠긴 빗장들, 연결된 자동 응답기들 속으로 되돌아와서 침대 위에 누웠다. 그리고 내 탁자용 램프의 불빛 아래에서 베개 위에 한 무더기 쏟아놓은 그 푸른 편지들을 판독하기 시작했다.

그 편지 봉투들에는 대부분 소인이 찍혀 있지 않았다. 8월을 제외하고는 여비서를 통해 손에서 손으로 전해졌기 때문이었다. 편지들의 날짜는 이따금 발견되었는데, 그것들은 대부분 암시적으로("잠에서 깨어나서", "우리의 여행 전에", "오전 4시") 또는 불완전하게(5월 12일, 6월 17일, 11월 20일) 씌어 있었다. 연도가 언급된 것은 거의 없었다. 간혹 남편이 연필로 연도를 덧붙여 놓거나, 그 젊은 여자가 무성의하게 연도를 표시하긴 했다. 하지만 그 표시가 나의 어리둥절함을 조금도 해소시키지는 못했다. 가령 84년 9월 15일자의 그 편지를 어떻게 생각하란 말인가? 그 편지에는(흰 종이, 이상한 일이었다!) 세벤 산맥으로의 여행, 연적, 다툼에 관해 씌어 있었다… 84년도에? 하지만 그 해라면 그들이 서로 만나지도 않았을 때가 아닌가!

'내 인생의 남자'가 떠난 이후로 나는 계속해서 그들 관계의 지속 기간을 수정해야 했다. 계속해서 그 기원을 더욱 먼 과거로 밀어 올려야 했다. 하지만 84년도까지는 아니었다! 12년 간의 관계, 그건 이치에 맞지 않는다. 우리 막내가 네 살밖에 되지 않았을 때였고, 우리가 아주 행복했던 때가 아닌가!

그 편지가 어떤 불화와 관련된 듯했던 건 사실이다. 아마도 그 때까지 독신(?)이었던 로르가 그 옛날부터 내 남편과의 모험, 연애 놀음을 시작했던 것이리라, 내일을 기약하지 않는 그 '첫눈에 반하기'는 그 때부터 시작되었던 것이리라. 그러나 그 사랑의 불꽃은 은밀히 보호되어 오다가, 어느 날 문득 기회가 닿아 본격적으로 시작되었으리라. 사오 년 후에 그들이 친구들 집의 저녁 만찬에서 다시 만났던 그 때. 내가 아무것도 보지 못했던, 내 인생을 바꾸어 놓을 그 미지의 금발 여자조차도 보지 못했던 그 유명한 저녁 만찬! 바로 그 때 나의 고문자들은 다시 서로 만났게 되었을까? 도대체 그들은 언제 어디서 왜 서로 사랑하게 되었을까?

하지만 푸른 편지 더미들 속에서 길을 잃은 그 하얀 편지를 발견했을 때, 나는 이미 오래 전에 점점 더 두꺼워져 가는 새로운 발견물들의 미스터리 풀기를 포기한 상태였다. 그러므로 나는 그 편지의 내용에 놀라긴 했지만, 그 편지 때문에 다시 절망하지는 않았다. 내 변호사가 옳았다. 내 상태는 점점 더 좋아지고 있었다.

나는 결국 베개 위에 펼쳐진 그 감정의 잡동사니 속에서 그것들을 연대순으로 재정리하려는 건 헛된 일이라는 결론을 내렸다. 남편조차도 그 편지의 양에 압도당한 채 그것들을 분류할 생각을 포기한 듯했으니까. 90년도의 편지들 다음에는 95년도의 편지들이 뒤따랐다. 커다란 갈색 봉투 속에 뒤죽박죽 겹쳐진 잡동사니들. 지금 내가 정리하지 못하는 건, 그들 사랑의 편린들이 아니라(이 분량은 그들이 주고받은 편지들의 10분의 1도 되지 않을 것인 만큼) 종으로 나뉜 단면이다. 맹세, 약속, 7년 이상 쌓아온 추억들, 역사가를 위한 하나의 선물!

나는 곧 내 본업으로 되돌아가 그 문서들의 '외적 비평'을 시도했다. 그 문체는 내가 이미 과거에 답습했던 그 발췌문들과 완전히 일치하는 것이었다. '내 사랑하는 타잔', '나의 차르', '나의 챔피언', '지성과 미의 천사', 세 문장마다 한 번씩 들어가 있는 '당신을 찬미해요.' 그리고 매니큐어로 그려 넣은 두 개의 하트 모양 사이에 끼여 있는 "당신을 열애하는 당신의 어린 소녀." '그 어린 소녀'의 국적에 관해서라면, 조금도 의심할 여지가 없었다. 그녀는 "부온 오거리, 미오 그란 아모르(Buon auguri, mio gran amore)", "밀르 바치 다 투아 로라(mille bacci da tua Laura)" 등의 이탈리아어로 된 비난과 찬사의 문장을 여기저기 깔아 놓았고, 편지마다 "이탈리아"라는 애칭으로 서명했다! 그 편지가 오고간 것이 7년 훨씬 전이라는 건 쉽게 알 수 있는 일이었다. 진실은 내 손 안에 있었다. 그걸 잡고 들여다보는 것만으로 충분했다…

수신인이 누군지는 분명했다. 내가 알고 있는 바로 그 사람. 그 여자와 나는 그를 똑같은 애칭으로 부르고 있었다("나의 여행자" "나의 푸른 눈동자"). 우리들 공동의 여행자는 선물을 줄 때면 무엇이든 공평하게 나눠 주었다. 내가 북아프리카의 천을 받으면, 그녀는 파레오(타이티식의 비치 웨어―옮긴이)를 받았다. 내가 채색 돌을 받으면, 그녀는 조가비를 받았다. 그가 타이티에서 검은 진주를 내게 가져다 주었을 때, 그녀에게는 검은 진주 목걸이를 가져다 주었다… 이 관심의 평행선 때문에 나는 마침내 별 어려움없이 몇몇 편지들의 날짜를 유추할 수 있었다. 자, 그러니 나에게 부과된 이 중혼은 동정받기에 충분하지 않은가?

첫 몇 해 동안에는 우리의 선물들은 형평성을 잃지 않았다. 그 때만 하더라도 그녀가 나보다 더 사랑받았던 건 아니었던 듯했다. 그녀는 고통받았을 것이다. 그녀는 숨겨 놓은 내연의 처, 불법적이고 비정상적인 더부살이였다. 그러나 그리 오래지 않아 상황은 뒤바뀌었다. 마침내 블랙 스트리트에서 살게 된 건 그의 '합법적인' 첫 번째 아내, 바로 나였다! 이제 모욕은 그 영역을 바꾸었다… 그런데다 그녀는 적어도 고통스러울 때 비명을 지를 수 있었다! 사람들은 그녀에게 '참으라고' 요구하지 않았다. 그녀는 매순간 반항하고, 부수고, 욕하고, 떠나고, 위협하고, 되돌아오곤 했다, 지나는 길에 나를 손톱으로 할퀴면서. 나는 '새침떼기', '뱀파이어', '머리가 돈 년', 그리고 '아무개'가 되었다. 사랑스런 애인의 '자기 실현'을 방해하는 그 '아무개', 모범적인 남편의 의무와 도덕적인 성실성을 악용하는 그 '아무개'…

자, 이제 작성자('이탈리아')와 수신인('모범적인 남편')과 종이 재질(푸른 줄무늬가 비치는)에 관해 의심할 여지가 없는 이상, 그 아름다운 새가 여행을 하며 관대한 부리로 떨어뜨리곤 했던 선물들이 이 편지들과 비슷한 날짜와 결부된 이상, 이제 문서의 내용 자체를 공격해야 할 차례였다. 그 문서들이 아직 내가 모르는 어떤 정보들을 제공할 것인가?

세부 사항들. 물론 고통스러운 작업이었다. 내가 '부정한 남편의 아내'인 건 명백한 사실이지만, 그래도 또 속았다는 느낌! 그 편지들은 내가 전혀 몰랐던 여행들을 드러내고 있었다. 이스탄불, 마라케쉬, 그리고 야자나무, 온통 야자나무. 야자나무들은 나에게 내 남편이 그의 숭배자의 아버지, 어머니, 형제들과 아주 옛날부터 친했다는 사실을 알게 해 주었다("마침내 우리 가족이 한 사람 더 느는 걸 보게 되어서 정말 기쁘구나!" 그 '내연 관계'의 장인이 탄성을 올렸다. 자신의 '사위들'의 호적을 확인하지 않는 한 남자가 거기 있었다!). 게다가 나는 그 보이지 않는 여자가 한 번도 우리 곁을 떠난 적이 없다는 사실도 발견했다. 내가 빠리를 떠나 남편을 그녀에게서 멀리 떨어진 곳으로 데려갔다고 믿었던 그 순간까지도, 그녀는 우리를 따라왔다. 한밤중에 잠들어 있는 시골 별장(나 역시, 불행히도 잠들어 있었다!)으로의 방문들, 시골에서의 사랑의 랑데부(그는 자전거로 '동네를 한 바퀴 돌러' 나갔고, 그녀는 첫 번째 사거리, 승용차 안에서 그를 기다리고 있었다)…

내가 그 옛날의 새로운 사실들, 단 한 마디 단어, 하나의 부스러기에 충격을 받는 동안, 그러나 내 입술 위에는 미소가 떠오르고 있었다. 나는 확인했다, 기뻤다, 그가 그녀를 기다리게 했다는 사실 (텅 빈 사무실에서, 한적한 기차역에서, 까페에서), 나에게 했던 것보다 조금도 덜 하지 않게, 냉혹하게, 그녀는 불평했다. 그녀의 패배와 그녀의 슬픔 때문에 진정된 나는 한편으로 그녀를 동정했다.

그리고 그녀는 푸른 색도 초록색도 아닌 내 남편의 눈에 대해, 광선에 따라 색이 변하는 그의 시선, 놀란 어린아이의 눈, 내가 이미 말했던 그 한없이 부드러운 그의 눈에 대해 말하고 있었다. 그래서 나는 다시 그녀와 내가 서로 가깝다는 느낌을 받았다. 그녀를 만질 수 있을 만큼 가까운 느낌.

혹은 그녀가 화를 내는 경우도 있었다, 그가 그녀와 만남을 취소하고 크리스마스 가족 축제의 저녁 만찬에 나를 데려가고, 우리 아이들 중 한 아이의 숙제를 도와주기로 결정했을 때. 그날 저녁, 그는 나를 선택했다. 그리고 그 '잘못'을 은폐하기 위해 그는 그녀에게 거짓말을 했다. 그는 자주 그녀에게 거짓말을 하곤 했지만, 그녀가 늘 알아차리지는 못했다. 모든 것을 알고 있는 지금의 나, 표면과 이면을 동시에 보고 있는 나, 내가 승리했다! 마침내 내 손에 모든 패를 쥐고 있었기 때문에, 나는 그들의 게임을 측은하게 여길 준비가 되어 있었다. 시시각각의 잠정적인 속임수, 급히 만들어 낸 알리바이, 진부한 거짓말들, 물론 그들은 속임수를 많이 썼다. 그러나 그들은 많이 고통받았으므로 많이 용서받아야 할 것이다. 내가 그에게 간직했던(혹은 그들이 단 하나의 존재라면 내가 그들 둘 모두에게 간직했던) 마르지 않는 관용의 샘물에서 다시 한 번 관용을 길어올리면서, 나는 나 자신에 대해 깜짝 놀라곤 했다. 내 남편을 거기에 있는 그대로 보고 엄격하게 판단하면서, 어떻게 내가 관대할 수 있을까? 나는 그를 사랑하기 위해서조차 그를 더 이상 필요로 하지 않았다…

  아니, 나를 죽였던 건 그들의 열정의 연대기에 나타난 그 부수적인 조롱거리, 그 하찮은 것들이 아니었다. 편지들을 읽어 나가면서 받은 두 번의 반격도 아니었다. 나는 그 반격에 동요되지 않고 견딜 것이다.
  한 장의 편지, 숭배자 혼자 빨간 원피스를 입고 탑 앞에 서서 미소를 지으며 포즈를 취한 사진이 동봉된 편지. '당신을 생각하는, 온통 새빨간 당신의 로라.' 그보다 몇 년 전 내 아파트에서 찾아낸 사진들에서도 그 여자는 이미 빨간색 옷을 입고 있었다. 그녀는 강렬한 원색을 좋아하는 게 틀림없다. 어쩔 수 없는 이탈리아 여자… 바로 그 사진이 동봉된 편지에서 나는 분명한 사실을 깨닫게 되었다. 그는 아마도 그녀를 '붉은 정열에 바쳤을'(편지의 원문 그대로) 것이다. 그녀는 그에게 복종하기 위해 새빨간 색의 옷만을 입었을 것이다. 그와 멀리 떨어져 있을 때조차도 그녀는 계속 그의 명령을 존중했다(사진으로 미루어 볼 때), 어색함과 부자연스러움을 기꺼이 받아들이면서…
  그 '붉은 정열'의 역사는 분명히 우스꽝스러웠다. 그러나 그것이 나에게 새 지평을 열어 주었다. 그는 한 번도 나에게 그 같은 요구를 한 적이 없었다. 게다가 나는 그가 그런 요구를 할 사람이라고는 상상조차 할 수 없었다… 그들을 결합시켰던 그 미지의 사랑은 대체 어떤 것이었을까? 그리고 그 붉은 커플의 연결 고리는 도대체 무엇이었을까?

특히 삼사 년 된 또 다른 낡은 편지가 있었다. 그가 미국에 체류할 당시 그녀가 보낸 편지였다. 그는 미국에서 열리는 OPA에 참가했는데, 그 때 그는 거기서 나에게 팩스를 보냈다. "까띠, 작별 인사를 할 시간이 없었소, 하지만 당신의 목에 내 키스와 작은 숨결들을 보내오." 그리고 같은 때에 그의 숭배자는 그에게 편지를 썼다. "나는 늘 보들레르의 싯귀를 읊조리곤 해요. '당신을 위해 그 시를 배웠어요, 당신이 그걸 내게 요구했기 때문에.' (이 부분에 밑줄을 친 것은 바로 나다). '너의 남편(이 부분에 밑줄을 그은 건 그녀다)은 세상을 달린다. 그러나 너의 영원한 자태/그가 잠들어 있을 때 그의 곁에서 밤을 지새는/너만큼 그 역시 너에게 충실하리, / 죽을 때까지 변함없이.' "…

그녀의 남편? 그가 그녀의 '남편', 바로 그 시점에 그녀의 남편이었다면, 그는 왜 여전히 나와 결혼한 것처럼 행동하였을까? 그리고 '충실한' 그녀에게 '충실'하다고? 모든 장소에 데려가고, 심지어는 내 침대 속에까지 '그 영원한 자태'를 데려왔던 것이 충실하다는 말인가? 하지만 그게 사실이라면(그리고 그 보들레르, 그녀 혼자서는 보들레르를 생각해 낼 수 없다!), 그러면 뭔가, 그와 나는 도대체 뭔가? '작은 숨결들'은 왜인가? 그는 나에게 보들레르를 가르쳐 준 적이 없었다, 내 앞에서는 그 이름을 입에 올린 적조차 없었다! 내가 사랑한 건 누구였을까? 나는 누구를 사랑했었나?

그 충격 이후로 나는 숨을 고르기가 어려웠다. 그 '남편'이 내 가슴 한복판에 박혀 있었다. 하지만 그 겨울 저녁 나는 굳게 닫힌 내 집 안에서 눈과 비와 밤에 둘러싸인 채 가슴이 뚫려 죽지는 않을 운명이었다. 나는 독을 먹고 죽을 것이다, 효력이 더디게 나타나는 독약에 의해…

그들의 내부를 엿봄에 따라 그녀에 대한 나의 생각은 더욱 분명해져 갔다. 앞에서 본 것과 같은 고양된 편지들은 거의 얼마 없었다(그녀의 지성은 원격조종된 것이었다. 사실 글을 쓴 건 남편이었고 그 내용의 아름다운 사상은 보들레르의 것이었다). 그의 로라가 혼자서 쓴 편지들은 대부분 연애 소설류의 취향이었다. 아첨(그는 그토록 끊임없이 칭찬받는 데 대해 추호의 의혹도 가지지 않았을까?), 어두운 불화에 대한 수다스러운 분석들, 의상실 여점원과의 약속들… 사랑에 빠진 여자이기 때문에 멍청한 건 아니다(그건 진부한 생각일 것이다). 반대로 멍청한 여자이기 때문에 사랑받는 것도 아니다(내 남편은 그 정도로 안목이 낮지는 않았다). 그래, 멍청한 여자이면서 동시에 사랑에 빠진 여자, 그게 맞을 것이다.

결국 '멍청한 여자'라는 것은 '새로운 사실'이 아니었다… 하지만 '사랑 받는 여자'는? 배신당한 모든 여자들은 연적에 대해 분명한 생각을 가지고 있다, 그 연적이 창녀라는 생각, 아니면 음모꾼이라는 생각, 가장 흔히는 그 둘 모두라는 생각. 나는 남편이 나도 '과거의 금발들'도 그에게 주지 못했던 쾌락을 그 이탈리아 여자의 품속에서 발견했을거라고 생각했다. 쉰 살인 내가 추측조차 할 수 없는 그런 쾌락들을… 붉은 정열…

그리고 조종이나 음모에 관해서라면, 나는 한동안 그녀를 음모꾼이라고 생각했다. 처음에(그러나 언제가 처음이란 말인가?) 나는 그를 한 여자 사기꾼의 술책에 놀아나는 순결한 희생자라고 생각했다. 여자와 꼭두각시. 나는 아직도 19세기에 머물러 있었던 것이다! 나를 변호하기 위해 이 말만은 해야겠다. 모든 이들이 나의 그러한 판단을 입증해 주었다는 사실을 말이다. 그의 과거의 정부들 중 몇몇은 겁에 질린 채 나에게 주의를 주기까지 했었다. 몇 년 전 외국으로 이민을 떠난 그의 '옛날 여자'가 생각난다. 그녀는 떠나기 전 막간을 이용해서 내 남편과 점심 식사를 했고, 후식이 끝난 직후에 나에게 전화를 했었다. "조심해, 까트린느, 그 여자는 다른 여자들과는 달라. 그 여자는 모든 걸 알고 싶어한다구! 그리고 그는 그 여자를 두려워해…" 그 하렘은 잔뜩 흥분하여 말했다.

'하렘'은 적확한 단어다. 시간의 흐름 속에서 그는 '과거 여자'들(물론 '과거 여자들' 중에서 가장 과거의 여자들)과 이상한 공모 관계, 가끔은 우정어린 관계까지도 확립하고 있었으니까. 그녀들은 나에게 자신들의 비밀을 털어놓곤 했었고, 나는 그녀들에게 내 슬픔을 들려주곤 했다… 그중 어떤 여자들은 이미 '훨씬 이전에' 내 친구들이었던 여자들도 있었고, 또 어떤 여자들은 우리 친구들의 아내였던 여자들도 있었다. 그러나 대부분은 **그 남자**가 외부에서 데려와 우리의 작은 모임에 발을 들여놓은 여자들이었다. 그 여자들은 그가 자신들을 버릴 때까지 거기 머물러 있었다. 나와 동병상련의 공감대를 가지고 있었던 그 여자들을 내가 왜 마다하겠는가?(그리고 그녀들은 그의 총애를 잃는 그 순간부터 나의 그러한 심정을 간파해 냈다). 나는 나에게 패배한 경쟁자들에게 질투심을 느끼지 않았다. 게다가 그녀들 중 가장 상냥하고 가장 온순한 여자들은 '첫 번째 부인'이라는 나의 자격에 조금도 이의를 제기하지 않았을 뿐만 아니라, 갑자기 로르가 그 무리에서 두드러져 나왔을 때 오히려 그 버림받은 처첩들은 나에게 내 본분을 환기시켜 주기까지 했다(그러나 로르가 공공연히 모습을 드러냈을 때에는 때가 이미 너무 늦어 버렸다). 전략의 방향을 다시 세우고 큰 새장의 질서를 다시 세우고, 마지막 도착자를 자기 줄, 제일 마지막 줄에 확고하게 배치하는 일에 나는 왜 지체했던 것일까?

늘 다시 시작되곤 하는 그토록 잦은 전투가 나를 지치게 만들었다는 것을, 나에게는 이제 단 하나의 욕구, 왕위에서 물러나고 싶은 욕구뿐이었다는 것을 그녀들은 모르고 있었다… 그런데 마지막 몇 달 동안 그 몇몇 여자들은 나의 호전성을 자극시키기 위해 갖은 노력을 다했다. 내 남편에게 버림받은 이후 행복한 결혼 생활을 하는 먼 과거의 한 여자는 자진해서 '아틀리에' 앞에서 며칠 동안 '잠복'을 하기까지 했다. 그녀는 정탐 내용을 내게 알려 주었다. "날 믿지 않아도 좋아, 하지만 그 여자는 예쁘지 않아! 그래, 키는 커, 정말로 컸어… 그리고 아주 'show off' 해, 옷 입은 꼴이라니. 최고급 의상실에서 맞춘 원피스에다 양모 코트, 그 위에 보석으로 완전히 칠갑을 했어, 세상에 보석 천지야! 우리 같은 부류가 절대 아니더라구… 내가 전에 했던 말, 기억 나? 글쎄, 프랑시스는 그 여잘 정말 사랑하는 눈치였어! 그가 내게 어떻게 했는지 봤어야 하는데… 까띠, 조심해.

그 망할 년이 그를 조종하고 있어! 싸워야 해!"

그 후 우리의 이혼이 완성되었을 때, 그 '새 여자'가 첫 결혼을 했을 당시에 그녀를 알았던 사람들은 그녀가 단지 출세제일주의자일 뿐이라고 나에게 단언했다. "당신이 상상조차 할 수 없을 정도로 빈틈없는 여자예요! 그 여자는 단지 한 남자와 결혼한 게 아니예요, 그건 그녀의 자랑스러운 이력서죠!" 그 인물 묘사는 나를 기쁘게 했다… 하지만 편지들을 읽어 나감에 따라 나는 그 묘사를 수정해야 했다.

정열적이고 난잡하고 불 같은 '내 남편의 여자'? 아니, 추호도 그렇지 않다. 이 우편물 속에는 뜨거운 열기가 전혀 없다, 에로틱한 요소조차도 없다, 방종한 면도 없다, 정숙하고 거의 어린아이처럼 유치한 편지들, 순진한 관심에의 호소들. 만일 그 두 연인 중 한 사람이 다른 한 사람에게서 뭔가를 배워야 했다면, 배워야 할 사람은 오히려 '그 신사'여야 했을 것이다…

그러면 그녀는 적어도 음모꾼이었을까? 아니다. 그 가련한 여자는 두 얼굴을 가진 여자가 아니었다. 물론 그녀는 교양도 없고 수치심도 없었지만 고약하게 구는 일은 드물었다, 자신이 고통받을 때만 제외하고. 그녀는 자신에게 '공유'를 강요한 그 남자를 사랑했기 때문에, 위장하고 속이고 위협과 찬사, 연극 장면과 격찬을 번갈아 하고, 필사적으로 과장법을 사용하고, 선택받기 위해 그의 발 아래 엎드렸다. 그 어떤 여자가 그렇게 할 수 있을까, 얼마 동안 그렇게 할 수 있을까? 7년? 12년? 아니, 그녀는 음모꾼이 아니었다, 음모꾼이라면 벌써 오래 전에 포기했으리라. 그녀는 사랑에 빠진 여자였다, 그것도 진지하게.

그녀는 그를 사랑한다. 나는 그걸 알고 있다, 그걸 느끼고 있다. 그녀는 그에게 말한다, 반복해서 말한다, 그를 사랑한다고, 그리고 나는 그것 때문에 괴롭다. 그녀는 그 말을 악용하거나 남용하는 게 아니다, 그에게 거짓말하지 않는다, 나는 그것 때문에 죽도록 고통스럽다. 나는 그에게 더 이상 필요하지 않을 것이다, 그는 더 이상 존재하지 않는다, 나는 존재하지 않는다.

아마도 나는 나를 필요로 하는 사람만을 필요로 했던 게 아니었을까? 나는 내 남편을 필요로 했다. 그런데 그는 이제 내 선의를 무시한다… 나는 내 아이들이 필요했다, 하지만 아이들은 이제 어른이 되었다. 지금 나에게는 내 책이 필요하다. 나중에는 한 마리의 개가 필요하게 될 것이다, 오직 나에 의해 행복이 좌우될. 그리고 어느 날 사람들이 나를 필요로 하게 만드는 데 너무 지쳐 버린 나는 더 이상 아무것도 필요로 하지 않을 것이다… 나는 죽을 것이다, 나는 이미 죽었다.

어떤 편지도 특별히 나에게 최후의 일격을 가하지는 않았다. 하지만 그 편지들은 나에게 죽음의 독을 떨어뜨렸다, 한 방울씩 한 방울씩. 문장 하나 하나가 내게 아직 남아 있는 기대와 희망들을 죽여 나갔다. 나는 오래 전부터 내가 사랑하는 지킬 박사를 위해 날마다 하이드 씨를 제거해 왔다. 그런데 이번에는 반대로 그 죽음의 독이 그 지킬 박사를 죽였다. 그리고 그를 사랑했던 그 여자를 죽였다.

나는 한동안 내 인생 자체인 내 사랑에서 빠져 나오기 위해서는 우리의 마지막 결혼 기념일을 떠올리는 것만으로 충분하다고 생각했다. 남편이 내 눈앞에 그의 빈 손을 천천히 교차시켰던 그 순간을. "내게 뭔가가 없어졌어, 까트린느, 그게 뭔지 알아맞춰 봐…" 그의 차가운 미소, 엇갈렸다가 느리게 풀리는 그의 손들, 내가 그것들을 어떻게 잊을 수 있을까? 하지만 나는 나 자신을 기만했다. 그로부터 일 년 후 나는 이미 그의 그 음험한 코미디를 용서했다! 그 일에 대한 기억마저도 희미해졌다. 더 최근의, 더 상냥한 다른 기억들이 그 기억을 덮어 버렸다. 그 '괴물'은 내 생일날 런던에서 전화를 해 오지 않았던가?

그날 나는 자동 응답기를 꺼 놓았다. 바로 그날의 전화 내용들은 간략하고 호의적인 것일 수밖에 없을 테니까. 어쨌든 나는 그 때 전화선을 연결하기 위한 그럴 듯한 핑곗거리를 찾고 있었다. 그리고 수화기를 들면서 곧바로 그와 맞닥뜨리게 되었다. 내가 신호도 전화도 기다리지 않았던 유일한 사람인 그, 내 남편이… 아, 하지만 그 통화는 그리 오래 이어지지 않았다. 20초 간의 통화! "히드로에서 전화하는거야. 생일 축하하려고 말이야, 여보, 당신한테 이 말을 하려고…. 아, 제기랄, 통화가 곧 끊길 것 같아! 카드가 끝났어. 카드 사서 다시 전화할게, 곧…"
그는 다시 전화하지 않았다. 나는 그의 전화를 기다리지 않았다. 그는 늘 동전이 없었다(잊어 먹었기 때문에). 그는 늘 전화 카드가 없었다(다 썼기 때문에). 그는 늘 신분증이 없었다(분실했기 때문에). 그는 늘 안경이 없었다(잃어버렸기 때문에)… 그의 약속("다시 전화할게, 곧")에 관해서라면, 나는 그게 어떤 것인지 알 만큼 충분히 겪었다! 상관없다, 중요한 건 바로 그 의도니까. 자신의 늙은 아내가 또 한 살을, 고독한 한 살을, 고통의 한 살을 더 먹는 그날, 그는 호의를 베풀려는 의도가 있었던 것이다…

내가 내 사랑에서 벗어난 것은 내 남편의 잔인성 때문이 아니라 그의 애인의 진지함 때문이다. 자신이 가장 훌륭한 사랑을 주는 여자라고 스스로 확신한다면, 가장 사랑받는 여자가 되지 않고도 사랑할 수 있다… 나는 그 여자의 편지를 읽으면서 그 최후의 권리를 포기해야 한다는 걸 깨달았다.

이제 내가 어떤 권리로 그들 둘 사이에 계속 머물 수 있을까? 나는 더 이상 아무것도 할 게 없었다, 아무것도. 나는 죽었다.

그로부터 몇 주일 후, 나는 내 주위 사람들에게 그 사망 소식을 반드시 알리고 싶었다. 나는 사람들이 내 심장이 더 이상 뛰지 않는 이유를 알기를 원했다. 아내이며 끈질긴 연인인 페넬로페는 물레에 찔려 독을 입고 죽어 갔다. 나는 모든 이들에게 죄악의 증거를 제시하곤 했다. 내 부모님께, 가장 친한 친구에게, 내 맏아들에게, 나는 그 편지들의 많은 부분들을 발췌하여 읽어 주었다. 나에게는 그들이 내 편이라는 걸 확신할 필요가 있었다. 그 여자는 그를 사랑했다, 그렇지 않은가? 그 여자가 정말로 그를 사랑했을까? 그 여자가 나보다 더 그를 사랑했을까? "그럴 수도 있겠지. 하지만 나라면 그런 식의 사랑은 별로 받고 싶지 않을거야. 교태가 너무 지나쳐, 바보 짓거리가 너무 지나치다구!" 내 아버지는 두 시간 동안의 낭독을 말없이 듣고 난 후 이렇게 결론을 내리셨다(그는 퇴역 대령이다). 어쨌든 누구도 나에게 거짓말을 하거나 나를 다시 자극하는 이는 없었다. 내 '간병인들'은 고통스러워하는 나를 보는 데 지쳐 안락사를 선택했다. 만장일치로.

나는 내 낡은 허물을 내 뒤에 버렸다. 허물벗기는 완성되었다. 나는 저 높은 곳에서 천사처럼 초연한 태도로 그 두 연인을 바라보려고 애쓴다. 나는 그들이 행복하기를 바란다. 부정한 남편이 떠난 덕분에 그의 사랑이 나에게 한 번도 가져다 주지 않았던 그것, 평화를 발견했다. 그러므로 나는 그가 그의 숭배자에게서 내가 그에게 줄 수 없었던 모든 것을 발견하기를 원한다. 열정보다는 자애로움을, 음모보다는 찬탄을.
행복은 하나의 정원이다. 그 두 사람이 그 정원 안에 들어갈지도 모를 한 마리의 뱀에게 결코 추격당하지 않기를!

나는 죽었다, 살아 있으나 죽었다. 나는 '결별했다'. 어쩌면 자만심과 결별했고, 많은 감정들과 결별했다. 나는 사랑했던 것들과 마찬가지로 두려워했던 것들에서 벗어나 세기의 기쁨과 소란들에 흥미를 잃는다. 이것이 불행의 혜택일까? 나는 내 사소한 슬픔들과 소심함을 죽였다. 자기 남편과 이혼할 때(그리고 그와 함께 가족들, 집, 과거의 행복, 미래의 꿈들과 이별할 때) 여자는 모든 것과 결별할 수 있다, 그녀의 시대, 그녀의 친구들, 부모, 독자, 아이들,

그리고 목수와도! 필요불가결한 건 아무것도 없다. 내가 그들을 필요로 하지 않는 이상, 아무도 나를 필요로 하지 않는다…

그가 나에게 가했던 악행만이 오직 나의 것이 된다. 그 통증은 아직도 날이 풀리는 가운데 녹는 중이다, 마치 눈이 햇볕에 녹는 것처럼. 이제 곧 내가 남긴 흔적들을 더 이상 알아보지 못할 날이 올 것이다. 내가 쓴 한 권의 책을 부인할 날이 올 것이다. 진심으로 나는 그 책 속에서 나 자신을 발견하지 못할 것이다. "우리의 황홀했던 지난 시절을 기억하는가?" "왜 내가 그걸 기억하기를 원하는가?"

나는 결별했다. 우리가 공유했던 과거와 결별했다. 반으로 나뉜 반신불수의 기억. 언젠가 '내 미래의 전남편의 막내동생의 아내'와 함께 점심 식사를 하면서, 나는 그녀에게 '그녀의 시어머니'에 대해 말했다. 나는 '우리의 시어머니'에 대해 말하지 않았다. 나는 마치 한 낯선 여자에게 다른 한 낯선 여자에 대해 말하듯이 '당신의 시어머니'라고 말했다… 프랑시스가 옳지 않았을까? 나는 이미 그의 가족이 아니다. 그의 어머니는 더 이상 내 어머니가 아니다. 그의 가족들은 나에게 문을 닫았다.

5월 어느 날, 마침내 그의 프로방스 별장으로 내 옛날 옷가지들을 찾으러 갈 용기를 냈을 때, 그 극도의 두려움의 순간에 직면할 용기를 냈을 때, 나는 알았다, 그 순간이 내가 그 대문을 미는 마지막 순간이 되리라는 것을. 내가 실내 장식을 해놓은 그 아파트, 우리 아이들이 걸음마를 배웠던 그 길고 하얀 방으로 들어가는 순간 여기저기 상자와 바구니 안에서 솔방울과 편백나무의 방울들을 모아 놓은 아이들의 '수집품들'을 발견하게 되리라는 것을… 나는 밤마다 꿈마다 내가 유배당했던 한 과거와 다시 만나야 할 그 순간, 그 순간 때문에 몸을 떨고 있었다.

그런데 뜻밖이었다. '들판은 전혀 까맣지 않았다, 하늘은 음울하지 않았다.' 문은 벽으로 막히지 않았다. 수영장은 나에게 금지되지 않았다. 그리고 시어머니는 '로르와 프랑시스'의 결혼식을 나에게 알리지 않았다… 모든 일이 순조롭고 예의바르게 진행되었다. '이탈리아식 정원'은 그리 잘 다듬어지지 않아 보였다. 그러나 장미들은 활짝 만개해 있었고, 향기 짙은 미풍이 불어오고 있었다. 그리고 내 미래의 전남편의 부모님들은 상냥함의 보석들을 뿌려댔다. 내가 아직 병원에 있을 때 그들이 그들 아들의 애인을 받아들였다는 사실을 내가 떠올리지 못하게 하기 위해…

나는 눈을 크게 뜬 채로 울지 않고, 우리들 과거의 아파트 안으로 들어갔다. 거기서 내 아이들이 분개했던 변화된 실내 장식들을 보았다. 새로 배치된 가구들, 더욱 강렬해진 색채들, 시골풍의 식기류, '토속' 공예품들. 그 모든 것들은 꽤 훌륭한 취향이었다. 『매종 꼬떼 쉬드』지를 읽고 '솔레이야드'의 타잔에게 필요한 물건들을 가져오게 할 재주가 있는 한 젊은 여자의 취향. 새 소파들은 아주 고급이었다. 나는 그것들을 시험해 보기 위해 그 위에 앉아보았다. 매트리스들도 바뀌어 있었다.

그 새 커플은 우리 침실을 사용한 게 아니라, 중이층(中二層)의 침실을 사용한 것 같았다(하지만 나는 그 사실을 냉담하게 받아들였다). 미래의 켈리 부인은 '다른 결혼'에서 태어난 두 아이들, 즉 내 아이들의 새로운 형제들인 '자기의 아이들'을 내 아이들의 옛날 침실에 재웠다. 나는 거기서 솜을 넣고 누빈 덮개가 없어진 걸 알아채고는 화가 났다. 내 조부모님에게서 물려받은 그 꽃무늬 덮개는 내가 아주 아끼던 것이었다. 나는 마침내 한구석에서 그걸 발견했다. 그것은 잉크 얼룩이 묻은 채(그 어린 딸들 중 한 아이의 실수인가?) 아무렇게나 둘둘 말린 채로 던져져 있었다. 나는 그 낡은 침대 덮개를 정성스럽게 다시 접었다. 그 덮개에는 내가 남편을 얻기 전의 내 삶이 남아 있었다. 나는 그 물건에 대한 권리가 있었다. 나는 그걸 되찾기 위해서 어떤 감정적인 위험이라도 무릅쓸 것이었다.

그 밖의 것들에 관해서는 내 조부모님의 초상화만 빼고는 아무것도 가져오지 않을 생각이었다. 30년 동안 내가 이 집의 주인들과 공유했던 추억들, 우리 아이들의 흔적들, 우리 사랑의 흔적들, 나는 그것들을 더 이상 떠맡고 싶지 않았다. 나는 찾으러 갔던 옷들마저도 옷방에 그대로 내버려두었다. 로르가 그걸로 걸레를 만들기를! '비치 웨어', '등이 움푹 패인 드레스', 레이스 달린 블라우스, 가슴이 드러나는 야회복, 그걸 입었던 여자는 또 다른 까트린느였다. 그리고 나는 그 다른 까띠, 까뚜, 까뚜샤를 매장시켰다.

나는 덧문을 열지도 않고 이 방에서 저 방으로 옮겨 가면서 그 장소들을 냉담한 눈길로 조사했다, 마치 물건을 팔거나 사려는 장사꾼처럼. 이런, '그들'은 이 창문을 다시 칠해야겠어, 이 수도꼭지는 나사를 좀더 조여야겠는걸….

그럼에도 나는 시트들이 내가 포개 놓은 그대로 질서정연하게 놓인 걸 확인하고는 기분이 좋았다. 선반에 붙여 놓은 분류표에는 여전히 내 글씨가 새겨져 있었다('큰 침대용 시트', '깃털요 커버', '아이들 침대 커버', '긴 베갯잇'). 이 집의 새 여주인은 벽장들을 정리할 시간이 없었던 것이다! 우리의 커다란 옷장만을 제외하고. 나는 그 옷장에 붙여 놓았던 '옛 부인들' 포스터가 사라진 것을 보고 놀라지 않았다. 선반 위에는 이제 유익한 자료들밖에 없었다. 사업가의 일생의 잔고들, 여행 앨범들, 그리고 남편이 직접 쓴 '우리 아이들의 추억들'이 든 커다란 서류함. 그러나 그 서류함에 들어 있는 그림과 편지들은 그 여자의 딸들의 것이었다. 그 각각의 작품들에 이름과 날짜를 적어 넣은, 그 기만적인 제목을 적어 넣은 글씨체는 과거에 우리의 사진 앨범들과 '우리의 육아 일기'에 씌어진 것과 똑같은 글씨체, 주의깊고 다정스런 글씨체였다… 나는 내가 그러한 덫에 걸려들도록 내버려 둔 나 자신을 원망했다. 나는 남편이 이제 다른 여자와 다른 아이들을 가지고 있다는 것을 알지 않았는가? '우리', '우리의'는 이제 더 이상 나를 포함하지 않는다는 것을.

  그 밖에는 한 외국인 여자가 새로 뜯어고친 그 집안의 어떤 것도 나를 슬프게 하지 않았다. 내가 그토록 많은 여름을 '함께' 지내왔던 그 장소로 혼자 했던 그 방문은 나에게 어떤 반향도, 아무런 감정도 불러일으키지 않았다. 과거는 죽은 껍질처럼 내게서 떨어져 나갔다. 사람들은 죽은 껍질을 벗겨 낼 때에도 여전히 고통을 두려워한다. 하지만 막상 가위가 그 껍질을 잘라낼 때에는 아무것도 느끼지 못하는 법이다.

내 피, 내 눈물, 나는 그것들을 2년 전에 다 쏟아 냈다. 우리가 이 곳에서 가족들과 함께 우리의 마지막 바캉스를 보냈던 그 시절, 나는 그 몇 년 전부터 남불로 올 때마다 그 여자가 그 곳에 남긴 은밀한 체류의 흔적을 발견하곤 했다. 그 여자는 내 보금자리 안에 조금씩 조금씩 대담하게 자신의 보금자리를 만들어 가고 있었다. 나는 새 탁자, 새 식탁보, 새 방석들을 발견했다. 그 여자는 나를 몰아낼 때가 되었음을, 친절하지 않은 방법으로 내게 신호를 보냈던 것이다… 마지막 바캉스 때, 나는 각각의 물건들 위에 눈물을 흘렸다. 우리 아이들의 옷장, '젖니용 우유 꼭지', 작은 장난감들에, 마치 돌멩이 하나, 나무 한 그루를 마지막으로 보는 것이라는 예감을 받은 것처럼.

하지만 내가 잘못 생각했다. 그 바캉스는 마지막이 아니라, 마지막에서 두 번째였을 뿐이었다. 그랬으므로 나는 마지막 바캉스에서는 더 한층 품위있게 내 역할을 이행할 수 있었다. 나는 내 역할을 되풀이하고 있었다. 그가 나를 만지기를 그만둔 만큼, 나는 더 한층 그 역할을 잘 이행하고 있었다… 나는 모든 곳을 다시 둘러보고 싶었다. 헛간, 솔밭, 탑, 테라스, 라벤더 재배지, 올리브 재배지, 시누이들의 아파트. 나는 나 자신에게 아무것도 용서하지 않을 생각이었다. 내가 그 문들을 밀고 들어갔던 건 내 청춘기, 우리의 행복했던 시절들과 작별하기 위해서가 아니었다. 내 눈 아래 놓인 그 어떤 것들도 한때 나였던 그 여자를 되살아나게 하지 못했다. 나는 다른 여자의 과거 속을 걸어다녔다.

'내 아이들의 할머니'의 상냥한 환대에 감사하면서, 내가 그 주말을 쾌적하게 보낸 데 대해 감사하면서(거짓말이 아니다) 나는 가벼운 마음과 짐을 가지고 프로방스를 떠났다.

나는 내 상복을 쐐기풀 더미 속에 던졌다. 내가 남편을 여읜 것이 아니라 그가 아예 존재하지 않았기 때문에, 그는 이제 더 이상 내 생각을 지배하지 않으며 내 꿈속에 붙어다니지 않는다. 내가 '그들의' 별장을 방문했던 그날로부터, 그들의 편지들을 읽은 그날로부터, 그리고 마침내 그 여자가 그를 사랑한다는 것과 그들이 행복할 것이라는 것을 알게 된 그날로부터 나는 '실수로' 나에게 자신의 인생을 약속했던 그 낯선 사람에 대해 더 이상 꿈꾸지 않게 되었다. 더 이상 나의 도깨비불은 밤에 나타나지 않았다, 기차역들도, 추적들도, 기다림도, 떠남도…

게다가 소송 절차가 끝나가고 이혼이 곧 확정되려는 지금, 그토록 경건하게 우리에게 넘겨졌던 '가족 수첩'에서 우리의 결혼이 말소되려는 지금, 그는 더 이상 나를 만나려 하지도, 나에게 편지를 쓰려 하지도, 전화를 걸려 하지도 않는다. 내 생일에도, 새해에도… "두고 봐, 그들은 시작부터 후회하고 있어, 그들은 늘 전화를 해. 그리고 그 이후론…" 이미 그런 경험을 쌓은 한 '과거의 여자'가 내게 그렇게 말했다. 지금 우리는 벌써 '그 이후'에 있다.

나는 그의 사랑과 결별했다, 그리고 이제부터 모든 사랑과도… 게다가 고독은 매력과 편안함을 가지고 있다. 그가 내 꿈을 더 이상 지배하지 않는 지금 나는 잠을 잘 자지 않는가? 2인용 침대에서 혼자 잠을 자면서도 나는 잘 자지 않는가? '침대 중앙에 골이 깊게 패여 있다.' 나는 그 골 사이로 흘러간다, 나는 그 곳에 잠긴다, 넓고 무겁고 하얀 잠으로 그 곳을 표류한다. 나는 눈의 잠을 잔다.

밖에는 바람이 얼음을 어루만지고 있다. 사람들은 짐승들의 발자국을 뒤쫓는다. 침묵이 끓어오른다, 아침이면 눈이 그 침묵의 정체를 드러낼 것이다. 겨울이 오기 전에 하나의 삶이 보이지 않는 파도를 일으킨다, 내가 상상조차 할 수 없었던 삶이. 여기, 여름이 우리들에게 숨겨 놓았던 그 모든 것들이 다시 번식시킨 공허가 있다. 나는 낮은 층계(하지만 그 짐승들이 언덕을 오르듯 기어오르는) 위에 남겨진 발자국들에서 흰 담비, 가슴에 흰 점이 박힌 담비, 여우의 발자국들를 발견한다. 때로는 노루 발자국까지도. 그러나 이 곳에는 먹을 것이 아무것도 없다, 그 짐승들은 단지 벽 주변의 온기를 찾아 이 곳으로 온 것이리라. 그리고 내가 어떤 소리도 내지 않기 때문에(나는 읽고, 잠잔다, 나는 겨울잠을 자고 있다) 그들은 새벽까지 내 식은 화덕에서 몸을 덥히고는 첫 햇살이 떠오르자마자 사라진다. 내 유일한 낮 동안의 친구는 거의 눈에 띄지 않는 추억이다. 나의 지면 위에 내가 영원히 보지 못할 흔적들을 남긴 추억…

그리고 자동 응답기에 실려 오는 친구들의 목소리가 있다. 해질녘이면 자신없이 접근해 오다가 자신들이 스쳐 갔다는 흔적을 남긴 후에야 멀어지는 그 목소리들. 이제 내게는 그들이 다시 전화를 걸어 오기 위한 공간이 부족하지 않다. 사랑, 그것은 물러날 때, 가득 채워진 기억들을 비워 내고 다시 선을 풀어놓는다, 그것은 마음 전체를, 마음과 모든 자동 응답기들을 우정에게 양도한다.

우선, '과부들'의 모임인 하렘이 있다. 버려진 여자들 사이의 깊은 우애. 내가 '늙은 문지기'의 표정보다 더 짙은 향수에 젖어 있을 때, 내 과거를 구겨진 '비닐'처럼 되풀이해서 구기고 있을 때, 나는 항상 원기를 회복한 한 '오십대의 여인'과 전화를 한다. 더 오래전의 여자, 이미 치유된 여자, 배신, 폭행, 암살을 겪은 후에 '즐거워라!'라고 내게 노래를 불러 줄 준비가 되어 있는 그 이혼녀. 불행한 결혼, 그녀들은 그런 입장에 처했을 때를 거의 회상하지 않는다…

그 달관한 여자들의 원 저 너머로, 나는 또한 짓밟힌 눈 속에 더 광대한 자리를 차지한 아내와 어머니들의 원을 발견한다. 남편을 지킬 줄 알았기에 그 남편이 지켜 주었던 그녀들, 관대한 품으로, 언제나 먹이고 잠재울 준비가 되어 있는 영양의 눈길을 가진 지중해의 친구들. "남자 가운데 최고로 멋진 남자? 홍, 그게 무슨 소용이야! 자, 내일 쿠스쿠스 요리(고기와 야채 등을 넣어서 간을 맞춘 수프를 찐 아랍 콩가루 위에 얹어 먹는 북아프리카의 요리—옮긴이)를 가지고 갈게, 우리 축제를 하자!"

아니, 쿠스쿠스는 시기상조다. 역풍은 당신들이 나의 이글루까지 오는 걸 방해할 것이다. 그러나 그 축제, 나는 당신들에게 그 축제를 열도록 허락한다. 내일, 모레, 곧… 나는 흰 눈을 통해 발견했다, 당신들이 내가 생각했던 것보다 더 많이 나를 사랑한다는 걸. 그리고 당신들이 내 성벽 주위, 내 삶의 주변에 번식시킨 교차된 흔적들에서 나는 '쉬는 시간'의 그 작은 사팔뜨기 소녀가 상상조차 할 수 없을 만큼 나를 도와줄 당신들이 많다는 사실을 생각한다.

당신들과 함께 나는 원무 속으로 돌아가리라, 둥근 원 속에 다시 들어가 춤추리라, 춤추리라, 춤추리라. 내가 얼마나 춤추기를 좋아했던가! 날 기다려 주기를, 내가 갈 테니! 내게는 시간이 필요하다, 나는 먼 곳에서 되돌아가는 것이므로. 하지만 나는 반드시 갈 것이다. 이제 나는 내가 어디로 가야 하는지 안다. 눈이 내린 이후로 거대한 흔적이 내 눈 아래 드러나 있다, 정원보다 더 크고, 호수보다 더 크고, 언덕보다 더 큰 흔적이. 나는 신의 부재가 남겨 놓은 텅 빔 속에서 신의 위대함을 재어 본다. 눈 위에 뚫린 거대한 구멍, 그의 키와 형태만큼의 심연이 남아 있다. 그는 그 구멍을 채우러 되돌아오지 않을 것이다. 왜냐하면 그는 흰담비나 노루처럼 빨라서, 우리가 추격하더라도 그를 볼 수도 잡을 수도 없을 것이므로.

이제부터 신자들을 만날 때마다 나는, 내 길을 물을 것이다. 나는 더 불확실한 것들이 드러내는 표지들에 대해 캐물을 것이다. "그가 이 곳으로 지나갔다. 그는 저 곳으로 다시 지나갈 것이다…" 나는 모든 신자들에게 말할 것이다. "날 개종시켜 달라."고, 마치 우화 속에 나오는 여우가 아이에게 "나를 길들여 줘."라고 말하는 것처럼.

한겨울에 나는 다시 걷기 시작한다. 나는 간다. '신이 집 문턱에서 나를 기다린다.' 그에게로 다다를 시간이 있을까? 안내자도 표지판도 없이 길을 다시 가기에는 때가 늦었다, 특히 똑바로 걷지 않는 경우에는 더 더욱. 이 책, 그래, 이 책은 단지 더 많은 탈선과 우회, 막다른 골목, 나쁜 길일 뿐이다. 하지만 신은 역에서 인내심 있게 시간에 늦는 나를 기다린다. 그는 영원히 나를 기다려 줄 것이다.

나는 얼어붙은 눈 위를 더듬거리며 나아간다, 길은 나를 앞지르지 않는다, 길은 나를 뒤따른다. 내 앞에는 내 발걸음 소리만이 들린다. 딱딱하게 얼어붙은 과자를 자르는 칼질 소리. 더 이상 땅과 물, 하늘과 땅의 경계가 없다, 또다시 길을 잃은 게 아닐까? 세상은 더 이상 방향도 경계선도 없다. 쌓인 눈도 웅덩이도 없는 이 광야에서 나는 마침내 모험을 시작한다. 어쩌면 내가 알지 못하는 사이에 나는 이미 연못 한중간에 와 있는 건 아닐까? 얼음이 깨지면 무슨 일이 일어날까?

나는 더듬거리며 간다. 나는 가기 위해 간다. 그러나 나는 멈추지 않을 것이다. 길이 힘들 때, 어디로 가는지, 왜 가는지를 알지 못할 때, 그건 잘못 가는 게 아니라는 표시이다. 그건 자신을 향해 나아가는 길이므로.

나는 상복을 입고 있다

나는 상복을 입고 있다. 나는 길을 잃었다, 나는 눈이 멀었다, 나는 산산이 부서졌다, 나는 더러워졌다, 나는 화형당했다, 나는 얼어붙었다, 나는 헐벗었다, 나는 죽었다. 나는 존재한다.

늙었지만 새롭게, 나는 존재한다.

밤나방들은 손끝에 금가루를 남긴다. 밤나방만큼 생기 없는 나는 날개 끝에 금가루를 가지고 있다. 나는 먼지다, 그러나 금빛 먼지다, 그 금빛 먼지는 나를 건드리는 모든 이들, 나를 사랑하게 될 이들을 위한 것이다. 그리고 내가 금빛 먼지를 계속해서 나눠 줄 수 있을 만큼 그것은 풍부하다…

덧없는 행복의 수탁자(1제곱미터의 시든 피부, 햇볕에 녹는 10헥타르의 눈)인 내가 어떻게 사라지는 행복을 열쇠로 잠궈 놓을 수 있을까? 어떤 상자에, 어떤 그릇 안에 그 무지개의 기적이나 이슬 방울을 보관할 수 있을까?

아무것도 연장시킬 수 없기 때문에, 아무것도 간직해 둘 수 없기 때문에, 나는 너무 늦기 전에 나누고 싶다. 나에게 주어진 그 경이로움들을 사랑할 기회를 타인들에게 주고 싶다, 유리창 위의 성에, 황금빛 태양, 연기의 실타래들, 거품에 싸인 하늘, 안개에 싸인 호수, 우윳빛 밤들, 진줏빛 새벽들을. 나는 정상적인 눈을 가진 사람들에게 장님이었던 내 눈이 내게 보여 준 그 유약한 아름다움들을 보여 주고 싶다, 만져서 느껴지지 않은 것, 덧없는 것, 내가 나 혼자만의 것이라고 여겼던 그 모든 금가루들을, 이제 그들에게 아낌없이 주고 싶다. 친구들, 아이들, 고통받는 자들, 집 없는 이들, 그 모든 이들에게 겨울에는 따뜻하고 여름에는 시원한 퐁브레이유의 내 집을 개방할 것이다. 길 잃은 자들, 사랑받지 못하는 자들에게 내 가벼운 깃털 침대와 풀이 무성한 내 정원을 줄 것이다. 장미와 편백 사이에, 겨울과 여름 사이에 언제나 닫혀 있던 그 정원을, 이제 영원히 그들에게 열어 둘 것이다. 그리고 나는 내 마음을 그들에게 줄 것이다, 이 마음, 프랑시스가 차갑다고 말했던 이 마음을. 자, 나는 내 문들을 연다, 내 지붕을 연다. 열린 하늘 아래에서 내 요새는 단 하나의 요람이 될 것이다. 나의 성채, 갈대로 만든 한 척의 배.

내가 알지 못하는 나라를 향해 고독한 여정을 다시 시작하기 전에, 나는 2년이 넘게 능력 이상으로 나를 견디게 해 주었던 그 친숙한 목소리들 중에서 가장 허약하고 가장 힘없는 목소리들을 내 피난처에 다시 모아놓고 싶다. 암과 싸우고 있는 한 친구와 알코올과 싸우는 한 친구, 아들이 자살한 이웃, 남편에게 버림받은 사진 작가, 실직한 친구, 늙은 홀아비 삼촌, 어린 고아가 된 사촌 여동생.

"홀아비와 고아, 멋진 생각이야! 만일 네가 그들과 함께 원기를 회복할 것 같다고 생각한다면 말이다!" 남편과 이혼한 이후로 내 부모님은 걱정한다. 그들은 나를 병든 어린아이처럼 다룬다. 매일 밤 그들은 언덕 저편에서 신선한 빵과 수프를 그릇에 담아가지고 마을로 온다. 추운 밤인데도 그들은 집을 떠나 내 텔레비전 앞에서 꾸벅꾸벅 존다. 그리고 잠시 잠에서 깨어난 나에게 따뜻한 쇼콜라를 권한다. "조금 먹어 봐. 너무 말랐어, 아무것도 먹질 않으니. 자, 좀 먹어." 내 어머니는 말한다. 그들은 나를 사랑한다, 그리고 그들의 사랑이 나를 데운다. 그러나 엄마, 나도 사랑할 수 있어요, 나는 다 컸어요, 난 쉰 살이에요…

내가 너무 말랐다는 건 사실이다. 그리고 내가 행복한 사람들을 슬픔없이 볼 수 있을 만큼, 목젖이 보이도록 크게 웃을 만큼 충분히 강해지지 않았다는 것도 사실이다. 그러나 나는 이제 타인을 보호할 수 있고, 도와줄 수 있고, 어루만질 수 있다.

"넌 이제 겨우 위험한 상태에서 벗어났어, 그런데 절름발이들의 크리스마스 밤참을 준비하다니! 거기다 더 나쁜 건 '죽어 가는 사람들의 안내자'를 자처하려 한다는 거야! 정말 설상가상이야! 아이샤가 나한테 모두 다 말했어, 말 좀 해 봐라. 네 친구가 네 머리속에 꽉 채워 넣어 준 그 생각이란 게 도대체 뭐냐? '치유를 위한 간호 모임'이라고? 그 프로그램에 대해 말하지만, 얘야, 정작 간호를 받아야 할 사람은 바로 너야!…도대체 넌 무슨 근거로, 네가 불행한 사람들을 도와줄 수 있을 거라고 생각하는거니, 응?" 어머니는 꾸짖었다.

어떤 근거? 바로 내가 이미 죽었다는 사실이 그 근거이다. 나는 혼자라는 사실, 그리고 또다시 죽을거라는 사실이 그 근거이다. 나는 혼자다. 나는 내가 받고 싶어했던 것들을 다른 이들에게 주고 싶다. 나는 적어도 한 손을 쓸 수 있지 않은가.

우리는 크리스마스 밤참을 먹었다. 나는 창문마다 불을 켜 놓고, 모든 연령, 모든 부류의 불행한 사람들을 모아들였다. 모여든 고통들이 아주 둥글고 아주 붉은 기쁨을 자아냈다, 마치 작은 능금 같은 기쁨. 눈 위에 금꽃 장식과 호랑가시나무 장식을 한 집이 초롱같이 빛나고 있었다. 그 집의 모든 모닥불이 타닥타닥 타오르고 있었고, 화덕들은 기름진 거위와 군밤과 종다리 고기 파이 냄새들을 내뿜고 있었다… 아, 그 집, 그 온기, 그 육체들, 그 영혼들이 당신들의 것이라고, 내가 당신들의 것이라고 말해 주십시오! 나는 타인들의 것이다. 나는 사랑한다, 사랑할 수 있다, 나는 청하고 싶다, 받아들이고 싶다, 그리고 주고 싶다.

내 남편에게까지도 주고 싶다. 이 책, 그가 다른 사람들보다 먼저 읽지 않게 될 최초의 책, 이 책은 사랑의 편지다. 어쩌면 나는 이 책을 봉인해야 하리라. 하지만 이 책은 '그 색인표' 속에서 끝나게 되리라… 부피가 두껍고 가제본되고 다시 제본된 이 편지는 그의 서류 정리 상자 속에 들어갈 수 없을 것이다. 싫건 좋건 그는 이 책을 특별한 의미로 받아들이리라, 유일한 것으로, 마침내 유일한 것으로!

그 수신인의 폭력을 끊임없이 방어하고 연약한 어린아이처럼 보호해야 했던 이 마지막 편지를 쓰기 위해 나는 서둘러야 했다. 나는 그 죽어 가는 사랑을 오래 간직하지 못하게 될까 두려웠다, 내 남자의 잔인성 때문에 내가 속도를 낼 수밖에 없을까 봐 두려웠고, 내가 그를 사랑했었다는 것을 그에게 말하기도 전에 그로부터 떨어져 나오게 될까 봐 두려웠다… 나는 한 발 한 발, 나의 사랑이 나의 증오를 이기기 위해 변화하는 감정들 앞에서 영원한 진실들과 싸웠고, 그 부정한 남자가 나에게 상처를 입힐 때마다, 그가 나에게 타격을 가할 때마다, 여하튼 다시 일어나려고 애를 썼다.

법원에 우리가 첫 소환을 당했던 날이 생각난다(2년 간의 논쟁과 흥정 이후에). 판사는 우리에게 '조정 불성립 규정'을 읽어 주었고, 우리는 긴 복도를 따라 법원을 빠져나왔다. 내 남편, 집행 유예의 남편은(아직도 석 달 간, 잘하면 아홉 달의 결혼 유효 기간이 남아 있었다) 작별 인사를 하기 위해 내게로 몸을 굽혔다. 나는 그에게 손을 내밀었고, 그는 내 뺨에 입을 맞추었다. 그 때 서로 이야기를 나누느라 열중해 있던 우리의 변호사들이 우리를 쳐다보지 않는 틈을 이용해서(나는 우리가 서로 으르렁거리게 될까 봐 두려웠다) 나는 가볍게 그의 입술 위에 내 입술을 포갰다. 그런 다음 복도의 갈림길에서 우리는 한 마디 말도 없이 헤어졌다. 각자 변호사의 보호 아래 멀어져 가면서. 나는 등을 돌린 채 그의 발걸음 소리가 둥근 천장 아래에서 점점 멀어져 가는 소리를 들었다… 다음 번 법정 출두일 이전까지는 내가 '상대방'을 다시 볼 이유는 조금도 없었다, 백 일, 이백 일, 어쩌면 삼백 일 후의 그날까지는…

하지만 법원의 미로 속에서 각기 다른 길을 따라가던 우리는 불현듯 법원 앞 거리에서 다시 만났다. 변호사들이 우리 곁을 떠난 뒤였다. 밤이 오고 있었고, 술집들은 테라스에 불을 켜 놓았고, 날은 포근했다. 나는 그에게 "함께 저녁 먹을래요?"라고 제안하는 내 목소리를 들었다. "미안해." 그는 정중하게 대답했다(그는 나와 일 미터의 거리를 유지하고 있었다). "난 혼자서 당신을 만날 수 없어. 당신도 이해하지, 난 그녀를 고통스럽게 하고 싶지 않아…"

물론이다! 내 머리가 어떻게 되었던가? 나에게 부과되었던 그 공유의 7년, 그토록 분명하게 계획된(그녀에게는 화요일, 목요일, 토요일, 점심 식사의 삼분의 일, 두 번에 한 번꼴의 주말, 그리고 바캉스의 절반) 고통의 7년, 조직적이고 계획적인 고통의 7년을 겪고 난 내가 어떻게 그의 세심한 배려를 칭찬하지 않을 수 있겠는가? 어떻게 그의 새로운 태도에 감탄하지 않을 수 있겠는가? 그는 확실한 배려로 그녀를 아끼고 있었다! 그는 확실한 잔인함으로 나를 짓밟고 있었다! 그럼에도 그는 자신의 의사가 충분히 전달되지 않았을까 우려하면서 덧붙여 말했다. "난 당신에게 겪게 했던 그 고통을 그녀에게 다시 겪게 하고 싶지 않아. 나는 이제 알았어. 그리고 결심했어, 변하기로." 아, 지독한 심연!… 그럼에도 나는 그 매정한 거절을 되돌리려 애썼다. 왜 항상 애걸하는가?

그날 저녁 나는 다시 펜을 잡았다. 내 노트 속에서 그에게 다시 상냥하게 말하도록, 그 잔인함에 흡수되지 않도록, 내 고통으로부터 적당한 거리를 유지하도록 나는 나 자신에게 강요했다. 나는 그에게서 더 이상 아무것도 기대하지 않고 아무것도 요구하지 않는 법을 배워야 했다. 마치 죽은 여자처럼 단지 그의 추억 속에서만 살아 있기를 희망하는 법을 배워야 했다. 디동의 최후의 애원, 그녀의 마지막 노래처럼, '날 기억해 주세요.' …

아니다, 그건 너무 지나치다. 내가 어떤 권리로 그림자조차 변해 버린 그의 미래에 강제로 나를 끼워 넣을 수 있단 말인가? 나는 닫힌 과거 속에서, 출구 없는 과거 속에서 그를 사랑하도록, 과거에서만 미래를 가지도록 애써야 할 것이다. 사심없이 그를 사랑하도록, 다른 여자에게 그를 주기 위해 그를 사랑하도록 나를 길들여야 할 것이다. 첫 번째 아내로서… 동양의 어떤 나라에서는 여자들 자신이 직접 자신들의 경쟁자들을 간택하고, 자기 남편의 젊은 애첩들을 직접 치장시키고, 그 새로운 결혼과 자신의 은퇴를 축복하고, 간택된 여자의 발을 안마해 주고, 흡족한 마음으로 새로 태어난 아이들을 닦아준다고 한다. 그녀들은 자신들의 소멸에 동의하면서 기득권 이외에 다른 혜택을 가지지 않으며, 연령상의 특권 이외에 다른 '특권'은 가지지 못한다…

그러나 그러한 짐이 상처가 되는 곳도 있다. 게다가 나는 그의 첫 번째 아내조차 아니었다! 기껏해야 첫 번째 등급의 아내… 26년 전, 같은 날에 그는 두 여자에게 결혼 신청을 했다. 월요일 아침, 그는 자기 부모를 모시고 와서 내 부모님을 만났다, 그의 집안은 격식을 따지는 집안이었으므로. 양가 집안은 함께 모여 우리의 약혼 날짜와 결혼 날짜를 잡았다. 그런 다음 각자 일을 하러 자기 사무실로 돌아갔다. 그날 저녁 내 약혼자가 집으로 돌아왔을 때(그 집안의 체면과 체통에도 불구하고 우리는 이미 같은 아파트를 쓰고 있었다), 그는 한 소년의 삶을 물은 것이 아니라 가족 전체를 물고 돌아온 것 같은 비장한 분위기였다! "까뚜샤, 나쁜 소식이 있어…" 그는 짓눌린 듯 속삭였다.

나는 최악의 경우를 생각하고 긴장했다. 그리고 사실상 뒤따라온 것은 최악의 경우였다. 그러나 그건 내가 예감하던 최악의 경우가 아니었다. "아주 나쁜 소식이야, 불쌍한 까뚜. 나, 이렌느랑 결혼해…" "이렌느? 하지만 당신과 그 여자는 일 년 전에 끝났잖아!" "음… 아냐, 완전히 끝나진 않았어…" "아, 그래? 좋아, 그렇다고 그녀와 결혼하려는 건 아니겠지!" "그녀는 곧 아이를 낳을거야…" "이렌느가? 그녀는 불임이라고 그랬잖아!" "여하튼 그녀는 곧 아일 낳을거야. 그러니 내가 어쩌겠어?… 하지만 난 당신과 헤어지고 싶지 않아, 내 사랑 까뚜, 내가 사랑하는 건 바로 너야. 나는 이렌느와 결혼할거야, 그녀의 부모도 만났어, 난 발을 뺄 수가 없어. 하지만 너, 너는 그대로 내 애인으로 남을거야, 남아 줘, 내 사랑. 우리 사이에 변한 건 아무것도 없어…"

아무것도 변한 게 없다고? 아, 과연 '아무것도 변한 게' 없는지 있는지 그는 보았다! 나는 벽장 속에서 그의 여행 가방을 꺼내 거기에 그의 드레스 셔츠와 잠옷들을 뒤죽박죽 처넣고는 그 짐꾸러미와 짐꾸러미의 주인을 층계참에 내놓았다. 그런 다음 나는 밤새도록 울었다. 그 때 처음으로 나는, 잊고 싶었던 내 어린 시절의 그 옛노래를 떠올렸다. "둘 사이에서 내 마음은 흔들리네, 내가 이 둘 중에 누굴 더 좋아하는지 알 수 없어…"

나는 울었다. 그러나 반항도 하지 않았고 공포도 느끼지 않았다. 어떤 친구에게도 구조를 요청하지 않았다. 나는 그 이야기에서 아무것도 이해할 수 없었고, 그걸 믿을 수조차 없었다. 내가 옳았다. 그 이튿날 프랑시스는 그 작은 여행 가방을 들고 되돌아왔다. "그럼 그녀의 아이는 어떡하고?" "내게 거짓말했었어. 정오에 그녀의 아버지를 다시 만나서 모든 걸 취소했어… 용서해 줘, 내 사랑, 널 아프게 해서 정말 미안해."

그는 이미 내 품속에 들어와 있었고, 이미 용서받았다. 나는 그 당시에 그 사건을 명확하게 밝혀 내려고조차 하지 않았다. 그저 꾸며 낸 이야기, 어설픈 핑곗거리라고 생각했다. 결혼이라는 결정적인 순간에 맞닥뜨린 우유부단한 한 소년이 상황을 빠져 나가기 위해 만들어 낸 최후의 핑곗거리라고. 다시 한 번 나는 그를 과소평가했던 것이다…

그 후, 우리가 결혼을 하고 난 후 한참이 지나서 나는 이렌느를 알게 되었고, 그녀와 나는 친구가 되었다. 그녀는 금발이었고, 다른 남자와 함께 행복해 하고 있었다. 그녀는 내 남편을 정말 사랑했지만, 더 이상 나에게서 그를 빼앗아 가려고 하지는 않았다. 그녀는 '하렘'의 일원이 되었다. 애인들, 과거의 애인들, 미래의 애인들이 이룬 하렘….

나는 가끔씩 그녀와 마주앉아 점심을 먹곤 했다. 하지만 우리는 15년 동안 단 한 번도 그녀와 내가 제안받았던 그 '이중 결혼'에 대해 언급하지 않았다.

게다가 나는 프랑시스가 나에게 거짓말을 한 것이라고, 정말 그녀와 결혼하겠다고 생각한 적은 결코 없었다고 거의 확신하고 있었다. 그래서 나는 세월이 흐름에 따라 그 사건을 마침내 잊어버리게 되었다.

어느 날 그 문제에 당당하게 접근한 것은 이렌느였다. "까띠, 알아, 네 남편이 내 인생에서 가장 잔혹한 스물 네 시간을 겪게 했다는 걸 말이야? 그러니까, 70년이었어. 월요일 저녁 6시에 그가 마침내 우리 부모님을 만나겠다고 했지, 단도직입적으로 말이야. 그는 우리 부모님께 나와 결혼하겠다고 했어! 나, 그 때 정말 기뻤어! 생각해 봐! 우리 엄마와 난 결혼식에 대해 상의하느라 그날 밤을 꼬박 세웠지. 하지만 그 이튿날 아침에 재앙이 일어난거야. 프랑시스가 다시 집으로 왔어, 백지장처럼 하얗게 질린 얼굴을 하고 말이야. 그는 우리 아버지에게 사과했어, 자기가 실수를 했다고 말이야. 그리곤 모든 게 끝장났지, 결국 그는 너와 결혼했으니까…"

나는 그녀에게 아무런 질문도 하지 않았다. 그녀가 우리 공동의 약혼자에게 무슨 말을 했기에, 그가 그녀의 부모님을 '마침내 만나기로' 결심하게 되었으며, 그 월요일 아침에 나에게 한 약속을 그날 저녁에 그녀에게 다시 하게 되었는지에 관해 알려고 하지도 않았다. 상처를 쇠막대기로 휘저은들 무슨 소용이랴? 나는 이해했다고 믿지 않았던가? 내 연인이 자신에게서 달아난 사실을 알았을 때, 이렌느는 그를 붙잡기 위해 온갖 노력을 다했다. 그녀는 사형 선고를 받은 여자처럼 단두대의 칼날이 떨어지기 전에 몇 날, 몇 시간을 벌어 보려고 짐짓 임신한 척했던 것이다… 나는 그녀에게 동정심을 느끼고 화제를 바꾸면서 그녀를 구해 주려고 했다.

그런데 그 후 몇 년이 지난 다음, 프랑시스가 로르에게 떠났던 그 당시, 이렌느와 내가 함께 점심을 먹을 때, 우리는 또다시 그 '스물 네 시간 동안의 중혼'에 관해 이야기를 꺼내게 되었다. 우리는 그동안 서로 그것에 대해 한 번도 말을 꺼내는 일 없이 혼돈스럽고 모호한 기억 속에 그 일을 묻어 두고 있었다. 나는 처음으로(그 일이 있은 지 26년 만에!) 나의 '옛 경쟁자'에게 물었다. "프랑시스가 나와의 약혼을 파기하게 하려고 임신했다고 말한 적이 있지?"

"임신? 이봐, 까띠, 그는 그런 말에 속아 넘어갈 위인이 아니야! 나는 아이를 가질 수 없어. 스물 다섯에 내가 불임이라는 사실을 알았어. 그건 프랑시스도 잘 알고 있었어. 너에게 그 사실에 관해 한 번도 말한 적이 없었어? 프랑시스가 나와 결혼하지 않으려는 진짜 이유는 바로 그거였어. 생각해 봐, 자식 없는 아일랜드 남자를 말이야! 그가 나를 버리고 널 선택한 이유는 바로 그거였다구."

그는 결국 그녀가 자기를 속였다고 거짓말한 것이었다… 눈가림을 위한 이중의 방아쇠, 눈속임의 대가! 거짓 투시도를 만들고, 깊이와 입체감의 착시를 그보다 더 잘 만들어 내는 이는 없었다. 그러나 그 환상 뒤에는 아무것도 없었다. 만일 그 환상 뒤에 그 무엇이 있었더라도, 그것은 너무도 잘 숨겨져 있어서 결코 발견되지 않을 것이었다. 그 모든 장치 속에서 그 거짓 외관들은 단 하나의 진실만을 드러냈다. 나의 배, 나는 첫 번째 부인이 아니라 첫 번째 배였다.

우선권을 가진 건 이렌느였다.

하지만 그녀의 우선권마저도 그리 오랫동안 지속되지 못했다. 우리가 그런 대화를 나눈 지 6개월 후에 그녀가 강등당했다는 사실을 그녀에게 알릴 수 있었으니까.

그가 내 꽁브레이유 집에 남겨 둔 서류들을 자신에게 보내 달라고 대형 박스들을 보내 왔다. 그가 출간했던 재정 문제에 관한 원고들, 그 마지막 기간의 비망록, 그의 친구들에게서 온 연하장들, 커다란 베이지색 서류 커버들 안에 들어 있는 15년 간의 신년 카드들! 그 남자는 그 모든 것을 간직하고 있었다… '그의 조강지처'만 빼고!

나는 드문드문 분류표가 붙어 있는 그 고문서들을 순서대로 재정리하려고 급하게 뒤적였다. 한편으로는 그가 이미 흥미를 상실한 서류들을 그토록 많이 간직하고 있었다는 사실에 대해, 그가 한 번도 분류하거나 없앨 결심을 하지 않았다는 사실에 대해 놀라면서.

그 때 나는 다우존스사의 주가 분석 자료와 니케이의 물가 상승 곡선 도표 사이에서 어떤 편지의 초고를 발견했다. 그 편지의 글씨체는 눈에 익은 것이었다. 그건 과거의 그의 글씨체였다. 더 크고 더 완만하고 더 장식적인, 내가 좋아하는 글씨체, 내가 항상 좋아했던 글씨체, 그리고 수많은 세월이 흐른 후에도 가슴을 조이지 않고는 볼 수 없는 글씨체.

그 편지는 청혼 편지였다. 대단히 끈질긴 청혼. 그가 정복하고 싶어했던 그 여자는 소피라는 이름의 여자였다. 그는 자신이 변할 것이라고, 이제 성숙해졌다고 그녀에게 장담했다. 그는 그 때 정말로 그녀에게 빠져 있었다. 그는 그녀를 위해 가장 충실하고 가장 열정적인 남편이 됨으로써 그것을 입증할 것이었다…

나는 한 번도 만난 적이 없는 그 소피라는 여자의 존재를 모호하게 떠올리고 있었다. 내가 스물 두 살일 때 그녀는 스무 살이었던 것 같다. "푸른 눈에 금발, 내 생각에는 반러시아계인 것 같아." 그는 내게 말했었다. 어쨌든 그는 68년인가 69년에 그의 하얀 손 위에 내 갈색 손을 올려 놓고 그녀에 대해 말했다. "맙소사, 이런 혈통들의 결합이라! 훌륭한 자식이라곤 하나도 나오지 않을거야! 가령 내가 소피 같은 북구 여자랑 결혼했다면, 자식들만큼은 확실했을 텐데…"

결코, 결코 나는 그가 그 어린 슬라브 여자를 사랑할 수 있으리라고는 상상조차 하지 않았다, 자신의 삶을 바칠 정도로 그녀를 사랑하리라고는! 다행히도 그녀는 그녀의 구혼자보다 훨씬 더 이성적인 태도를 보여 주었다. 그가 그의 초고에 핀으로 꽂아 둔 그녀의 답장에서 그녀는 그의 청혼을 거절했다. 그녀는 교묘하게 '일시적인 열광 상태'에 대하여 적었다. 그 답장은 70년 6월로 적혀 있었다. 그 때는 '그 열광자'가 나와 이렌느에게 같은 날 우리 두 부모에게 청혼하기 두 달 전이었다…

나는 나의 공동 약혼녀에게 이 사실을 알리지 않을 수 없었다. "이렌느, 70년에 그가 우리들과 결혼하려 했을 때 말이야, 그 때 우리 둘뿐만이 아니었어!"

그리고 나는 '그 구혼자'를 위해서 운송 박스 위에 작은 쪽지를 붙였다. "당신이 70년에 소피의 남편까지 되려고 했었다는 걸 왜 내게 말하지 않았죠?" 그는 보름 후에 내 질문에 대답했다. 그가 나에게 보내 온 계산서 속에 무성의하게 찔러 넣은 초대장 위에다. "내가 소피와 결혼하려 했다고? 전혀 기억나지 않아(그러니, 그는 아직 그 짐꾸러미들을 풀어 보지 않았던 게 확실했다).······하지만 어쨌든 그건 별 의미없는 거였어, 정신적인 사랑이었으니까!"

돈 주앙, 돈 주앙, 온갖 솜씨를 다 부리는 결혼 사기꾼, 누구에게도 묶일 수 없는 그 엽색가. 말, 언약, 서명 문서, 계약, 법, 심판, 그 모든 것들이 아무런 가치도 효력도 발휘하지 못하는 그 반역자, 한 작은 갈색 여자가 끈질기게 애착을 느꼈던 사람이 바로 그였다!

"결혼한 첫 해에 내 남편은 나에게 가시밭길을 걷게 했지." 옛날에 '불행한 아내들'은 이렇게 노래했다. 그러나 나는 그 여자들의 경우와는 달랐다. 가시밭길, 나는 이미 결혼 이전부터 너무도 많은 가시밭길을 걸어왔다! 나는 왜 달아나지 않았을까? 내 삶의 어떤 광기, 어떤 오만이 나를 그것에 '길들이도록' 강요했던 것일까?

내 남편은 자신의 유희를 거의 숨기지 않았다. 그는 나를 지상 7층에서 지하 13층까지 막바로 통과시킨 적이 없었다. 그는 늘 내가 중간층들을 방문하게 했다. 과거에 그는 악하지 않았다. 그는 나를 속이지 않았다. 내 스스로 속아 넘어가지 않았나 생각한다. 지금 나는 혼미 속에서 깨어나 진실을 본다. 그 진실은 있는 그대로의 그를 숨기지 않는다. 다만 내가 누구와 결혼했는지를 알아보지 못하게 할 뿐이다… 나는 어떤 이유로 내 공포를 직시하지 않으려 했을까? 도대체 어떤 종류의 사랑에 빠진 여자였길래, 나 자신을 고의적으로 고통 속에 내던졌을까? 어떤 착란 때문에 도대체 어떻게 더 이상 나를 사랑하지 않는 남자, 어쩌면 한 번도 나를 사랑한 적이 없는 그 남자를 사랑할 수 있었을까?

어떻게? 하지만 그건 아주 간단한 일이다. '설마' 때문이었다! 희망을 키우지 않는 고통이란 없다. 희망하고 견디기 위해서는 한 번의 보상으로도 충분하다. 가령 그가 아이들의 재학 증명서 수령을 통고하기 위해 나에게 팩스를 보낸다면(그가 직접 쓴 글을 본 지는 3개월이 되었다!) 그는 'SVV'라는 서식으로 그의 메시지를 끝맺는다, 비밀스런 서식. 그 여자는 아마도 그 암호를 모를 것이다, 하지만 나는 알고 있다. 그를 통해, 로마를 통해, 폼페이를 통해 나는 그걸 배웠다. 그는 내가 그걸 알고 있다는 걸 알고 있다. 그가 나에게 SVBEV라는 서식을 가르쳐 주었을 때, 그는 또한 내가 그것을 더욱 강렬한 느낌이 들도록 SVV로 축약시켰다는 사실도 알고 있다. "당신이 잘 지낸다면, 나도 잘 지내(Si vales, valeo)."… 내가 사랑의 고백으로 만들었던 그 의례적인 표현을 내 자신이 잊어버렸을 리 없다. 그는 그 사실을 알고 있다. 그러므로 그 암호는 나를 위한 것이다, 그는 오직 나만을 위해 그 암호를 썼다. 나는 갑자기 애정 속에 휩싸인다, 분별력이 사라진다, 모든 걸, 모든 음모를 용서할 준비가 된다. 나는 낭만적인 결혼 언약을 생각한다. "당신이 가이우스가 되면, 나는 가이아가 되리라(Ubi tu Gaius, ego Gaia.)."… 아, 프랑시스, 당신이 켈리였을 때, 나도 켈리였다! 이제 더 이상 그런 일은 가능하지 않단 말인가?…

희망을 키우지 않는 절망은 없다. 나는 지금도 프랑시스가 나를 사랑하지 않았다고 확신하지 않는다. 그가 더 이상 나를 사랑하지 않는다는 것 또한 확신하지 않는다. 나는 영원히 확인하고, 영원히 '흔들린다'…

나는 존재한다. 그런데 나는 누구인가?

하루의 마지막 광선들이 닫힌 내 방 덧창 너머로 여과되면서 흰 나일론 커튼 위에 금빛을 두르고 있다. 나는 큰 침대 위에 누워 따뜻한 이불 아래 몸을 도사린 채 지상의 사소한 것들 속에서 기쁨을 발견한다.

나는 태어난다. 나는 매일 아침 내가 두 손에 받쳐든 뜨거운 찻잔과 함께, 한 입 가득 깨무는 붉은 사과와 함께 태어난다. 매일 매순간 나는 부드럽게 아름답게, 태어난다. 내 젖은 입술 위로 불어오는 바람의 키스, 내 목을 애무하는 길다란 비단 스카프, 전나무 꼭대기에 솔질이 된 양모처럼 풀어헤쳐진 작은 장밋빛 구름들, 연못 위에 은빛 후광을 입고 미끄러져 내리는 얼어붙은 달빛, 내 뺨을 부비는 모헤어 터틀넥 스웨터. 그리고 녹은 버터와 쌉쌀한 마멀레이드를 바른 뜨거운 핫케이크, 나는 비가 올 때나 추울 때, 혹은 밤에 한 잔의 '얼 그레이'와 함께 그 핫케이크를 음미할 것이다… 너무도 나긋나긋한 이런 행복이 달착지근한 '여성적' 행복인가? 우리 사랑의 고통이 늘 장식이나 요리에서 비롯해서 그것으로 끝난다면, 그건 나의 잘못인가? 우리가 작은 접시 속에 우리의 근심을 익사시킨다면, 우리가 쿠션 더미 아래에 우리의 슬픔을 질식시킨다면? 우리가 제과점에서 타락한다면? 우리의 갈봇집이 찻집이라면?

"고약한 덩어리보다는 훌륭한 찌꺼기가 더 낫다!" 내 할머니는 이렇게 말씀하시곤 했다. 아, 나는 삶의 가장 훌륭한 찌꺼기들을 훔친다, 아직 내 사정 거리에 있는 최소한의 가장 훌륭한 찌꺼기들을! 천국은 우리 가운데 있다. 그 조각들을 모아야 한다, 깨진 파편들을 다시 모으는 것만으로도 충분하다. 나는 기쁨의 파편들을 그러모은다, 나는 찌꺼기들로 만족한다. 자, 바겐 세일이다… 겨울의 끝은 팔다 남은 재고품의 계절이다. 이 때를 이용해서 실속을 차리자. 나는 도시에서 온갖 상점들을 '둘러본다.' 붉은 원피스가 나에게 어울린다, 하지만 베이지색 역시 나에게 잘 어울린다. 나는 그 둘을 모두 산다! 나는 더 이상 고르고 싶지 않다. 나는 점퍼를 세 벌씩이나 산다, 같은 날 여덟 켤레의 신발을 산다! 돈은 월말에 지불할 것이다. 무엇으로? 모른다. 상관없다. 모든 것이 아주 덧없는 것이 된다! 나는 여행자의 삶을 산다, 나는 지나가는 길에서 즐거움을 발견한다. 나는 아무것도 준비하지 않는다, 그저 물건들을 수집한다. 나는 삶의 매순간을 음미한다, 그리고 그 순간들을 게걸스럽게 먹어 치우거나 내뱉거나, 던져 버리거나 삼켜 버린다. 그러나 나는 미련 없이 소비한다, 특히 씨를 뿌리지 않고 소비한다. 나는 덧없는 순간들을 잔뜩 베어문다. 창고에서 건조되는 시든 사과 향기, 줄에 널어 놓은 새로 세탁한 시트에서 올라오는 수증기, 밝은 달밤을 나는 박쥐들의 비행, 밤하늘에 장엄하게 떨어지는 혜성이 일으키는 하얀 빛 먼지. 모든 불행, 모든 아름다움들을 실어 나르는 그 혜성은 이

천 년이 되기 전에는 다시 나타나지 않을 것이다.

나는 오 분 간의 축제를 벌인다. 집이 잘 정돈되어 있는 어느 날 저녁, 나는 향로에 자스민을 붓는다, 모든 방에 불을 켠다, 마치 저녁 만찬에 사람들을 초대한 것처럼 커다란 은촛대들에도 불을 켠다, 그런 다음 소파 깊숙이 앉는다, 한 손에 술잔을 들고, 그리고… 아무도 초대하지 않는다…

마침내 나는 누군가에게 선을 행해서 그 선을 맛보게 할 수 있다, 나 자신에게까지도. 남편을 위해서만 살아왔던 현재까지, 혹은 그런 그와 살아왔던 지금까지 나는 그가 멀리 있어서 그와 공유하지 못한 기쁨과 그에게 바치지 않은 생각들을 자책하곤 했다. 그리고 나는 글을 썼다, 썼다, 그에게 나를 읽히기 위해, 그가 내 글들을 통해 나를 바라보고 마침내 내가 아름답다고 생각하게 하기 위해 글을 썼다. 그러나 막상 그가 내 곁에 돌아왔을 때, 내가 그에게 줄 수 있는 그 보잘것없는 글을 그가 어떻게 받아들일지, 나의 진전들이나 슬럼프, 나의 실패, 성공, 슬픔, 명랑함들을 그가 어떻게 받아들일지("당신은 너무 크게 말해, 까트린느, 너무 크게 웃어!"), 내가 체험했던 것을 그가 어떻게 체험하게 될지, 그리고 그가 나에게 어떤 체험을 가져다 줄지에 대해 나는 궁금해 하곤 했다. 내가 사회적으로 처음 찬사를 받았을 때, 내게 주어진 기쁨을 그와 공유하지 못하게 될까 봐 두려워 고민했다. 나는 늘 그것에 관해 너무 많이 두려워했다. 혹은 나에게 너무 많은 찬사가 주어지는 것을 두려워했다. 나는 나를 구속했다, 나를 지웠다, 내 존재를 부인했었다.

그가 떠난 지금, 나는 존재한다. 나는 살아 있다. 나는 기지개를 켠다. 나는 내 존재를 양껏 채운다. 회한은 끝났다! 나는 존재한다. 그들 커플이 프로방스의 시장들과 밤의 숲, 롤랑 가로스와 오페라를 보존하기를, 내가 그토록 사랑했던 그 이탈리아까지도 간직하기를! 나는 허접쓰레기로 만족할 것이다. 내가 줄 수 있었던 그 모든 것, 그리고 그가 거절했던 그 모든 것으로. 책을 쓰는 것 이외에, 아이들을 키우는 것 이외에, 나무를 심고 춤추는 일 이외에 내가 다른 어떤 일을 할 수 있었을까? 집을 가꾸는 일? 하지만 내가 그 일을 해 놓으면, 그는 그걸 무시했었다! 멋진 가구가 갖추어진 아름다운 아파트들, 포근하고 아늑한 집들, 내가 자랑스러워했던 그 집들, 그러나 그 방랑자는 그 집들을 비웃었다("아무려면 어때! 난 컨테이너 안에서도 편안하게 잘 수 있다는 걸 몰라?!"). 할 수 없는 일이다. 그 포근한 집, 나는 그 집들을 음미할 것이다!

상큼한 왁스 냄새가 나는 마루, 항상 가득 차 있는 냉장고, 자수를 놓은 식탁보들, 매일 갈아놓은 꽃들, 향기 나는 속옷, 그가 관심을 갖지 않아 알아채지조차 못했던 그 모든 것들("내 셔츠 단추가 떨어지고 없어! 도대체 가정부는 뭘하는거야?"), 나는 그것들을 모두 즐길 것이다. 그리고 나를 사랑하는 사람들, '고맙다'고 말할 줄 아는 사람들, 내 남편이 분질러 놓은 내 손을 회복시켜 준 사람들에게 그것들을 향유하게 할 것이다. 나는 마침내 손을 통해 얻을 수 있는 기쁨을 다시 발견한다. 노인을 어깨에 기대게 하고, 아기 뺨을 쓰다듬고, 친구의 눈물을 닦아 주고, 환자를 내 팔에 안고… 손가락 끝으로, 손등으로, 손바닥으로 만지고, 가볍게 스치고, 붙잡고, 힘껏 조이는 기쁨… 나는 닫힌 집 안에서 열린 삶을 향해 나아간다.

나는 존재한다. 나는 내 심장이 뛰는 걸 느끼고, 내 피가 흐르는 걸 느낄 수 있는 행복을 가지고 있다, 잠잘 수 있는 행복, 깨어날 수 있는 행복을. 나는 존재한다. 그러나 존재하는 그 '나'는 누구인가?
어쨌든 더 이상 아내는 아니다. 그런 관점에서 이제 우리는 길의 끝에 다다랐다. 우리의 '반복된 청원'을 담당한 판사는 최후 판결을 위해 우리를 소환했다. 결정적인 규정을 맺었다. 분할할 수 없는 공유 재산은 계약 파기로 결정되었고, 네일리의 집은 팔기로 판시했다.

우리는 근교의 공증 사무소로 매도 증서에 서명하러 갔다. 까트린느 라랑드, 프랑시스 켈리. 내가 전철로 법정에 갔기 때문에, 그는 공증 사무소까지 승용차를 함께 타고 가자고 제안했다. 차를 타고 가는 동안(이전처럼 그의 옆 좌석에 앉았지만, 앞으로 다시는 그러지 못할 것이다) 나는 분위기를 누그러뜨리기 위해 우리의 30년 결혼 생활에서 '전체적으로 긍정적인' 종합 평가를 끌어내려고 애썼다. 그 순간이 아니면 영원히 못하지 않겠는가? 우리는 모든 것을 청산했다! 그가 나에게 발견하게 해 준 것들에 대해 감사했다, 빙하, 함수호, 아폴리네르, 스키, 중산층 여인의 은밀한 매혹들, 라틴어, 베니스, 천문학. 별자리 이름들, 베레니스 성좌, 오리온, 베텔기우스 성좌, 그것들을 가르쳐 준 사람은 바로 그였다. "아, 프랑시스, 큰곰자리를 찾아냈어… 그리고 화성도!" 나는 경이로움에 가득 차서 말했었다. "까띠, 우리 귀염둥이, 정말 깜깜하군. 화성은 별자리가 아니야, 그건 혹성이라구!" "그게 무슨 차이죠?" "맙소사, 까트린느! 별은 항성이야!" 별은 항성이다… 프랑시스 켈리는 내 밤 속에 항성들을 만들어 놓았었다. 나는 그에게 그것에 대해 감사했다. 나는 그가 주의깊고 창조력이 뛰어나고 아주 부드러운 시인이었다는 사실에 대해 그에게 감사했다. 나는 그의 붉은 머리칼에, 그의 푸른 눈동자에, 그의 쾌활한 기질에, 그의 환상에 감사했다…

그런데 그가 갑자기 내 말을 가로막았다. 내가 일이 년 전부터 비로소 알게 된 그 과장되게 느리고 침착한 어투로 내게 말했다, 마치 정신 박약자나 중병 환자에게 말을 거는 것처럼, 마치 그가 내 심판관이나 내 주치의라도 되는 것처럼, 내가 선고를 받는 것처럼. "내가 당신에게 가져다 준 것들에 대해 말하지 마."(그는 음절을 하나씩 끊어서 발음했다, 가-져-다-준.)…그보다는 당신이 나에게 준 게 뭔지 생각해 봐. 당신은 내게 아무것도 준 게 없으니까, 까트린느, 당신은 할 말이 없어. 30년 동안, 아무것도… 그래도(그는 잠시 말을 멈추었다가 다시 이어나갔다)…당신은 내게 훌륭한 아이들을 주었지. 나는 목이 멨다. "내가 애들을 잘 키웠죠, 안 그래요?" 나는 내 마지막 카드를 보여 주었다. "잘 키웠다고? 그 정도는 아니지! 아이 키우는 거라면 내 누나들이 훨씬 더 훌륭하지, 누나들 아이들은 대학 입학 자격 시험에서 우등으로 합격하지 않은 애가 한 명도 없잖아."

남편은 나를 만들었다가 다시 파괴했다. 그건 역시 내 잘못이다.

왜 그를 향해 끊임없이 되돌아가서 나를 더 이상 사랑하지 않는다는 사실을 계속해서 확인하는가? 나는 결코 하지 않을 단 한 마디를 항상 기대하는 것이다…

나는 내 아버지에게도 그와 같은 행동을 하곤 했다. 이미 어린아이였을 때부터 나는 구걸을 했다. 그 캡틴이 임무를 마치고 집으로 돌아오는 순간부터, 그가 우리 집 문을 미는 순간부터, 그가 제복을 벗고 무기를 내려놓고 마스크와 군모를 벗을 틈도 주지 않고 그의 다리로 달려들곤 했다. 내 새 옷을 자랑하기 위해, 아니면 내 성적표를 자랑하기 위해, 아니면 나의 인도산 돼지를 돌보게 하거나 내 인형을 고쳐 달라고 하기 위해… 나는 그의 거절 앞으로 달려들곤 했다. 나는 그의 역정을 돋구는 재주를 가지고 있었다.

천부적인 재능. 나는 태어나는 순간부터 그의 역정을 돋구었다. 그 당시 그는 스무 살도 되지 않았고 직업도 없었다, 그는 '군복무' 중이었다. 그런데 꽁브레이유의 저 끝에서 그에게 전화가 왔던 것이다, 그와 마찬가지로 철부지인 그의 '약혼녀'가 방금 출산을 했다는 소식을 알리는 전화가. 그 아기가 적어도 사내아이였어야 하지 않았을까, 미래의 축구 선수나 조국의 수호자가 될? 그런데 아니었다, '계집아이.' 그 보병은 전화 부스에 몸을 기댄 채 실망감을 자인해야 했다. 그러나 그는 첫 휴가 때 희망에 가득 차서 그의 새싹을 찬미하러 왔다. 그는 나에게 딸랑이를 가져왔다. 내 어머니는 겁을 먹은 채, 내 할아버지가 만든 요람을 그쪽으로 밀었다. 그 군인은 몸을 굽혔다. 그리고 곧 놀라면서 뒤로 물러났다. "맙소사, 너무 못생겼어! 게다가 새까맣잖아! 꼭 원숭이 같아!"

나는 아주 까맸다, 나는 털이 너무 많았다, 나는 사팔뜨기였다, 그리고 나는 울고 있었다, 한밤에도. "그런데도 이걸 보고만 있어요, 네?" 그 휴가병은 어리둥절 하는 내 조부모님 앞에서 으르렁거렸다. "좋아, 난 이대로 보고 있을 수 없어, 이 작은 말린 자두에게 본때를 보이겠어! 내가 책임지고 이 애의 입을 다물게 하겠어요!" 그리고 그는 내 요람을 구석방으로 몰아내고 모든 문들을 잠그고는 '여자들'이 그 곳에 가는 것을 금지했다. 보름 후에 그가 이겼다. 나는 울음을 그쳤다. 나는 모범적인 아기가 되었다. 나는 '나의 밤을 길들이고 있었다'.

그 공적을 시작으로 해서 그 전사는 자만하기를 결코 멈춘 적이 없었다. 50년 전부터 그는 신생아를 볼 때마다 항상 우리들에게 그 모험담을 이야기하곤 했다… 당당하게 자신의 실수에 책임을 진 그 새파란 젊은이, 그러나 그 젊은이는 나를 책임지는 역할에 아직 준비가 되지 않았던 것일뿐, 나쁜 아버지는 아니었다. 그는 내 어머니와 결혼했고, 그가 결코 자인하지 않았던 그 '사랑'에서 태어난 아이를 인정했다. 그는 그 아이에게 남동생까지 주었다(완벽한 금발, 성공작이었다!). 어쨌든 내가 태어난 지 6개월 후에 내 아버지는 나에게 자신의 이름을 주었다. 라랑드, '우리 집안의' 이름. 합법적인 인정, 공증인, 시장의 승인, 가족 수첩. 그러나 그 나머지 부분, 즉 마음으로부터 인정하는 데에는 좀더 시간이 걸렸다. 50년의 세월. 그가 나를 사랑한다는 걸 내가 알게 되기까지는 50년이 걸렸다, 그리고 그 자신이 그걸 인정하기까지도 50년이 걸렸다. 내가 더 이상 아무것도 기대하지 않게 되었을 때, 아무것도 요구하지 않게 되었을 때에야 비로소 그는 나에게 모든 것을 주었다.

어느 날 내 동생과 부모님들을 내 집에서 맞이했을 때, 내가 자줏
빛과 진달래빛이 섞인 긴 가운을 입고 곱슬거리는 머리를 서인도
사람들처럼 자줏빛 터번으로 묶고 있는 걸 보고(그 때 나는 머리를
말릴 시간이 없었다) 아버지는 나를 껴안으면서 말했다. "아름답구
나!" 아름답다고, 오십 살이 다 된 이 나이에! 하지만 그가 나에게
그렇게 말한 건 처음이었다… 나는 거울을 들여다보지 않았다, 그
래서 나는 그가 진실을 말하는 거라고 생각했다. 사람들이 나를 샤
넬 양장과 에르메스 스카프로 변장시키지 않는다면, 크레올 옷이나
인도 여자의 옷과 집시 치마로 살게 한다면, 나에게 강제로 커다란
밀짚모자와, 춤추며 움직일 때마다 쨍그렁거리고 노래를 부르는 열
두 개의 팔찌를 끼게 한다면, 나는 사실 아름다울 것이다… 그러나
때는 늦었다.

나는 오랫동안 바위 위에서 피어났다, 물도 넉넉하지 않고 키스
도 충분하지 않은 채, '견뎌!' 나는 아주 많은 것에 대해 나 자신에
게 용서를 구해야 했다. 태어난 것에 대해('열등한 아이', '사생
아'), 여자로 태어난 것에 대해('계집아이'), 못생기게 태어난 것에
대해('원숭이'), 맏이로 태어난 것에 대해, 그리고 반에서 일등을
한 것에 대해, 첫 번째 부인이 된 것에 대해, '호화스럽게 결혼'한
것에 대해, '편하게' 사는 것에 대해, '유명해진 것'에 대해, 존재하
는 것에 대해. 그러나 마침내 나의 반영(反影)과 화해한 지금, 나는
더 이상 내가 저지르지 않은 악 때문에 벌을 받고 싶지 않다.

그리고 나를 책망하는 데 지나치게 열중했던 그 보잘것없는 사람이 결코 자신에 대한 변론을 제기하지 않기 때문에, 내가 대신 변론을 제기하려 한다. 나는 그 대신 말하고 싶다. 그는 사막에서 사는데 길든 한 소녀, 살기 위해 사막을 찾아나서는 한 어린 소녀와 낮과 밤들을 공유하기가 쉽지 않았을 것이라고. 마르세이유의 사무실에서는 밀림의 영웅, 인정받는 아마추어, 뛰어난 게일 사람으로 찬미받다가, 사무실을 떠나자마자 아일랜드의 잔인한 남자로 되돌아가는 그의 아버지, 기분 전환을 위해 자기 아들들이 가장 강인하고 가장 잔인하게 태어나지 않았다는 이유로('난쟁이', '피그미족') 그 아들들을 겁주기 위해 이웃집 고양이를 쏘는 정신 이상자, 위스키를 취하게 마시고는 파자마 바람으로 밤새도록 「Molly Malone」와 「The Wild Rover」를 불러 대는 엉뚱한 광대, 해마다 여름이면 그의 요새화된 별장에 아내와 정부를 함께 지내게 하면서 그 두 가족들을 혼합시키고, 한 여자의 아이들과 다른 여자의 아이들을 약혼시키는 머리가 돈 남자를 아버지로 둔 한 소년이 성인 남자로 처신하기가 쉽지 않았을 것이라고… '문제될 게 어딨어?' 이중적인 삶, 이중 인격, 그러나 그 위에 예절의 뚜껑, 꾹 다문 입술, 단정한 몸가짐, 식사 전의 기도 음송, 그러한 아버지 밑에서 자란 그가 어른으로 처신하기는 쉽지 않았을 것이라고.

"아버지들이 녹색 포도를 먹으면, 아들들은 이가 시큰해진다"… 두 연인은 보통 처음 만났을 때 자신들의 어린 시절에 대해 이야기를 나눈다. 그러나 우리는 우리의 어린 시절에 대해 아무것도, 혹은 거의 말할 수 없었다. 그는 나에게 거의 모든 걸 숨겼고, 나는 그에게 핵심을 숨겼다.

그러나 우리의 두 과거, 작은 사팔뜨기와 작은 빨강 머리, 자연의 딸과 '머리가 돈' 남자의 아들인 우리의 두 과거는 우리를 서로 만나게 했고, 서로 사랑하게 했고, 서로에게 상처를 입히게 했다. 우리 두 사람의 불안이 서로를 얽어매게 만들었다. 마치 우리의 반지가 유리관 속에 서로 얽혀 있는 것처럼… 우리는 서로를 도왔을까? 우리는 서로를 파괴했을까? 결과적으로 그는 행복하다. 나는 살아 있다.

나는 존재한다. 그러나 나는 누구인가? 더 이상 아내는 아니다. 어머니도 아니다. 어느 날 슈퍼마켓에서 내 사촌의 손수레를 밀면서 나는 같은 줄에서 수레를 끌고 있는 한 젊은 엄마를 앞지르려고 애썼다. 그녀는 미친 듯이 날뛰는 세 어린애들을 달래고 있었다. 일고여덟 살쯤 되어 보이는 맏이는 통조림 깡통들을 굴려 떨어뜨리고, 과자 봉지들을 짓밟고 있었다. 그 아이가 내지르는 아프리카 토인의 고함 소리는 그 지친 어머니의 야단치는 소리를 삼켜 버렸다. 그 아이가 그 진열 코너를 강탈하고 있었으므로, 나는 더 이상 나아갈 수도 물러설 수도 없었다. '그 일이 수습되기를' 기다리면서 나는 안도의 한숨을 쉬었다. "내가 더 이상 어머니가 아닌 게 정말 다행이야!"

내 사촌이 어리둥절한 표정으로 나를 쳐다보았다. 나 자신도 내가 방금 했던 말에 놀라면서 다시 고쳐 말했다. "그러니까 내 말은… 더 이상 어린애들을 키우지 않게 돼서 다행이라는 뜻이었어!" 그러나 한 번 내뱉은 말을 다시 주워담기란 어려운 일이다. 내 아이들은 나의 미래가 아니다, 그들은 이미 나의 추억이다…

내 아들들이 멀어져 간다, 나이 때문에(그들은 이제 '다 컸다'), 그리고 이혼 때문에. 한 가정이 무너지면, 그 탑승자들은 뿔뿔이 흩어진다. 위로 세 아이들은 대학 공부를 핑계로 독립했다. 그들은 주말에만 집으로 온다, 빨랫감을 가지고. 아직 미성년인 막내 녀석만이 집에 남아 있다. 어쨌든 그들의 아버지가 떠나고 난 이후로 나는 그들에게 어미로서의 역할을 다하지 못한다. 내가 어떤 권리로 그들에게 충고를 할 수 있단 말인가? 내 과거를 생각해 볼 때, 나는 결코 그럴 자격이 있다고 느끼지 않는다… 그리고 나는 외부의 공격, 뜻밖의 재난, 불의의 사태에 무기력하게 노출되어 있다. 누수, 질병, 세금 지불 통지, 나는 무너진다. 나는 이미 또 다른 전선에 내 모든 비상품들을 투자해 버렸다. 아이들은 그 사실을 느끼고 최선을 다해 나를 돌봐 준다. 그들은 자신들의 문제들로부터 나를 면제해 주고, 자신들의 근심을 극소화시킨다. 그들은 자신들의 커다란 팔로 나를 보호해 주면서 나를 '불쌍한 엄마'라고 부른다…

불쌍한 엄마… 그들, 아일랜드의 아들들은 강인하다! 네 명 모두 켈리 집안의 특징을 가지고 있다, 그들은 켈리가의 사람들로 '각인되어' 있다! 신체적으로, 정신적으로.

한 아이가 모든 걸 잃어버리고, 철도 종착역에서 자기 여행 가방들을 찾는다, 그리고 '되찾은 물건'에 이름표를 달아 놓는다… 다른 한 아이는 약속 시간에 항상 늦는다. 세 번째 아이는 끊임없이 '빈털터리'가 된다, 그리고 네 번째 아이는 우유를 끓어 넘치게 한다… 서로 어깨를 나란히 하는 그 결점들과 장점들('그 해결' 방법,

언어적 재능, 여행 취미, 지적 호기심), 그들의 그러한 점들은 나에게서 온 것이 아니다. 그리고 그들과 나의 '차이점'이 나를 놀라게 하고 경탄하게 한다. 시간이 흘러감에 따라 나는 "당신은 내게 훌륭한 아이들을 주었지."라는 말을 더 잘 이해하게 된다. 그 때 그 말을 들었을 때에는 그가 나를 비꼬기 위해 그런 말을 하는 것이라고 생각했다. 어찌되었건 프랑시스와 나는 그 '혼합'의 성공에 거의 기여한 바가 없지만, 우리가 인생의 제비뽑기에서 네 장의 복권에 함께 당첨되었다는 것이 행복하다.

어쨌든 나로서는 행복하다, 내가 다시 내기를 거는 일은 없을 테니까. 하지만 그에게는 다르다, 무리 속의 황소, 생식 기능이 뛰어난 씨받이소(그는 그러한 자신의 역량을 충분히 발휘했다)인 그는 여전히 자기 안에서 수백만의 잠재적인 어린 송아지들이 태어나기만을 손꼽아 기다리며 우글거리고 있다고 느낀다. 그러나 그가 그의 새로운 아내 속에 심었던 희망의 싹은 잔인하게도 기대에 어긋나고 말았다고 한다. 그 사실을 나에게 알려 준 건 우리 아이들이다. 그들은 요즈음 그들이 '샹탈 고야'라고 별명을 붙인 그 여자에게 주기적으로 간다. "그 여자는 '어린 소녀'처럼 옷을 입어요, 정말 꼴불견이에요, 엄마도 봤으면!" 아니, 나는 보고 싶지 않다…

그녀는 내 아이들에게 반말을 하게 했다. "나도 젊어, 그러니 우리 사이에 '존칭'은 싫어! 게다가 너희들이 기억할지 모르겠지만, 나는 너희들이 아주 어렸을 때부터 너희들을 알고 있었어." 사실… 그녀는 내 아이들이 '마담'으로 부르기를 원하지 않는다. "그냥 친하게 로르로 불러줘." 그녀는 내 아이들이 '엄마'로 부르길 요구하지 않았다.

　그녀의 나이로 보면, 그건 거의 가능하지 않은 일이다… 그런데 내 악몽 속에서 그녀와 나는 이미 반말을 하고 있다. 어느 날 꿈에서는 내 과거의 동서가 자기 남편의 생일 파티에 내 아이들을 초대했다. 그 곳에는 한 무리의 친구들이 참석할 것이다. 물론 로르도 참석할 것이다. 첫 결혼에서 낳은 두 딸과 함께. "당신들의 이혼이 아직 공표되지 않았다는 걸 잘 알아, 하지만 당신 아들들이…파티에 참석하는 건 괜찮겠지…?" 물론 그렇다. 나는 내 아이들이 삼촌의 생일 파티에 가는 걸 금지하지 않을 것이다. 나는 그들이 나의 적인 그녀와 함께 남의 이목도 꺼리지 않고 빠리 시내를 돌아다니는 걸 금지하지 않을 것이다. 설령 그게 나쁜 가정 교육일지라도. 나는 모독당하기 전에 애써 나 자신을 자제한다. 나는 즐겁게 놀다 오라고 흔쾌히 승낙한다. 그러고 나서 나는 책과 수면제를 든다, 그리고 내 아이들이 그 파티에서 촛불을 끄는 동안 잠이 든다. 그러나 나는 곧 그들 가운데로 옮겨가 있다. 사람들이 생일 축하 케이크 주위에 빙 둘러서 있다, 그걸 가져온 건 그녀, 그 여자다. 제노바 케이크 위에 크림으로 '헌사'가 씌어 있다. "로르 까잘르와 그녀의 여섯 아이들이 축하드려요."… 나는 비명을 지르면서 침대에서 빠져 나온다.

　아, 내가 아무리 노력해 본들, 내 '어린 것들'이 그녀를 만난다는 사실을 견디기가 힘들다! 게다가 더 견디기 힘든 것은, 그 아이들이 자신들의 아버지가 그녀의 품속에 안겨 있는 것을 본다는 사실, 그들이 서로 입을 맞추고 포옹하는 것을 본다는 사실이다.

"로르와 아빠는 내 앞에서도 조심하지 않아. 아무 때나 껴안고 뽀뽀하고 난리야!" 막내가 불평했다. 나는 웃으면서 말했다. "그건 말이다, 아빠가 아주 젊다는 걸 너에게 보여 주고 싶어서야!" 그러나 나는 생각했다(지나친 오만인가? 지나친 희망인가?). 그 장면들은 전달자의 중개에 의해 나에게 전해질 것을 의식한 장면들이었으리라고. 부정한 남편에게는 항상 그런 비열한 복수심이 있으니까, 그게 바로 '바람둥이'의 속성이리라.

나는 우리 아이들에게 더 이상 '그쪽'에서 보고 들은 것을 내게 이야기하지 말라고 요구했다. 그들이 가는 곳, 그리고 그들이 한 달에 몇 번이나 내가 알지 못하는 샹 드 마르스의 큰 아파트에서, 아니면 나를 선택하지 않은 '친구들'의 집에서, 혹은 '더 이상 내 가족이 아닌' 그의 부모님 집에서 저녁을 하는지 모르는 편이 더 낫다. 자의적인 장님(이전에 아이들의 아버지와 함께 있을 때 그랬던 것처럼)인 나는 아이들이 나에게 거짓말을 하는 편이 더 좋다, 아니면 최소한 생략하는 편이. 그러나 그 침묵 역시 나를 그들에게서 멀어지게 한다. 앞에서 말했듯이, 그들은 자신들의 삶을 가지고 있다, 그리고 나는 그 삶에서 점점 지워져 간다…

나는 가끔씩, 문득문득 아이들이 나를 지지해 주었으면, 나를 이해해 주었으면 하는 욕구를 느낀다. 나는 아이들의 사랑에 기댈 필요를 느낀다. 그러나 나는 곧 정신을 차린다. 나는 나를 더 가볍게 만들어 그들에게 짐이 되지 않으려 노력한다. 나는 그들의 아이가 되고 싶지 않다. 하지만 나는 더 이상 그들의 어머니가 아니다.

　　나는 존재한다, 그런데 나는 누구인가? 아내도 아니고, 어머니도 아니다. 작가는 더 더욱 아니다. 이즈음 들어, 한 부부, 로르와 프랑시스에 관해서만 글을 쓸 수 있을 뿐이다.

　그를 위해 글을 쓴다. 그녀를 위해서도. 우리가 '공유했던' 세월의 또 다른 절반을 그에게 보여 주고 싶다. 그녀 자신의 삶과 그녀의 미래 남편의 숨겨진 면모를 그녀가 발견하게 하고 싶다. 그녀의 승리의 메달 뒷면을 보여 주고 싶다. 나는 그녀에게 경계하라고 하고 싶다. 로르, 당신은 다정한 한 남자를 사랑하고 있지요, 사랑받는 한 남자를 말이에요(친구들, 동료들, 여자들, 조합 사람들에게까지!). 하지만 그 남자는 위험한 남자예요, 당신은 그를 사랑하기 때문에 그 위험에 대해 불안을 느끼지 못할 겁니다. 아니, 오히려, 당신은 불안을 느끼는 것에서 즐거움을 느낄 겁니다. 나는 알아요, 나는 이미 그 행로를 거쳐 왔으니까. 하지만 조금 지나면 당신은 고통받게 될 겁니다. 그 때 당신에게 왜 미리 알려 주지 않았느냐고 말하지 마세요. '하렘'에게 물어 보세요, 지금부터라도 '하렘'에게 물어 봐요. 젊고 이쁜 로르, 그러면 당신은 당신이 그의 삶에서 한 번도 유일한 여자였던 적이 없었다는 걸 알게 될 겁니다. 내가 있었던 이상, 그의 유일한 여자였던 적도 그의 유일한 정부였던 적조차도 없다는 사실을…
　당신이 내 책을 넘기는 동안, 그는 당신의 어깨 너머로 페이지들을 넘겨다보겠지요. "그런 엉터리 같은 글을 진지하게 받아들일거

야? 까트린느는 과장하고 있어, 지어낸 이야기라구. 그 여자는 상상
력이 풍부하니까! 당신이 내 생각을 알고 싶다면 말해 주지, 그건
허구야! 뭐, 작가라는 게 그렇잖아, 황당무계한 글을 쓰는 사람이
바로 작가라구!" 그리고 그는 거칠게 책을 덮을 겁니다. 그는 내 책
을 경멸과 함께 덮고는, 당신의 침대 밑이나 어쩌면 휴지통에 던져
버릴 겁니다. 그러나 로르, 당신은 내가 아무것도 지어내지 않는다
는 걸 잘 알고 있습니다. 당신의 편지들까지도, 당신도 그 편지들의
내용을 알지 않나요? 나는 더 이상 지어 낼 능력이 없어요. 더 이상
내 운명이 아닌 다른 운명에 관심을 가질 수 없어요. 이제 소설을
쓸 수가 없어요! 작가는 이제 죽었답니다! 천 일 밤 후에 세헤라자드
는 하렘의 주인을 더 이상 매료시킬 수 없었고, 그리하여 그 주인은
그녀를 죽이고 말았지요.

　"분명히 넌 네 이혼에 관한 책을 쓸 수 없을거야." 내 대고모들은
의견을 말한다(남편이 떠난 이후로, 내 시집이 사라진 이후로, 내
아이들이 멀어진 이후로 나는 어린 시절 고향의 '한층 복잡해진 인
척들'과 다시 관계를 이으려 하고 있다. 늙은 시골 친척들은 동유포
(桐油布) 한 귀퉁이에 가짜 설탕을 넣은 치커리차 한 잔과 눅눅해진
비스킷을 내놓는다). "잘 명심해라, 애야, 그래도 여하튼 글을 쓴다
는 건 잘하는 짓이야. 그게 널 진정시켜 줄 게다, 잠시나마 슬픔을
잊게 해 줄거야… 난 말이다, 우리 에드몽이 '가 버렸을' 때, 노트
한 권을 온통 다 채웠단다! 아, 불쌍한 사람, 그가 그걸 봤더라면! 떠
나기 전에 그가 그걸 봤더라면! 안 그래, 멜리, 기억나지? 이봐, 이
멍청아, 지금 너한테 얘기하고 있잖아! 멜리는 귀가 먹었어. 그래서

고함을 질러야 한단다. 피곤해, 정말 피곤한 일이야, 네가 알았으면! 난 이제 폐가 하나뿐이야!⋯ 자, 과자 먹어 봐. 어서! 넌 젊어, 내파란 꼬꼬야, 네 나이 때는 잘 먹어야 해⋯ 이봐, 멜리, 네 생각도 그렇지? 먹어야 이 불쌍한 것이 맺힌 한을 글로 쓸 수 있을 거 아냐? 글 쓰는 게 애한테는 치료약이 될거야, 텔레비전에서는 거시기를 뭐라고 하더라? 치료 요법이라고 했지, 아마."

이 아흔 살의 노인들의 입에서 나온 그 단어가 나를 아연실색하게한다. 나는 정신분석요법이 꽁브레이유까지 퍼져 있으리라고는 생각하지 않았다. 더군다나 이처럼 나이 든 사람들에게까지 퍼져 있으리라고는! 이제 오이디푸스 콤플렉스, 초자아, '분석'의 혜택에 관한 나름의 견해를 가지지 않은 시골은 한군데도 없다!

프로이트를 한 번도 읽지 않은 내 어머니는 그녀의 두 고모의 의학적 관점에 근거해서 말한다. "난 네가 네 남편에 대해 글을 쓰면서 어떤 즐거움을 느낄 수 있는지 모르겠다⋯ 하지만 그게 너를 '정화시켜' 준다면야! 작가들이란 운이 좋아, 슬픔이나 콤플렉스를 종이가 몽땅 해소시켜 주니까! 너네들 작가들은 최악의 불운이나 온갖 더러운 것들을 종이 위에 다 배설해 내고 마음이 가벼워질 수 있잖니!"

영감의 예술? 아니, 가래 뱉기. 타구와 같은 소설, 배출구로서의 예술, 손수건, 세족례(洗足禮), 수세장치⋯ 그림, 음악, 글쓰기가 화가도 음악가도 작가도 아닌 사람들만을 정화시킬 수 있다는 것을 다른 이들에게 어떻게 이해시킬 수 있을까? 하지만 내 남편에게 한 권의 책을 바친다는 것이 결과적으로는 나에게 유익하다, 왜냐하면 내가 이 글 속에서 한탄을 하고 있기 때문이 아니라, 이 글을 써 나가는 과정 그 자체 때문에. 나는 작업한다, 나는 단어들과 싸운다, 밤을 지새며 백지의 천사와 싸운다. 이건 비명이 아니다, 이건 치유의 문체이다.

그러므로 나는 더 이상 작가가 아니다. 나는 '가벼워진다.' 나는 더 이상 어머니가 아니다, 나는 아이들을 '잘 키우지' 못했다. 나는 더 이상 아내가 아니다. 나는 누구인가? 어쩌면 그저 한 여자이리라, 하지만 그러기에는 너무 늦었다! 이미 성별이 없어진, 건망증에 걸린 한 존재, 문득문득 자신의 과거의 삶에 대해 혼돈된 기억만을 간직한… 내가 잘 알지 못하는, 그러나 문득 이상하게도 행복해 보이는 한 존재.

나는 완전히 변했고, 모든 점에서 변했다. 새로운 여자. 우선 나는 향수를 바꾸었다. 25년 동안 남편이 나에게 강요한 '피지.' 나에게 자신의 흔적을 남기고 싶은 욕구 때문에? 아니면, 늙어 가는 것에 대한 두려움 때문에? 어쨌든 상관없다. 그가 떠난 이후로 나는 다른 향수를 선택했다. 좀더 성숙하고 더 독한 향수를. 나는 내 손목에서 그 향기를 들이마신다. 내 목에서, 내 옷깃에서 그 향기를 맡는다. 나는 내 가슴 사이에서 그 향기를 맡는다. 나는 내 스웨터의 코 사이로 그 향수가 배어들게 한다. 그 향수는 나의 것이다. 나는 그 향기에 묻힌다. 거기에 묻혀 편안히 쉰다. 그리고 모든 남자들이 내게로 다가올 때, 내가 그들 곁을 지나갈 때, 그들은 멈추어 서며 말한다. "아, 향수를 바꿨군요! 정말 우아한데, 어떤 향수죠?"

나는 노골적인 욕망의 흔적을 내 뒤에 남긴다.

나는 취향을 바꾸었다. 미각을 바꾸었다. 더 달고 더 싱싱한 것으로, 복숭아도 아니고 자두도 아닌 유도(油桃). 그리고 기호도 바꾸었다. 잔잔한 하늘의 푸른 태양, 벌집, 접시꽃, 인디언풍 원피스, 밝은 색깔들. 나는 모든 것을 바꾸었다. 도자기 접시와 새 유리잔과 꽃무늬가 든 행주를 새로 샀고, 내 머리카락을 부풀렸고, 더욱 가벼운 화장법과 더 활동적인 의상들을 선택했다. 나는 온갖 것을 완전히 바꾸었다. 절약가에서 낭비가로(그처럼), 집안에 틀어박혀 있던 사람에서 활동가로(그처럼), 늦게 잠자는 것에서 일찍 일어나는 것으로(그처럼). 이상하다, 25년 동안 우리의 생활 리듬은 우리를 아침과 저녁으로 대립시켜 놓았다. 그가 새벽이 되기도 전에 우유를 끓어 넘치게 하면서 샤워하러 달려가고, 폭포수 소리가 나를 깨울 때마다 나는 끙끙거렸다. 그리고 내가 자정이 지난 시각에 책을 든 채 그의 감긴 눈꺼풀 아래를 램프 불빛이 비치게 할 때마다 그는 제발 봐 달라고 애원하곤 했다… 나에게는 귀막이가 필요했고, 그에게는 눈가리개가 필요했다. 그게 하나의 부부가 엮는 공동 생활이었다!

그는 놀랄 것이다. 내가 11시에 불을 끄고 새벽 첫닭 울음에 잠을 깬다는 사실을 안다면! 그가 떠난 이후로 나는 그를 닮아 가고, 그와 동일시하려 하고, 그의 습관을 가로채고 있는 것이리라. 향수를 제외하고는. 게다가 내가 취해 있는 새로운 옷차림은 에르메스 상표다(순전한 우연의 일치다!)… 이전에 나는 부부 중에서 절반이었다. 혼자가 된 나는 이제 완전한 부부가 되었다. 나는 그의 추억과 많은 일체감을 가졌다, 나는 둘이다. 가끔씩 나는 자문한다, 나를 제외하고 그에게서 무엇이 남아 있을 수 있을까 하고! 신은 희생 속에 전체로 존재하며, 도처에 존재한다. 그렇지만 프랑시스는?

　　　나는 존재한다… 나는 살아 있다. 나는 나 자신을 발견한다, 그리고 나 자신을 잃는다. 나는 그를 발견한다, 그리고 그를 잃는다.

나의 새로운 존재(나의 '기포')속에서 그는 이제 잊혀진 꿈처럼 일시적으로 출현할 뿐이다. 갑자기 현실 속에서 만나는 색깔, 소리, 이따금 그것들이 우리를 지워진 꿈으로 이끌고 간다, 그것이 현실과 똑같은 야릇한 색깔과 소리를 울렸다고 우리가 믿는 그 꿈으로. 그러나 현실에서 우리는 배경도 줄거리도 되찾을 수 없다, 그 전체는 따로따로 분리되며, 그 단편적 조각들은 엉뚱해 보일 뿐이다. 우리는 그것에 어떤 의미를 돌려줄 수 없을 것이며, 그 광대함, 혼을 빼앗는 환영을 낮으로 데려오기 위해 끊어진 줄을 다시 이을 수도 없을 것이다. 밤의 환영들은 하나의 인상만을 남긴다, 손에 잡자마자 사라져 버리는 그건 추억조차도 아니다, 그건 추억의 환영이다.

내가 짙은 안개 속에서 길 끝의 키 큰 다갈색 머리의 남자를 알아보았을 때 느꼈던 감정도 바로 이런 것이 아니었을까? 내가 정보를 입력할 생각을 하기도 전에 이미 내 가슴은 뛰고 있다. 나는 걸음을 빨리 한다. 근시안인 나는 한 낯선 남자에게로 달려간다. 그러나 그 신기루는 사라진다. 내가 가까이 다가갈수록 점점 멀어진다… 겨우 어렴풋이 보이는 머리카락, 잘못 모방한 실루엣, 행복한 죽음으로부터 살아 있는 추억을 한순간 되살려 내기에는 그것만으로도 충분하다. 그리고 완전히 깨어난 나를 과거의 악몽들 속에 다시 빠뜨리기 위해서는 단 하나의 문장, 단 하나의 노래만으로도 충분하다.

어느 날, 빅토르 위고의 전기는 그가 '재추락'하는 계기가 되었다. 처음 봤을 때는 대수롭지 않게 봐 넘겼다. 그러나 그 저자는 후궁들 중에서 가장 총애받는 애첩인 줄리에뜨 드루에의 몇몇 편지들을 인용해 놓았다. 아무튼 우리들은 '주주'라는 애칭을 가진 그 여자에 대해서 중학교 시절부터 들어왔다. 우리들은 그녀가 나쁜 인물이 아니라고 생각한다…

하지만! 그 가련한 여자가 펼쳐 놓은 감정의 너절한 잡동사니들 속에서 나는 갑자기 로르가 쓴 낱말들이, 그 모든 낱말들이 기억났다. "나의 훌륭한 남자"(밑줄이 그어진), "나의 용감한 기사", "나의 숭고한 메시아"에서부터 "당신을 열애하는 당신의 어린 소녀"에 이르기까지 "당신을 볼 때면 눈이 부셔요", "당신은 태양 그 자체예요", "나는 당신의 신성한 발 아래 엎드립니다" 등등에 이르기까지. 나의 경쟁자는 그 전기에 실린 그 연애 편지의 발췌문들을 하나도 생략하지 않고 그대로 베낀 것이 아닐까! 표절임을 증명하기 위해서 나는 내일 국립 도서관으로 갈 것이다, 완벽하게 검증하기 위해서… 만일 로르가 서명한 그 편지의 원본들이 낭만주의 시대의 민중의 왕에게로 보내진 것이었다면, 나는 그녀가 그 재정가에게 부여했던 기상천외한 찬사들을 이해할 수 있을 것이기 때문에! "당신은 이 시대의 천재예요", "이 시대의 등대", 그리고 특히 "나의 위대한 작가"… 나를 어리둥절하게, 어처구니 없게 만들었던 그 '위대한 작가'는 사실상 빅토르 위고였던 것이다!

명확했다, 모든 것이 일치했다. 프랑시스에게 알려야 했다, 늦기 전에 그에게 알려야 했다. 그의 애인은 줄리에뜨 드루에의 편지를 베꼈다! 그래, 인정한다, 줄리에뜨 드루에의 편지들은 감동적이다. 이따금 멍청하긴 하지만 진지하고 감동적이라는 점에는 동의한다. 그의 '까잘레'가 줄리에뜨 드루에의 편지들을 베꼈다더라도, 그녀는 줄리에뜨 드루에가 아니다! 자신이 사랑에 빠진 여자라는 것을 믿게 하기 위해 어느 위대한 연인의 편지들을 베꼈다면, 그녀는 모사꾼일 뿐이다! 위의 사실을 증명함!… 프랑시스에게 이 사실을 알려야 한다, 그가 그녀와 결혼하기 전에 그에게 급히 알려야 한다, 그의 눈을 뜨게 해야 한다! 빨리!

아, 세상에, 나는 그녀가 누군지도, 그녀가 누구를 사랑하는지도, 그가 어떻게 그녀를 사랑할 수 있는지도 몰랐었다!… 그런데 위고의 전기가 갑자기 84년의 그 편지로 나를 이끌어 간 것이다. 로르가 그들이 서로 알지도 못하던 시절에 내 남편에게 보낸 그 파탄의 편지. 그들이 서로 만나기 몇 해 전에 결별이 미리 일어나다니, 미스터리다!

내 핸드백 속에 그대로 들어 있는 그 편지, 나는 내 친구 아이샤에게 그걸 읽어 준다. 나의 사망 통지서와 같은 그 격분. 그러나 그녀와 함께 있으면 다르다. 그녀는 죽어 가는 사람들과 함께 길을 간다. 그녀는 일시적으로 효력이 있는 간호와 진통제 같은 미소의 선수다. 그래서 나는 그녀의 친절로부터 약간의 모르핀과 많은 사랑을 기대한다. '끝내기 위해서', 언제 어디서건 다시 나타나는 그 과거를 끝내기 위해서, 길 한가운데서 대낮에 새로운 향수의 새로운 여자에게 들러붙어 있는 그 과거의 나를 끝내기 위해서.

아이샤는 말없이 듣고 있다가, 그걸 보여 달라고 한다. 그녀는 안경까지 바꿔 쓰고는 침착하게 그 편지를 다시 읽는다. 그리고 마침내 말한다. "내가 설명해 볼게. 이 8 뒤의 표시는 아마도 숫자가 아닐거야. 글자라고 볼 수도 있어. 이를테면 '시'로 말이야… 그래, 이건 잘못 씌어진 '시'야, 그걸 8 뒤에 휘갈겨 써 놓은거야. 그러니까, 이건 '84년 7월 16일'이 아니라 '8시, 7월 16일'로 읽어야 해."
나는 그 편지를 다시 들고 유심히 살펴본다. 아이샤 말이 맞다. 어쩌면… 그렇다면 이건 새로운 뉴스다. 그들의 관계는 13년 된 것이 아니다, 겨우 9년밖에 되지 않았다! '8시, 7월 16일' … 7월 16일? 그렇다면 어떤 해의 7월 16일이란 말인가? 아이샤가 틀리지 않았다면, 이 편지와 그들의 사랑은 언제부터 시작된 것일까? 의심을 완전히 풀기 위해 이걸 확대 복사해야 하나? 아니, 84이건 8시이건, 아무 문제가 되지 않는다! 그의 로르는 햇수를 시간으로 바꾼다. 그가 언제부터 그녀의 그늘 속에 살게 되었는지 알기란 불가능하다. 그녀 곁에서 그는 세월의 흐름을 인식하지 못한다. 그들의 열정은 세기조차도 초월한다…

자, 나는 아이샤가 내 시골집에 있을 때를 이용해야 한다. 사라진 자의 흔적을 완전히 지우기 위해, 머리속을 공백 상태로 만들기 위해. 그 때까지 나는 그 새가 언제건 다시 돌아올 수 있도록 그의 보금자리들을 그대로 방치해 두었다. 구석구석에, 숨은 장소들에, 다락방에, 지하 창고에 있는 그의 둥지들(낡은 실내화, 작은 상자들, 실내복, 구두약 상자, 필통), 언젠가부터 먼지로 뒤덮인 그 둥지들…

지붕밑 방에는 그가 세 개의 커다란 테이블 위에 카드를 펼쳐 만든 전략 게임(대략 평방 20미터!)이 있다. 나는 그것을 감히 치울 수도, 정돈할 수도, 청소하지도 못하고 있었다. 'War in Russia', 'Balkan Front', 'Empires in arms', 그 보병들은 그가 떠나던 날 자신들이 점령하고 있던 바로 그 자리에 그대로 머물러 있다. 독일 보병대는 영원히 레닌그라드를 향해 진군하고 있고, 나폴레옹은 2년 반 전부터 워털루에서 막 승리를 거두려 하고 있다… 회색 먼지층이 바다와 평야를 지우고, 거미줄들이 참호 사이를 달리고 있다, 모든 것이 응고되어 있다.

밤이면 나는 가끔씩 잠들어 있는 전투를 주시하기 위해 그 곳으로 올라간다. 그 때마다 나는 그 해의 내 비망록에서 떠올렸던 느낌과 똑같은 놀라움, 똑같은 의혹을 느끼곤 한다. 빽빽이 적혀 있는 처음 6개월, 그리고 6월 말부터(그는 6월에 떠났다) 시작해서 비어 있는 또 다른 6개월. 병원, 수술, 깁스, 재활교육… 줄이 그어진 몇몇 약속들(7월 초), 그 다음엔 텅 비어 있는 6개월 간의 페이지들. 텅 빔, 공백, 마치 자동차 사고 후의 심장병 발작이나 느닷없는 죽음처럼, 갑자기 둘로 갈라진 그 비망록(그와의 6개월, 그가 없는 6개월), 나는 그것을 간직하고 있었다. 그것은 내게 「에르민느의 노래」를 떠올리게 한다. "네가 내 손을 꽉 쥐었을 때, 내 금반지가 부러졌지, 너는 그 반쪽을 가졌어…"

군사놀이는 그것과는 좀 다르다. 나는 아이들이 자기들끼리 그 놀이를 하고 있다고 생각했다… 그러나 그들은 자기들끼리 그 놀이를 한 적이 없었다. 그들은 전략 게임을 좋아하지 않았다. 그들의 아버지를 좋아했을 뿐.

아이샤는 청소하는 일을 도와주었다. 우리는 카드들을 조심스럽게 다시 접고, 테이블과 발판들을 치우고, '참모 본부'의 걸상들을 치우고, 바닥에서 빨래 집게와 쥐덫 사이에 뒹구는 사단들의 파편들을 쓸어 냈다.

지붕밑 방은, 어지럽히던 군대들에서 해방되자, 무도회장만큼이나 넓어 보였다. 우리는 춤을 추기 시작했다. 나는 낡은 카세트를 틀었다. 나는 식당에서 혼자 식사를 하던 홀아비인 삼촌을 부르러 갔다. 나는 그에게 스트라우스의 왈츠곡(결혼식을 시작할 때 쓰이는 곡들 중의 하나)을 들려주었다, 그리고 우리는 함께 왈츠를 추었다, 숨이 찰 때까지. 그러고 나서 나는 부모님과 이웃들에게 전화를 걸었다. 우리는 지붕밑 방에서 밤 8시의 야회를 벌였다, 서인도 제도의 펀치를 마시면서, '테크노'와 무도곡을 번갈아 틀어 가면서. 마지막에는 이국적인 리듬에 맞추어 나 혼자 춤을 추었다, 나는 행복했다, 나는 행복하고 젊고 까무잡잡하고 금빛이었다, 나는 크게 웃음을 터뜨렸다.

나는 존재한다. 나는 존재하고 싶다, 오늘처럼 행복하게 존재하고 싶고, 내일 역시 행복하게 존재하고 싶다. 물론 우선적인 것들을 먼저 변화시키는 것이 더 나을 것이다, '선행을 실천하는 인간'이 되는 것으로 시작해서 그 선행 속에서 자신의 행복을 발견하는 것이. 하지만 현재의 상태에서 그렇게 한다는 건 내 힘을 과신하는 것이리라. 우선 꼼꼼하고 질서정연한 연민 그 자체로 시작하자. 나는 내 행복이 나를 착하게 만들어 줄 것이라고 기대한다.

한 발 한 발, 눈 속에서, 추위 속에서, 나는 비망록의 빈 페이지들 너머로 삶을 향해 돌아선다. 내가 나아감에 따라 겨울은 그 영역을 포기한다. 나는 계절들을 거꾸로 지나간다. 나는 지금 가을을 향해 거슬러 올라가는 것 같다. 아마도 내 나이에는 봄까지 다다를 시간 여유가 없을 것이다… 할 수 없는 일이다. 가을은 내가 즐거이 정착할 수 있는 계절이다. 잘 걸어 나가다 보면 9월까지도 다다를 수 있지 않을까? 나는 꽁브레이유에서 9월을 다시 만나고 싶다. 한 번 더 샴페인처럼 현기증이 나는 노랗고 가벼운 공기를 들이마시고 싶다. 어쩌면 포도들은 온실에서 마침내 성숙하게 되지 않을까?

적어도 10월 1일까지 거슬러 올라가고 싶다. 그 이전은 그리워할 게 아무것도 없다. 8월 15일의 그 큰 변화, 폐부를 찌르는 듯한 그 변화, 그 여름의 끝! 그러나 가을은 화려하다. 숲에서 올라오는 이끼 냄새, 불이 붙은 듯한 잎사귀들, 그리고 울타리 발치에 꿀처럼 녹아드는 태양. 첫서리가 가시 돋친 찔레 줄기와 쐐기풀들을 쓸어 갔다, 다시 황야로 다가갈 수 있다. 거기서 시냇물을 다시 발견한다. 야생 오리들이 검은 연못 위에 떠 있다. 늪들은 다시 거울이 되었다. 폭포가 노래한다. 폭포, 그것은 가득한 물이고 시간의 만조다. 모든 것을 토해 내고 모든 것을 역류시키는.

형식의 풍부함. 의미의 축제. 과즙이 듬뿍 담긴 배와 군밤과 버섯과 부드러운 능금주를 맛볼 수 있는 계절. 나무 타는 냄새, 버섯들의 냄새, 축축한 땅 냄새를 맡을 수 있는 계절. 마른 잎사귀가 발 아래 부서지는 소리, 올빼미들의 울음 소리, 바닥을 두드리는 빗소리, 바람 소리, 사냥개들의 소리, 사냥 나팔 소리, 다람쥐들이 다락방에서 비상 식량을 굴리는 소리를 들을 수 있는 계절. 모든 것이 정화되면서 동시에 색깔을 입기 때문에 근시들조차도 풍경을 볼 수 있는 계절. 보리수의 노란 잎사귀와 마르멜로나무의 열매들, 포플라의 자태, 계곡을 내려오는 우체부의 작은 트럭. 사과와 트랙터들의 붉은 빛, 히이드와 아스팔트의 푸른 빛, 구름과 그루터기와 자고새의 회색 빛, 너도밤나무와 농부들과 노동자들, 그리고 사라진 남자들에 대한 기억의 다갈색…

나는 마지막 힘을 다해 가을의 문턱까지 되돌아가고 싶다. 그리고 내가 천천히 그 해의 마지막까지, 겨울의 밑바닥까지 미끄러져 가도록 내버려두고 싶다. 나를 사랑했던 이 지방을 더 이상 떠나지 않고 '쇠잔해 가도록' 내버려두고 싶다.

남편의 떠남이 나의 첫 열정을 돌려주었다. 시인은 말한다. "다시 떠나더라도, 언제든 집을 의지하라." 살기 위해, 다시 살기 위해, 계속 살기 위해 나는 내 근원의 집, 나의 수액(樹液), 나의 싹을 다시 찾았다, 내가 이 땅을 만질 수 있기를, 다시 일어나기를! 기차 차창으로 빠리를 지나쳐 오면서 능선 위의 너도밤나무의 무리진 이파리들, 계곡에서 자작나무 사이로 구불구불 흘러가는 개울을 보았을 때, 나는 환희의 절규를 외치고 싶었다! 역까지, 마을까지, 호수에 다다를 때까지 참고 기다리기 위해서 나는 5분 동안 '안경'을 낀다. 안과 의사의 경고에도 불구하고, 나는 근시가 되기 전 어린 시절에 보았던 나의 대지를 다시 보도록 나 스스로에게 허락한다. 나무들이 아직 잎을 달고 있던 그 시절, 새싹들이 돋아나던 그 시절, 내 사팔뜨기 눈으로 보았던 그 시절의 대지를(그러나 다행스럽게도 토끼들도 청딱따구리들도 나의 그 '추파' 때문에 불안해 하지 않았다! 내 고향 전체가 나를 사랑하고 있었다, 모든 것이 전적으로 나를 사랑하고 있었다!)!

나는 절개 없는 한 남자, 그리고 꽁브레이유라는 충실한 고향과 결혼했다. 내가 아주 멀리 떠나 왔다면, 내가 그 남자를 떠나 온 만큼 오랫동안 이 곳을 떠나 있었다면, 이제 나는 내가 버려 두었던 그대로의 이 곳을 되찾는다. 나는 절대로 변하지 않는 고향의 아내이다.

어린 소녀였을 때, 내가 없다면 꽁브레이유 역시 사라지는 건 아닐까 하고 두려워했다. 혹은 사람들이 꽁브레이유와 나를 갈라놓는다면, 내가 사라지는 게 아닐까 하고. 그랬던 어린아이가 부주의한 한순간에 기억도 이름도 없는 '깊숙한 방' 안에 처박히게 되었던 것이다. 아버지의 전근 때문에 우리 가족이 새로운 주둔지로 떠날 때마다, 그 각각의 출발은 나에게 괴로움이었다. 나는 공포 속에서 커다란 참나무 둥치로 달려가 그 나무를 껴안고 몸을 부볐다. 나는 그 곳과 하나가 되기 위해 흙을 먹었다. 물푸레나무 잎사귀와 금잔화 줄기를 씹었다…

　내가 연구, 결혼, 아이들, 직업으로부터 정말로 멀어져야 했을 때, 나는 내가 이성적이 되었다고, 나를 고립시켰던 한 사랑으로부터 자진해서 떠날 때가 되었다고 믿었다. 그러나 은밀히, 그건 내 '고향으로' 되돌아오기 위한 것이 아니었을까? 개울은 호수와 만났다. 나의 첫사랑은 마지막 사랑이 될 것이다.

　내가 아무리 아주 깊게 내 남편을 사랑했더라도 나의 대지를 사랑한 만큼 그렇게 깊이, 그렇게 오래 그를 사랑하지는 않았다. 나는 그가 그 자신이 속았다고 생각했던 것을 이해한다. 첫 순간 이후부터, 그리고 매순간마다 나는 강물과 개암나무 그늘에 대한 추억과 함께 그를 배신했다. 나는 빠리 시내에서, 칵테일 파티에서, 저녁 만찬에서 고사리를 꺾고 연못 속 잉어들의 하얀 배를 어루만지는 상상을 하면서 그를 배신했다…

　지금 나에게는 단 한 가지 회한이 있다. 가을이 내게 허락하는 환희에 프랑시스를 합류시킬 수 없었던 것에 대한 회한.
　나는 이미 몇 달 전부터 그의 떠남이 내게서 앗아간 즐거움에 대해 더 이상 생각하지 않는다. 우리가 함께 놓쳐 버린 것들에 대해서도 생각하지 않는다. 그러나 야생 거위가 날아오르는 것을 볼 때,

개울물에 실려 가는 녹색 잎사귀들을 바라볼 때, 혹은 저녁마다 덧문을 닫으면서 멀리 폭포가 흘러가는 소리를 들을 때, 나는 그가 놓쳤던 것들을 생각한다. 나는 지금 내가 누리는 이 모든 행복들을 그에게서 빼앗았다는 느낌을 받는다. 부드럽고 진지한 감사를 잊게 하지 않는 슬픔, '재충전'을 위해 이 곳으로 찾아오는 친구들, 건강을 회복하기 위해 요양을 오는 회복기 환자들과의 만남을 그와 함께 나누지 못한다는 사실에 대해 안타깝게 생각한다… 그러나 나는 나 자신을 위안한다. 이 소박한 아름다움들은 로르 까잘르의 취향이 아니리라고, 그리고 그녀를 선택한 그 남자의 취향도 아니리라고 혼자 중얼거린다.

이처럼 음미할 수 있는 가을이 내게 몇 번이나 남아 있을까? 스무 번? 서른 번? 너무 적다, 즐기기에는 너무 적다, 감사하기에는 너무 적다. 나는 이제 '나의 나무와 헤어질' 시간이 없다. 나는 내 진실 속에서 살아야 한다, 매순간 은혜를 베풀며 살아야 한다.

나는 내 집, 내 영혼이 단지 '감사의 상자'이기를 바란다. 영국인들이 발명해 낸 그 'Thank you Box', 어느 날 한 친구가 떠나면서 그걸 내게 선물로 주었다. 그건 해바라기와 바이올렛 그림이 그려진 상자다. 우체통처럼 생긴 상자. 그 안에 수십 개의 작은 쪽지를 넣을 수 있다. 내 친구는 파란 펜으로 그 쪽지들 각각에 각기 다른 감사의 말을 예쁜 글씨로 적어 넣었다. '대단히 고맙습니다', '너무 감사합니다', '모든 것에 감사드립니다', '다시 한 번 감사드립니다', '천 번 만 번 고맙습니다', '감사의 키스를 보냅니다', '그저 감사 드릴 뿐입니다.' 그리고 단어들이 생각나지 않을 때면 그녀는 이 시골에서 자신이 발견한 것 또는 사랑했던 모든 것들을 종이에 그려 넣었다. 올빼미, 왜가리, 버섯, 연못…

나 역시 내 '감사의 상자'를 채우고 싶다. 그 안에 그를 위한 쪽지를 넣어 두고 싶다. 나를 위해 마련한 음식 속에 누에 콩을 주듯 자기의 마음의 작은 조각들을 계속해서 넣어 주는 내 어머니에 대한 감사. 나에게서 달아나는 잃어버린 시간을 되찾아 주기 위해 내 모든 테이블들의 다리를 고쳐 주고, 나의 카나페에 새로 천을 입히고, 벽을 다시 칠하고, 내 정원을 가꾸어 주고, 내가 머리 손질도 하지 않았을 때 '아름답다'고 말해 준 내 아버지에 대한 감사… 꽃처럼 활짝 핀 내 아이들, 종려나무처럼 자라나서 더 이상 그들을 보호해 줄 수 없는 이 '불쌍한 엄마'를 보호해 주는 내 아이들에 대한 감사. 자동 응답기가 돌아갈 때에도 그 자동 응답기에 안부와 염려의 말들을 남겨 준 내 남동생과 내 친구들에 대한 감사. 내가 더 이상 걸을 수 없었을 때 나를 인도해 준 신에 대한 감사. 그리고 그의 금발 여자들에도 불구하고, 헐벗은 겨울을 지날 수 있도록 15년 간의 봄과 충분한 여름의 추억들을 가져다 준 내 남편에 대한 감사.

참여자들의 이름을 한 명도 빠짐없이 적어 나가는 빈틈없는 영화의 서브 타이틀처럼 나는 누구도 빠뜨리지 않고 싶다. 나는 주역들의 이름을 적었다. 하지만 단역들을 빠뜨릴까 두렵다. 계속해서 나를 도와주었던 미지의, 익명의, 무명의 모든 킴들… 그리고 나의 은인들을 빠뜨리지 않기 위해서는 톤을 변화시키거나 양식을 변화시킬 수도 있어야 할 것이다. 내 친구처럼 나 역시 그림을 그릴 것이다, 다른 풍경들, 다른 역사들의 그림을.

우울하든 달콤하든 내 모든 소설들은 내가 기억하지 못하는 이들, 내가 겨우 조금 아는 이들, 내가 알지조차 못하는 이들, 그러나 그 곳에 여전히 존재하고 있음을 내가 아는 이들에게로 보내는 '감사의 글'이 될 것이다.

나는 존재한다, 나는 더욱 행복하게 존재한다. 그 점을 확인하기 위해서는 이 원고를 다시 읽는 것만으로도 충분하다, 내가 페이지를 써내려 가면서 특별한 슬픔을 향해 나아갔던 그 많은 타인들과 나누었던 고통을 다시 보는 것만으로 충분하다. 나는 내 과거를 파고들수록 빛을 향해 거슬러 올라간다, 나는 더욱 잘 존재한다.

내 꿈, 내가 외국어로 씌어진 소설처럼 읽어 나가던 내 꿈들조차 다시 행복한 것이 된다. 특히 그 꿈들 중 어떤 것은 이제 나에게 친숙하다. 나는 꿈을 꾼다, '그 별장'으로 되돌아가면서, 꽁브레이유의 지하 저장고로 내려가면서, 나의 부모님 집의 지붕밑 방으로 올라가면서, 내 작은 아파트에 가구를 옮겨 놓으면서 나는 불현듯 뒤쪽, 위쪽, 그 아래쪽, 그 위쪽에서 내가 알지 못하는 일련의 방들이 나타나는 것을 본다. 광대한 서가, 호화롭게 정돈된 옷장들, 드넓은 방들, 사용하지 않은 공간들, 나는 그 방들의 주인이 나라는 것을 여태껏 모르고 있었다… 환희! 아이들은 프로방스에서 각자 자기 방을 가지게 될 것이다. 빠리에서 나는 서재와 손님 방을 마련할 것이다. 나는 손님들을 맞아들이고, 잠자고, 글을 쓰고, 사랑할 공간들을 도처에 가지고 있다! 이따금 그 집요한 꿈은 나를 '별 넷짜리 호텔'로 인도한다. 그 호텔은 만원이다. 내가 묵을 수 있는 방은 단 하나 작은 방밖에 없다. 그러나 그 구석방 안쪽에 문이 하나 있다. 내가 그 문을 밀자, '방이 여럿 딸린 특실'이 나타난다. 쿠션을 댄 거실들, 온실, 벨벳, 대리석, 샘… 하나의 궁전이 나를 기다리고 있다… 밤마다 내 삶은 미지의 방들 쪽으로 열린다. 나는 지금까지 내 영역의 일부분밖에 보지 못했다. 그런데 내가 짐작조차 못했던 부속 건물들로 일시에 부자가 된다.

나는 더 잘 존재하고 있다. 이제 '편안'해질 때가 되지 않았는가? 내 마음이 원하는 곳과는 다른 곳들을 찾아갈 때가 되지 않았는가? 이끌려 가는 것을 받아들일 때가 되지 않았는가? 어쩌면 그 마지막 방 쪽으로, 내 꿈속에서 내가 결코 다다르지 못했던 그 방으로 갈 때가 되지 않았는가? 나는 늘 그 방에 다다르기 전에 깨어난다. 나는 그 방이 비어 있는지, 아니면 거기서, 그 복도 끝에서, 그 꿈 끝에서 누군가가 나를 기다리는지 알지 못한다… 이제 그 곳을 보러 갈 때가, 앞으로 나아갈 때가 되지 않았을까?

나는 내 어린 시절의 사진 하나를 다시 끄집어냈다. 내가 열 살쯤 되었을 때의 사진인 것 같다. 내 얼굴이 클로즈업되어 있다. 그런데 다행히도 그 사진에서 나는 사팔뜨기 눈을 하지 않았다. 사실 내 눈은 가끔씩 '돌아가지' 않을 때도 있었다. 모든 것은 대상의 위치, 카메라맨이 위치한 거리, 내 시선의 방향에 의해 좌우되었다. '그 작은 새'에 시선을 맞추려 할 필요는 없었다. 왜냐하면 내 눈에는 그 새가 둘로 보였기 때문에! 어떤 솜씨좋은 사진사는 가끔 나를 실물보다 낫게 찍기도 했다. 그러면 내 어머니는 곧 그 사진을 액자에 넣었다. 그렇게 해서 나는 있는 그대로의 내가 아닌, 있는 그대로의 내가 그랬으면 좋았을, 그 예쁜 사진을 물려받게 되었다… 마침내 나는 아주 예쁜 소녀가 된 것이었다. 패이윰(이집트 사막의 패이윰 지방에서 발굴된 신비로운 초상화들. 동양적인 우수를 담고 있음— 옮긴이)의 초상화 속의 섬세한 윤곽, 까무잡잡한 피부, 검은 눈(크고 깊은)을 가진 그 소녀처럼… 그늘진 시선. 나는 그 사진을 필통에 기대어 놓았다. 나는 내가 배신하고 싶지 않은 그 어린 소녀의 생각에 잠긴 시선 아래에서 이 책의 마지막 장을 쓰고 있다.

사람들이 말했듯, 아이가 어른의 아버지라면, 나에게서도, 내 경우에서도 마찬가지이다. 아버지, 바로 자기 자신이었던 그 아이의 좋은 아버지가 되기 위해서는 어른이 되어야 한다, 비탄에 잠긴 그 아이를 위로하고, 잠재워 주고, 보호해 주고, 데리고 다니는 훌륭한 아버지가 되기 위해서는.

나는 더 이상 내 아이들의 어머니가 아니다. 그러나 나는 여전히 그 고독한 소녀의 어머니일 수 있다. 어쨌든 그 아이에게 영원히 충실할 수 있다… 만일 내가 내일 이 책을 완성하여 출간하게 된다면, 내가 두려워하는 건 '타인들의 평가'가 아니라 '그 아이의 평가'일 것이다.

지금 내가 쓰는 글에 관해 소문을 들은 이후로 내 시아버지는 조심스런 충고들을 계속 보내온다. 하지만 그 어린 소녀는 내게 그런 식의 충고를 하지 않을 것이다.

그 늙은 식인귀는 숭고한 아버지의 역할을 하고 있다. 그는 내게 편지를 쓴다. "사랑하는 까트린느, 아일랜드인인 내가 'Never explain, never complain.'이라는 영국 왕들의 격언을 너에게 상기시키려는 건 아니다… 나는 단지 우리 집안에서 가장 소중히 여기는 것에 관해서만 언급하고 싶구나, 체통에 대해서 말이다. 그런 관점에서, 네가 준비하는 그 책은 우리 친구들 사이에서는 네가 생각하는 만큼의 연민을 불러일으키지 못할 우려가 있다…"

그는 내가 한탄을 늘어놓음으로써 동정을 사려 한다고 생각하는 것일까? 나는 이미 내 고통들을 펼쳐 놓는 과정에서 스스로 보상을 받았다! 출간 이전에 죽는 것에 관해 말하자면(그건 모든 작가들의 꿈이다, 자신들의 작품에 대해 더 이상 대답하지 않을 수 있고, '다른 곳에서' 글을 쓸 수 있으니까. 그리고 그건 겁에 질린 가족들의 희망이기도 하다), 내 시아버지가 나를 거기에 말려들게 하리라고 짐작해 볼 수 있다. 그러나 나는 마음이 아프다, 그에게, 아일랜드 씨족들에게. 그리고 모든 훌륭한 사회에 대해 대단히 유감스럽게 생각하는 바이다, 나는 그의 청을 들어주지 않을 것이므로.

내 시어머니는 그녀의 늙은 남편의 그러한 견책을 추신으로 완화시키고 있다. "얘야, 우리 프랑시스가 언제나 너에게 많은 애착을 가졌다는 걸 잊지 마라(그녀는 감히 '사랑'이라는 단어를 쓰는 것을 피했다)…지금 너의 고통스러운 감정이 언젠가 진정한 우정으로 변하게 될 날이 올 기회를 스스로 포기하지 말아라." 거기서 남편에게 고문당한 여든 살의 그 여자가 어떤 애정 상담란에서 애정이 우정으로 이어질 수 있다는 어리석은 환상을 끌어낸 것일까? 우정은 우정에서만 계승될 뿐이다. 사랑은 계승되지 않고 죽는다…

그 질책과 그 약속, 과거의 그 어린 소녀는 나에게 그러한 짓을 가하지 않을 것이다. 나는 그 소녀가 내 남편처럼 반응하더라도 더 이상 두렵지 않다. 남편이 내게 "이것들은 모두 당신 입장에서의 진술이야!"라고 말한다면, 나는 대답할 것이다. "아니, 그건 나의 고통이야."라고. 그리고 그와 나는 거기서 멈출 것이다, 진실에 관한 한 거기에 덧붙일 건 아무것도 없을 것이므로.

사진 속의 그 초등 학생은 뭐라고 말할까? 그 아이를 무장해제시키기 위해, 어른이 된 나의 글에 대해 내가 본 적이 없는 것을 쓸 수는 없었다고 그 아이에게 설명하려 한다면, 그 아이는 뭐라고 말을 할까? 그 아이는 나에게 양심을 규명하도록 할까? 나는 선수를 친다. "까띠, 내 양심에 관한 것이라면, 너에게 미리 알려 주고 싶어. 나는 내 양심을 좋은 벗으로 삼으려고 했어! 내 양심은 그 침묵과 훌륭한 성품으로 나에게 우정을 보여 줄거야…" 큰일났다! 그 아이의 왼쪽 눈(그 '카인의 눈'!)이 45도 각도로 돌아갔다. 분노를 느낄 때면 그 눈은 언제나 저렇게 빗나간다, 동공이 난폭하게 돌아가다가 내각 안에서 정지한다. 그 동공을 이전처럼 '축 안으로' 다시 끌어올 희망이 더 이상 없다…

그 사진을 찍던 시절 그 갈색 피부의 소녀가 수녀가 되고 싶어했

다는 걸 나는 기억한다. 어쩌면 성녀까지도. 기회만 있었다면! 나는
그 아이의 일 년 후의 사진들, 성체 배령(聖體拜領)을 받고 있는 그
예쁜 사진들을 가지고 있다. 그 아이는 매력적인 카르멜회의 수녀
가 될 수도 있었으리라. 그 아이는 가끔 어떤 목소리를 듣곤 했다.
그 아이에게 부족했던 건 환시(幻視)뿐이었다. 하지만 그 아이는 이
미 이중으로 보지 않았던가?

자, 나는 악마에게 나를 바칠 것이다, 그 아이가 믿었던 것처럼
신을 믿기 위해⋯ 나는 그 아이에게 말할 것이다. "내 품으로 와."
그리고 그 아이를 달래기 위해 덧붙여 말할 것이다. 나의 길은 한
타인이 나를 위해 선택해 준 길이었다고, 그리고 '그'가 나를 인도
하는 그 고난의 길이 지금 내가 쓰는 이 책을 거쳐 갈 것인지를 결
정하는 건 오직 '그'에게 달려 있다고⋯

하지만 그 '길'에 관해 설명해 주려 하는 건 헛된 짓이다, 안느
수녀는 영원히 아무것도 보지 못한다! 이 곳 저 곳에 표지판들이 있
지만 길은 없다. 그러나 이제 눈은 물러갔다. 나의 근시가 모든 것
을 모조리 없애 버렸다. 두꺼운 안개층. 나는 사팔뜨기의 눈으로 신
을 보았다. 그런데 지금 나는 근시의 눈으로 비어 있는 페이지만을
본다. 어쨌든, 그럼에도 불구하고 나는 나아간다. 나는 길을 헤맨
다, 나는 더듬거린다. 그렇지만 나는 앞으로 나아간다. 나는 걷는
다. 그리고 이제부터 멈추지 않고 걸어가고 싶다. 마지막 방을 향해
서, 가장 아름다운 계절을 향해서.

나의 신앙심에 마음을 놓은 그 갈색 소녀는 나에게 몸을 바싹 붙
이고 내 어깨에 머리를 기댈 것이다(그건 그 아이가 아주 좋아하는

동작이다, 그렇게 하면 상대방을 정면으로 바라보지 않아도 되니까). 그리고 그 아이는 내 귀에 대고 낮은 목소리로 속삭일 것이다. 프랑시스가 마지막으로 전화를 걸어 왔을 때(그의 재혼을 알리고, 그 결혼식에 우리 아이들이 참석하는 걸 막지 말라고 요구하기 위해) 내가 그의 귀에 흘려 넣었던 바로 그 말을. "좋을 대로 하세요, 하지만… 나를 사랑한다고 말해 줘요".

그 마지막 전화 이후로("여보, 말할 게 있어, 나 재혼해, 토요일이야.") 나는 종종 복음서의 구절을 떠올린다. 사두개 교도(유대인의 지도적 계급의 하나. 부활, 내세를 믿지 않았음—옮긴이)들이 그리스도에게 천국에서 일곱 명의 남편들을 가진 과부에게 어떤 일이 일어날 것인지, 그녀가 그 일곱 명의 남편들 중 누구와 영원한 삶을 공유하게 될 것인지를 물었던 그 구절. 만일 내세가 있다면, 두 명의 아내를 가진 남자는 어떻게 될 것인가?

나는 그걸 안다, 이미 알고 있다. 로르는 백발의 늙은 신사와 나란히 걸어갈 것이다. 나, 나는 내 기억과 품속에 오스트레일리아에서의 '빅토리'호의 그 빨강 머리 소년, 과거의 그 수줍던 청년을 안고 있을 것이다. 그리고 그를 깨우기 위해 나는 나지막히 노래를 부를 것이다, 그 밤, 차를 몰면서 그가 느닷없이 내게 노래를 청했던 그 때처럼. "노래 불러, 까띠, 노래를 불러 봐! 이 속도에서 내가 잠이 들면, 그건 영원한 잠이 될거야! 노래 불러!" 나는 노래를 부른다, 걱정하지 말아요, 날 인도해 줘요. 나는 노래를 부른다, 그리고 당신의 어깨를, 당신의 얼굴을 쓰다듬는다. "기억나요, 프랑시스,

우리가 둘이었을 때가? 당신이 내 손을 꽉 쥐었을 때, 내 금반지가 부러졌죠. 그 반쪽을 당신이 가졌어요, 그리고 다른 반쪽은 여기 있어요…" 반지를 잡아요, 손을, 인생을 잡아요, 그리고 그걸 간직해요. 이번만큼은 그것들을 간직하세요. 두려워 말아요, 날 믿어요, 우리는 어두운 곳을 향해 굴러가고 있어요, 나는 장님이죠, 내가 당신을 인도하고 있어요, 노래를 부르고 있어요.

노래하라! 자동차는 옆길로 미끄러졌다, 우리는 무대 배경 안으로 되돌아왔다, 클랙슨이 미친 듯이 울렸다, 파편들이 연기를 냈다, 노래하라! 나, 나는 노래를 잘 부른다! 어제까지도 나는 노래를 불렀다. 흥얼거림이 아니라, 목청을 다하여 노래를 불렀다.

나는 며칠 동안 빠리에 머물렀다. 나는 도시와 시골을 오가면서 한 해를 보내고 있었다. 하지만 이제 그런 일은 끝났다. 그 때까지 여전히 라 레쀠블리끄 아파트에 살던, 그리고 바캉스 때면 꽁브레 이유로 나를 따라오곤 하던 막내가 방금 떠났다. 나는 그 아이를 공항까지 데려다 주었다. 아메리카에서 3년 간의 공부, 그리고 프랑스로 되돌아올 때쯤이면, 그 아이는 집으로 되돌아오지 않을 것이다(어떤 집?). 그 아이 역시 그의 형들처럼 '독신' 스튜디오에 정착할 것이다.

나는 곧 임대차 계약을 해약하고 이 어두운 거리의 도시를 떠날 것이다, 두 개의 회색 절벽 사이를 걸어다녀야 하는 이 도시, 하늘도 새들도 보이지 않는 이 거리를. 아이들은 나를 만나러 시골로 내려올 것이다, 내 친구들이 벌써 그렇게 하는 것처럼 주말이나 휴일

또는 크리스마스 전날 밤에.

더 이상 따라갈 수 없는 차단기 너머로 '막내'가 사라지는 것을 본 후, 여행자들의 무리 속으로 사라져 가는 그 아이를 지켜 본 후 (그 금발, 그 선명한 목, 그리고 내가 사줬던 파란 스웨이드 가죽 점퍼), 로이시에서 돌아오면서, 나는 택시 가사에게 빨레 로와이알로 가 달라고 말했다. 산책을 하고 싶었다, 바깥 바람을 쐬고 싶었다, 텅 빈 아파트로 돌아가기 전에 우울한 기분을 밝게 만들고 싶었다.

나는 공원을 걸으면서 비로소 그날이 축제일이었다는 것을 알아차렸다, 음악의 축제. 나는 어느새 내가 참여하고 싶어했던 그 마지막 축제로 거슬러 올라가고 있었다… 맙소사, 겨우 3년 전이었다! 그 때 우리 여섯 식구는 여전히 네일리에 살고 있었다. 그날 저녁, 아이들이 나에게 생 제르맹 가에서 만나자고 제안해 왔다. 그러나 뜻밖에 남편이 돌아왔다. 그는 나를 영화관에 데려 가고 싶어했다, 나는 그 때 막 새로운 거짓말을 알아챈 후였다. 나는 그의 넥타이들을 발로 짓밟았다… 그리고 병원에서 그 음악의 밤을 끝마쳤다. 내가 처음으로 죽었던 날이 바로 그날 밤이었다. 바로 그 이전에 한 가족이 있었다. 그리고 그 이후에 그 가족은 더 이상 존재하지 않게 되었다.

게다가 나는 프랑시스와의 결별 때문에 내 아이들이 흩어져 사라지는 고통을 겪었다. 그들의 떠남 때문이 아니라 그들의 헤어짐 때문에. 그 아이들은 자기 세대의 아이들이 하는 것처럼 집을 떠난 것이 아니었다. 그들은 뿔뿔이 흩어져 갔다, 사방으로 흩어져 갔다…
그들의 아버지와 나는 더 이상 부부가 아니었지만, 우리 모두는 테
이블 주위로, 침대 주위로 같은 고리를 형성해 왔었다. 벌써 다 자
란 그 아이들이 우리 둘 사이에 누우러 들어왔을 때, 발치에 덮는
이불 위나 양탄자 위에 앉았을 때, 그들의 몸과 사랑으로 우리를 둘
러쌌을 때… 하지만 그 고리는 깨어졌다, 아이들은 '끊어져 나갔
다'…

행복에 대한 추억, 영원한 고통에 대한 추억, 음악 축제는 그것들
을 모조리 휩쓸어 갔다. 나는 다시 현재로 되돌아왔다. 부자연스러
운 그림들을 진열해 놓은 화가들, 시끄러운 분수들, 가로수 길의 보
리수 아래 빈둥거리며 시간을 보내는 청소부들, 유모차 안에서 가
만히 있는 아기들, 그 모든 것들이 환희를 들이마시고 있었다. 공원
구석마다 각기 다른 소리들이 올라오고 있었다. 즐거운 불협화음.
아코디언, 발랄라이카, 피리, 탬버린…

아코디언 악단에서 러시아 군대의 합창 쪽으로 지나가면서, 나는
마침내 캐나다의 합창곡에까지 이르렀다. 그 아카디아의 민속 음악
이 내 주의를 끌었다. 그러나 마이크 없이 '아카펠라'로 노래하는
퀘벡의 아가씨들은 사프란 민속 의상을 입은 '아프로 아프리카' 그
룹의 스피커 소리를 누르지 못했다. 아프리카 그룹은 그 아가씨들
과 5미터 정도 떨어진 곳에서 손바닥을 두들기며 흑인 영가를 시작
하고 있었다. "오래 전에 나는 너를 사랑했지." 퀘벡의 작은 소녀들
이 신음하고 있었다. "Let my people go!" 사프란들이 외치고 있었

다, "영원히 널 잊지 않겠어." 여린 목소리들이 신음하고 있었다, "Let my people go!" 바리톤들이 울부짖고 있었다… 서로 대립된 그 불평등한 어울림 속에서, 희망의 송가는 케이오당했고, 노스탤지어의 노래는 3절로 접어들고 있었다!

다시 전철을 타면서(그날 나는 여러 번 오스테를리츠 역으로 되돌아가곤 했다. 사탄아 물러가라!) 모든 방향의 노선들을 헤매면서 나는 내내 속으로 그 승리의 찬가를 읊조리고 있었다. "너는 자유야, 자유, 자유!" 전동차 바퀴들이 그 노래에 박자를 맞추고 있었다, 자유, 자유, 자유. 그 노래에 넋을 빼앗긴 나는 계속해서 바스티유—오스테를리츠, 오스테를리츠-오데옹, 오스테를리츠-생 미셸, 오스테를리츠—이탈리 구간을 반복하고 있었다…

마침내 내 작은 아파트의 문을 열자('Let my people go!') 내 앞에 약속의 땅이 나타났다! 나는 구세주의 시편을 목청껏 외쳤다. 나는 각각의 방들에 들어설 때마다 그 구절을 외쳤다. 그날 아침은 여느 때보다 우울했다. 공항으로 출발하면서 막내와 나는 덧문을 열 시간조차 없었다. 나는 활기차게 침대들을 정리했다. 'Let my people go!' 나는 굳세게 그릇들을 정리했다. 'Let my people go!' 그리고 같은 활기로 내 서재의 먼지를 털어 내기 시작했다. 그 때 내 눈이 나의 원고 위에 가 닿았다, 그 여비서가 그전날 나에게 돌려보내 준 것이었다.

이 책… 이 책은 내가 원했던 것처럼 '묘비'가 아니었다, 이 책은 무덤이었다. 사랑에 빠진 여인의 유언, 그들의 감옥, '젊은 부부'들의 감옥. 이제 쬠쇠가 채워졌기 때문에, 이 책은 스스로를 다시 가둔다, 이 책은 그들의 사랑의 결과를 원인이 되게 한다.

그들은 내 말을 듣고 싶어하지 않을까? 그들은 내 글을 읽을 것이다. 그리고 그들이 내 글을 읽게 될 때, 그들은 자신들의 감정과 행동들로부터 영원히 자유로울 수 없을 것이다. 그들은 자신들이 내게 저질렀던 악행 때문에, 세상에서 가장 위대한 애정을 서로 나누고 그 사랑을 끈질기게 밀고 나가지 않을 수 없을 것이다. 세월이 흐르면, 그들이 여전히 사랑하는지, 혹은 같은 사슬에 묶인 죄수들인 그들이 완전한 사랑의 연극을 끝까지 상연하는지 누구도 더 이상 알지 못할 것이다. 나의 존재에도 불구하고 태어난 그들의 사랑은 단지 나로 인해서만 지속될 것이다.

나는 상황을 다시 조절했다. 나에게 불리하게. 그러나 어쨌든 상관없다. 나는 내가 막을 수 없는 것을 명령한다. 나는 그들이 서로 사랑하도록 명령한다. 그게 나의 유일한 복수다. 그러나 만일 그들이 진실로 사랑한다면(그리고 실제로 그들은 사랑하고 있다, 그렇지 않은가?) 그 징벌은 그들에게 달콤한 것이리라…

어쨌든 이제 이 종이들을 정리하고 무질서한 감정들을 분류할 때가 왔다! 만일 신이 정의로운 사람들을 구하러 오는 것이 아니라 죄인들을 구하러 오는 것이라면, 신은 나와 함께 일하게 될 것이다!… 나는 다시 펼치고 싶은 욕망 없이 소용돌이치는 이 노트를 닫는다, 이 노트 위에 나는 가끔씩 나의 기분이나 인용문, 이 책의 내막을 적었다.

나는 이 작은 노트의 표지를 장식했던 스티커들을 처음으로 가까이에서 들여다본다. 1900년대 빅토리아 여왕 섭정 때의 시든 빛깔의 장미들. 그것들 가운데 꽃다발 속에 편지를 내미는 한 여인의 손, 그리고 너무도 작아서 해독하기 어려운 작은 글씨로 씌어진 그 편지. "Wherever you may chance to be, always kindly remember me"… "Remember me." 그 마지막 구절, 너무도 비극적인 디동의 애원. 그러나 이 노트에 씌어진 건 훨씬 더 부드럽고 더 겸손하며, 이미 지나간 것이고, 거의 사라진 것이다. 'always kindly remember me', 친절을 베풀어 날 기억해 주세요, 애정을 가지고 날 기억해 주세요, 간이역에서 날 생각해 주세요, 시간이 난다면 날 생각해 주세요…

나는 거실 벽에 대형 '포스터'를 붙였다. 그 포스터에는 스물 다섯이나 서른 살 무렵의 내 전남편의 모습이 들어 있다. 우리가 네일리의 집으로 이사를 갔을 때, 그 포스터를 찾아냈다. 전에는 그 포스터를 본 적이 없었다. 그가 그걸 언제 찍었는지 나는 모른다. 그 사진을 찍은 장소가 어디인지도 모른다.

거기서 그는 젊다, 머리카락은 아주 붉다. 그는 그 당시에 유행하던 길고 좁은 드레스 셔츠를 입고 있다. 그리고 그의 바지 폭은 터무니없이 넓다… 그는 햇빛에 잠긴 어떤 건물의 어두운 문 앞에서 미소를 지은 채 포즈를 취하고 있다. 햇빛이 너무 강렬해서 그 건축물을 알아볼 수가 없다. 그저 이국적인 뭔가를 추측할 수 있을 뿐이다. 절? 회교 사원? 어쩌면 인디언 기념비이거나 이집트 묘지가 아닐까? 젊은 남자의 선명한 실루엣만이 검은 사각형 문 위에 두드러져 있다. 그는 그 문 안으로 들어서려다 갑자기 뒤돌아선 듯이 보인다. 그는 웃으면서 보이지 않는 사진사(지금으로선 바로 나)에게 말을 걸고 있다, 큰 손놀림을 하면서. 그 성소, 영묘, 아니면 분묘의 문턱에서 그는 우리들에게 최후의 작별 인사를 던진다. 영원한 작별? 아니, 그는 너무 크게 웃고 있다. 그건 거짓된 동작일 뿐이다, 우리는 그가 곧 되돌아올 것임을 느낀다…

벽에 그 대형 포스터를 걸어 놓은 지금, 나는 그가 들어가려는 그 문이 곧바로 거리에 면해 있고, 그가 그 성벽을 가로질러 통과해 가고 있다는 느낌을 받는다, 마치 우리가 헤어지고 나서 나를 다시 만나기 위해 그가 그랬던 것처럼… 그러나 이번만큼은 그는 안으로 들어오지 않는다, 그는 밖으로 나간다… 그는 나간다, 그러나 이제 나는 그것 때문에 고통스러워하지 않는다.

자발적인 예속 상태, 그 시대착오적인 태도

시몬느 드 보부아르가 태어난 나라, 여류 작가, '이혼'이라는 모티브. 이 세 가지 기호에서 우리는 쉽게 페미니즘 문학을 떠올릴 것이다. 하지만 천만에! 이 소설에서의 프랑수아즈 샹데르나고르는 페미니스트가 아니다. 아니, 오히려 그녀는 그 낱말이 아직 시류를 타지 않고 있던 시대로 돌아가 있는 듯하다.

남편 프랑시스 켈리가 "이혼을 원해? 별거를 원해?"라는 말을 던진 그날부터 출발하여 삼 년이라는 긴 시간을 끌면서 화자인 까트린느는 끊임없이, 짜증스러울 정도로 집요하게, 그가 '되돌아오기'를 희망한다.

우리는 그녀 자신이 살고 있는 시간(더 이상 '참고 견디고 용서하는 것'이 미덕이 아닌 시대, 즉 우리가 살고 있는 시대)과 공간(프랑스, 대학교수, 저명한 작가. 언뜻, 대단히 진보적이고 합리적인 여성 의식을 가지고 있으리라는 선입견을 가질 수 있는 공간) 속에서 이탈된 듯한, 전혀 뜻밖의 태도를 만나는 것에 낯섦을 느낀다.

그리고 우리는 곧 그녀가 자아를 회복하고 새로운 삶의 비전을 획득하는 상투적인 결말을 보여 주리라고, 우리가 숱한 페미니즘 소설들에서 보아 왔던 '현대 여성'다운 명쾌한 해답을 제시하리라고 기대하지만, 그녀는 끝내 우리의 기대를 충족시켜 주지 않는다. 그녀는 마지막까지 '영원한 작별'을 부인한다. 그녀는 스스로 '허물을 벗었다'고 말하는 동시에 마지막까지 '그가 곧 되돌아올 것'이라고 말한다.

이 대단히 독특한 시대, 일탈적인 소설에서 상데르나고르의 관심은 여성 문제에서의 상투적인 문제 제기나 해답에 있지 않다. 화자인 까트린느가 원하는 것은 자유도 해방도 아니다. 그녀는 시니컬하게 반문한다. "우리는 해방된 세대가 아니던가?"

만일 이 책이 문제를 제기했다면, 그것은 '오월 혁명을 겪은' '스스로 개방된 여자라고 생각하고 있는' 한 여자가 자발적인 예속 상태에 스스로를 가두고 있는 이 설명할 수 없는 모순에 대해서가 아닐까? 불시에 요구당한 이혼 앞에서, 끊임없이 발견되는 남편의 배신 행위 앞에서 끝없이 지리하게 흔들리고만 있는 까트린느의 시대 착오적인 태도, 한 남자를 '붙잡아 두기 위해' 타인의 시선을 고려하지 않는 고통을 감수하면서 자신도 인식하지 못하는 가운데 자기 존재의 존엄성과 자존심을 밑바닥까지 내던지는 까트린느를 통해서, 작가는 어쩌면 여권(女權)은 집단적인 진실이며, 여성이 한 개인으로 돌아갈 때 그 진실은 무력한 허구가 되어 버린다는 것을 말하고 싶었던 것이 아닐까?

까트린느는 태어날 때부터 '길들여진다'. 그리고 30년 동안 한 남자에 의해 '길들여져 왔다'. 그것을 과감히 '우아하게' 벗어던지기란 말처럼 쉽지 않다. 바로 그, 언제나 설명할 수 없이 유발되는 사랑의 감정 앞에 여성이 가지는 종속성, 겉으로 드러나지 않는 진실, 이 20세기 말의 시점에서 감히 겉으로 드러내기 어려우나 가치 판단 이전에 자리해 있는 진실, 그것이 이 책의 화두이자 이 책이 가지는 구속력이 아닐까? 거기서, 사회적 잣대는 거추장스러운 허울일 뿐이다. 사랑 앞에서 그녀는 지치지 않고 무너진다.

사랑, 그것의 가면 벗기기

그러나 그녀의 사랑은 지독한 '근시'의 눈으로 시작된 사랑이며, 그 이후 '사시'의 눈이 그 사랑의 대상을 둘로 갈라놓고, 거기에 '자의적인 장님'의 눈이 그 대상의 부정적인 측면들을 지워나가기까지 하는 사랑이다.

'근시'와 '사시'는 대상에 대한 그녀의 편집증적 태도를 뒷받침해 주는 장치이다. 그녀는 스스로 '우둔하다'고 말하고 있지만, 결코 우둔하지 않다, 오히려 교활하다. 그녀는 대상의 표리를 누구보다도 정확하게 본다. 그녀의 사랑은 환멸과 함께 자리한다. 그럼에도 그녀는 자신이 구축해 놓은 이미지나 신념(그녀에게서 사랑은 신념에 가깝다)을 지속시켜 나가기 위해 허물 벗기기와 의도적인 지우기를 동시에 계속해 나간다.

그런 의미에서 그녀의 사랑은 자기 스스로가 만들어 놓은 허상에 대한 사랑, 사랑이라는 구축물 그 자체에 집착하는 사랑이다.

"…내가 간직한 건, 내가 항상 함께 데리고 다닌 건 착한 친구 총명하고 불안스러운 그 청년, 배 위에서 30년 전에 만났던 그 청년이었다. 내가 계속 말을 건넸던 건 내 어린아이들의 새파랗게 젊은 아버지, 내 초기 소설들의 첫 번째 독자, 이합체 시의 작가, 여행의 동반자, 트위스트 댄서, '쉬는 시간'의 빨강 머리 꼬마에게였다. 내가 의지했던 건 바로 그였다."

"…나, 나는 내 기억과 내 품속에서 오스트레일리아에서의 '빅토리' 호의 그 빨강 머리 소년, 과거의 그 수줍던 청년을 안고 있을 것이다…."

그녀가 30년 동안 동반해 왔던 사람, 그리고 그녀가 지금까지 기다리고 있는 사람은 현재의 그가 아니라 과거의 그, 그녀의 사시의 눈이 사랑하기를 선택했던 그이다.

샹데르나고르는 까트린느를 발가벗김으로써 사랑의 정체를 발가벗긴다. 그리고 그 발가벗김은 우리들 대부분의 사랑의 시작과 지속의 정체에 대한 발가벗김으로 전이된다.

솔직함

우리는 문학이 고답적 진실을 지향할 때에만 안도하는 경향이 있다. 살갗에 들러붙어 있는 진실, 누추하고 용렬한 일상적 진실 앞에서 우리는 대부분 고개를 돌린다. 그러나 샹데르나고르는 우아한 포즈를 포기하고 솔직함이라는 방법을 선택한다.

"…그 '예술 작품'이 예술적으로 뛰어난 것이 아니더라도 어쩔 수 없다!…"

그 누구와도 다르게 '나아가기', 그것은 용기다.

"고백하는 김에 밑바닥까지 해 보이겠다."

그녀는 이렇게 단언하고, 정말로 그대로 행한다. 그녀의 '가면 벗기, 화장 지우기'는 놀랍도록 맹렬하고 노골적이다. 타인의 모든 것을 이해하는 너그럽고 냉정한 이야기 전개 대신에 자신의 감정의 파행선을 숨김없이 드러내는 분열적인 이야기 전개, 거기서 우리는 그녀의 혼돈된 자아가 파생시킨 희극들을 보게 된다. 비장한 슬픔, 하염없는 기다림 속에서 문득문득 맞닥뜨리게 되는 전혀 엉뚱한 희극성, 그것은 솔직함에서 야기된 결과물이다.

그녀는 '베레니스'도 '페드라'도 아니다.

"…지금 나는 더럽혀졌다. 혼돈스러운 감정들로, 초라함으로. 우리는 지금 비극을 상연하는 것이 아니다. 우리는 부르주아 드라마를 상연하고 있다. 어쩌면 보드빌을 상연하고 있는지도 모른다. 모든 것이 남자 팬티, 자물쇠 구멍, 계산서로 끝이 나는 보드빌을."

그녀가 처한 상황을 비극이라고 이름 짓는다면, 그 비극은 비장미로 일관된 저 높은 곳의 비극이 아니라, 낮은 곳, 우리들 곁, 혹은 우리들 속의 비극, 현실과 맞닿아 있는 비극이다. 그 비극에는 사소하고 초라한 삽화들, 무질서, 이율배반적인 감정의 소용돌이, 그러한 모순에서 파생되는 우스꽝스러움 따위가 뒤엉켜 있다. 그러므로 우리는 가면 벗기를 선언한 샹데르나고르에게 논리정연한 일관성을 요구할 수 없다. 아니, 역으로 그녀는 스스로 머리를 숙이고 가장 낮은 곳까지 내려가 모순의 파행곡선을 있는 그대로 낱낱이 드러냄으로써 솔직함의 논리성, 현실의 논리성을 증명해 보이고 있다.

그녀의 그러한 솔직함은 그 문체에서도 어김없이 드러난다.

샹데르나고르의 문체는 이사도라 던컨의 스카프 같다. 쉴 새 없는 쉼표, 끝없이 흐느끼며 늘어지는 만연체의 문장들, 바람결에 만들어지는 스카프의 미세한 주름 같은 무수한 괄호들, 그러다가 돌연 달리는 차륜에 말려들어 질식당한 것 같은 문장들, 하나의 명사, 혹은 형용사로 툭 잘려져 나온 짧은 마디들.

형식에 못지않게 문장의 내용에서 또한 그러하다. 지극히 낮은 곳으로 내려가고 있던 그녀의 문장들은 어느새 저 높은 곳으로 올라가 있곤 한다, 굴곡 심한 파도처럼. 가령, 에르메스 상표의 선물들에 얽힌 일화를 기술하고 있는 그녀와 자연에다 자신의 심상을 풀어놓고 있는(더할 수 없이 아름다운 한 편의 전원시를 떠올리게 하는 그 문장들) 그녀를 비교해 보라.

그녀의 문체는 현실의 비극, 감정의 모순, 혹은 솔직함을 표현하기 위한 또 다른 도구이다. 까트린느의 혼돈 상태를 그보다 더 적확하게 드러낼 수 있을까.

마침내 개인을 넘어서는 보편성

까트린느, 그리고 우리들 개개인이 이루고 있는 부부 관계가 항상 이와 유사한 상태의 경우에 노출되어 있음은 부인할 수 없는 사실이다. 그녀는 그렇게 시대 속으로 되돌아온다. 아니, 그녀는 시대를 이탈한 적이 없다. 그녀는 처음부터 이 시대에 속해 있었다.

현실 속에 내재해 있는 진실, 시인하고 싶지 않은 진실, 그것을 용감하게 폭로하는 이 소설을 불쾌하게 바라보는 시선들도 있을 것이다. 그럼에도 불구하고, 현실에 맞닿아 있는 이 우울한 상황은 완전한 시대적 현상으로 자리매김할 것이다.

아카데미 콩쿠르 회원이며 희대적 베스트셀러 작가인 프랑수아즈 샹데르나고르의 이 자전적인 고백체 소설 『첫 번째 부인』은 그리하여 개인을 넘어서는 보편성을 획득한다.

1990년대의 마지막 12월, 두 세기에 걸쳐 읽힐 소설을 출간하는 기쁨과 두려움을 이 책을 위해 노력해 주신 모든 분과 함께하고 싶습니다. 특히, 그 많은 프랑스 신간 중에서 이 아름다운 소설을 찾아준 유정애 씨(프랑스 유학중)에게 고마움을 전합니다.

윤미연

그 바람둥이의 첫 번째 부인

초판발행   1999년 12월 10일

지은이   프랑수아즈 샹데르나고르
옮긴이   윤미연
펴낸이   고화숙
펴낸곳   도서출판 소화
등록   제13-412호
주소   서울 영등포구 영등포동 94-97
전화   02-2677-5890
팩스   02-2636-6393

ISBN   978-89-8410-443-3